MARK BOYLE

THE MONEYLESS MANIFESTO

無銭経済宣言

お金を使わずに生きる方法

マーク・ボイル
吉田奈緒子訳

紀伊國屋書店

Mark Boyle
THE MONEYLESS MANIFESTO

つつしみとつながりとやさしさを取りもどした人類が、ふたたび荒野を歩むその日のために。

数字よりも崇高で気高くかがやかしい物語が存在することに、誰もが気づくその日のために。

推薦のことば

来《きた》るべき革命も、マークの論じた深みに到達するものでなければ加わるに値しない。生命の流れに身をまかせ、寛大さこそが人間性の本質であると認識し、与える者は与えられると信じる次元まで踏みこんだ変革でなければ。願わくは、本書を読んだ方がたが、そんな世界もありうるという確信を深められんことを。

――チャールズ・アイゼンスタイン（『聖なる経済学（*Sacred Economics*）』著者）

マーク・ボイルは勇敢な男だ。『無銭経済宣言』はお金に関する神話をくつがえし、お金は真の富ではないという真実に読者を近づける。土地、森林、動物、人びと、コミュニティ、人間の手こそが、真の富を生みだすのだ。財務大臣にこの本を読ませたい。本書は、偽りの世界に生きる銀行家、ヘッジファンド・マネージャー、金融業者の目をさまさせることだろう。『無銭経済宣言』は、お金がないと生きられないという幻想を打ちくだいてくれる。

――サティシュ・クマール（『リサージェンス&エコロジスト』誌編集長）

この本は読者を考えさせ、おどろかせ、思案させ、もしかしたら変えてしまうかもしれない。非常に重要な著作だ。

——ビル・マッキベン（『ディープエコノミー』『自然の終焉』著者）

私たちの文化は行き先を見失い、私たちは金銭愛から人間と地球資源の収奪に走るあまり、自身の生存すら危うくし、生態系《エコサイド》の殺戮をおこなっている。金銭依存の構造をとらえなおし、現代社会においてもお金に頼らず生きられると証明してみせることにより、マークは、いまよりも健全で生態系バランスのとれた公正な文化の構築が可能だという強力なメッセージを届けてくれる。

——ポリー・ヒギンズ（国際弁護士。著書『エコサイドの撲滅（*Eradicating Ecocide*）』でピープルズ・ブック・プライズ受賞）

『無銭経済宣言』は、金銭依存を減らす／なくすための実用ガイドという側面と、金銭依存を避けるべき理由についての説得力ある考察という側面を併せもつ。いずれも、たしかな実体験から生まれたものである。持ち前のユーモアと親しみやすい筆致で、マーク・ボイルは、金銭主導の狂った生きかたから早急に逃れて「よき生きかた」を選ぶ必要性に気づかせてくれる。それは、前向きな生きかたの選択であるばかりでなく、われらが唯一の生命維持装置たる自然界が破壊されていく現状に対する、直接の回答でもある。ボイルが選んだ、行く人の少ない道は、よりよい生きかたを集団レベルで模索していくうえでの鍵をにぎっているように思う。おそらく近い将来、彼の仲間はずっとふえるのではないか。

——ショーン・チェンバリン（『移行のスケジュール（*The Transition Timeline*）』著者）

お金はもはや交易や交換の手段ではなく、二一世紀の脱工業化社会を管理するメカニズムとなり、私たちは皆その支配をまぬがれない。マーク・ボイルがお金を使わずに豊かで満ちたりた生活を送った先例は、いまの時代を生きていくにはお金が必要だという神話をくつがえしてしまう。お金が必要どころか、お金をへらしたほうが個人の自由度が高まりうることを証明しているのだ。この人間解放の思想は、身の丈に合った贈与経済の戦略的発展に道を開き、私たちのくびきを解きはなってくれるだろう。

——マディ・ハーランド（『パーマカルチャー』誌編集人。サステイナビリティ・センター共同創立者）

マークの講演を聞いたことがあるが、心を動かされる経験であった。深い思いやり、耐えがたい真実からも目をそむけない態度、よりよい未来の構想、本人の人柄の力があいまって、そう感じられるのだ。旧約聖書の預言者たちも、マークと同じ資質を持っていたにちがいない。あのように情熱的なメッセージを書きことばが伝えうるとすれば、本書こそがその好例だ。『無銭経済宣言』は、現在の貨幣経済に代わる贈与経済を創りだす実用ガイドであると同時に、真の霊感を受けた人間による信仰告白である。

——パトリック・ホワイトフィールド（『アース・ケア・マニュアル（*The Earth Care Manual*）』著者）

マークは古今の代表的な思想家を引用しつつ、オキュパイ運動世代のための宣言書を起草した。

——アンディ・ハミルトン（『タダ酒を飲む（*Booze for Free*）』著者）

こんな夜を想像してみよう。漆黒の空に星は高く、きみはすわって、たき火にくべた薪《まき》がゆっくりと燃えるのを見つめている。感じるのはぬくもりだけ。不意に若い女が、ぶあつい二〇ポンド紙幣のたばを取りだすと、無造作に火をつけはじめる。一枚、また一枚。さまざまな感情が春の樹液のごとく胸に噴きだす。腹立たしさ。力に訴えてでもやめさせたいという衝動。わけがわからず途方にくれる気持ち。それらの紙切れを生かせたはずの用途があれこれ思いうかぶかもしれない。薪を燃やす行為と、紙を燃やす行為。そのふたつがなぜ、これほどまでにかけはなれた感情を呼びおこすのだろうか。基本的には同じ物質を焼却しているだけなのに。唯一の重要な差と言えば、片方が象徴を身にまとっている点である。少しばかりの象徴と、その根底にある文化の物語のせいで、豪奢に暮らす人もいれば、飢えに苦しむ人もいる。木々が誇らしげに立ちならぶ森もあれば、皆伐される森もある。豊かな生物相が保たれている海もあれば、乱獲される海もある。これぞぼくたちがお金の物語に――とうに時代遅れになった理由にもとづき――付与してきた力なのだ。

序文 チャールズ・アイゼンスタイン 13
はじめに 17

PART **1** 理論編

CHAPTER 1
カネという幻想 32
カネなし思想と自己幻想 35
カネの文化 41
時はカネならず 45
本物のコミュニティには相互依存が必要 48
消費する物との断絶 54
個人・社会・生態系・経済にカネが与える影響 59
〈規模の経済〉とカネの結びつき
〈分業〉とカネの結びつき
カネのもたらすムダ
価値の保存が生みだす圧倒的格差
売買と贈与のちがいは売春とセックスのちがい
新しい物語を選ぶときはいま 74

CHAPTER 2
カネなしの選択肢 77
無銭経済とは 78
無銭経済の定義／贈与経済
一〇〇%ローカル経済
資源ベース経済／ペイフォワード
コラム● 贈与経済の実例

CHAPTER 3
理念の進化（POP）モデル 103
POPモデルの構造 106
コラム●カネなしの仲間たち

CHAPTER 4
課題と移行策 116
現行の人間文化 119
工業文明への依存 122
土地所有制度 130
計画許可制度 135
地方税――生存に課せられる税 141
保険 146
子育て 148

PART 2
実践編

CHAPTER 5
働きかたと物品の入手 152
働きかた 155
現代的なスキルと働きかた／原始的なスキル
物品の入手 170
日用品／オムツ／本と新聞／各種の道具
コラム●石器製作の技術／パレット活用のアイデア五種

CHAPTER 6
土地 187
自由／無料の地 189
窓ぎわなどの狭小空間／ランドシェア
ウーフ／都市部の空き地を菜園に

心を揺さぶるビジョンの創出と情熱的追求　196
既存のコミュニティへの参加／ゴーストタウン／土地の購入
現実的な土地改革をめざす運動　211
コラム●エンバクム誕生の物語
パーマカルチャーと再ローカル化

CHAPTER 7
住居　214

無料の家　218
スクウォッティング／ハウスシット・ボートシット
洞窟／ブラックハウス
安く建てて無料で暮らす家　225
パッシブソーラー建築／土嚢工法
ストローベイルの家／地下住宅／円形住宅
コンポストトイレ　234
コラム●コンポスト――誰かのウンチは誰かの肥料

CHAPTER 8
食べものと水　241

食べもの　244
野生の食の採集　245
自家栽培　253
自家採種と種子交換／多年生作物
循環型の生産体制／ゲリラ・ガーデニング
スキッピング　275
その他のアイデア　277
卵／ハチミツ／保存食づくり
コミュニティ果樹園とアバンダンス・プロジェクト
水　284
井戸とボーリング井戸／雨水の収集
湧き水と河川水
コラム●野生のタンパク源――リーフカードと轢死動物
自家製の自然農薬、有機肥料、土壌改良剤
アグロフォレストリー／不耕起栽培

CHAPTER 9
清潔と衛生 289
入浴の方法 291
シャワー／風呂
からだ 293
洗顔ソープとボディソープ／ハンドソープ／デオドラント
保湿クリームと化粧水／尻とトイレットペーパー
歯と口腔 299
歯みがき粉／歯ブラシ／マウスウォッシュ
ヘア 302
洗髪／カット／シェービング
衣類 305
洗濯／乾燥／洗剤
家まわり 309
皿洗い
コラム●一〇〇％ローカルな素材を使ったそうじ

CHAPTER 10
移動手段と旅の宿 315
移動手段 320
カネなしの靴／ヒッチハイク
自転車／車の相乗り／無料のバス
宿泊 330
カウチサーフィン、無料のもてなしウェブサイト、
あるいはなりゆきまかせ／野宿
ブッシュクラフトのシェルター／長期の無料宿泊
コラム●はだし歩き礼賛／路上のおきて

CHAPTER 11
オフグリッドの生活 334
電気エネルギー 336
照明
調理 340

たき火／ロケットストーブ
ヘイボックス／アースオーブン
防寒　345
セーター（とズボン下）／ガス容器の薪ストーブ
メイソンリーストーブ／薪の調達／太陽熱
オープンソース・エコロジー　352
オープンソースのテクノロジーと無料の通信　352
コンピューター、携帯電話、その他の通信機器
無料の通信／Linux／OpenOfficeとLibreOffice
情報セキュリティ　357
DuckDuckGoとStartpage／Hushmail／TrueCrypt

CHAPTER 12
教育　362
非貨幣経済のための教育　366
在宅教育／フリースキルのつどい
カーンアカデミーとインストラクタブル
ベアフット・カレッジ／その他のオルタナティブ教育機関
コラム●在宅教育という選択
フリースキルのつどいでサワー種パンづくり
贈与経済における教育

CHAPTER 13
健康とセックス　387
〈自我中心的な自己〉と〈ホリスティックな自己〉の健康　392
個人的な秘話／どの時点でやめるのか
ローカルなヘルスケアの選択肢　402
薬草学／ローカルな治療法いくつか
その他のローカルなヘルスケア／ばんそうこう／女性のヘルスケア
野生のセックス　421
避妊／潤滑剤／催淫剤／張方
セックスの語りかた　428
シンプルな選択　429
コラム●野生の薬

CHAPTER 14 衣類と寝具 430
衣類 432
短期的な対策／長期的な対策／アクセサリー
寝具 442
手織りウールの敷き毛布
まくら／掛けぶとん
CHAPTER 15 娯楽 446
楽器の習得と製作 448
絵画の制作 452
路上パーティ 454
酒 455
その他の娯楽 459
ゲーム／音楽、喜劇、パフォーマンス
サークル活動／討論会／映画／想像力
カネの奴隷を脱する 465
コラム●未開の音／ローカルなタダ酒
CHAPTER 16 はじまりはすぐそこに 467
謝辞 475
訳者あとがき 478
原注 494

＊本文中の〔　〕は著者による注、割注は訳者による注を示す。
＊本文中の書名は、邦訳があるものは邦題を表記し、未邦訳の本については初出のみ原題の逐語訳の下に（　）で原題を加えた。

一年前にはじめてマーク・ボイルと話すことになったとき、私はいささか身がまえていた。きっと、人よりすぐれた人間だとの自負があるのではないか。清廉潔白で、文明の罪などに毒されていないぞ、と。ことばには出さずとも、彼のライフスタイルそのものが私たちを非難しているように思われたのだ。

でも実際に会って話してみたら、聖人ぶったところがまったくなく、傲慢さとも無縁の人物だった。だからこそ、マークのメッセージは多くの人の共感を呼ぶのだろう。そのまぎれもない善意と思いやりにこちらの警戒心もほぐれ、彼の得た気づきをすんなり受けいれる気になれる。彼いわく、金銭の放棄は、つながり、親密なつきあい、冒険、真の人生経験にいたる道である。善人と認められんがために身を犠牲にする道どころか、喜びの道であり、豊かさの道とすらいってもいい。

本書のひとつの意義は、その道をほかの人にも開いた点にある。よき生きかたが話題にのぼるとき、「もちろん誰しもお金をかせがねばならないので」という前置きをしばしば耳にする。住宅ローンの返済があるし、光熱費の支払いもある。ようするに「生きるコスト」が存在するわけだ。生きていくだけでもお金を払わなければならない、とあたりまえのように思っている。この前提がある幻想の一端にすぎないことを、マークはあきらかにする。相応の理由があってお金を使う場合もあろうが、どうしても使わなければいけないわけではない。

その幻想を逃れるには、私たちのものの見かた、習慣、基本信条に大きな転換が必要である。この世界における私たちのありかたを転換し、自己認識さえも転換しなければならない。金銭を介する暮らしは、人びとをコミュニティからも自然からも切りはなし、私たちの相互依存を匿名の媒介者へと振りむける。お金は約束する。じゅうぶんなお金を手に入れさえすれば自立できますよ、と。周囲の人間に頼らなくてもやっていける。「あいつらの助けなど必要ない。必要なものは何でもお金で買えるから」。周囲の自然に頼らなくてもやっていける。「水が汚染されているならボトル入りのを買えばいい。土壌が汚染されているなら遠方のオーガニック食品を買えばいい。最悪の場合は引っ越すこともできるし」

これまた幻想である。お金で自立を達成することなど、実際はできやしない。できるのは、依存先をどこかへ切りかえることだけ。周囲の人や場所に依存するのをやめて、お金とそれを介してつながる遠方の機関に依存するようになるだけだ。現実に私たちは互いに結びつきあった存在であり、ほかの生命に全面的に依存しなければ生きていけない。文明化した人類は、そうした依存を長いこと否定しつづけ、自然を支配し超越しようとしてきた。その優越幻想の一角を占めてきたのがお金だ。しかし、今日私たちは生態系と共存する時代に移行しつつあり、環境的・社会的なあらゆる次元において、生命の輪にもう一度加わろうとつとめている。

マーク・ボイルはその一方策を提案する。生命の輪は贈り物《ギフト》の輪だ。ごくたまにおこなわれる交換取引《バーター》は例外としても、お金を使わない生きかたは、直接与え受けとる経験と、その経験から生まれる紐帯《ちゅうたい》とに、人をふたたび結びつける。贈り物を受けとるときは、贈り主に対して、贈り主のコミュニティに対して、さらに全世界に対してさえ、感謝の気持ちをいだく。そしてまた、次は自分が誰かに与えたいとの欲求もわく。贈り物をするときは、つながりの意識も生じる。贈る相手に、コミュニティに、あるいは地球に、頼みごとをしたり与えてもらったりしてよいのだと感じられる。金銭による取り引きは限定的な関係で、支払いとともに解消するけれど、贈与による関係はオープンエンドで、さだめられた期限がない。贈り物はきずなを創りだし、関係性を創りだす。これこそがお金を使わずに生きる一番の理由であって、産業化社会の罪業《ざいごう》をまぬがれられるという思いこみなどが動機ではない。

だからといって、お金を使わない生きかただけが贈与の精神に参入する唯一の道だと言いたいのではない。つまるところ、お金だって贈り物として与えることができるのだから。ただし、いま現在のお金は、欠乏、不安、貪欲、競争など、贈与の精神とはまるで正反対の不健全で分断的な意識の状態に満たされている。よって、お金を使わずに生きることは、贈与の精神にいたる近道と言えよう。

では、集団レベルではどうか。贈与の精神にもとづく社会を構築することはできるだろうか。そしてそれはかならずしもお金のない社会でなければならないのだろうか。長期的にはそうかもしれない。けれど、たとえそうだとしても、何らかの方法によって、さまざまな形の富を循環させ、社会的に幅広い層の人たちが協調して働き、人間の創造性を共通目的に振りむける必要がある。今日ますます機能不全におちいっているお金ではあるが、本来はそうした役割を果たすように作られている。社会がもっと進歩すれば、お金は本来の機能を取りもどし、富、安心感、仕事の性質に関してまったく新しいイメージが生みだされることだろう。いままでとちがった生きかた、この世界とのかかわりかたが生まれてくるだろう。実をいえば、私を含めたおおぜいの理論家たちが取りくんでいるのは、どうしたらお金を生態系や持続可能性や正義や豊かさに敵対しない存在に変容させられるか、という課題なのだ。

その意味でマークの著作は、つながりと喜びにあふれた生きかたの単なる解説にとどまらない重要性を持つ。新しい体制――そこにもお金と呼べるような何かが存在するかもしれないにせよ――の精神的いしずえを築いた点でも意義がある。来るべき革命も、マークの論じた深みに到達するものでなければ加わるに値しない。生命の流れに身をまかせ、寛大さこそが人間性の本質であると認識し、与える者は与えられると信じる次元まで踏みこんだ変革でなければ。願わくは、本書を読んだ方がたが、そんな世界もありうるという確信を深められんことを。

二〇一二年八月　　チャールズ・アイゼンスタイン

はじめに

愛よりも、お金よりも、名声よりも、真実が欲しい。

――ヘンリー・デイヴィッド・ソロー

一月のある晴れた午後、まあたらしい雪の上をざくざくと、ぼくらは歩いていた。ぼくの小さな手をにぎった母さんに、そのとき、そっと教えられたのだ、サンタクロースが実在しないことを。もちろん、息子のためを思っての親心だった。このクリスマスにサンタさんが何をくれたかなんて話をマセた子たちの前でやって恥をかかないように、と。でも、七歳半になっていたぼくは、言われぬうちから、このやけにでっぷりした贈与経済の化身が本当にいるのかどうか疑いはじめていた。疑念がきざしたのは四歳のころである。

それまでサンタは無条件に与えてくれる存在だった。かつて母の乳房がそうであったように、お行儀がよかろうと悪かろうと、ただひたすら与えてくれていた。ところが五回目のクリスマスが近づくと、こう言われてしまう。「サンタのおじさんもそれほど甘くないんだよ。いい子にしてないと、もう来てくれないからね」。サンタの愛、サンタとの関係性に、少しずつ交換条件が入りこんできたみたいに。でも、ぼくたち小さい子どもは、交換条件など自然の理に反すると知っていたので、何かあやしいなと感づいた。だって、ベリーを摘んだり水を飲んだりする前にキイチゴや川から「いい子にしてたか」なんて聞かれない。それでも、そんな疑いを口にしたとたんに新しいおもちゃが来なくなりかねないのを恐れて、二年半のあいだしらんぷりで、余計なことは言わず、空想じみたお話に調子を合わせていた。子どもだって、ときにはずる賢くなれるのさ。

　かなり疑っていたとはいえ、その疑いが正しいと母さんの口から聞かされてみれば、やはり複雑な気分だった。去来する思いのほとんどは疑問の形をとる。サンタが本当はいなくて、作り話をぼくら子ども全員がすっかり信じていた――あるいは、得すると思ってすすんで調子を合わせていた――だけだとしたら、ぼくんちのツリーの下にあったおもちゃはいったいどこから来たんだろう。サンタの子分がこしらえたのでなければ、どこの誰が？

　胸の痛みがたちまち広がる。大好きな大人たちが、どうして何年間もうそをついていたの？　見知らぬ架空の人物がおもちゃを持ってきてくれたと言うほうが、好きな人からのプレゼントだよと本当のことを明かすよりも、ぼくのためになると考えたのはなぜ？　「真の慈善《チャリティ》は匿名でしかなしえない」[*1]（『負債論』酒井隆史監訳、高祖岩三郎、佐々木夏子訳、以文社、二〇一六年）として感謝すら求めない、諸宗教でもっとも純粋な形とされている贈り物を、親は与えたかったのか。あるいは、長いあいだにわれわれの文化が、この人生賛歌たるおとぎ話をねじ曲げて、世の中は条件ずくなのだとじょじょに教えこむため――学校にあがった時点から仕込まれる経済的領域への順応――の道具に変えてしまったのか。このお話は、無条件の世界から交換条件の世界への近代的で孤独な旅の道づれとして、引きかえに与えるものしだいで受けとるものいっさいが決まるような人生への先導役として、利用される存在と化したのか。見返りがある場合にかぎって与えたり何かをしたりする、そんな社会への。それとも、ことはもっと単純で、昔話——企業のマーケティング部門によって長年たくみに操作されてきた物語——を世の人びとが惰性で語りつたえ、再生産しているだけなのだろうか。この作りかえられた神話が実際のところ社会の役にたっているか、それともすでに時代遅れになったか、などとよく考えてもみないままに。

もうぼくだって小さい子じゃないんだから、心の底では本当のことを知りたいと思っていた。動揺させられたってかまわない。真実はいつもお話よりすばらしい（これは本書を書かずにはいられなかった理由のひとつである）。当時のぼくが直視せねばならなかったのは、サンタクロースが実在しないという真実だった。サンタは、人間が作りだし、親から子へと受けつがれる神話にすぎないのだ。ちょうど、妖精や、善悪の概念や、「ヤギの睾丸《こうがん》をなめるとインポがなおる」といった俗信のように。

ちょうど、お金のように。

この最後の真実こそ、ぼくが二十代の終わりに直視したかったものだ。おどろくなかれ、お金の概念——貸し借り意識の近代的な数値表現——は、サンタクロースやそのモデルとなった人物たちとたいして変わらないお話なのだ。米国で一二年以上、一文なしの生活を送っているダニエル・スエロ[*2]は、お金を使わずに生きるという選択の極端さについて問われ、こう答えている。

「お金を持たずに生きている」と言ったところでたいした意味はない。「サンタクロースを信じないで生きている」と言うようなもの。ただ、誰もがサンタクロースを信じている世界では、サンタクロースを否定するだけでも、常軌を逸した人間だと思われるだろう。

お金の必要性が神話であるとは、どういうことか。ちょっと周囲を見まわして、お金で手に入れたのではない物をさがしてみてほしい。おそらく見つからないだろう。食べものを自家栽培している人でも「タネはお金で買ったものだし、農機具もそうだ」と思っているにちがいない。これこそが、ぼくたちがお金に付与した力だ。生きていくための必需品であり、よりどころだと思いこんでいる。現行の非人間的で破壊的な経済をお金にもとづいて設計してきたという事実も、そうした思いこみを永らえさせるばかりだ。今日では、文化がのべつたえるお金の物語に心をわしづかみにされ、お金なしで生きられるとは思いもおよばなくなってしまった。人類の行動を観察するかぎり、きれいな空気、新鮮な水、肥沃な土壌なしで生きるほうが、まだたやすいと考えているかのごとくに見える。

おかしなことに、われわれ大人はお金に養ってもらっていると勘ちがいしているが、実は（人間もその一部である）自然界に養われているのだ。お金に頼るしかないというのもまた思いこみであって、その思いこみが効力を持つのは、「そう信じよう」と皆が合意したからにすぎない。近代経済学の父アダム・スミスでさえ、「すべての貨幣は信じるか信じないかの問題である」[*3]と述べている。人がお金を信じているのは、それと引きかえに物品が手に入ることを経験から学んだためである。この物語にまつわるさまざまな儀式（小切手への署名、クレジットカードでの買い物）をとりおこなうたびに、信仰は深まり、心の呪縛も強化される。

今日のお金の代表的形態である法定通貨[*4]には、交換手段としての使用価値はあれど、本質的価値はない。つまり、それをとりまく社会政治的・文化的・経済的物語が疑われる事態となれば、一夜にして価値を失う可能性もありうる。ハイパーインフレにあえぐ国ぐにの惨状が実証したとおりだ。われわれの文化全体が、お金を下支えしている神話を信じるのをやめたとしたら――事実、生態系、社会、金融の危機が続発するにつれ、信じられなくなってきている――、銀行にある（部分準備制度のもとではそう多くもない）紙幣など、せいぜい火起こしに使う程度の価値しかなくなるだろう。それにしたって、本当のところ、樺の樹皮のほうがずっと価値が上だけれど。

お金を下支えしている神話のひとつは、「銀行の預金残高はいつでも好きなときに、野菜や机など、本質的価値のある品物やサービスと交換できる」というものだ。しかしながら、ほとんどの自然資本や社会資本が単なる数字に還元しつくされ、換金できる物理的・文化的「資産」も日ましに残り少なくなる世界において、そんな思いこみはまもなく疑問視されることとなろう。河川から鮭の姿が消え、汚染物質が満ちあふれたとき、森と海の資源収奪が完了したとき、表土がくまなく失われて地球のほとんどが砂漠化したとき、「あとに残るのはただ、冷たくて命のないお金だけ。何世紀も前にミダス王の神話によって警告されたとおりである。われわれは死ぬ、この上なく金持ちになって」[*5]。

このほかにも、「ぼくときみとは別々の存在」という神話がある。この幻想も消えてなくなれば（この神話の解体も本書のねらいだ）、ぼくがこの世界にもたらすギフト（元はといえばぼくに贈られたギフト）に関してきみに支払いを求めることがバカバカしく思えてくるだろう。木の下で立ちションをしたとき、おしっこに含まれる窒素の対価を木に請求したり、そのあとで、木が生産してぼくの肺を満たしてくれる酸素の代金を請求されたりするのと同じくらいバカげている。自然界は、ぼくもそうだが、官僚主義や管理をきらう。だから、ただ無条件に与え、会計やら監査やらにムダなエネルギーを費やすことなく、本来の仕事に専念している。実際、自然のサイクルにおどろくほどムダがないのは、誰ひとりとして――バクテリアも、鳥も、藻《も》も――損得勘定をする存在がいないからだ。そして、ぼくらはその事実に感謝しなくてはいけない。一インチ四方の土壌の中だけで何百万という相互作用がたえず起きているというのに、もし損得など考えようものなら、全世界が崩壊してしまうにちがいないのだから。

物語それ自体は何も悪くない。人類と周辺環境のためにいまでも役だっているならば。また、しょせんは物語にすぎないこと、その気になれば眼前の世界にもっとふさわしい物語を創りだせることさえ、ぼくたちが忘れずにいるかぎりは。サンタクロースやお金やヤギの睾丸なめの神話を信じることで、さらに充実した自由で健康的な人生を送れるようになり、コミュニティのほかの生き物にも同様の機会が約束されるなら、ぼくはもろ手をあげて信じよう。だけど、そうでないとしたら、もう少し賢くなって、もっとわれわれのためになる新しい物語の創造に着手しようではないか。

それでも実際、お金はこれまで人間の役にたってきた、とお考えの読者もいるだろう。今日のわれわれが手にしている「文明」は、テレビも、自動車も、インターネットだって、お金のおかげで発達したのだ。だが、どれほど多くの人が、カネの奴隷になりはてたと感じ、つねに「あと少しカネが必要だ」と思いつづけていることか。生きていくためにはあと少し、幸せになるためにはあと少し、成功の自覚を得るためにはあと少し、というぐあいに。トイレの落書きで見た文句だが、「悪習に支配されると自由を失う」。

もしも、お金を生みだすもとになった文化の物語（この本で取りあげる〈独立した自己〉など）がそもそも、人類の破壊的妄想のうえに築かれたものにすぎなかったとしたら？　お金の概念自体が、実用的な発明だという当初の期待に反して、地球とその生物圏をいつか人類（およびその他多くの生き物）の住めない場所に変えてしまわずにおかないと気づいたなら？　それでもきみは、そうした破壊的な物語に同調しつづけるだろうか。それよりは、新しい物語を創造したいと思わないだろうか。いまの時代にふさわしい物語、現代人特有の課題にみあった物語を。

この本で、お金を生みだす素地となった神話を問いなおそうとするのは、（1）お金の誕生当初から決まっていたことではあるが、時代が下ってはじめて見えてきた悲惨な結末をあきらかにするとともに、（2）何よりも読者に、新たな物語群を、今日ぼくらの目の前にある世界に適した暮らしかたを、人類が手にする手助けをしてもらいたいと思うからだ。

著者のためらい

人生に多くを学ぶにつれ、わが身の無知を実感し、得られる知識の限界に気づかされた。自分自身のごく基本的な部分さえやっと理解しはじめたばかりの若造が、現代人のかかえる難題に対する答えを何かしら知っているかのように受けとられかねない本を書くなんて、われながら厚かましい気がする。だから、この本を書くのにいささかためらいもある。

われわれの住む世界には、（従来の覇権主義・帝国主義に代わって登場しグローバリゼーションの同義語となった）文化覇権主義・文化帝国主義の容赦ない均質化圧力を受けながらも、数多くの人間文化が息づいている。これらの文化に多彩な下位文化《サブカルチャー》が含まれ、いずれも生態環境や社会慣習と複雑にからみあいながら存在しており、りくつではとらえきれない。人類はさまざまな系統の集合体であり、精神的・宗教的信条もまちまちならば、それらに深く根ざした物語も異なる。数千年来、地球は国境線で切りわけられ、それぞれの国が独自の発達をとげてきた。法制度、発展の度合い、社会のしきたり、文化的に創られた神話、物質的豊かさへの欲求、ジェンダーと性に対する考えかた、身体的・心理的な習慣性、微気候、複雑な財政状況。さらには、そうした多様な人口統計学的集団内においても個人差が激しい。同じひとつの国にノーム・チョムスキーとルパート・マードックが住んでいるように。

しかし、そんな幅広いちがいにもかかわらず、われわれ全員を結びつける共通点も多い。ひとつの惑星上、ひとつの生物圏内に暮らす人類の運命は、相互に依存しあっている。実に壮大な規模の社会的・生態学的・経済的課題のあれこれにともに直面し、そういう課題を生みだす原因となったいくつかの物語も共有している。これら共通の危機――〈グローバルな西洋〉の住人が自分たちの生きかたを考えなおし、すべての生命体の利益となるよう根本から変えていく、最高の機会ともなる――につける万能薬があるとすれば、たったひとつ。毎日を生きる新たな姿勢と精神の育成、つまり世界を見るレンズの交換だけだ。

「どれだけ得ることができるか」というレンズを皆がいっせいにはずして、「どれだけ与えることができるか」「きょう何人を笑顔にできるか」「協力しあって周囲の命をはぐくみ維持していくにはどうすればよいか」というレンズに取りかえるだけで、気候変動や、資源枯渇や、テレビ産業から次々と生みだされる少年アイドルグループの問題までを一挙に解決することはできないにせよ、絶好のスタート地点に立つことはできるだろう。そんな新しい見かたで毎日を生きたなら、どんな心地がするか、想像してみてほしい。この先何が起きるかは誰にもわからない。だが何が起きようとも無条件に助けあっていく姿勢の育成は、より具体的ないかなる解決策をとる際にも有益な土台となる。いまよりも思いやりと敬意にあふれ、意義ぶかく心満たされる共生の道を見いだせないのであれば、いったい何のために生きているのか。

そうした新奇かつ根源的な人生観を提案する以外に、人類の途方もない難題への答えを（すべてどころかひとつでも）知っているなどと言うつもりはまったくない。たしかに、ぼくは独特の世界観の持ち主だ。まぎれもなく消費主義的な経営学部出身者でありながら、お金をまったく使わずに三年近く生活するという異色の転身をとおして、両方の立場に身をおき、どちらの物語によって心に深い充足がもたらされるかを見きわめる機会を持ったのだから。それは人生が変わる経験だった[*6]けれど、同時に、唯一の汎地球的《グローバル》な答えなど存在しないことも思いしらされた。そんな答えがあるかもしれないと考える思考回路こそが、そもそも人類を現在の窮地に追いこんだ原因にほかならない。直面する課題に対する答えは地域性に即したものでなければならないし、それぞれ異なる土地に住む人びとのニーズに合った物語をあつらえる必要がある。

その点を念頭に置いたうえで、以下の章でやろうとしていることはふたつ。解決不可能とさえ思われるあまたの窮状をもたらした根本原因を深く掘りさげ、この歴史的転機に人類をみちびいた神話について考察するつもりだ。いまでは世界中ほとんどすべての文化・国・宗教において受けいれられている神話、おそらくヒトの歴史上もっとも広く遍在するようになった物語について。

ぼくらを待ちうける問題群に対する解決策を提案するのは、ひとえに、貨幣経済だけが唯一選択可能な経済モデルではないと気づいてほしい、ほかのどの時代でもないいま現在のために別の経済モデルが必要かどうか考えてもらいたい、との思いからだ。もはや紀元前一万六千年ではない。あの当時にはふさわしくても、進化したいまのぼくたちには合わなくなった文化的神話。そこから生まれた儀式を、なぜ惰性でくりかえさなくてはいけないのか。

好むと好まざるとにかかわらず、カネの便利さは世に広く認められているし、カネの概念が人間による画期的発明のひとつであることはまちがいない。爾来《じらい》、今日の世界を形づくってきた大変革はすべて、この発明が提供する枠組みのなかで起こった。だが、カネが個々人に、社会に、生態系におよぼす影響について、じゅうぶんに理解されているとはまるで思えない。人類がこの地球上で長きにわたって有意義な将来を手にするには、カネの物語と、その背後にある堅苦しい〈交換〉という思考回路とを乗りこえる必要がある。ぼくがそう考える理由も説明するつもりだ。

本書の存在意義はもちろん、人間とカネの関係の再検討が必要だと信じる論拠を説明するのみにとどまらない。究極の目的は、読者が金銭ぬきで生活のニーズを満たせる（または少なくとも金銭への依存を小さくできる）方法《メニュー》を幅広く紹介することにある。自分自身の生きかたをもっと自分で決められるような、豊かな創造性を発揮できるような方法。自然界と地域社会に与えるマイナスの影響をおさえて、プラスの影響をふやす方法。喜びを感じなくなった仕事から自分を解放してやる方法。あるいはただ、自分のなかに存在することすら気づいていなかった未知の領域への道すじを。

金銭への依存をへらしたい（または単に節約したい）と願う動機は、人それぞれだ。ぼく自身の最初の――そして非常に個人的な――動機は、自分の住む土地とのつながりを取りもどし、同じくそこに住まう人びとや生き物とのつながりを取りもどすことだった。というのも、そうしたつながりを取りもどさないかぎり、「真の持続可能性」も「搾取しない生きかた」も、気どった会議でコーヒー片手に論じられる話題にとどまるだけだ、と確信しているからである。貨幣経済を乗りこえようとするぼく自身の動機は日ましにふくれあがっていく。次の章ではそれらの動機について述べたい。もう一点はっきりしてきたのが、ぼくが自由に生きたいと思うように、地球を分かちあっているすべての生き物にも同じく、自由に生きる機会が与えられてほしい、ということ。他者の自由と幸福を犠牲にして得られる自由と幸福など欲しくもない。

多くの知人には、もっと切迫した動機がある。失業だ。持ち家の評価額が住宅ローンの残高を大きく下まわっており、仕事を求めて引っ越すこともできない。あるいは単に、いまの制度の外側で生きたい、いつのまにかどんどん奪われていく自由をいくらかでも取りもどしたい、と願う人もいる。また、貨幣創造プロセスの私物化にいきどおる人もいれば、金融と環境の終末論的シナリオに備えようとする人もいる。いま挙げたのはいずれもおもに実利的な動機だが、それに劣らず多くの人が、独自の精神的《スピリチュアル》な理由から金銭の放棄にむけて努力中だという。

カネとの関係を問いなおすこれらの動機に、どれがより正しいとかまちがっているとかいうことはない。いずれも正当な動機だ。貨幣という流動性の高い道具は、人間に仕えるべき存在だったはずが、いつのまにか逆に人間の主人となり、さまざまな次元で、人それぞれに異なる悪影響を与えている。これはぼくの意見だが、カネはこの世での有益なつとめをすでに果たしおえたのかもしれない。貨幣経済から〈ローカルな（地域に根ざした）贈与経済〉（第2章を参照）への移行を決断できる段階まで、人間社会を進化させてくれたのではないか。

芸術はすべてプロパガンダ

本書に関する注意点をいくつか。実践編にあたる第5章以降では、人間社会を新たに設計しなおすための構成部品について広く説明するが、それらはすでに——往々にして気づかれぬまま——読者の皆さんの掌中《しょうちゅう》にある。ずっと以前からローカルな贈与経済の諸領域のために尽力してきた先駆者たちのおかげで、潜在的解決策の多くはすでに実証実験もすんでおり、ぼくらの手で統合的《ホリスティック》な新しい生きかたへと組みたてられ実践（この点が重要）されるのを待っているのだ。

シャンプーの自家栽培方法や野生の性交潤滑剤《ぜりー》の採集方法などのように、可能な場合は全容を具体的に説明しよう。しかし、本書で述べるカネなしの解決策には、都市部のせまい裏庭におけるフォレストガーデニングなど、それだけで一冊の本が書けてしまうテーマも含まれる。それらについてはごくさわりだけを提示して、読者の判断材料としてもらうしかない。興味がわいたら、注などに示す書籍類を参照してほしい。当のテーマに関して、もっとも正確で網羅的だとぼくの経験から思われた情報源を挙げておく。もちろん、解決策の大小にかかわらず、いずれも無銭経済にとって重要な構成部品である。

この広範な実用ツールキットのあちこちに「移行ツール」の説明が出てくる。将来的に持続可能な生活環境をととのえるため、移行当初のみにかぎって、いまあるもの（ゴミ箱から拾ったもの、インターネット、カネなど）の使用を容認するケースだ。つねに理想主義と現実主義のバランスを見いだすべく努力したが、かならずしも成功しているとはかぎらない。不手際があったらご容赦いただきたい。

実際にこの道を歩みだしてみれば、すぐ、本書に書かれているよりさらに多くの手法が存在するのに気づくだろう。手法の大半は地域性——読者の住む国、その住民、生活様式——に即して調整することになるわけだから。この本では、読者自身の無銭経済（あるいは少なくとも金銭依存度の低い経済）を地域社会の仲間と一緒に創りだすための基盤と自信を提供できればと思う。そして、この自信にはじゅうぶんな根拠がある。ぼくが金銭を必要とせずに生きてこられたとすれば、正直、誰にでもできるはずなのだ。だって、ぼくはよく見つもってもせいぜい平均的な能力と知能の持ち主だし、自分よりもずっとうまくやれそうな人をおおぜい知っている。謙虚なふりでも、自己卑下でもない。まぎれもない事実である。

いわゆる、誰にでもあてはまるたったひとつの法則を述べた本ではない。こうすべきだという規範を示すつもりもない。フルタイムでボランティアにたずさわる人であろうと、販売員であろうと、活動家であろうと、ヘッジファンドのマネージャーであろうと、守りたいのが地球の生態系だろうと、目べりしつつある自分自身の貯蓄だろうと、この本が役にたつと思う人に使ってもらえばいい。

一番大事なのは、ぼくの言うことを何もかもうのみにしないこと。ジョージ・オーウェルはかつてこう述べた。「芸術はすべてプロパガンダである」と。真実のみを——ぼくの解釈したとおり——語ることに最大限の努力をつくすつもりだが、ぼく自身の偏見がまぎれこまないという保証もない。だから、ページをめくりながらプロパガンダの殻《から》を見つけたら、そいつは振りおとし、残った真実のタネだけを取っておいてくれ。

PART 1

理　論　編

CHAPTER

1

カネという幻想

皆の言っている月並みな教義をくりかえすか、
あるいは、真実だけれども異星人の発言ととられそうなことを言うか。

――ノーム・チョムスキー

先日行ったディナーパーティでの話。出された紙ナプキンが十ポンド札の絵柄だった。妙に見慣れたやんごとなき女王の顔が、列席者全員を凝視する。神聖さのきわみと化した象徴で、そのうすぎたないツラをふけるものならふいてみよ、と言わんばかりに。実際にそうする者はひとりもいなかった。どのナプキンも、きちんとならべられたまま、手つかずで置かれていた。どこか、ひどくまちがっている感じがするのだ。いくら絵柄にすぎないとはいえ十ポンド札で、口のまわりについたクリームをぬぐうなんて。

このエピソードについてちょっと考えてみれば、お金という概念がいかにぼくらを完膚《かんぷ》なきまでに狂わせているかがわかるだろう。ナプキンがただの白無地だったら、チャリティバザーなんかで飲み物やハンバーガーを買うとついてくる、よく食べもの屋台のまわりで風に吹かれているヤツだったとしたら、まちがいなく何も気にせず使ってポイだろう。お手軽な外食産業を通じて無数の木を切りきざむのにはやぶさかでないわれわれが、紙に十ポンド札の絵がついているだけで口をふくのを躊躇《ちゅうちょ》してしまうとは。

カネ——この魂のない、空虚で恣意的な概念。気まぐれな市場やインフレに左右され、それ自体は食べられるわけでも、屋根になるわけでも、愛情をくれるわけでもない。そんなカネが樹木よりも——酸素、水、食料、日陰、屋根、土壌構造を与えてくれる樹木よりも——、生きるうえで重要とされ、丁重に扱われ、神聖視されるようになってしまった。ぼくらはアリスの不思議の国にいる。すべてが予想外で、何物もあるべき姿にない。豊かで有意義な人生を送るために何が必要かを、人間は完全に勘ちがいしており、この勘ちがいのせいで、人間のみならず地球上のほかの動植物までもが、そうした生をまっとうできなくなっている。クリー・インディアンのことわざにあるように、われわれは、「最後の木が死に、最後の川が毒され、最後の魚をつかまえたときになってはじめて、お金を食べられないことに気づく」らしい。

お金の支配的な力を考えると、二〇〇八年になぜぼくがそういうやりかたを捨てて別の道を行こうと決心したのか、不思議がられるかもしれない。お金のない生活——ローカルな贈与経済（第2章を参照）のある生活、とあえて呼びたいが——をはじめようと決めた当初、根拠となったのは、ひとつの大事な気づきだった。この世界の多くの苦難と破壊——工場式畜産、労働搾取工場、森林破壊、生物種の絶滅、資源枯渇、先住民族・文化の消滅——は、さらに根ぶかい問題の諸症状である、との認識だ。思うに、この地球上のほかの生命と自分との密接なつながりに救いがたいほど無知な人たちだけが、現在のようにふるまえるし、強烈な気散じに取りかこまれた人たちだけが、このようなふるまいの深い傷跡を感じとれない。お金は、みずからの消費習慣に直接起因するおそるべき結果をぼくらの目から遮断できるだけでなく、それ自体がもっとも強力な気散じとなる。

時間をかけてお金を使わずに暮らす経験を重ね、そこからさらに学ぶにつれて、カネなし生活を送る動機はほとんど無限大に広がってきた。かつての自分には想像もつかなかった気散じと断絶が、金銭の使用には組みこまれている。数えあげればキリがなく、ここでは網羅しきれない。以下、非常に重要だと思われるいくつかのポイントにしぼり、お金が人間の肉体的・感情的・精神的自己におよぼす影響や、その結果があらわれた社会と地球の現状について見ていこう。ただし、せんじつめれば簡単な一事につきるようだ。つまり、カネなし生活はぼく自身のありようを変えた、ということ。貨幣経済の外側で生きることによって、生命の有機的な流れのうちに身を置き、相互につながりあった一体性《ワンネス》を認識できるようになった。自己というものを、それまでとはちがう感覚でとらえられるようになったのだ。

いまこそ孤立分離の幻想から目ざめるとき。

——ティク・ナット・ハン

カネなし思想と自己幻想

いのちの網を織りだしたのは人間ではない。われわれはそのなかの一本の糸にすぎないのだ。いのちの網に対するどのような行為も、われわれ自身に対する行為となる。万物は結ばれあっている。すべてはつながっている。

——酋長シアトル

カネの物語が人間の役にたっていると思う人も思わない人も、資本主義を奉ずる人も社会主義者も、ヒッピーもヤッピーも、キリスト教徒も仏教徒も、きっと「もう少しお金があったら」と思いながら人生の大半をすごしてきたことだろう。「お金は幸せをもたらさない」という古い格言を誰でも口先ではほめそやすし、お金をもうけるほど品性が上がるという定評があるわけでもない。そう考えると、いったいお金のどこがそんなに魅力的なのかと不思議に思うかもしれない。それでも人はお金に魅了される。お金を愛し、金持ちをうらやむ。お金と引きかえに、限りある貴重な時間——ひとまとまりの人生を構成する一瞬一瞬——をさしだしさえする。すでにどれだけお金を持っていようと、仕事がうんざりするほど退屈であろうと、おかまいなしに。誰もがもっとお金を欲しがっているように見える。ぼくらはひとり残らず、「カネが俺を幸せにしないいってのを証明するチャンスさえあったらなぁ」と皮肉ったスパイク・ミリガン（英国のコメディアン）なのだ。
カネのどこにそれほどの魅力があるのだろう。安楽な生活が約束されるからかもしれない。すてきな家に車。子どもを名門校に通わせ、しゃれた服を着る。休暇には旅行。そして週に一〜二度の外食。これらの欲求自体は、まあ理解できる。だが、ブッダのことばを持ちだすまでもなく、これらは入手できるものにすぎない。たしかにカネは、身のまわりの物質的世界を変えるのに重要な役割を果たしうるが、自身がどうあるかを本当の意味で変えうるだろうか。そしてぼくらは、どうありたいのか。

人間のありように「自然状態」などない。生まれながらに貪欲《どんよく》だったり破壊的だったりするわけではない。世界各地の消えゆく少数文化を見わたしてみれば、人間には無数の生きかたが存在することと、そして、その人のありようが実際の行動様式に影響をおよぼすことに気づかされる。

きみは何者か。母親かもしれないし、教師、弁護士かもしれない。きみ自身の自我であり、記憶であり、想像力であり、欲求であり、恐れであり、喜びでもある。みずからを表現することばは刻一刻と変化する。思いやり、愛、創造性、配慮、悩みのタネ、自発性、正直、誠実、真実。人間の精神というものは幅が広い。

しかし、はたしてそこで終わりなのか。自己とはどこまでを指すのか。人間の精神の境界か、それとも肉体の境界か。おそらく読者も、足は自分の一部だと認めるだろう。では、小腸や大腸にいる細菌はどうか。きみとは別の独立した生命体だとされながら、人体の非常に重要な一部でもあり、互いに依存しあって生きている。境い目は結構あいまいだ。小川の水を飲む場合を考えてみよう

（現代なら蛇口から飲むわけだが）。その水はきみの一部だろうか。いったん体内に入ってしまえば、水は人体の三〇～九〇パーセントを構成するのだから、自分の一部だと考えるのが妥当だろう。だけど、両手ですくって飲む寸前の、まだ「川」と呼ばれている瞬間は、きみの一部ではないのだろうか。口のなかを通りぬけているときは？　血管に吸収される前の、腸にあるうちは？　あるいはまた、水の入ったコップにつばを吐いたとしよう。つばがもう自分の一部とは思えなくて、コップの水を飲むのをためらってしまわないだろうか。何か飲むたびにまったく同じ唾液を飲みこんでいるというのに。

　ようするに、われわれの自己認識の境界線はあいまいで不明瞭なものなのだ。自分自身のことを皮膚を境界とする独立した物体（アラン・ワッツの言う「皮膚に閉じこめられた自己[*1]」）だと思っているかもしれないけれど、当の皮膚ですら原子やエネルギーを外界とたえず交換しつづけているのだから、その思いこみも正しいとは言いがたい。誰ひとりとして孤島のような者はいない。それどころかぼくらは、エネルギー、食物、水、無機物、放射線などの流れの一部なのだ。それらの物質のほとんどは、皮膚という境界線などまるで意に介さず、ぼくらの体内をしきりに出たり入ったり、通りぬけていったりする。大海の波のごとく、人間も、境い目のある物体などではない。波と同じく、多数の物体（先ほどの場合は水の分子）が通過していく形《フォーム》である。いまこの瞬間に自分の皮膚の内側にある分子と自己を同一視するのは、特定の一瞬にたまたま海のなかにある分子と海を同一視するようなもので、とうてい適切な見かたではない。

　では何がたしかな現実かといえば、相互依存の関係性である。水をすくって飲む小川に毒が入っていれば、ぼくが死ぬのはあきらかだ。足もとの地表がむき出しであれば、ぼくもいずれ飢えることになる。このようにリアルで明白で実際的な意味において、ぼくと川や大地はひとつにつながっている。腸内細菌と同じく、川や大地もまた、生きているヒトという形をとるぼくが存続していくために欠かせない。

人類のあけぼの以来、シャーマンが、神秘主義者が、自由思想家が、部族民らが、〈万物の一体性《ワンネス》〉について語りつづけてきた。だが、この考えかたが現代社会で多少なりとも受けいれられるようになったのは、ラブロックのガイア理論が登場した一九六〇年代以降である。現代文化は、「人間はかがやかしい存在であって、野蛮な自然界とは無関係」というウソを教えこむ。だけど本当のところ、「人間はかがやかしい存在であって、かがやかしい自然界の切りはなすことのできない一部」なのだ。この連関性にもとづけば、いまこの瞬間に自己の一部である肉や血や骨と同じく、あの小川も自己の一部となる。究極の分子レベルで見れば皆同じ。酸素、炭素、窒素など、同じ基本要素からできていて、その配列が異なるにすぎない。自己認識を広げて、すべての生命体までを自己のうちに含めるべきではなかろうか。これをアルベルト・アインシュタインが美しく表現している。

人間とは、われわれが宇宙と呼ぶ〈全体〉の一部であり、時間と空間によって限定された一部である。自分のからだや思考や感情はほかとは切りはなされたもののように感じられるが、これは意識による錯覚なのだ。この錯覚は一種の牢獄で、個人的な欲望や身近な人たちへの愛情にわれわれを縛りつけている。われわれがめざすべきは、この牢獄からみずからを解放することだ。それには、共感の対象を、すべての生き物と自然全体の美しさにまで広げなければならない。人間の真価は、自己からの解放をなしとげた方法と意識によって決まる。よほど新しい思考回路を身につけないかぎり、人類は生きのびることができないだろう。

人間の自己認識は、われわれの行動様式と深く結びついており、どのような人生を築くかの選択をも左右する。世の中の諸制度、社会的価値観、権力構造にも、この自己認識が反映される。自分がコミュニティとつながっている、コミュニティに依存している、と思わなければ、わざわざそれをもりたてようとするだろうか。自分が自然界とつながっている、自然界に依存している、と思わなければ、わざわざそのかがやきと恵みを保護しようとするだろうか。こうした本質的なつながりと依存関係を暗に否定するような——〈ワンネス〉を暗に否定するような——自己認識を、現代文化は育成し奨励してきた。その結果がこれほど明白にあらわれた時代はない。森林破壊、砂漠化、種の絶滅、大気汚染に水質汚染。がん、ぜんそく、糖尿病、心臓病、肥満の増加。自殺、うつ病、薬物、暴力の蔓延。有名人崇拝、肉体美への妄執、死の恐怖。どれもこれもとんでもなく不健全な事象であり、ぼくに言わせれば、すべての直接の原因を作っているのが自然オンチの人間たち——独自の自己理解にとらわれ、みずからのコミュニティと知識の宝庫から切りはなされ、世界のなかに占める位置についてひどくこころえちがいをした人びと——だ。

この本の主題はお金であって自己ではない。だが、自己の境界線をどこに引くかという問いは、貨幣経済乗りこえの呼びかけを理解してもらううえで重要な土台となる。よく誤解されるんだ。俗にいう「カネは諸悪の根源」（もともとは「金銭欲は諸悪の根源」という新約聖書の一節）との主張だろう、と。いや、そうではない。ぼくが言いたいのは、「まちがった自己認識こそが、現在の多くの個人的・社会的・生態学的危機の根源だ」ということ。お金は、この思いちがいを温存し肯定する役割をになう。

まちがった自己認識とお金とは、ニワトリと卵の関係にある。発生当初のお金は、人間とそれ以外の生き物がバラバラの存在であるという錯覚――そしてその錯覚に由来する貸し借りなどの意識――の単なる一症状にすぎなかったが、その後、ぼくらとぼくらが消費する物とのへだたりを広げることによって、ほかの生き物から切りはなされた感覚を維持、強化してきた。そのせいで、さらに大きな勘ちがいと、さらに深刻な症状が生じている。このようにお金は、皮膚に閉じこめられた狭い自己の利益を全体（＝広い意味での自己）の利益に優先させたときに誰もがおかすことになる破壊行為に、大きく荷担している。

なぜこの点が重要なのか。自他の境界線をどこに引くかは、昨今の個人的・社会的・生態学的な諸問題とおおいに関係する。今日の貨幣経済モデルは、部分的にせよ、アイン・ランド[*2]や古くはアダム・スミスらが述べた「人間は合理的な自己利益を追求する」という前提にもとづいて機能している。しかしその自己に、ランドをはじめとするわれわれが当初想定したほど明確な境界がなかったとしたら？　「合理的な自己利益」「利己的」という語は、もっと広いホリスティックな自己認識のもとでは、まったく異なる意味あいを帯びてくる。万物全体を自己だと認識すると、「私利私欲で動く」ことの意味範囲が広がって、自分自身の心配をすることがすなわち、現在の定義による「私」の物理的要素たる水素、酸素、無機物を与えてくれる、河川、大気、土壌、森林の保護を意味するようになるだろう。自己の境界を再定義し拡張してみれば、自分が世にもたらす贈り物――元はといえば誰かから受けた贈り物――の代金を他人に請求するのも、ひどく滑稽に思われてこよう。ペニスやクリトリスが両ひざに対してオーガズム体験料を請求するのと変わらないほどに。

そんな世界を想像できるかい。

カネの文化

現今の文化の物語が押しつけてくる直線的な時間認識に反して、生命とは複数の円環の連続だ。しかも、一点にはじまり別の点に終わる直線モデルとは異なり、円環モデルではひとつの終わりが次のはじまりである。ぼくらは、まいたタネを刈りとり、刈りとったタネをまき、まいたタネをまた刈りとる。当然ながら、相応の収穫を得るためにはある程度の手入れと気づかいが必要となるし、この循環を持続させるだけのエネルギーを確保するにはかなり厳格な自制心が必要となる。

ところが西洋文明は、直線モデルを支持すると決めてしまった。恣意的なインプットを必要とし、それが最終的にアウトプットに変換され、「どこでもない場所」に吐きだされる枠組みである。周囲で粛々といとなまれる生態系の循環の内側から、われわれは気に入ったものをもぎ取り、工場の製造ラインで加工し、終端から出てきたものをつかのま楽しむのだ。それからそれを捨て去ると、また最初からやりなおす。たえずエネルギーを取りだす一方で、何も返していない。このような循環はいつか破綻するだろう。すでに多くが破綻している。

この姿勢は歴史の偶然でもなければ、（現状追認派が主張するような）人間の本性といったものでもない。単に、断絶と分離が土台に組みこまれた文化の生んだ思考回路にすぎない。眼前にせまった生態系の崩壊を食いとめるにはもちろんのこと、この状況のなかをどうにか生きのびようと思うなら、なんとしてもこうした思考回路から抜けだす必要がある。一九世紀のナチュラリスト、ヘンリー・デイヴィッド・ソローが言ったとおり「原野にこそ世界が保存される」とすれば、ウェンデル・ベリーがこれをもじったフレーズがいまほど辛辣にひびく時代はない——「人間の文化にこそ原野が保存される」。

野生に対するこの恐怖はどうやって生まれたのかって？ 当然ながら、単純明快な答えはない。チャールズ・アイゼンスタイン[*3]は分離に関するあざやかな理論をまとめあげ、ワンネスに埋没したバクテリアから断絶の進んだ都市近郊のヤッピー（今日のわれわれの姿）への変遷を、ていねいに解きあかしている。この変身はもちろん、一夜にして起きたのではなかった。ある朝、森で目ざめ、朝食のベリーを摘んだあと、突然「ワンネスなど知ったこっちゃない！ 電動歯ブラシが欲しいんだよ！」と思いたち、いさんで森を出て工場を建てたわけではない。話はもっとずっと複雑で、そこには分離をつのらせていく長い旅路があったのだ。火や言語の使用、直線的な時間意識、度量衡制度の進展と、それにともなう農耕、科学技術、中央集権的政治体制、マスメディアの発達のすべてが、何千年もかけて人類を、自然界から、地域社会から、ひいては自分たち自身から、じょじょに引きはなす役割を果たしてきた。その結果、自立と分離の幻想にひたりきった今日のわれわれがある。[*4] この幻想から生まれたのが現代文化だ。

いま現在、ぼくらの文化は原野を保存していない。保存していないどころか、破壊し、地球のおもてから消し去ろうとしている。これは何も新しいことではない。自然とのたたかいが創世記の昔にはじまって以来、かの制御不可能な人間の獣性に対する強い恐れと憎しみは、われわれ――特に権力者ら――のあいだから消えることがなかった。けだもの、荒くれ者、異邦人、未開人、野蛮人……いずれのイメージも、心の奥底に暗く漠然とした形でひそんでおり、まぎれもない危険性をただよわせている。手つかずの土地を制圧しようとするたたかいは、過去何世紀にもわたって猛威をふるってきた。意識的におこなわれる場合も多かったし、社会心理の単なる反映にすぎなかった場合もある。教会は性欲、精霊崇拝、呪術や薬草療法に対するたたかいを遂行し、貴族階級は皆のものだった共有地に柵をはりめぐらして人びとをしめ出し、産業資本家はわれわれを土地から工場へと追いたてた。合理主義と科学の勃興によって、情緒や主観的経験が軽んじられるようになり、男たちはあらゆる場においてあらゆる手を使い、野性的で有機的な女性性を抑圧してきた。今日の世の中を見て、自然を征服せんとする人間のたえまない欲求はますます加速しつつあると断ずる人もいるだろう。遺伝子組み換えしかり、ナノテクノロジーしかり、変性意識状態をもたらす薬物の非合法化しかり。だとすると、こう言えなくもないのではないか。貨幣経済のしくみ全体が現在のように機能するためには、われわれ人間に、すべての他者から切りはなされていると感じさせる必要がある、と。「分割して統治せよ」。使い古された手口である。人びとが互いに分断され、自然界とも断絶していれば、いとも簡単に征服されてしまう。

この手口はどのくらい成功したのだろう。ここで読者に問うてみたい。自分は生気あふれる驚異の存在で、壮大な全宇宙を身中にやどしている、という自覚を持つ人が、どれだけいるだろうか。誰もが持ちあわせている美点、配慮、思いやり、自発性がつねに肯定され賞賛されるような世界に生きていると感じる人が、どれだけいるだろうか。誠実さと創造性がタイムカードの打刻や請求書の支払いよりも重要だと考えられるような世界に生きていると感じる人が、どれだけいるだろうか。多くはないと思う。だが、そのような世界に住めばもっと幸せで満ちたりた気分になれるだろうことを疑う人はいないはずだ。

原野は物理的空間よりもずっと奥ぶかいところに広がっている。原野＝野生は、われわれひとりひとりのなかにある本質的要素なのだ。これと指さすことはできなくても、その存在を感じとることができる。いうなれば、野生とはワンネスを体感しワンネスに参加している状態のことであり、分断の道具たるカネの使用は、この体感を徹底的にじゃまだてする。

またいくつか質問させてもらおう。とどろく機械音の下にきみは感じるだろうか、原生林が伐採しつくされ、木々の歌が、芳香が、栄光が、永遠に失われゆく末期《まつご》の痛みを。新しい開発のまばゆさの向こうにきみは感じるだろうか、生物種が消滅し、その種固有の視点や生命観を二度と取りかえせなくなる損失を。また、金鉱にガラゴロとひびきわたる音の下に聞きとれるだろうか、かつて存在した文化がまるごとひとつ死に絶えようとする悲痛な叫びのこだまを。

何十万――すでに世を去った人も勘定に入れれば何十億――という人びとにとって、答えは悲哀と苦痛に満ちた「イエス」である。ところが「先進」国の市民であるぼくらの答えはおそらく、おどおどと恥ずかしげな「ノー」だと思う。叫びも聞こえないし、痛みも感じられない。なぜなら、ぼくらはひとり残らず、そのようにプログラムされているからだ。聞こえないことが、感じないことが、グローバルな貨幣制度の維持には不可欠なのだ。そして、美しくもあさましいニワトリと卵のダンスさながらに、その制度を肯定し補強する文化に自分たちを封じこめてきた。勝ちほこったように両腕をつきあげ、まばゆい衣装をきらめかせながら、このダンスの中心に立っているのが、カネである。

時はカネならず

人は（中略）お金をかせぐために健康を犠牲にしたかと思うと、お金をかけて健康を取りもどそうとする。また、将来の心配ばかりして現在を楽しもうとしない。そういう人は結局、現在も将来も生きてなどいないのだ。あたかも死ぬことなどないかのように生き、本当の意味で生きることなく死んでいく。

——ダライ・ラマ

人類の分離への旅にぴったり寄りそいつつ、あらゆるすべてをかたっぱしから数値化し、辛口でとらえどころのない独特の風味を添えているのがカネだ。直線的時間の幻想や、言語・度量衡・定量化の発達も、かけがえのない個々の動植物種をただの単語や数字に還元し、「グローバルな郊外〔の均質性〕に対する地域の独自性」[*5]をむしばむ、いわば地ならしをしてきたが、カネはそうした連鎖のはるか上方に鎮座し、大切な物事を見えなくしてしまう。このことは、カネがぼくらに強いてくる時間との関係性に如実にあらわれている。

お金とは、貸し借りの意識を厳密に数値化したものにすぎない。借金をかかえた人はどこかしら、いやおうなく過去にしばりつけられているのだ。銀行にお金をあずけている人やマットレスの下にへそくりを隠している人は、少なくとも潜在意識において将来を案じている。自分はそんなことないよと思うなら、いますぐ有り金を残らず誰かにあげてしまって、その日暮らしをはじめたらいい。もちろん貯蓄は、安心を必要とするがための行為である。たくわえは将来のための保証、安全網になる、とぼくらは教えこまれてきた。だが、信頼するという感覚には、どのような影響をおよぼしているだろうか。

かずかずの人類学的研究が示してきたところによると、多くの狩猟採集民族は、たとえ食料が豊富に手に入っても加工保存したりしない。ブラジルで、お金はおろか数の概念すら持たない少数民族ピダハンの村に暮らし『ピダハン――「言語本能」を超える文化と世界観』[*6]をあらわした著名な言語学者ダニエル・エヴェレットは、次のような逸話を披露している。食料をたくわえておかないわけをピダハンに問うと、「肉は兄弟の腹のなかにたくわえる」と答えた。この答えの裏側には、必要なものを与えてくれる自然に対する深い信頼感と、コミュニティは相互依存的なものだとの認識がある。たまに腹を空かせるときもあるが、たいていは心ゆくまで食べている。ピダハンたちは心配をしない。エヴェレットの観察によれば、それもまた、この人たちが幸せで満ちたりている理由だ。なるほどそうだろう。屈託のない子どもと同様、明日の生活に不自由しないと思えば、幸せを感じないはずがない。

ひるがえって、今日の文明社会における生きかたはどうか。つねに過去からの心配を引きずり、将来の計画をたててばかりで、いまの瞬間を生きていない。心が時間旅行をしているせいで、人生のすばらしさをどれだけ逃していることか。

いまこの瞬間に生きられなくなってしまった現代人の習性に対してお金の概念が果たしている役割は、ずいぶんと過小評価されている。〈金銭の使用〉と〈その日を生きる感覚のおとろえ〉とのあいだに相関性があると証明したのは、文化人類学的研究のみにとどまらない。ぼく自身のかぎられた経験からも、まさにそう教えられた。意外ななりゆきにわれながらおどろいたが、お金を使わずに暮らしはじめて三、四か月たつと、何事につけ心配する回数がだんだん多くなるどころか、少なくなっていったのだ。たしかに、最初の数か月は心配してばかりだった。ようは、それまで長年お金によって安心感を得ていたものだから、腹がへったりちょっとした面倒が起きたりしたらもう頼れるものがいっさいないと不安になったのだ。ゆっくりと時がめぐるにつれて、気がつけば、人生にすすんでこの身をまかせるようになり、一瞬一瞬を生きはじめた。貸し借りなどの概念にもっとずっと意識的だったころにはなかった経験である。その日その日がぼくに必要な物を与えてくれるように思われ、そういう経験が積みかさなると、だんだんと次の日の心配をしなくなる。心のどこかで「きっとうまくいく」とわかってくる。「最悪の事態が起きたとしても、全体――ぼくの理解によれば、ようするに真の自己――に返っていくだけだ」と。かつてオーウェルは「幸福は受容のうちにのみ存在する」と言ったが、ぼくの経験でもそのとおりだったし、ピダハンのような人びとの経験でもそうだ。日々もたらされるものを受けいれ、過去を後悔したり将来を思いわずらったりせず、いまを楽しむこと。人生にそれほど深刻なことなど何もないのだから。

本物のコミュニティには相互依存が必要

最近、友だちの子のベビーシッターをした。友人は困っていて、ぼくには時間があったから、喜んでまだ小さいイライジャを何時間かあずかったのだ。一緒に公園に行ってお絵かきをし、「動物の記憶」とかいうゲームでイライジャにこてんぱんにされたのも楽しかった。もしも友人が有料の託児サービスを利用していたら、彼女、イライジャ、ぼくの三人とも、ずいぶんちがった経験をしたことだろう。友人は、知らない人に息子を――おそらくおおぜいのうちのひとりとして――あずけるのに、いくらかのうしろめたさを感じたと思う。また、コミュニティの支援をあてにできない現実に、ちょっぴり疎外感を味わったにちがいない。もちろんお金だってかかる（その支払いのためにもっと長い時間働かなければならないから、有料託児サービスの必要はさらにふえる）。イライジャにとってみれば、継続的な信頼関係にない人たちとすごすはめになり、あまりくつろげなかったろうし、慣れた場所での外遊びもできなかっただろう。そしてぼくは、午前中のひとときに、世界の美しさについて三歳児から教わることの多さを思いださせてもらえなかったわけだ。人どうしの頼りあい、相互依存の精神を理解することにより、ぼくら三人のあいだの関係性もまた強まった。この関係性はさらに、相互依存の精神を強固にする。次にぼくが困ったときは、こうした人間関係がものをいい、友だちの誰かが助けてくれるだろう。

そんな人間関係を有料のサービスに換えてしまう動きが、ぼくらの暮らしのさまざまな場面に次々と入りこんできている。その行きつく先はコミュニティの崩壊だ。豊かな自然を利用すべき「資源」と読みかえた結果、生態系の破壊にいたるように。何かに対して代価を支払うこと、値段をつけることは、その数量化を意味する。単なる数字のひとつと化し、独自性も、関係性も、万物との相互依存性も、どこかへ追いやられてしまう。食料、日陰、屋根、土壌構造を提供してくれる樹齢五百年の大木ではなくて、一万ポンドの価値を持つ木製品となる。その人固有の希望、夢、欲求、悲しみ、喜び、境遇を持ち、ケアを必要としている女性ではなくて、年に三万ポンドの負担を納税者に課す「福祉サービス利用者」となる。ありのままの姿を見ずに、金銭的な価値を見ているのだ。値札は物事の本当の価値を見えなくする。子どもの世話を金銭的視点からのみとらえていたら、互いに学びあい、支えあい、はぐくみあう、すばらしい機会を失ってしまう。森林を金銭的視点からのみとらえていたら、いずれ人間はこの地球上に生きられなくなってしまうし、ほかの無数の生物をも生きられなくしてしまう。

チャールズ・アイゼンスタインは『人類の上昇（*The Ascent of Humanity*）』で、この点を的確に言いあてている。「われわれの文化には、いまだかつてないほどの孤独感と、真正性への渇望が見うけられる。「コミュニティの構築」を望んでいながら、社会的・物理的インフラ自体に分離が組みこまれているこの社会において、気持ちがあるだけでは不じゅうぶんだ、ということに気づいていない。われわれの暮らしがよって立つこのインフラに手をつけずして、コミュニティなどけっして実現しないだろう[*7]」。また『聖なる経済学』で、こうも述べている。「コミュニティとは、その他のニーズにあとから上乗せするたぐいのものではない。食料、住居、音楽、人とのふれあい、知的刺激など、さまざまな形の肉体的・精神的滋養と並存して幸福を構成するような、独立した要素ではないのだ。コミュニティは、そうした欲求を満たす過程で立ちあらわれてくる。互いを必要としない人びとのあいだにコミュニティが生まれる可能性はない」。貨幣を持ち、おまけにグローバル経済のなかに生きるわれわれは、たしかに互いの存在を必要としていない。

　この指摘の意味するところはさらに広い。かつてのコミュニティは、バラバラの市場に細分化されてしまった。特に顕著なのが美術や音楽の領域で、ぼくらの関係性ははかりしれないほどの変貌をとげ、百年のあいだに大多数の人びとが、参加し創造する側から消費する側へと立場を変えた。わが故国アイルランドでも一九二〇年代には、毎晩、誰かの家の暖炉のまわりにつどい音楽をかなでていた。ほとんどの人に何かしらできることがある。フィドル（バイオリン）でジグ（テンポの速いダンス曲）を弾くとか、足を踏みならすとか。その場にいる人たちは皆、共同で生みだす演奏の価値をおのずと感じとっていた。

　だがその後、ラジオが登場し、つづいてテレビ、カセットテープ、CD、iPodが次々とあらわれた。たしか、ミニディスクとかいう短命に終わった代物もあったかと思う。これら新しい技術開発――本章で後述する〈規模の経済〉と〈分業〉が進めばこそ可能となった――のひとつひとつによって創造力とコミュニティが少しずつ奪われてゆき、ついには一部屋にいあわせた五〇人がそれぞれ別々の曲に聴きいる光景が出現する。誰も生みださず、誰も分かちあわずに。同様のプロセスが生活のあらゆる側面にしのびこんできて、いまやぼくらは人生の参加者ではなく消費者になりはてた。

それもすべて、人生を金銭に換算してきた結果である。どんな物にももともと金銭的価値があるのだから売ったり買ったりできる、と考えられるようになってしまった。今日「経済成長」と呼ばれているのは、自然的・社会的・文化的・精神的な共有物の単なる金銭換算にすぎない。[*8] 土壌、美術、音楽、教育、もてなし、健康……。母性や地球の金銭的価値までが討議されている。商品化によって、これらに本来備わっていた意味や真正性がはぎ取られ、ありふれたサービスのひとつになる。資格を有する他人から購入可能なサービスに。誰もが取りかえのきく機械の歯車と化すなかで、コミュニティなど成立するだろうか。やりとりする相手が見ず知らずの人ばかりで、孤独感をいだかずにいられるものだろうか。

このような立場に身を置くのは危険だ。お金はコミュニティに代わって第一の安心源の地位を占めるにいたったが、財政破綻を経験した国ぐにが証明するように、これは本物の安心ではない。

ほとんどの人間関係が純粋に実利的な性格を持つようになった今日の貨幣経済とは対照的なのが、ルイス・ハイド[*9]らの論じる贈与経済である（贈与経済については第2章を参照）。贈与経済社会における経済活動は社交の一部にすぎず、その第一目的は暴利をむさぼりあうことになく、関係性を強化し、つながりあうことにある。ラン・プリュールによると、多くの部族社会において「純粋に実利的な人間関係は禁じられていた」[10]が、一方で、今日の発達した貨幣経済では「ビジネスと遊びを混同すべきでない」と言われる（人間の発明のうちでも特に愚かしい金言）。毎日やる仕事が楽しくもなく、一緒に時間をすごしたい人たちに囲まれてもいないなんて、最悪の人生ではないか。その結果できあがる世界では、あらゆる経済活動に人間味がなく、「コミュニティ」といっても真の相互依存に欠けた表面的なコミュニティばかり。

『負債論——貨幣と暴力の5000年』で人類学者デヴィッド・グレーバーはさらに重要な指摘をおこなっている。負債をすぐさま返済することによって（厳密な形でそれを可能にするのが貨幣である）、人は以後、相手に対する負い目を感じないですむ。相手への負債は清算したのだから、われわれ社会の倫理観に従えば、なんらやましさを覚えずに関係を断つことができるのだ。グレーバーがマーガレット・アトウッドの『負債と報い——豊かさの影』[11]から引用している自然誌家アーネスト・トンプソン・シートンのエピソードが興味ぶかい。シートンの父親は息子の二一歳の誕生日に「出産時に医者から請求された費用まで」含めて養育にかかった全費用の請求書を本人につきつけたという。グレーバーの言うとおり、この仕打ちはほとんどの人にとって「残酷で非人間的なものにみえる」。しかし、若きシートンは請求された金を支払い、二度と父親と口をきかなかった。グレーバーはこうコメントしている。「まさにそのために、かかる請求書がかくも常軌を逸してみえるのである。勘定を清算することは、双方が決別することができるということでもある。それをやってみせることで、父親は、息子とはこれ以上なんのかかわりもない、ということを示唆したのである」[12]（前掲『負債論』）。支払いの遂行により、息子シートンもそっくり同じ意思を表明したと考えられよう。冷たい現金の授受をもって、二一年間の情緒的つながりと歴史とが帳消しにされた。お金で動く文化のなかに暮らすぼくらの目にさえ、実の父親にそのような負債を返すなんてバカげてうつる。しかし、つながりで動く文化に生きる人から見たら、帰属するコミュニティの成員に負債を返すのも、同じくバカげているし、集団の結束と相互依存意識を弱体化させるだけだ。負債の返済を求め、支払いに応じれば、その関係は終わったものとみなされうる。

さらにつけくわえておきたい。お金があれば――ことに住んでいる地域コミュニティの外で収入を得ている場合は――日ごろのおこないが悪かろうが問題ない。そんなことにかまわずスーパーマーケットのレジ係は食べものを売ってくれる。きみの名も、人に親切かどうかももちろん知らないだろうから。きみの評判が通貨になるなんてことはない。評判が通貨になるのが理想型だと言いたいわけではないけれども、誰もが自分の人柄に責任を持つこと――今日のわれわれとはかけはなれた姿に感じられるが――には、何かしらの社会的メリットがあるはずだ。

この点を現実に照らして説明するため、新浪微博《シナウェイボー》（フェイスブックとツイッターの機能を兼ねそなえた中国のサービス）で注目をあびた動画を紹介しよう。二歳の女の子ユエユエちゃんが車にひかれた。運転手は前輪でひいたあと、いったん停止したものの、後輪でもう一度ひいて逃げた。その後の七分間に十何人もの人がそばを通りかかるが、見て見ぬふりで行ってしまう。倒れている女児をよけて後続の車やオートバイが素通りするうち、よけきれずに再度ひき逃げする車まで出る。

ようやく七分後、ある人が女児を路肩に引きよせ助けを呼んだ。一週間後、ユエユエちゃんは死亡。後日、事故について証言を求められた通行人らは、救助の手をさしのべなかった理由を、「命を助けようとした相手に逆に裁判を起こされ、家族が路頭に迷いかねないから」と（二〇〇六年にあった類似の出来事を引いて）釈明した。

カネと競争にもとづく社会の当然の帰結である。あとになって考えれば、そんな結果になることは最初から決まっていたのだ。贈与経済にもとづく社会では、人柄と言動とが生計と密接に結びついているため、そのような痛ましい話など思いもよらない。

消費する物との断絶

生とその表出のいっさいを空疎な金銭的価値の明細書に還元する所業は、抽象的で客観的で無意味な〈お金〉の使用をとおしてのみ可能となる。冷たい現ナマ。画面に数字を入力するだけで、いともたやすく持ち主が変わる。人生をうんとラクにしてくれる。自分の頭で考えずにすむのだから。イケアの店に延々とならぶ家具がどこからくるのか、どうして二月にイチゴが食べられるのかなど、疑問に思う必要はない。お金を支払えばおしまい。簡単だ。

こうしたぜいたく品の真のコストは価格に含まれていない。含めることなどできやしないさ。熱帯雨林の消滅をどうやって数値化するというのか。膨大な数の樹木の死、植物種や動物種の絶滅、ふるさとの、文化の、言語の、知識の、人間的な生きかたの喪失を、どうしたら数字であらわせようか。気候変動や土壌消耗のコストを、計算に入れることなどできるだろうか。民族の土地から水資源を収奪され、一生会うこともない遠方の人間のために日々同じ作物ばかりを栽培する、事実上の奴隷労働に追いやられる人びとのコストはどうするのか。

そうしたコストは数値化できない。だからしない。そんな芸当を可能にするのはお金だけだ。徹頭徹尾どこまでも抽象的なお金は、あらゆる損害、悲哀、惨事を内包しながら平然としていられる。冷たい現ナマ。画面上の数字。

ここでも、金銭使用の悪影響を受けるのはわれわれの生物圏だけでなく、われわれの自己とコミュニティも多大な損害をこうむっている。今日の貨幣経済がもたらす断絶のため、自分の食べるパンを焼いたのが誰か、ましてや麦を育てて粉にひいたのが誰かを知る人はほとんどいない。パンは棚にならんだ製品のひとつにすぎないし、通常、生産者と消費者に真のつながりは存在しない。

貨幣経済の登場以前は、生産者と使用者の断絶度はゼロ〜二のあいだにおさまっていた。自分で作ったのでなければ、隣人のヘンリーか、その妻のアンが作っていた。つまり、あらゆる生産過程と密接な関係が保たれていた。今日の文脈でいうと、もしもアンが動物を虐待したり、きみの食べる作物に生物兵器を噴霧したりすれば、おそらくきみも気づくだろうし、まともな頭があれば彼女と話しあおうとするだろう。きみに贈ろうとこしらえている靴の製造工程が原因でヘンリーが健康を害したら、彼のためになる対策を一緒に考えようとするだろう。

自分で育てた食べものをムダにする人はいない。自前で水を調達しなければならないとしたら、そのなかにウンコはしない。イギリス環境食糧農村地域省（DEFRA）[*13]の最近の報告書によると、この国で一番捨てられている食品はパンである。なぜだと思うかとジャーナリストに問われて、ぼくはこう答えた。自分で生地をこねて焼く必要がなくなったからでしょう、と。たっぷり三〇分、愛情と労力を注いだパンは、一片たりとも捨てるわけがない。[*14]

食べものとの関係性が小さくなるほど、ムダにする量はふえていく。消費する物との距離が広がるほど、自分たちが孤立した存在ではないことを、大きな〈全体〉のうちの相互に依存した一部であることを、理解できなくなる。その結果、自我中心的な意味での自己（＝皮膚に閉じこめられた自己）にとってよかれと思われる判断をくだしつづけるのだ。ホリスティックな自己（＝全体）を犠牲にしながら。

ここにこそ倫理的消費主義の存在意義があるという人もいるだろう。破壊的な生産過程について考えたうえでお金を使おうという姿勢である。だが、ぼくに言わせれば、倫理的な消費主義など存在しえない。倫理的な強姦などありえないのと同じ意味で。テッド・トレイナーも「持続可能かつ公正な社会は、消費社会にはなりえない」と述べている。[*15] 消費主義とは、ふえる一方の品物、資源、サービスを、たえまなく際限なく買いつづけること。そもそもの性質が直線的である。はてしないインプット（そんなものは存在しないのに）を前提とし、それに依存するうえ、計画的陳腐化の当然の帰結としてアウトプットに何が起きるかなど気にかけないのだから。そういうシステムが倫理的でも賢明でもあろうはずはない。おまけに倫理的消費主義では、製品やサービスの影響をこうむる広範な人間関係や生物どうしの関係を、すみずみまで考慮に入れることができない。「倫理」や

「環境」への配慮をうたいながら、どうしてもひどく狭い範囲にかぎられる。買い物で持続可能な世界を実現できると考える滑稽さは、性交で純潔を実現できると考えるのにもひとしい。

しかし、それよりもはるかに問題なのは、倫理的消費主義が現状を補強してしまう点である。ぼくら全員が誤りだと知っていること、すなわちお金が有意義なものだという思いこみを助長してしまう。その結果、自分自身との断絶、コミュニティとの断絶、自然界との断絶をも、強化し追認してしまうのだ。なにも、「スーパーマーケットに行く代わりに地元の有機農家の産直マーケットで買い物をしたって意味がない」と言っているわけではない。もちろんそうしたほうがいいに決まっている。食事は消費主義による行為ではなく生きるための行為であって、生物圏の健康に配慮する生産者を応援することは、現時点で非常に重要だ。だが、その種の行為だけでは、切実に必要とされているレベルの変化は起こせない。ぼくが言いたいのは、そこだ。持続可能性が比較的高く、収奪や汚染が比較的少ない形の消費主義もありうる。しかし、けっして絶対的な意味においてではない。フェアトレードのコンドームを使う配慮を忘れない強姦犯は、そうでない強姦犯と比較すればわずかに倫理的だといえるかもしれないが、「倫理的」という語をどう定義しようとも、完全に倫理的だとは口が裂けたって言えないだろう。

みずからの健康と生命が〈全体〉の健康に依存していると人類が理解しないかぎり、大気と河川を汚しながら地球上の魚や樹木や鉱物を残らず奪いつくそうと夢中になっているような文化に、適切に抗うことなどできやしない。米国の作家にして環境活動家デリック・ジェンセンはこう指摘する。「食べものを食料品店から、飲み水を蛇口から得ている人は、それらをもたらしてくれるシステムを必死に守ろうとする。自分の命がかかっているからだ。ところが、食べものを土地から、飲み水を川から得ている人は、その土地と川を必死に守ろうとする」[*16]。お金ほど、ぼくらと土地の相互依存性についての理解をさまたげるものはない。

＊＊＊

ワンネス、野生、コミュニティ、そして自己。どれも、えらくさえない哲学の世界をただよう観念だ。まちがっているとか、正しいとか、ぼくには言う権利などない。ただの直感にすぎない。そうにちがいないという強烈な予感だ。そう考えればすっかりつじつまが合うのだから。とはいえ、単なる直感だ。では、ぼくがまちがっていたとしたら？　哲学だの、自己の本質に関する謎めいた考察だのではなく、これと指さしうる具体的な何か、「リアルな」何かがないだろうか。金銭の使用そのものが有害であるといえる根拠が。

いくらでもある。それだけで本が三冊書けるほど。だが、ぼくに許されたのは一冊だけで、しかも短い一章しかさくことができない。そこで、未来の物語、われわれの時代にみあった物語の創造を手助けしようという読者に役だちそうな点を、厳選して述べたいと思う。

個人・社会・生態系・経済にカネが与える影響

お金の利点は誰でも知っている。ぼくらは毎日、それを聞かされつづけている。経済学者、政治家、ジャーナリスト、企業や慈善団体のトップ、広告主、タブロイド紙、アダム・スミスからおツムからっぽのセレブ連中までがこぞって、日々たゆみなく、お金のすばらしさをほめたたえてきた。これ以上、ぼくが称賛を重ねる必要はあるまい。ゆえに、「時間はわずかしかないのだ」し、ソローの流儀にならい「お世辞はいっさい抜きにして、批判すべきことだけを述べる」(「原則のない生活」『市民の反抗　他五篇』飯田実訳、岩波文庫、一九九七年)としよう。[*17]

〈規模の経済〉とカネの結びつき

〈お金〉の概念は、近代経済学のメカニズムにおける中心的存在であり、とりわけいまの時代に支配的な資本主義モデルを語るうえで欠かせない。経済学の基本原則のうち〈規模の経済(スケールメリット)〉と〈分業〉のふたつが、本書の射程にとって特に重要だ。ある程度の〈規模の経済〉と〈分業〉は、つねに存在してきた。夫婦で一〇人分の夕食を作るとき、妻がニンジンをきざんでいるあいだに夫がジャガイモを洗ったりするように。だが、お金が登場し、これらの原則と結びついたとたん、それまでの調和がやぶれ、われわれの祖先が想像もしなかった難局が生じた。

これらふたつの経済原則が〈お金〉の概念と結びついて生まれる力が、いかに地球を収奪し、地球上の人間およびそれ以外の生命を搾取し、伝統技術や持続可能な暮らしを、工業化社会の歯車となる退屈な仕事——自由、創造性、自主性の観点からは報われぬ仕事——へと変容させるか。さらに肝心な点として、なぜ、お金という道具が存在しなければ、そのような極端な結果が生じないのか。逆にいえば、お金が存在すると、なぜそのような結果を避けられないのか。ここではそれをあきらかにしたい。

〈規模の経済〉の原則は強力ながら、きわめて単純でもある。基本的な意味は次のとおり。生産主体が企業だろうと農家だろうと国家だろうと、事業の拡大が一定規模に達するまでは、生産量をふやすにつれて費用対効果や労働効率が向上する。たとえば、アダム・スミスが自著で例に出したピンの製造工場を建てるのに、百万ポンドかかるとしよう。ピンを一本だけ製造するなら、その一本を百万ポンド以上の値段で売らないと赤字だ。だが一億本製造すれば——おそらくそのつもりだろうが——一本あたりの原価は一ペンスですむ。作れば作るほど安くなるから、理論的には（工場の最大生産高に達するまで）売り上げも伸び、さらに安くできることになる。イングランドからアイルランドへ、たった数ポンドで小包を送れるのも、この〈規模の経済〉のおかげだ。人口のうんと少ない村の住民が、車と携帯情報端末を所有したり、携帯端末工場の製造ラインや車の運転席にすわりっぱなしでついた脂肪の吸引手術を受けたりできるのも、〈規模の経済〉のおかげだ。

「それのどこが悪いのさ」と聞きたいかい？　一見、どこも悪くなさそうだよね。しかし、〈規模の経済《エコノミー》〉は当然の帰結として、いわば〈工業化の生態《エコロジー》〉をもたらす、という点を忘れないでほしい。たしかにたいへん効率的な経済モデルだけれど、まさにそこが問題なのだ。規模が大きくなるほど効率が上がるという認識に、（ここからが重要な点だが）途方もない規模の達成を可能にするお金の威力が組みあわさると、コストパフォーマンスのために大量生産を求めずにはいられなくなる。そこで、大量の原料調達が必要となり、また、こぞって画一的な製品を欲しがる消費者の大群が必要となる。こうして、残忍なまでに効率的な地球収奪、土壌の枯渇、森林消失などによる「地球の肺」機能低下、人間が資源と呼ぶいっさい（ほかの生物からすれば家の一部）の乱開発、諸文化の没個性化と均質化が起きている。一例を目の当たりにしたければ、皆伐された原生林跡に立って、機械が残していった深い悲しみを胸いっぱいに吸いこんでみるといい。この経済モデルの効率性は、いかんとも否定しがたい。その過剰な効率のよさは、ほかの生き物のコミュニティといくらかでもつながりを保っている人の涙を誘わずにはおかない。

お金が存在しなければ、達成可能な最大規模は、信頼にもとづく真の関係を結べる範囲にとどまる。おそらく人口一五〇人以下（プラスマイナス八〇人ほど）の村ひとつの規模で、これは人類学者ロビン・ダンバー[*18]の有名な研究によっても、意味のある人間関係を結べるとされた人数だ。お金は、消費者が生産者と顔をあわすことのない経済取引において、信頼の代役を果たす。お金の存在がなければ、イングランド南西部の村人に食べさせる豆の缶詰の製造に――相手が同じ心意気で自分たちの飲むリンゴ酒の製造に精を出してくれていると信じて――朝から晩まで従事しようと思うイタリア人はいまい。そうだったらと想像するのは愉快だけれど、現実には起こりっこない。お金は、見たことも会ったこともない相手との取引を可能にする。人がなぜ、あえてそのような取引を望むのかは、さらに深い謎だが。

この経済学の基本概念は、どんな物でも望むがままに作れる世界へとぼくらを誘いこむ。作った製品をおおぜいの人に買ってもらいさえすればよい。ますます意味や創造性や自主性を見いだせなくなっている仕事をしてかせいだお金で。

これぞ、ある種の環境運動や対抗文化運動はひどく道を誤っている、とぼくが思うゆえんである。消費をへらすだけでも大きな効果があると主張しながら、複雑なテクノロジーを必要とするライフスタイルに（ぼくの友人らも含めて）しがみついているのだ。これだけは「どうにも手ばなせない」と言って。清らかで健全な地球と、大規模工業化が必要な製品との両方を、いったいどうやって手にしようというのか、ぼくにはわからない。聞くとそいつらにもわかっちゃいないのだ。テクノロジーのレベルが高くなればなるほど、必要とされる〈規模の経済〉は大きくなる（数少ない例外に、ジェット戦闘機、核弾頭、公共監視システムなどの非常に高価なテクノロジーがある。ほとんどは国民の税金によって費用がまかなわれているが、日常生活において誰も直接の必要性を感じていない）。大がかりな〈規模の経済〉は、おおぜいの購買者を必要とする。また基本的に――これも重要なポイントなのだが――買った品物はなるべく共用させない。誰もがひとつずつ買わずにはいられないとなれば、どこの山の鉱石も掘りだされ、どこの海の魚も一網打尽にされ、どこの森の木も安手の組み立て式家具に変えられていく。すべての森林が家具にされ、すべての魚が取りつくされれば、きみやぼくの吸う酸素がなくなる。酸素がなくなれば、それは死を意味する。

ややこしく書きつらねてきたが、実はそんなにむずかしい話じゃない。簡単に言えばこう。〈規模の経済〉で得をしたいという昔ながらの（それ自体は人間として自然な）欲求が、〈お金〉という外来種（はびこる雑草キンセングサ）を伴侶に得て、われわれの生物圏から数多くの在来種を駆逐しつつある。

以上の大きな理由もあってぼくは、経済の完全な地域化《ローカル》（詳細は第2章で説明する）と、小規模な適正技術の利用を提唱する。適正技術とは、自分自身や地域社会のために自前で作りだせるテクノロジーのことで、そのテクノロジーをほかのおおぜいが各自バラバラに所有する見とおしがないと作れないということもないし、世界各地の地域社会（ハイテク製品の原料となる銅や石油のうえに住んでいる人たち）に対して一律の政治経済イデオロギーの採用を明に暗に強制することもない。そのような環境負荷の小さい技術を地域社会全体で共有すれば、ひとりひとりの時間と労力と物資を節約できる。そうした技術は、「設備インフラに対する初期投資をカバーするためには各人が（いやがおうにも）ひとつずつ所有しなければならない」という経済的義務を前提としないから。いわゆる窮乏の時代においてすら政治家がけっして「もっと分かちあえ」と言わない理由は、〈規模の経済〉の原則にある。結局のところ、一国の首相が最新型の洗濯機を入手できるのも、有権者の多くがそれぞれに自分専用のを所有したがってこそなのだ。

そうはいっても、環境負荷を最小限におさえようと努力している人たちを批判するつもりは、これっぽっちもない。そういう努力にもすべて意味があるし、ましてやこの困難な時代状況のなかで見上げた態度だと思う。また、目下の過渡期において個人レベルでとるべき方針としてもすぐれている。しかし長期的に見れば、〈規模の経済〉に頼らずとも豊かに暮らせるしくみの必要性に目ざめなければならない。資源の共有をどこまでも否定してくる経済モデルなんかに負けず、ぼくらの労働の成果を分かちあえるように。

〈規模の経済〉理論が今日ほど幅をきかすにいたるには、〈お金〉の概念のみならず、専門化した〈分業〉の発想とも結びつく必要があった。

〈分業〉とカネの結びつき

これも単純な経済原則で、起源は歴史上はじめてヒトが協力しあった日までさかのぼれる。往時と様変わりしたのは、その精度である。今日ほど労働が専門化し細分化された時代はない。専門化と複雑化の進行は、工業化社会および資本主義の興隆と密接に関連している。得られる恩恵は〈規模の経済〉の増大の場合とほぼ同じ。効率のさらなる向上、驚異的な技術のさらなる誕生、労働力のさらなる節減。ただし、その裏側には莫大なコストのつけが隠れている。健全でまともな社会であれば「とても引きあわない」と考えるであろうコストが。

犠牲になるのは、幸福かつ変化に富み、自由に創造性を発揮できる人生――やりたいことを仕事にできるような人生――を送りたい、という欲求だ。もちろん実際に好きなことを仕事にしている人もいなくはないが、近ごろではますます例外的な存在となってきている。こうした幸運な少数派（グーグルのロゴのデザイナーや、五万人のファンをソロプレーで魅了するギタリスト）を働いて支えるおおかたの人は、皆同じ理由で月曜の朝を嫌悪し、金曜の夕方を好む。自分は何も悪くないのに、つくことのできる仕事は、くりかえしが多くて退屈でやりがいがなく、貴重な贈り物——つまりぼくたちの命——のムダづかいである。さらに悪いことに、ぼくらはそれに気づきはじめている。だから、魂や肉体の糧とならない仕事をして生じる実存的空虚を埋めようと、抗うつ剤に手を出し、クリニックに通い、自殺や犯罪に走り、その他あらゆる物事におぼれていく。

ただし問題がそれだけならば、さほど憂慮しはしない。被害のおよぶ範囲は、少なくとも、わが身もその恩恵に浴していると自覚する層にかぎられるわけだから。けれども、週に四十何時間をオフィスですごし、電子的書類をやりとりしてばかりいると、周囲の自然界や、自分が消費する物とのつながりをほとんどなくしてしまう。そういう断絶から生まれた空隙《くうげき》を、消費主義などの現実逃避で満たすようになる。

断絶はまた、空虚感を穴埋めする品々の生産流通にかかわるすべての物と人に対する知識、共感、思いやりの欠如につながる。ガソリンスタンドで給油するとき、イラク戦争に思いをはせる人がどれだけいるだろうか。その石油を自分のタンクに入れるために起きている事態について考えるだろうか。考えないとしたら、なぜ考えないのか。頭では知っているにちがいない。だが断絶とは、そうした関心が心のなかまで浸透しないことを意味する。この浸透があってはじめて、イラク人の父親のほおをつたう涙を見たときに心の底から衝撃を感じられるのだ。自然豊かな田舎への日帰りドライブをぼくらが楽しめるようになる、ただそれだけのために家族四人を亡くした父親の苦痛に満ちた涙を。

またしても「それとカネにどういう関係があるのか」と言われてしまうかな。いったんお金のような道具ができると、労働分化への道すじをたどりはじめることになるのだ。アダム・スミスら経済学者は、これこそがそもそもお金の作られた理由であるという。メアリーがエールを醸造し、マイクがパンを焼いても、お金があれば仕事の成果を交換しやすくなり、一斤のパンが何パイントのエールに相当するかを毎回計算せずにすむ、と。グレーバーによれば、この経済学的神話としかいいようがない「物々交換のおとぎの国」[*19]（前掲『負債論』）の存在を否定する人類学的証拠は山とある。だが、いまの世の中のしくみが人類の発展と進歩の当然の帰結であると主張したい経済学者たちにとって、スミスの説が好都合なのは一目瞭然だ。グレーバーとアダム・スミスのどちらに軍配を上げるかはさておき（スミスに有利な人類学的証拠は皆無だが）、お金のような流動性の高い概念が作られると、遠からず〈規模の経済〉と〈分業〉が進行する。それらがどんどん複雑に組みあわされていくと大混乱が起きる。

〈分業〉自体はすばらしい思いつきである。〈規模の経済〉の原則の場合と同じく、〈お金〉の概念と結びついたときにはじめて、社会問題、生態学上の問題と化し、生態系に即した経済の調和を乱す。新しい外来種が地球上の一地域を混乱におとしいれるのにも似ている。お金の存在さえなければ、小規模なコミュニティにおける分業は最適なレベルに落ちつくであろう。最大限のレベルではない。最適と最大とはまったく別物だ。何事においてもそうだが、効率にも最適レベルというものがある。そこに落ちつけば、各人が何もかもを自分でやっていた昔に戻ることはないにせよ——それもまた逆の意味でバカげたいきすぎだ——コミュニティ単位で自足するようになるだろうし、もっとずっと変化に富み、つながりあった、自律的で自由な人生を送れるようになるだろう。

カネのもたらすムダ

カネなしで生活した二年半のあいだ、ぼくは何物もムダにしなかった。あらゆるいっさいが貴重だったからだ。寒くて暗い冬の夜に果樹の下まで小便に行くときはかならず、トレーラーハウスを出る前にミツロウろうそくを吹き消していた。限りある資源を節約するためだ。夏にたまたまどこかで倒木を発見すれば、拾いあつめて冬の薪用にたくわえておくのを忘れなかった。道にライターが落ちていれば、拾って使った。弓ギリで火を起こすのに二〇分かかるところを節約できる。食べものは一口残さずたいらげたし、他人が残して捨てるものも食べた。側溝《そっこう》に落ちている新聞は便利なたきつけになった。ひと冬用のリンゴ酒が八本あったら、一度に全部空けたりせず、どうしても必要な場合を選んで少しずつ飲んだ。ゴミ箱など持たなかった。リサイクルボックスすらなかった。すべての物を、自分のからだから出る老廃物も含めて、利用または再利用した。生は循環的であり、直線的ではなかった。

これを書いているいま、貨幣経済に戻ってきて五か月以上がたつ。実験の次の段階を準備中のためだ。だんだんと、カネなしだったころは絶対やらなかった自分の行動に気づくようになってきた。ときどき電気をつけっぱなしで部屋を出たりする。スイッチのうしろにエネルギーが無限にあるように感じられるから。捨てられる食品を以前ほどは利用していない。道ばたにペンが落ちていても、わざわざ拾わない。汚れていない新しいのを、すぐそこで二〇ペンスで買えるから。薪割りもやめた。ぼくの寝室まではるばるノルウェーからガスが直送されてくるから。その他、挙げていけばキりがない。

自分の使う物とつながりがあれば、つまり新品を手に入れたり作ったりするのが店に行くほど簡単なことではなければ、物を大切にし、もちろん浪費などしない。自分あるいは知人の誰かが、どれだけの時間と労力をかけた物かを知っているのだ。お金は、壮大な〈規模の経済〉と高度に専門化された〈分業〉とを促進することによって、モノやサービスからぼくたちを切りはなす。この分断が日常生活に多大なムダをもたらす。

なるほど、これは従来の経済学の論理にそぐわない。普通、これとは逆に、価格の引き上げまたは租税の形で金銭的負担を課せば、エネルギーや資源の消費に歯止めがかかると言われている。一見それも、もっともな主張に思われるだろう。だが実は、ペテンからぼくらの注意をそらす策略なのだ。

ご説明しよう。ようするに見かたのちがいである。経済学者は、たとえば一三〇〇万キロリットルの石油が〈最悪な結びつきの経済力学を通じて〉度を超した効率でプラスチック、農薬、燃料、おもちゃに日々変えられていくのを目にしても、それをムダとはみなさない。効率的な利用によって、地球の一部をわれら人間のための金銭的・物質的な富に変貌させているのだから。われわれのものとされた資源は、ぼくらの〈自我中心的な自己〉と〈ホリスティックな自己〉の両者の存続と健康に最適なレベルをはるかに超えて抽出・加工されているわけだが、ムダに関して経済学者たちが関心をいだくのは、そうした資源がムダなく市場価値のある製品に作りかえられるかどうか、だ。その文脈で言えば、少なくとも理論上は、金銭的負担による歯止めが機能する。

しかしながら、ぼくは別の見かたをとっており、こちらが肝心だと思っている。男や女が油田で奴隷のように働き、手をつけずにおくべき地球の一部を吸いあげているのを目にすると、しかもその目的というのが、電子レンジでチンするだけの食事セットだの携帯電話だの子どもへのクリスマスプレゼントにするプラスチックのおもちゃだのを作るためかと思うと、とうていムダにしか見えない。ほかの生物種の住みかのムダづかい、澄んだ空気と水のムダづかい、石油採掘にたずさわる労働者の人生のムダづかいだ。貴重な人生の一部を費やして、ぼくらに効率よくムダづかいさせるための石油を掘ってくれている。もしも、使用する全エネルギーを真に持続可能な方法で生産する責任をみずからが負わねばならず、それゆえ生産過程にもっと密接に関与していたとしたら、われわれの時間、資源、(感情的、精神的、身体的)健康、清浄な河川、土地を使って、おびただしい量のお子さまグッズや大人の精神安定剤代わりのデジタル機器を作ろうとは、まさか考えるはずがなかろうに。

ハイテクノロジーが必要とする〈規模の経済〉はまた、人びとが分かちあうことを良しとせず、あらゆるモノを全員がひとつずつ所有するよう要求する。その結果として、誰もかれもが年に一度使うか使わないかのモノを戸棚や屋根裏部屋にためこんでいる現状がある。安心なさい。お隣だって同じ品をためこんでいるのですから。これらの品をもし皆で共有する気になって、ひとつの地区あたり(五百台ではなく)五台のハイテク芝刈り機を持つことにしたら、その芝刈り機はそもそも生産の見こみすら立たなくなる。よって、同じ論理がすべてのハイテク製品にもあてはまるとすれば、今日のような貨幣経済モデルは崩壊するだろう。分かちあいが崩壊を意味する経済なのだ。これを、ムダが内蔵された経済モデル――いや「不経済モデル」か――と呼ばずして、何と呼ぼう。

最悪な結びつきのなかにぼくらは生きている。〈お金〉〈規模の経済〉〈分業〉の三角関係はもはや、地球のためにも人類のためにもなっていない。往々にして三角関係というものは、最初は非常に刺激的に感じられても、だんだんややこしくこじれていき、いずれ涙の結末を迎える。それぞれがひとり身でいた時代のほうが、ずっと楽しかった。当事者全員が生きるに値する将来を望むならば、誰かが去らなければならない。

価値の保存が生みだす圧倒的格差

お金とは単なる交換手段にとどまらない。いまのお金には、価値を保存する役割もある。この点が資本主義などの経済モデルと結びつくと、必然的にはなはだしい不平等をもたらす。くどくど説明する必要はあるまい。「富む者はますます富み、貧しい者はますます貧しくなる」という成句は誰もが知っている。国連大学世界開発経済研究所が二〇〇六年に発表した報告書を見ても、全世界の成人人口の一パーセントによって富の四〇パーセントが所有されている。

金融資本主義体制のおかげで万人の生活が向上した、と主張する人もいるだろう。ひとにぎりの人たちが突出してうるおっているにしても、と。この手の物言いは、絶対的貧困のうちに暮らす三〇億人の口からはけっして出てこない。毎日二万五千〜五万人の親がわが子を飢えで亡くしているが、そういう人たちからも聞かない。絶対的貧困はさておき、同様に多くの社会問題の原因となりうるのが相対的貧困だ。すなわち、かつかつのその日暮らしを送る人びとが、いわゆるエリート層——労働者階級が創出する富をためこんでは、その富の力で支配のたづなを引きしめていく連中——に対していだく不公平感である。日刊紙『ガーディアン』とロンドン・スクール・オブ・エコノミクス（LSE）による共同調査[*20]は、二〇一一年にロンドン北部のトッテナムから英国全土へ広がった暴動の要因として、こうした不公平感があったことを浮き彫りにしている。

トッテナムの暴動と略奪行為のあとに噴出した独善的な非難について、ぼくが強い衝撃を受けたのは、嫌悪感をもっとも露骨に示したのが、英国政府による他国の領土の略奪、英国企業による海洋、熱帯雨林、山地——日用品のゴミの山を作りだすために必要な鉱物資源の原産地——の収奪があってはじめて成立するような暮らしを送る層だった事実。もちろん、そんな偽善とバカバカしさは見すごしにされた。地球の略奪が文化的に正常とみなされてきたのに対し、スポーツ用品店や洋服屋の略奪は文化的に犯罪のレッテルを貼られてきたという、ほぼそれだけの理由で。

富を貯蔵しておくカネが存在しなければ——ここで言いたいのは、私有財産、金《ゴールド》、米ドル、ブリストル・ポンド（英国のブリストルで使われている地域通貨）も含めたあらゆる形式のカネのこと——これほど不必要なまでにはなはだしい不公平は生じないから、それにともなう社会問題は減少する。シルビオ・ゲゼルやケインズら著名な経済学者のいくたりかは、マイナス金利論を説いて、わざわざ話をややこしくしてきた。時間とともに価値が減ずる貨幣などのマイナス金利方式には、お金を交換手段にとどめ、富の貯蔵機能をなくせる可能性がある、との主張だ。だが、たとえそのような方式が有効だとしても（ぼくはそうは思わないが）、高度なテクノロジーを持とうとしないかぎりは必要ない。そしてこれまで述べてきたとおり、そのようなハイテクノロジーこそが、この星を非常に住みにくい場所にしている。

昔の小規模な社会で、共同体の財産すべてに誰もがアクセスできたころは、窃盗などまず起きなかった。コミュニティの富すべてにアクセスできる人が、なぜあえて強奪しようとするものか。

売買と贈与のちがいは売春とセックスのちがい

お金を出して何かを買うのも贈与の一形態だ、という意見をよく聞く。いくぶんかはそのとおりである。特に、誰もが貨幣経済のなかで支払いをかかえて生きている以上は。だけど、そこには決定的なちがいが存在する。行為の背後の精神にかかわるちがいだ。ぼくらが無償で与えられたすべて――形ある物にせよ、時間、知識、スキルにせよ――を、誰かの役にたつからというだけの理由で無償で分かちあうとき、そのちがいは非常に大きな意味を帯びる。無条件の親切には、人を元気づけ、きずなを生む力がある。条件しだいの金銭取引からはけっして得られない人生肯定感がある。もちろん相手は即座にお金の形で、条件にもとづかない返礼をおこない、負債にけりをつけることも不可能ではない。しかし、先ほどグレーバーとアトウッドの例で指摘したように、これは事実上「以後、おまえと継続的なかかわりを持ちたいと思わない」と言っているのと同じ。この世界に何を寄与するにしても、自分の番がきたときにただ無条件で与えるほうが、コミュニティにとってずっと有益なはずだ。

ぼくが思うに、売り買いと与えあいとのちがいは、売春とセックスのちがいである。自分のパートナーと愛を交わすこと――単なる性行為ではなく、本当の意味での――と、お金を払って売春婦と性交することとの差を思いうかべてほしい。ちがいは明白だ。かたや、別個の存在だと思っていた二人が至高の合一に溶けあう行為。すべての生命との一体感《ワンネス》を経験できる、われわれに残された数少ない方途。かたや、客にとってのオーガズム。ふたつの行為は、肉体的にはほとんど変わりないかもしれない。だが、性交のあと、至福の一体感のうちにひしと抱きあう二人の恋人たちと、うすら寒い夜道に出ていく買春者とでは、心にいだく感情がかけはなれている。セックスを金で買うことによって、愛の交歓をただ消費するサービスの一種に変えてしまった。ちょうど、子どもや高齢者の世話をサービスに変えてしまったのと同様に。保育料の支払いをやめても、保育者はきみの子の面倒をみつづけてくれるだろうか。条件しだいのケアは本当のケアだろうか。そうでないことを――意識するしないは別として――ぼくらは心の奥底で知っているのではないか。その潜在意識に起因する心理的・感情的なトラウマははかりしれない。

言いそえておくが、売春の善悪についての哲学的議論をするつもりはない。はたから見て特別健康的で充実した生業《なりわい》だとも思われないが、ぼくに裁きをくだす権利などない。それに、そんなことを言いだせば、今日の職業のほとんどにあてはまる。誰しも毎日、何かしらの方法でからだを売り物にしてお金を得ているのだ。お金をとって、料理を作り、宿泊させ、治療し、子どもや高齢者の世話をしている。昔の社会だったら代償を求めようとは思いもつかなかったことを。金銭的・経済的な必要にせまられなくても毎日仕事に行きたがる人が、どれほどいるだろう。多くはない。もちろんぼくたちは日々の支払いをかかえている。しかしその点にしても、売春婦だって同じ。

実は、ぼくらのうちで売春婦だけがうそのない存在と言えるのかもしれない。

新しい物語を選ぶときはいま

本章であきらかにしたかったのは、〈自己〉に関する錯覚こそが、昨今見られる個人の危機、社会の危機、生態環境の危機の根本原因であること、そしてまた、お金はこの錯覚を温存し強化する道具だてであることだ。

目下の問題群にうまく対処したければ、ぼくらの自己認識を浸透させてきた分離幻想というおおもとを何とかしなければならない。ぼくらの土地を、コミュニティを、そして究極的には〈自我中心的な自己〉をもっと大事にしていくためには、〈相互依存的な全体〉の理解を取りもどさなければならない。それには、この錯覚を下支えしている物語に疑いを持ち、たたかいをいどまなければならない。その際に立ちむかうことになる最大の敵が、かの分離の装置たるお金だ。

お金は、あらゆる文化的情報——人間関係、食、教育、健康、遊び、メディア——に入りこんできて影響をおよぼす。こうしたやりとりのすべてをとおして、自立（＝非依存）と従順にはほうびが与えられる。値段だけを見るように、その他の意味を切りすてるようにと、しむけられる。日常的に起きるたたかいの場面を考えてみよう。倫理性と利便性のたたかい、情熱と従順のたたかい、思いやりと快適さのたたかい。お金が決定要因となりがちな場面はいくつあるだろう。これらはいずれも、ワンネスの経験に対して、われわれの内なる野生の経験に対して、しかけられている戦争の一環である。既成の制度によりよく奉仕するために――その制度自体もお金に奉仕しているのだが――自分自身を飼いならすよう教えこまれる。

結果はどうか。野生の水牛と家畜の乳牛のあいだの差異を考えてみてほしい。目つきのちがいを、生活様式のちがいを、せまられる選択のちがいを。成育環境のちがいを、獲得するであろう世界認識のちがいを。それぞれが生存のために重要とみなすものは何かを。そのあとで、今日なおわれわれの文化の周縁で暮らす世界各地の諸民族について、何を知っているか考えてほしい。何千年ものあいだほとんど変化していない――ただ変化する必要がなかったために――社会について。

おそらくこれまでの全人生をかけて確信を強めてきたように、実際、ぼくらはちがう人種なのだ。「文明」――都市国家の文化――は自分の足で猛々《たけだけ》しく立つ。われわれが、殺戮《さつりく》する相手の悲鳴に耳を貸すことなく、同類の心臓をさしつらぬく痛みに気づかぬまま、生態系の崩壊にむかって轟然《ごうぜん》とつきすすむ民族であることは、けっして偶然ではない。お金は単なる道具である。野生に対する戦争において、あまたある兵器のうちのひとつにすぎない。しかしそれは、非常に強力な武器なのだ。人間が手にしたなかで、おそらく一番強力な。自分の内なる野生を経験させないために、自分自身の行為と無関係でいさせるために、同じコミュニティの成員と知りあわせないために、お金は必須の武器である。お金を使うだけで、ワンネスなど存在しないという認識を露呈することになる。お金を使うだけで、分離幻想を肯定し温存することになる。お金は、人類の存続を左右する環境の現状に対して、ぼくらを無知にする。

もちろん、この章全体もまた「物語」にすぎない。お金の物語そのものより現実味があるともかぎらない。現在人口に膾炙《かいしゃ》している物語よりも納得がいくかどうかを判断するのは、きみだ。われわれ全員が恩恵を享受できる習慣――現行の貨幣制度のようにありとあらゆる次元においてわれわれ全員に危害をおよぼす習慣ではなく――につながる物語かどうかを判断するのも。

選ぶのはきみだ。

CHAPTER

2

カネなしの選択肢

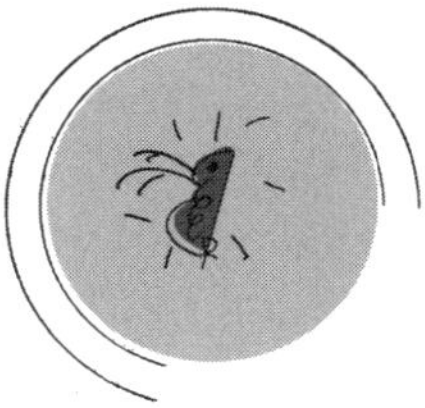

伝統的な暮らしでは、村人は生活に必要なものを貨幣を使うことなく得てきた。標高三六〇〇メートルの土地で大麦を栽培（中略）する技術を発達させてきた。（中略）人びとはごく身の周りにある材料を使い、自分たちで家を建てる方法を知っていた。（中略）気がつけば、突然、世界的な貨幣経済の一部として、生活必需品にいたるまで遠方からの力が支配するシステムにラダックの人びとは依存していた。ラダックの人の存在さえ知らない人たちの下す決定が、彼らに影響をおよぼすようになっている。（中略）二千年ものあいだ、ラダックでは大麦一キロは大麦一キロであった。だが、今はその価値がはっきりしない。

——ヘレナ・ノーバーグ＝ホッジ[*1]

（『ラダック　懐かしい未来』『懐かしい未来』翻訳委員会訳、山と溪谷社、二〇〇三年）

カネなし生活に関する概念が話題にのぼるとき、人によって思いうかべるイメージにはズレがある。人それぞれの事情、思想信条、適正で持続可能とみなす技術のレベル、工業文明の利器への依存度(自覚のあるなしにかかわらず)、都市住まいか田舎住まいか、などに左右されるからだ。それは非常に結構なことで、〈無銭経済〉は、地域のニーズ、土地、文化、微気候などの要因に合った多様な形をとるべきである。ただし、意図した内容が正確に伝わらないのも困る。

そこで、この章では、カネなし生活にまつわる諸概念について解説しよう。個人的に賛同しかねる概念についてもふれているのは、ぼくとは異なる信条の持ち主に対しても幅広く選択肢が開かれていることを示すためだ。本書の第2部にあたる第5章以降では、これらの概念の応用として、個々人の置かれた状況にかかわらず、生活のさまざまな場面で実践できる方法を数多く紹介していく。まずは食、移動手段、あるいは酒についてのみカネの使用をやめ、いずれ機が熟したらその他の面にも手を広げたい、という人もいるだろう。一方で、完全なカネなし生活を一刻も早くはじめたい人もいるだろう。都会にいても田舎にいても実行可能な選択肢が、本書には満載されている。都市環境でこそ威力を発揮する方法もあれば、逆に田舎に適した方法もあるが、ほとんどはどこに住んでいてもそれなりに応用可能なはずだ。

無銭経済とは

近年、主流派経済の信用失墜にともなって代替的《オルタナティブ》な経済体制——おもに種々の交換制度を核とするシステム――への関心が復活しているにもかかわらず、〈無銭経済〉の具体像に関しては明確な統一認識が欠けているように思われる。人類学的研究は、そうした経済が過去にいくらでも実在した例を教えてくれるし、将来の道すじを考えるうえでもおおいに参考になる。だが、この本はうしろを振りかえる本ではなく、前方に目をむける本だ。ぼくらは進化する生き物であり、ぼくらの生きかただって同様に進化すべきなのである。

無銭経済の定義

未来の経済の特質をどう定義するか。それを考える際に肝心なのは、〈人間中心主義のレンズ〉をはずすこと。このレンズをはめて組みあげたのが現行の経済モデルであり、そこでは人間が頂点に君臨し、その他いっさいは人間にとっての有用性という観点からのみ考慮される。地球のかがやきや恵み――鮭、セコイアの原生林、なだらかな丘、肥えた土壌、ほとばしる河川、優美な野生動物――も、生命のくりひろげるドラマも、〈人間中心主義のレンズ〉をとおすと、本来の価値などあらわさない無意味な値札のついた「資源」に還元されてしまう。

以上を念頭に置いて、ぼくなりの〈無銭経済〉の定義を次に示そう。人命だけを尊重する経済ではなく、ヒトから土壌微生物、野生動物まで、地球上のありとあらゆる生命を尊重する経済である。

〈無銭経済〉とは、モノやサービスの無償の分かちあいによって〈すなわち明確な交換条件をさだめずに)、参与者の肉体的・情緒的・心理的・精神的なニーズを、集団としても個人としても満たすことのできる経済モデルである。分かちあうモノは受益者の徒歩圏内で調達するのを理想とする(が必須ではない)。このような経済の実現にあたっては、該当地域に生きとし生けるもの(将来の世代を含めて)のニーズを考慮に入れる。そのため、あらゆる生命にひとしく気をくばり、それらを、総体的な繁栄と各成員の繁栄とが不可分の関係にある〈相互依存的な全体〉とみなす。

ぼくの定義によれば、純粋な〈無銭経済〉とは〈贈与経済〉と〈一〇〇%ローカル経済〉の合流点であり、両者の組みあわせから生じる有形無形の恩恵ははかりしれない。そのような経済を望むように(あるいは実践可能に)なる日までは、各自がいま置かれている状況に適した面のみを取りいれたらよい。全人類がいずれ立ちむかわざるをえなくなる、もろもろの危機をも視野に入れつつ。

贈与経済

幾星霜が過ぎようと、太陽はけっして地球に「貸しがある」とは言わぬ。その愛のわざを見よ。
全天に満ちあふれる光を。

——ハーフェズ

ぼくはこれを〈自然界の経済〉とも呼ぶ。人間をのぞく自然界の大部分は、贈与経済にもとづいてまわっているのだ。だけど、自然界は交換原理にもとづくと考える人も多くて、大きな争点となる。いわく、花の蜜を集めるミツバチは周囲に花粉をまき散らすじゃないか。だから交換なのさ。足もとの土壌にしても、ひとつかみの土のなかに地球の全人口にまさる数の生物がいて、植物と微生物のあいだでたえまなく複雑なダンスが演じられている。互いに養分を与えあい、共存共栄し、双方のニーズがつねに満たされる。これだって一種の交換と見ることができるだろ。

いや、悪いけどぼくはそう思わない。この生命の流れや物質の変転をそんなふうに見るのは、人間の偏狭な自己認識をガイア[*2]に生きるほかの生物に投影しているにすぎない。自分たちは〈皮膚に閉じこめられた自己〉であって自他を明確に区別できると思いこんできたため、ほかの生物も同様の現実認識を持っていると決めてかかってしまう。ちょっとのあいだでいいから、〈ぼく〉も〈きみ〉もないと考えてみないか。うんと小さいころから自他の区別に使ってきた「皮膚」と呼ばれる境界線が、フランスという地域とドイツという地域を分かつ国境線と同じくらい恣意的なものなんだ、って。そう考えると、世界のとらえかたが、世界のあらゆる成員とのかかわりかたが、どのように変わってくるだろう。

ぼくたちが一定のしかたで現実世界やそこで演じる役割を認識しているからといって、人間以外の生物も同じように認識しているとはかぎらない。もしも、あらゆる生命をひとつの〈全体〉とみなしたなら――自分も肉体的には炭素・窒素・酸素の集合であって（精神的にはちがうけれど）、地球とその生物圏から生じ、影響を与えあい、またそこに帰っていく存在だ、と考えたなら――同じ〈全体〉のなかの他の一部分にむかって、提供するモノやサービスの対価を請求することなどできようか。ダニエル・スエロがかつて指摘したように、かゆいところをかいてやるからと指が頭に対価を要求するにひとしい。指の幸せは、頭の健康や満足とはまったく無関係であると言わんばかりに。

　チャールズ・アイゼンスタインは述べる。「窒素を固定する微生物は、そうすることによって直接得をするわけではない。微生物が土壌にもたらす窒素のおかげで植物が育ち、植物が根を伸ばし、根に根粒菌がついてふえるので、最終的には微生物にも養分が供給される、という点をのぞいては。また、先駆種は中枢種の生育環境をととのえ、中枢種はほかの種にそれぞれに適した生息場所を提供し、それらの種が贈与ネットワーク内のさらに別の種を養う。こうしてまわりまわったすえに、先駆種に恩恵が返ってくる」[*3]。誰もかれもが、生命の有機的な流れのなかで、ひたすら自分の仕事をしている。そこに貸し借りの意識など存在しない（この貸し借りの意識が物理的な姿をとったものがお金）。それなら、ぼくたち人間だって同じようにできるはずだ。贈与経済という形で。

　ぼくらは皆、完全に相互依存的な存在であって、腸内細菌が人体の一部であるのと同じく、人間もひとつの有機的組織体の一部である。だが、この点にかならずしも同意しない人にとっても、自我中心的、人間中心的な観点からでさえ、贈与経済に与《くみ》する理由には事欠かない。ぼくの定義によれば、贈与経済とは単純に、人びとが持つスキルや時間、知識、情報、物品を、明確で厳密な交換の形をとらずに分かちあう社会のこと。歴史上に見られる贈与にもとづく社会の姿は多種多様であった。それでも、共通点がいくつかある。金銭がやりとりされず、物々交換《バーター》も（物を知らない経済専門家によるまことしやかな言説に反して）おこなわれず、厳密な貸し借りが小切手帳に記入されて二〇ポンド札などに現金化されることもない。ぼくの提唱する贈与経済では、与え与えられる行為が条件らしい条件をつけずにおこなわれる。その対極に位置するのが、かなり皮肉な呼び名を持つ「自由市場《フリーマーケット》」経済である。この経済はいともやすやすと、この愛すべき美しい星のあらゆる側面を、本質的な意味を持たない金銭価値におきかえてきた。かつては本当に自由《フリー》に（＝無料《フリー》で）誰もが手にできた、この星の恩恵を。

贈与に対してはいずれ返礼がなされる場合もあり（歴史上の贈与ベースの経済ではほぼかならず返礼があった）、そのような応酬は社会関係を強化しうる。ここで重要なのは、返礼が贈与の条件ではないこと、即座に返されないこと、けっして等価でないこと。さもないと、前述したように、「おまえとの関係をきょうかぎり終わりにできる」と言ったも同然になってしまう。贈与はきずなを生みだし、こうしたきずなからは本物のコミュニティが生まれる。真のコミュニティ意識のあきらかな欠如にあわてふためいて今日必死に再生しようとしている表面的なコミュニティなんかではなく、本当の意味でのコミュニティが。

贈与経済においても感情的・心理的な貸しが生じないのが理想だが、今日のわれわれの精神構造ではおそらくそうはいかないだろう。少なくとも最初のうちは。一見利他的な与え手に授けられる高評価——恋人にマッサージをしてあげて点数をかせぐだとか、コリイ・ドクトロウの言う「ウッフィー」[*4]だとか——を〈通貨〉とみなすかどうかが、人類学の世界でさかんに論じられている。そんな議論の存在自体が、分離、交換、冷笑の思考回路が現代社会を覆いつくしている証拠であり、そういう思考回路の投影でかつての——あろうことか無条件の贈与をとおして互いをうるおしあって喜んでいただけかもしれない——社会を見ている事実を如実に示している、ともいえる。贈与経済社会の成員たちにとっては贈与をとおして感じる喜びが「見返り」だった、という考えかたもある。しかしこれまた、かつての文化というよりも現代の文化がよくわかる言いぐさだ。いずれにせよ、仲間の生き物の手助けをして喜ぶ行為のどこに不思議があろうか。寛大に分けあたえる人ほど高いステータスを得るようなしくみが、社会に多くの利益をもたらすのはいうまでもない。今日のわれわれは逆に、多くを取り蓄財し破壊する人をほめたたえて、そうした精神風土を堅持し、そういう人物を見ならえと奨励している。

アイゼンスタインの著書『人類の上昇』はこの点に関し、きわめて示唆に富む。彼によれば、かつての贈与経済社会における一見利他的な行為も、実のところ利己的な行為と呼べるかもしれない。ただし決定的なちがいは、行為者がはるかにホリスティックな自己認識、自我中心的・人間中心的でない自己認識を持っていたことだ。つまり、自分たちを有機的組織体——いまのことばでいえばガイア——の一部とみなしており、その全体が自己であった。この考えかたをとれば、自己は全体であり、全体を構成するすべての物とすべての人であるから、おのれを利する行為がすなわち他者を利する行為となる。自己の解釈を広げると、「自分自身の面倒をみる」ことが、現在の定義による幻想の〈皮膚に閉じこめられた自己〉ではなく〈全体〉のためにベストな行動をとることを意味するようになるのだ。

皆が贈与経済の基本精神にのっとって行動したとしても、理論上（そして多くの実体験においても）、人びとのニーズはひとつ残らず満たされるし、意外なことには、健康で充実した人生——支えてくれる〈全体〉にとっても健康な――を送るのに必要なあらゆる資源が手に入りやすくなる。贈与経済圏では昔もいまも、人びとの欲求が肥大せず、比較的単純なレベルのテクノロジーしか求めない、というのもひとつの理由だが、人びとの持つ世界観がたいてい、貨幣経済に特徴的な希少性の心理ではなく、集団的豊かさの概念にもとづいているからでもある。

専門化された〈分業〉、大がかりな〈規模の経済〉、世界各地からの原料調達を必要とするような、複雑な製品を生みだすのにかけては、貨幣経済がこれまでのところ最良の経済形態だったことは疑いの余地がない。貨幣経済がそれ以上に得意とするのは、貨幣経済の恩恵たるこうした製品がどれもこれも必要なものだと、まず皆に思いこませること。いまどきのデジタル機器の存在を知らなかったころは、それがなくて不便だなんて感じなかった。いまのぼくも、携帯電話を手ばなして特に困っていないけれど、ましてや携帯電話の発明前は困りようがない。昼夜を問わずいつでも連絡してもらえなくたって、ちっとも気にならなかった。携帯電話を持つようになり、ぼくらの生活ははたして向上したのか。当然、多くの人がイエスと答えるにちがいない。でなければ買わないだろうから。だけどもし、携帯電話の製造、流通、使用にまつわる環境問題や社会問題を客観的に評価してみたならば？　全生命の本質的な一体性を深く理解し、こうした製品がサプライチェーンの随所でおよぼす影響を熟知する人びとの声に、耳をかたむけてみたならば？　答えはあきらかにノーだ。問題は、今日の消費者が製造過程からあまりにも遠く切りはなされており、これらのグッズがいかに破壊的で搾取的かに気づく人がほとんどいないこと。その〈分離〉をおもに創りだし温存しているのが、第1章で見たとおりカネなのだ。

西洋人にとって贈与経済は一見、あまりに理想主義的で非現実的な経済モデルに思われるだろう。すてきな考えだね、でも現実の世界はそううまくいかないよ、と。大半の人が連想するのは、アメリカ先住民であるインディアン、ペルーの熱帯雨林の奥に孤立して住む部族など、世界の先住民族や大昔の生活様式だ。たしかに、農業革命や産業革命が起きる前は、そのような経済がもっとずっと一般的だった。

信じがたいかもしれないが、世界には今日でも――全面的ではないにせよ――贈与経済の精神で生きている民族がいる。一例がソロモン諸島のアヌタ島である。太平洋の島々にも市場経済がじわじわと入りこんではいるが、西洋人の目にはユートピア的ともうつるアロパと呼ばれる贈与経済が、いまも根づよく残る。海外に移住したソロモン諸島出身者のあいだでもアロパの風習は健在で、周囲の人間まで恩恵をこうむることがある。また、南太平洋のトケラウ諸島には、イナティと呼ばれる同様の習慣がつづいている。これらに類する「人間経済」[*5]（前掲『負債論』）から市場経済への移行は、一般の認識に相違して、世界の大半の地域ではごく近年の現象であり、そうした変化を拒んできた人たちは、ほかにもおおぜいいる。世界中に点在するアナーキストのコミュニティは、暴力的な無法者の集団という（おもにメディアとその黒幕によって作られた）悪評とはうらはらに、今日にいたるまで、贈与経済の原則にもとづいて運営されているケースが多い。その実践も、人間の暮らしのすみずみまで貨幣経済が浸透したがために、自由に使える空間や土地がますますせばまり、日ごとに困難をきわめてはいるが。

日常生活で贈与経済の実践を目にする機会はいっそうへっている。現行の経済モデルによって暮らしのあらゆる面が売買対象の商品やサービスに変えられてきたことを思えば、それも不思議はない。ぼくらはお金を出して、子どもや年老いた親の世話をしてもらい、食事を作ってもらい、食料を生産してもらい、家に帰れないときに泊めてもらう。家主や銀行にお金を払って住んでいる自宅を、さらにお金を払ってそうじしてもらいさえする。かくも容赦なくむしばまれつつある贈与経済だが、まだいくつかの場面で健闘している。パートナーのために料理したり、友だちの手伝いをしたり、週に三日、高齢の親の世話をしたりするとき、主流経済によって消費対象のサービスにすっかり変えられてしまうことなく残された、贈与経済のかけらを演じているのだ。だから当然、グローバル化した西洋のわれわれだって、アヌタの人びとと非常に似た人生観を持ちうるはずだし、いま現在そうする可能性をせばめているのは、ぼくらの文化が構築してきた物語ゆえにすぎない。

贈与経済の支持者が問いかけるのは、「近しい家族や友人に与えるときの精神を、なぜもっと広いコミュニティにまで拡張しようとしないのか」。夕食を作ってあげた代価を母親や友だちに対して請求したらえげつなく感じるだろうに、地域コミュニティの人に対する請求が社会的に受容されているのはなぜだろう。初対面の請求相手が、いつの日か親友となるかもしれないのに。さらに言えば、交換方式ではなく贈与の精神でもって何かをしてあげたなら、初対面の相手が友人となる可能性はずっと高くなる。いや、もっと踏みこんで言わせてもらおう。贈与の精神に立ちかえって生きはじめ、〈自己〉と〈他者〉の境界がそれまで思いこまされていたほど固定的なものではないことに気づきだすと、初対面の相手にすぎなかった存在が新しい友人に見えてくるどころか、自分の一部に見えてくるのだ。少なくとも、ぼくの経験ではそうだった。

贈与経済主義者が「なぜ（拡張）しないのか」と問う一方で、「なぜわざわざするのか」と聞く人がいてもおかしくない。ぼくの答えはこうだ。親しい相手のために何かを無償で――ただ愛と感謝の気持ちを示すために――してあげる精神を美しいと思えるなら（あるいは、お金をとるのを冷酷だと思うなら）、まだ知りもしない相手のためにそうしてあげるのは、どれほど余計に胸おどる経験であることか。

贈与経済の実例

贈与経済の考えにもとづいて仲間と開催したのが、丸一日なんでも無料のお祭り「フリーエコノミー・フェスティバル」だった。ぼくの完全なカネなし生活の一周年記念イベントで、二〇〇九年一一月のことだ。一ペニーのカネも介在させずになしとげるという新機軸に、いったんはずみがつきはじめると、誰もかれもが引きよせられてくる。会計士《アカウンタント》からアナーキストまで肩書きもさまざまなおおぜいの人が、労を惜しまず、自分にとって何の得にもならなさそうなイベントを実現すべく協力しあう。それは最高にうれしい光景であった。

二〇〇九年の無買デー（消費主義を考えなおすため余計な物を買わずにすごす日）に合わせた開催のわずか三週間前に、ブリストルのフリーエコノミーグループにむけて一通の電子メールを送信すると、六〇人のボランティアが名のりをあげてくれた。この仲間で準備したイベントの当日は、何千人もの来場者があり、無料の料理と酒（アンディ・ハミルトン（第15章のコラムを参照）ひきいる醸《かも》し屋チーム特製の、野生の原料を使用したエールなど）を楽しみ、無料で映画を鑑賞し、豪華講師陣による連続トークに耳をかたむけ、廃棄食品と野生の食材だけを使ったフルコース料理を味わい、無料の店《フリーショップ》（第5章を参照）で好きな物をもらったりあげたりし、多彩なワークショップ（早めの手入れで服を長持ちさせる繕《つくろ》いかた教室など）に無料で参加した。もりだくさんのプログラムに疲れたら無料のマッサージやホリスティック治療を受けることもできた。

こんなふうに贈与経済が全面展開される様子を目の当たりにするのは感動的だった。ボランティアたちには休憩をとるよう何度もすすめたのだが、結局一二〜一四時間もぶっとおしで働いた者が多かった。楽しくて楽しくて中断するのがもったいない、と言って。会場の持ち主は無料で場所を貸してくれ、さまざまな地域団体が数千人分の食器、調理器具、イスやテーブルを提供してくれた。自転車をこいで動くサウンドシステムやスムージーメーカーを使わせてくれた団体もある。醸造チームはビールを仕込みながら周囲に作りかたを伝授し、採集チームは仲間を森に連れていって採集方法を教えた。ゴミ箱あさり担当者もシェフも同様。すべてが無償で、ときには匿名で（評判が通貨になるという説に反して）おこなわれたばかりか、各人にとっておおいなる学習の機会にもなったのだ。期せずして、誰もが見返りを手にしたことになる。

給料をもらって働くレストランの皿洗いが休憩をことわるなど、考えられるだろうか。カネのために働かされていると感じる貨幣経済の世の中では、そんなことを想像するのもバカバカしい。だけど、そのバカバカしさを横に置いてしまえば、多くの人が人生に求めるのは目的意識や意義であり、美しい何かを信じ、そのために働くことである。朝目ざめるときは、その日の仕事に情熱を感じたいものだ。いやな仕事を——しかも、いまやたいしてぼくらの（あるいはほかの生物の）ためにならないと多くの人が感じている制度の内側で生きのびるだけのために——強制されるよりずっといい。たった一日の大きなフェスティバルが全面的に贈与経済で運営されたからといって、コミュニティ全体が日常的にその方式でやっていける証明になる、などと主張する気はさしあたりない。しかし少なくとも、いまとはちがうやりかたがあること、もっと前向きな気持ちになれる生きかたがあることを教えてくれる経験であった。

「バーニングマン」などのうんと大規模なフェスティバルも、ぼくらがブリストルで催したのとほぼ同じ原理にのっとり運営されている。きみも最寄りのフリーエコノミーグループに働きかけて、同じようなフェスティバルを地元で企画してみよう。

贈与経済はさまざまな形で、貨幣経済よりはるか以前から存在した。願わくは、それが完全に姿を消してしまわぬことを。この星のすみずみにまで価格がつけられ、あらゆる行為に交換物が要求される事態とならぬことを。そんな世界は想像するだに恐ろしい。ぼくの夢は、われわれがいつの日か、慣れっこになってしまった希少性や交換や不安にもとづく時代遅れの思考回路を乗りこえて、もう一度前向きな人生を生きはじめること。意気消沈するような人生ではなく、生気みなぎる人生を。そして、貨幣経済にはない楽観的要素を備えた人生を。

一〇〇%ローカル経済

グローバル経済が依拠する原理によると、どこかの地域のために別のどこかを搾取してかまわないし、破壊すらしてかまわない。

——ウェンデル・ベリー

一〇〇%ローカル経済モデルでは、地元でとれる原材料、すなわち居住地の徒歩圏内(地元の原材料でできた馬車で行ける範囲なども含む)の産品を使用して、あらゆるニーズを満たす。靴底から、火起こし用の弓ギリを作るための切断工具にいたるまで、すべてだ。

人類史上の長きにわたっていとなまれた生活様式であり、いまも実践する人びとがいるにもかかわらず、資源ベース経済(後述)の提唱者などの熱烈なカネなし生活支持者ですら、この一〇〇%ローカルモデルを無銭経済の極北とみなしている。しりごみしてしまうのも無理はない。いまのぼくたちは、このレベルのローカル化とは(文字どおり)遠くかけはなれた地点におり、社会をあげてそのような生活を送るには、社会全体の再設計と大規模な農地改革(第6章を参照)が必要となるのだから。社会を設計しなおすにせよ農地改革を断行するにせよ、その前にまず革命でも起きるか、現行の経済体制が完全崩壊でもしないかぎりは実現不能だ、と言う人もいよう(有限の地球における無限の成長に依存している事実を考えれば、経済体制崩壊はけっしてありえない話ではないが)。たとえ一般大衆と政治家にその意志があったとしても、英国の人口規模でそのような社会の再設計をおこなうのは、不可能とは言わないまでも大仕事である。一般大衆と政治家の意志がない場合、制度に内在する欠陥と大自然の力とがあいまって、ローカルモデルが花ひらくような状況に変わるのを待つしかない。いずれにしろ一〇〇％ローカルな生きかたを、ぼく自身は強く望んでいる。のちほど本章で、グローバルな非貨幣経済のうまくいかない理由について論じよう。

全面的なローカル化が極端な経済モデルだと感じられるのは、極端にグローバル化した今日の経済と比較するからであり、ローカル化できない最新の電子機器に身も心も奪われた人の視点で見るからである。

ブラジルのアマゾンに住むアワ族のように、人どうしのきずなも大地との結びつきも強い民族から見たら、極端なのは、今日の工業化社会における暮らしぶりのほうだ。極端なのは、地球上の栄《は》えある生命を、採鉱、皆伐、トロール漁によって効率的に現金化できる資源の一覧表としか見ない世界観のほうだ。極端なのは、気がねなく隣人に助けを求めるどころか、近所にどんな人が住んでいるかすら知らない現実だ。極端なのは、空き部屋のある家があふれている地域で、路上に寝起きする人がいることだ。極端なのは、銀行にカネを返済するために、やりたくもない仕事をして人生をすごすことだ。そもそも銀行が無から作りだしたカネなのに。極端なのは、タダで与えられたものの代金を、同じ自然界に属する他者に請求することだ。自分の受けた贈り物を分けてやるのは引きかえに何かをくれる相手にかぎると言って。極端なのは、善人気どりで食品の紙パックをリサイクルしながら、がけっぷちにむかって歩いていくことだ。極端なのは、自分の力では止めようがないとばかりに、事態の進展に手をこまねいていることだ。

マイケル・シューマン[6]やピーター・ノース[7]らの著書では、ぼくの言う「ローカル」よりもローカル度の低い定義が推奨されている。ノースは述べる。「ローカル化とは、できるかぎり多くのものをできるかぎり地元で生産することである（中略）地元で生産できないものは、なるべく使用場所に近いところで生産すべし」。こうした呼びかけは歓迎だし、できるかぎりのローカル化（次章ではさまざまな度合いのローカル化と無銭生活について論じるつもりで、これもひとつの選択肢である）をぼくだってすすめないわけじゃない。だが一方で、そのような生ぬるい姿勢では、現状とまったく同じグローバル化プロセスをまぬがれないように思われる。中国だって、スニーカーの製造委託が可能な場所のなかでは（世界中から原材料をかき集める必要を勘案すれば）一番地元に近い、という話になりかねない。そんなのをローカル化と呼べるだろうか。呼べないとしたら、どこに一線を引けばよいのか。どの製品の製造をつづけ、どの製品の製造をやめるのか。化石燃料に頼る経済においては、昔ならば当然存在した限度というものが事実上煙と化し、温室効果ガスに形を変えた。そのなかで、何が「適切」かを誰が判断するのか。市場か。国か。でなければ、ぼくら自身で判断する力を取りもどす決意をかためるのか。すべての生活ニーズを満たすのに真に持続可能な半径距離を自覚的に選択し、その範囲内で供給不可能なものをすすんで手ばなすつもりがあるか。そのような〈自発的簡素〉を覚悟しなければ、これまで得たものにしがみつくのをやめないだろう。名ばかりの「ローカル」色をちょっぴり加えただけで。

　そこで、先ほどのノースの引用を、ぼくならこう言いかえたい。「地元で生産できないものは断つ努力にさっそく取りかかり、自分のニーズを簡素化して地元で生産できるもので満たせるような経済の構築に励むべし」

全面的な再ローカル化を主張すると、生活の一部のローカル化をめざす善意の努力を軽んじているように受けとられるかもしれない。もちろん、ローカル化にもいろいろな段階がある。たやすく生産できるものは地元で作り、風力タービンなどの製品は（移行策の一環として）国内のどこかで製造をつづける、ということにしたって、たしかに個人と集団の健康は向上する。しかしながら、長期にわたる部分的な再ローカル化を主張するのは、大半の人間が都合よくひたってきた夢想の領域に連座・安住するにひとしい。経済学の基本などどこ吹く風。グローバル化したいまの世の中のしくみ上、たった一台のノートパソコンを製造するにも、大規模なスケールメリットと高度に細分化された分業体制（どちらも人間社会と生態系にさまざまな影響をおよぼす）が必要となることなど、あえて知ろうともしないのだ。一台のノートパソコンを製造するには、研究開発や初期インフラへの投資を回収するためだけでも、同じ機種を何百万台と売らなければならない。そこで必要とされるグローバルなインフラが、地球上の生命を支える生態系を汚染し破壊することは、知ってのとおり。さらには、技術の専門家や、工場の製造ラインで働く労働者も必要になる。生計をたてるため、ひとつの作業のみに従事し、第1章で見たように、あやういほど自然とのつながりが少なくなった結果、ますます人間社会と生態系への影響が生じている。これらは複雑にからみあった――とりわけ社会全体の自己認識にも影響をおよぼす――問題だが、二酸化炭素排出量換算だとかのひどく単純化された視点で語られがちである。

難題は――シューマンやノースのような文筆家もきっと考えてくれていると思うけれど――人口

が多すぎて、短期間では（たとえ全員がそう望んだとしても）完全なローカル化を実現するどころではないこと。だが、完全にローカル化しないかぎり、生態系のメルトダウンにむかう線路を歩いているさいちゅうにあちらからきた電車と正面衝突、なんていう事態を避けられない。とはいえ朗報もある。そうならない未来にきみ個人が備える行動には、いますぐにでも着手できるのだ。きみが着手するのを見て、周囲の大切な人や友だちもその気になるかもしれないし、そのうちにもっとマクロなレベルの要因が働いて、その他おおぜいの人も行動せざるをえなくなるかもしれない。懸念しているのは、完全に持続可能な生きかたへのすみやかな移行を早く決断しないと、夢想経済のバブルがいよいよはじけるまでに軌道修正がまにあわないことだ。さっそくきょうから軌道修正に取りかかり、この本のどの部分でも、きみ自身のやりかたに合わせて役だててほしい。

カネなし生活に対するおもな関心が、贈与経済よりも環境や物質的な面にあるのならば、カネなしメニューにあとふたつの選択肢が考えられる。地域通貨とバーターだ。

●地域通貨

これはちょっとした変わりダネ。お金への依存をへらす本にどうして地域通貨がでてくるのか、とあやしまれるのは承知している。ローカルな通貨とはいえ、結局はお金の一種にすぎない。地域通貨の使用からもいろいろと意図せざる不都合が生じていると思われるが、以下の三つの理由でここに挙げておく。

1　〈グローバルな貨幣経済〉からぼくの夢想する〈ローカルな贈与経済〉への過渡期において、地域通貨を地産地消経済と併用すると、生態系にとって非常に有益である（現状では、地域通貨でやりとりされる品物や農作物の多くが、程度の差はあれ地域外から持ちこまれている。地域通貨利用者といえども、従来の国定通貨もひきつづき使用してニーズの大半をまかなっているためだ。経済の物質面でのローカル化率は、おおざっぱに言えば、流動性の高い国定通貨を成員が使用している割合に反比例する）。

2　短期的に見ても、地域通貨が地域住民どうしの結びつきをうながすのはまちがいない。この人間関係が、いずれは贈与経済にもとづく関係に変容していく可能性も期待できる。

3　現時点では多くの人にとって、純粋な贈与経済よりも現実的な選択である。

さいわい、英国中、そして世界中で、多数の地域通貨が生まれている。トランジション運動[*8]の一環として導入されるケースも多く、トットネス、ストラウド、ブリクストン、ルイス、ブリストルにはそれぞれ独自の「ポンド」がある。一九八〇年代から存在するタイムバンク[*9]やLETS（地域内交換取引制度）[*10]などの取り組み（第5章を参照）も、経済面の変化を求める人たちにとって選択肢となる。ノースの著書『地域通貨（*Local Money*）』は、これら各種の地域通貨に関する情報源としておすすめだ。

●バーター取引

前項の地域通貨よりもっと異論が出そうである。ほとんどの人はバーターをお金の一種だなどと考えないし、厳密に言えばそれは正しい。バーターの定義は「お金を介さないモノやサービスの取引」なのだから。バーターには地域通貨よりもさらに大きな社会的メリットがある（ただし流動性はずっと低い）反面、多くの点から見て、扱いにくいお金の一種にすぎない。また、自然界にはあまり例を見ない〈貸し借りの意識〉にもとづく点も、お金と共通している。

カネなし生活の選択肢として紹介したのは、地域通貨とほぼ同じ理由による。つまり、関係が深まるにつれて、交換的な思考が無条件贈与的な思考へと変化する可能性があるのだ。バーターは人づきあいの一手段として、形式ばらず、厳密な清算（厳密な清算の究極形がお金）など度外視でおこなう場合に、その真価を発揮する。たとえば、きみの菜園でとれすぎたズッキーニをセックスと引きかえにくれるだとか。残念ながら、そんなおいしい思いはしたことがないけれど。

資源ベース経済

「資源にもとづく経済」というと、ぼくの主張する〈ローカルな贈与経済〉にもあてはまりそうな表現だが、現在の一般認識によれば、ハイテクノロジーを取りいれたグローバル版の非貨幣経済を指す。代表的な提唱者は、一大ムーブメントと化した「ツァイトガイスト運動（TZM）[*11]」のピーター・ジョゼフ、および「ヴィーナス・プロジェクト（TVP）[*12]」のジャック・フレスコである。

二〇一一年現在、両プロジェクトは互いに密接な関係を保っている。

　大前提にあるのが、「自分たちの考える高水準な生活を享受するために必要なのは、お金ではなく、食物、水、鉱物などの資源」という考えだ。それら生存に不可欠な物資の公平な分配を、貨幣経済は現にさまたげている、とさえ断言する。世界には豊富な資源が存在するのだから、もっと賢明に利用すれば、金もうけの得意な連中だけでなく全人類が平等に分けあえるはずだ、と。フレスコは、人間の創意工夫から生まれる高度なテクノロジーの活用を訴える。ただし、資源に着目した――計画的陳腐化[*13]が意味をなさない――経済モデルの範囲内で、との条件がつく。この経済モデルでは、自動化できる仕事はすべて機械にまかせるが、機械化による失業やそれにともなうもろもろの社会問題をまねかぬよう、万人の労働時間の短縮を目的として機械を使う。そうすれば余暇が増大し、あらゆる地球資源とテクノロジー製品とに誰もが自由にアクセスできるようになる。人類の英知を結集し、最善の方法と最高の品質基準にそった、きわめて効率的かつ持続可能なテクノロジーを生みだすのだ。おびただしい重複とムダがつきまとう競争的市場の圧力による制限など受けない。フレスコらの主張では（ぼくも同感だが）、貨幣経済は希少性にもとづいており、一方で資源ベース経済（RBE）は集団的豊かさにもとづいている。

　こうした経済モデルは多くの点で称賛に値し、とりわけ背景の意図はすばらしい。ピーター・ジョゼフ[*14]という男も、今日のわれわれを取りまく諸問題の分析にたけた魅力あふれる人物で、貨幣経済の惨憺《さんたん》たるゆくすえに警鐘を鳴らす献身的努力と勇気は見上げたものだ。しかしながら、ハイテク版の複雑きわまる非貨幣経済をめざすことにより、TZMも、TVPも、それぞれのビジョンをほぼ実現不可能にしているように思われてならない。

なぜか。人の幸福感にとって、地域やコミュニティとのきずなの醸成にとって、ハイテクはかえって逆効果であった、という事実については後述するが、そもそもRBEの壮大なビジョンを実現するには、計画立案のさらに前の段階から、全世界の民族という民族がこぞって参画する必要があるだろう。RBE論者が欲しがるあれやこれやのハイテク製品を作るためには、大量の鉱物や資材を世界各地から取りよせることになる。石油は中東から、銅は中国から、鉱石はアフリカから、ゴムは南米から。これだけ多様な国ぐにや地域すべてが、そうした経済モデルと価値観に賛同しないかぎり、うまくいくわけがない。前述したような、世界の民族・政治・文化・法体系・宗教の複雑さを考慮すれば、かなり非現実的な話である。

ひるがえってローカルな経済モデルでは、誰もが非貨幣経済的な暮らしをわりとすぐにはじめることができる。米国、イラン、ナミビア、メキシコの政治家や企業トップが権力を放棄し、国民もろとも新たな無銭的世界秩序のもとに連帯する、そのときまで待つ必要はない。むろん、TZMやTVPが「ビジョンの実現前にまず各国政府の許可をとりつけましょう」と推奨しているなどと言いたいのではない。どちらのプロジェクトもそんなことはすすめちゃいないし、その点にぼくも賛成だ。

仮に、全世界のイデオロギー統一が可能だったとしよう。RBEにおいては「進歩した」テクノロジーが人間を幸せにすると仮定されているふしがある。本当にそうであれば、あきらかに人類史上もっともテクノロジーが進歩したいまの時代に、うつをわずらう人がもっとも多いのは、いったいなぜだろうか。ＲＢＥ論者らは「現代人の不幸の原因はそれほど単純な話ではない」と答えるにちがいない。おそらくそれは正しい。そのとおりだ。と同時に、昔もいまも、幸福感、充足感、コミュニティや場所とのきずなをより強く表明するのはローテク社会に生きる人びとである、という事実も広く報告されている。〈グローバルな西洋〉に住むぼくらが、即効性の抗うつ薬、現実逃避、自己啓発のカリスマに頼ってどうにか生きているのと、まったく対照的だ。

「ニュー・エコノミクス財団（ＮＥＦ）」[*15]が発表するハッピー・プラネット・インデックス（地球幸福度指数）[*16]などの結果もまた、そうしたエピソードのかずかずを裏づけている。ぼく自身も含め多くの知人が「未発展」国（発展しているのは国際通貨基金（ＩＭＦ）やその一派への負債だけ）のあちこちを旅してきたが、どの村や町で会う人びとも、ぼくの住む「先進」国で出会う大半の人より、ずっと幸せそうで、時間や食べものや所有物に関して気前がよかった。ラダックの近代化を二〇年にわたって調査したヘレナ・ノーバーグ＝ホッジ[*17]によるドキュメンタリー映画『懐かしい未来――ラダックから学ぶこと』では、テクノロジーのおよぼす影響と、コミュニティの社会構造を破壊しかねない潜在力が、雄弁に描かれている。近代化以降、ラダックの人びとは、時間節約のためのデジタル機器類を多く手にしたのに、どういうわけか時間が足りないと感じるようになった。これは世界各地で起きている現象で、程度の差はあれ誰もが経験していることだ。

ハイテク生活とローテク生活の両方を経験してみて、ぼく自身、こう言いきれる。日常のなかでハイテクの果たす役割が小さくなればなるほど、そして暮らしのローカル度が増せば増すほど、肉体的、精神的、情緒的な健康が増進した、と。自分の使うテーブルは機械に作ってほしくない。自分自身の手で作りたい。でなければ、少なくとも友人に作ってほしい。ぼくらの幸福にとって、創造性にとって、大地との関係性にとって、みずからの手を動かすのは非常に重要なことだ。ハイテク版の非貨幣経済を選ぶ論拠が仮にあるとしたら、人間に、そして地球上のほかの生命に、より幸せで有意義で自由な暮らしを可能にする、というただ一点につきよう。しかし、現実に可能にするという証拠をまだ見たことがないし、人間の歴史は逆の例に事欠かない。

また、そのような先端技術が必然的にまねく周囲の自然界との断絶は、生態系や自然のサイクルに関する無理解をさらに悪化させるとともに、手つかずの自然との接触を失うことによるトラウマを肥大させる。この断絶の行きつく先は、いま現在かかえているのと寸分たがわぬ問題と、その原因たる誤った自己認識であろう。地球との日常的な関係や親密なつながりを人類が失ってしまったら、地球との相互依存意識を、地球への気づかいや敬意を、どうやってはぐくめるというのか。

とはいえ、RBE論者のかかげる理論からも、実際的な問題解決策からも、学ぶ余地は大きい。経済の新しい見かたや、周囲への配慮を忘れない持続可能で前向きなニーズの満たしかたの、選択肢をふやしてもくれる。ハイテク志向のRBEに対して不当に批判的な態度をとるのは、ぼくの本意ではない（その目的と努力の多くには最大級の敬意をいだいているのだから）。ぼくが望むのは、協力しあって思想にみがきをかけることと、生きているうちにある程度達成可能な何らかの目標にむけて連帯していくことだ。

ペイフォワード

ペイフォワードとは、同名のハリウッド映画で広く知られるようになった美しい考えかたである。誰かに何かしてあげたとき、お返しに何をしたらよいでしょうかとたずねられたら、「恩返し」の代わりに機会を見つけて「恩送り」をしてほしいと答えるのだ。誰かほかの人――はじめて会った人かもしれない――のためになる何かをしてあげてくれ、と。要望として伝えた時点で、交換条件の性質を帯びることは否めないものの、ぼくの知るかぎり、もっとも寛大で人間愛に満ちた交換条件だと言える。

これまで述べてきた概念のいずれかを、さまざまな度合いで実行に移そうとする場合、大都会のまっただなかであろうと、森の奥ふかくであろうと、乗りこえねばならぬ――内的あるいは外的な――障壁が立ちはだかるにちがいない。こうした問題と、過渡期における対処法については、第4章で扱う。ただし、完全にカネを必要としない暮らしをしたいと本気で望んでいても、これらの障壁を乗りこえるには時間がかかる。移行の手助けとなるよう、また単に、さまざまなレベルのカネなし生活を取りいれてもらえるよう、支援ツールを共同開発した。それが次章に示す〈理念の進化（POP）モデル〉である。

CHAPTER

3

理念の進化（POP）モデル

支持する理念のために奮闘努力しない人は、
実はその理念を支持してなどいなかった自分にいずれ気づく。

——ポール・ウェルストン

人生に妥協はつきものだ。漠然とした理想をいだく人は多いが、いざ生活のなかで実践したいと思っても、たいてい、金銭的、社会的、法律的、感情的、生理的な諸事情から、道はるかにおよばない。それはそれでしかたがないこと。人間は皆、完全に不完全な存在であるうえ、ぼくらを取りまく文化にせよ、その文化を反映した政治経済の状況にせよ、道を険しくするばかりなのだから。

各自が現在置かれた地点から、いきなり高邁《こうまい》な理想の一〇〇%実現をめざしたところで、達成はむずかしい。それよりも、実生活に照らして吟味したいくつかの段階を踏んで、じょじょに移行していくほうがいい。ひとつひとつの段階をさだめるときのコツは、短期間で達成可能な手がたい目標を設定しながら、今日の主要な環境問題や社会問題にしかるべくむきあう野心をも忘れないことだ。

金銭が必要ない社会を創りあげよう、というのが本書の趣旨である。理由は単純で、第1〜2章で述べたように、そうしなければ地球の受容能力の限度内で人間が長期にわたって生きていくことなどできやしないから。ところが、これまでわれわれが創りあげてきた世界では、カネをあがめたてまつり、いまや世界最大の宗教の指導者と仰いでいる。金銭崇拝は、それ以外の精神的世界観を受けつけない。こうした社会状況は、カネと無縁に生きる敷居を高くしてしまう。だから本書では、カネなしの生きかたをビジョン——いつの日か外的要因の変化で発芽と開花に適した沃土《よくど》がととのうまで、守りつづけるべき種子——として高くかかげるかたわら、現実の問題についても考慮しようと思う。すなわち、人それぞれに異なる現実について。

ぼくの理想とする経済の形は、すでに述べたとおり、全面的にローカル化した贈与経済だ。だけど大半の読者にとってこれは、当面は無理な相談かもしれない。これ以上借金せずに月末までどう切りぬけるかのほうが大事なんだよ、と。よって本書においては、金銭への依存をへらして地域コミュニティや周辺環境とのつながりをふやせる方法を紹介するにあたり、間口を広くとるように心がけたい。アイデア自体はどれも〈無銭〉だが〈純粋に無銭でない場合は掲載理由を書きそえる〉、そのうちいくつを実生活に取りいれるかは読者の選択にゆだねる。どんな境遇の人でも即日実行できるアイデアが多いと思うが、努力目標としたほうがよさそうなのもあるだろう。実際にどの程度取りいれるにせよ、ニーズの満たしかたの幅を広げ、金銭に対する依存をへらし、困難から立ちなおる力を身につけ、生態系への負荷をおさえ、隣人とうまくやっていくのに役だつはずだ。実行できる範囲が広がれば広がるほど、当人と地球の双方にとっての幸福度も上がる。

ぼく自身がカネなし生活にいたる途上で実感したのが、枠組みの必要性だ。A地点（二〇〇八年当時のぼくが置かれた状況）からB地点（年内に達成できそうな短期目標）、そしてはるかZ地点（いつか到達したい長期目標）までのルートがわかるだけでなく、各地点の具体像をあらかじめ把握しておくための、一種の行程計画表があるといいと思った。いまの自分の生活はどのようなものか。将来どのように生きたいのか。進化をつづけるわがカネなし実験における密接なパートナーのひとりショーン・チェンバリン[*1]（『移行のスケジュール』[*2]の著者）と話しこむうちに、ひとつのモデルが浮かびあがってきた。政治的・宗教的・哲学的信条にかかわらず誰でも、各段階の具体像を思いうかべることができるようなモデルである。モデルの性質上、上昇を後押ししてもらえるところは、人生の歩みとともに「マズローの欲求階層」[*3]をのぼっていこうとするのにも似ていようか。みずからの価値観にそって生きようとするときに生じる実際的問題や哲学的問題へのシンプルな対処法だ。

ぼくらはこれを〈理念の進化（POP）モデル〉と呼んでいる。自分の理想に忠実に生きたいと望む人、たとえば宗教的・精神的なコミュニティの一員として、あるいはトランジション運動のなかで金銭を使わず生きたい人にとっても、役にたつモデルではないだろうか。

本書のねらいは、個々人の経済を多様化し、金銭の必要性をなるべく小さくする点にあるため、

ＰＯＰモデルの枠組みをこうした文脈にのみあてはめることにする。だがほかにも、読者諸賢のそれぞれの信条にそった生きかたの実現にむけて、このモデルを活用してほしい。ＰＯＰモデルの長所は、各自の手で各自に合わせてカスタマイズできるところなのだから。

ＰＯＰモデルの構造

ＰＯＰモデルの構造を説明するため、例をふたつ示そう。どちらもぼく個人の例である。通常、複雑さと分けかたに応じて三つ〜八つのレベル（段階）からなるが、好きなだけ長くも短くもできる。

まず、「経済体制」に関するぼくのＰＯＰモデルを見てほしい。

レベル１：（一〇〇％ローカルな贈与経済）：贈与経済にもとづく完全な共同自給
レベル２：全面的なローカル経済圏内で、地域通貨／バーター取引にもとづく共同自給
レベル３：贈与経済＋貨幣経済への最低限の依存
レベル４：ＬＥＴＳ、タイムバンク、地域通貨＋貨幣経済への最低限の依存
レベル５：「環境に配慮した」グローバルな貨幣経済

レベル6（一〇〇％グローバルな貨幣経済）：グローバルな貨幣経済

いままでの説明を念頭に置いてもらえば、このPOPモデルの大半の意味はおのずとあきらかだろう。レベル1の「共同自給」については、なぜ「自給自足」でないのかと疑問に思われるかもしれない。答えは次のとおり。自給自足など幻想にすぎないからだ。ぼくら人間は少なくとも、ミツバチ、バクテリア、ミミズたちと相互依存関係にあるし、現実にはかならず地元コミュニティの人たち――隣近所の人だったり、同じ村民だったり、目的共同体の仲間だったり――とも相互依存関係にある。だから、ぼくがコミュニティと言うときは、生きとし生けるものすべてのコミュニティを指す。人間だけのコミュニティではない。昨今の文化は、他者への依存は弱者か敗者のしるしだと信じこませようとしてきた。しかし実は逆だと思う。相互依存は、真のコミュニティの形成に不可欠であり、ひいては、場所に対する思い入れ、人との関係、安寧な暮らしにも欠かせないのだ。実際、ぼくらは自分で思いたがるほどには自立していない。よく「経済的自立」と言うが、これまた幻想である。近くにいる知り合いや親しい人への依存を、遠方の顔も知らぬ人への依存に取りかえただけ。新しい依存相手には一生、会う機会もなければ、何かを作ってもらったお礼を言う機会もない。いったいなぜ、個人的な関係よりも没個人的な関係を選ぶのだろうか。結束の固いコミュニティで相互依存を意識しながら生きるのは、本当にそれほど望ましくないことなのか。そこから逃避せんがために必死でカネをかせごうとするほどに。

このPOPモデルの構成からお気づきかもしれないが、ぼくは行為の背後にある精神よりも、一〇〇％ローカルな生きかたにやや重きを置いている。これは、今日の環境上の要請ゆえでもあるが、地域通貨やバーターなどの交換取引形態を通じて人間関係が形成されるにしたがい、無償の贈与が交換の要素に取って代わるだろうと思うからだ。しかし何度も言うとおり、各自の考えかたに応じて、ぼくのとは全然ちがったPOPモデルがあっていい。

もうひとつ、今度は「移動手段」に関する例を挙げよう。

レベル１（一〇〇％ローカルな贈与経済）：大地とのつながりを感じながらはだしで歩く
レベル２：自作の靴または無償で贈与された靴（地元産の素材を使用）をはいて歩く
レベル３：バーターで入手した靴（地元産の素材を使用）をはいて歩く
レベル４：中国の工場で製造されたスニーカーをはいて歩く
レベル５：大量生産の自転車に乗る
レベル６（一〇〇％グローバルな貨幣経済）：ハイブリッド車に乗る

この例の説明によって、モデルの使いかたに理解を深めてもらうとともに、ぼくにとっての「無銭」の意味についてもう少し知ってもらおう。最上位にかかげた目標は、たいていの人には極端すぎて、どの段階にせよごめんだと思われてしまうだろう。そう感じるのも無理はない。この国は都市でうめつくされ、アスファルトや砂利やコンクリートで覆われている。それに、安楽で暖かな履き物に何世代もかけて慣らされてきた現代人の足は、昔ほど頑丈にできていない。第一、世の中には中古の靴がいくらでもあるのに、どうしてわざわざたいへんな思いをしたがるのか。

極端すぎると言われてもかまわないさ。これはぼくのPOPモデルであって読者のではないし、そういう意見にも一理ある。でも、ぼくは思うんだ。足の下の大地の感触をもう一度取りもどさないかぎり、けっして地球の上をやさしく歩けるようにはなれない、と。残念ながら、必要にせまられないと気づかないのが人間というもの。はだしで歩けばおのずと、その土地の植物相に（あるいはゴミの多さに）敏感になる――はじめはただ、足にトゲ（あるいはガラス片）を刺したくないという理由からにしても。ぼくの場合、はだしで歩くと山の幸の収穫が少しふえる。周囲の様子がふだんよりずっと目に入りやすいおかげだ。

バーター取引は、ほとんどの場合ローカル経済圏でおこなわれる（インターネットの登場以来やや様変わりしたが）一方で、現行の文化がとらわれている〈交換〉の一例でもある。よく不思議に思うのだけれど、われわれはなぜ、誰かの役にたつというただそれだけの理由では、贈り物や才能を分かちあえないのだろう。バーターで手に入れた靴がレベル3で、無償で贈られた靴がレベル2なのは、そのためだ。自転車は持続可能な暮らしのシンボルとされているが、かろうじてレベル5にとどまる。大量生産の自転車に乗ることに対し、あまりとやかく言いたくはない。利点も多いし、比較的持続可能であるにはちがいないのだから。ただ、グローバルなインフラを利用して世界中から各種物資を輸入する必要や、そのインフラによる自然界の破壊と収奪を考えると、絶対的に持続可能であるとは思えない。絶対的な意味において持続可能でないことを、はたして永遠につづけられるだろうか。どんな自転車の乗りかたをしても、歩くよりは大地から分断される。生活の速度も上がる（たいてい、そうやって生まれた余暇でより多くのモノを消費するようになるのがオチ）。それが、ぼくの移動手段のPOPモデルで「中国の工場で製造されたスニーカーをはいて歩く」よりも低位に置いた理由だ。とはいえ、お金を使わずに移動できるのはたしかで（修理用のスペア部品に廃物を利用できればなおさら）、そこをめざす人もいるだろう。そういう人は自転車をPOPモデルの最上位に置けばいい。

いまはまだモデルの階層の一番下にいるからといって、心配する必要はない。ぼくは現在のところ、大量生産の自転車に乗る機会のほうが歩くよりも多いけれど、前述のモデルは、将来もっともっとはだしで歩こうという姿勢を明確化するのに役だっている。

なお、各レベル間の距離に特に決まりはない。たとえばモデルによって、レベル4と5のあいだの差が、レベル1と2のあいだの差よりもずっと大きかったり、あるいは小さかったりする。この場合、部分的に拡大してみる手もある。今年の目標が「ハイブリッド車に乗る」から「大量生産の自転車に乗る」へ（ぼくのモデルではレベル6からレベル5へ）の移行であれば、前者をレベル6、後者をレベル1とし、あいだにいくつかの段階を設定するのだ。

以下の各章ではかずかずの解決策について説明するが、ところどころでPOPモデルの概念にもふれる。というのも、カネなし生活への挑戦は、かならずしも最初から（いや、最初と言わずいつからでも）オール・オア・ナッシングで考える必要はなく、個々人の経済を段階的に多様化していく取り組みなのだということをわかってもらいたいから。多様性が高まれば、きみの経済はもっと打たれ強くなって、限りある地球における限りなき成長などという不合理な考えにもとづく大きな体制に飲みこまれにくくなる。しかし、このモデルの意義は、ちょっぴり目新しい頭の体操を提供して皆を何となくいい気分にさせることではない（おまけの効果としてはそれもいいけれど）。人類と地球が――そして人類どうしが――調和して生きる、そういう地点への到達を手助けすることだ。ある程度の勇気と決意を持って実行に移さなければ、けっしてゴールにたどりつくことはできない。実現可能だとぼくらひとりひとりが知っているはずの世界に。

カネなしの仲間たち

今日でもなお、いまだ文明に侵食されていない未開の奥地には無銭地帯が残る。しかし、文明化と産業化の進行した現代社会の内側にも、みずからすすんで金銭の使用をやめた人がいる。そのような暮らしを十年以上つづけている人もいれば、お金を持たずに何万キロも歩いて（あるいは何らかの乗り物で）旅した人もいる。都会にもいるし、田舎にもいる。

動機は人それぞれだから、各人のPOPモデルはけっして一様でないはずだ。それでも、全員に共通する点がひとつある。単純な点だが、どの人も、この世界があらゆる次元で恐ろしく道を誤ってしまったと見ていること。どの人も、生きる指針となる新しい物語を創造したい、人間を奴隷化するのではなく精神的な高みへと引きあげてくれるような生きかたをしたい、と望んでいる。不信と人間疎外にもとづく生ではなく、信頼と人間関係にもとづく生を生きたいのだ。

無銭生活に対する見かたをできるだけ広く紹介し、いろいろなやりかたや動機がありうることを示すため、実際にカネなしで生きる（または過去に生きた）何人かの参考例を以下に挙げよう。

ピース・ピルグリム：一九八一年に亡くなるまでの二八年間に、ピース・ピルグリム（平和の巡礼者）は無一文で米国中を歩く巡礼の旅を七回おこなった。持ち物といえば背中にしょった着替えと、上着のポケットに入れたわずかな小物だけ。四四歳ではじめて巡礼に出るにあたり、「人類が平和の道を学びとるまでさすらいの身でいること、屋根を与えられるまで歩きつづけ、食べものを与えられるまで断食すること」を誓う。彼女の著書『内なる平和への歩み（*Steps towards Inner Peace*）』[*4]は冊子体およびオンラインで無償配布され、二九の言語に翻訳されている。

ダニエル・スエロ：二〇〇〇年からお金を使わずに生きるダニエルについては、『スエロは洞窟で暮らすことにした』という本が出版されている。住所不定、一年の大半を米国ユタ州にある峡谷地帯の洞穴に寝起きする。野外に自生する（あるいはゴミ箱のなかの）食料を採集し、川でからだや服を洗い、気のむくままに時をすごす。彼のブログ「ゼロ・カレンシー」[*5]にはいつも考えさせられる。

サティシュ・クマール：『リサージェンス』誌[*6]の編集長をつとめるサティシュが最初に英国にき

たとき、インドからお金を持たずに歩きつづけて二年以上がたっていた。師ヴィノバ・バーヴェ（マハトマ・ガンディーの親友）のすすめによる無銭巡礼であった。彼の内的・外的な経験については、数ある著書のうちの『終わりなき旅（*No Destination*）』[*7]に詳しい。英国デヴォン州に「シューマッハカレッジ」と「スモールスクール」を創立した。

トミ・アスティカイネン：「社会的条件づけにまどわされず、人生をあるがままに見るために」お金を手ばなしたフィンランド人男性。二〇〇九年六月にみずから宿なしの放浪者となり、二〇一〇年七月からこのかた、いっさいお金を持たずに生きている。無一文になって以来ヒッチハイクで旅した距離は三万キロに達し、その体験を無料の電子書籍『太陽のヒッチハイカー（*The Sunhitcher*）』[*8]につづっている。

ユルゲン・ヴァーグナー：シェンカーズ（贈与者）運動の一環として、一九九一年以来カネなしで暮らすドイツ人男性。通称エフィー。おもに母語のドイツ語で情報を発信している。[*9]

ハイデマリー・シュヴェルマー：広く支持されている交換サークル「タウシュリング」の創設者。心理カウンセラーである彼女は、一九九六年以来お金を（電車賃にする数ユーロをのぞいて）使っていない。暮らしぶりはドキュメンタリー映画「お金なしで生きる（*Living without Money*）」に描かれ、自身の著書『食費はただ、家賃も0円！　お金なしで生きるなんてホントは簡単』も刊行されている。ハイデマリーの考えかたは概して交換原理にもとづくが、お金を手ばなした経験が彼女の人間性と実生活とに与えた影響から教えられる点も多い。

ベンジャミン、ラファエル、ニコラ、ニエベス：このカネなし冒険団は、「フォワード・ザ・(レ)エボリューション」プロジェクトの一環として、オランダから米国、メキシコまでの三万キロを、一四か月かけてヒッチハイク（陸路および海上）で旅した。この間、お金を受けとることも支払うこともせず、計四八〇台の乗り物に乗せてもらう。ベンジャミンになぜお金を使わないのかたずねたところ、「理由は簡単。世界に対して心を開き、全人類を大家族の一員だと思って与え、分かちあい、愛する方法を学ぶのに、これ以上よい手だてはないから」とのこと。四人の体験と内面の旅についてはウェブサイト[*10]を参照。

ソニヤ・クルーズ：一年間に出会ったのは、一六の文化圏、九つの州、一一四の町、そして一五〇の家族。ウブントゥ・ガールとして知られる南アフリカ人ソニヤは、ウブントゥ（人と人の関係を意味するバントゥー諸語）の本当の意味をさぐる旅に出た。感じたこと考えたことについて、自身のブログに記している。

エイドゥン・ファン・リネヴェルド：同じくウブントゥの精神（あなたがいるから私がある）に生きる南アフリカ人エイドゥンは、二〇〇九年からの五年間、お金を手ばなすプロジェクトを決行した。大義のための資金調達を目的にお金を手ばなすという行為を、皮肉る人もいるだろう。だが、一見矛盾するように思えても、生まれおちたこの世界の役にたとうとする彼の善意は損なわれないし、その過程で得た独自の気づきは多くの人にとり貴重。

エルフ・パヴリック：お金も身分証明書も持たず、国籍さえあきらかにしないままヨーロッパに暮らす。世界各地のカネなし生活者を一種の運動とも言える形にまとめあげるべく活動中。彼のウェブサイトに掲載されたカネなしの人びとやプロジェクトに関する情報は、同様の生きかたを望む人の参考になる。

ジュールズ・エドワード[*11]：長年、無銭旅行をつづけてきたジュールズだが、「世界をめぐる旅は飛行機や燃料に依存しており、カネなし生活とはとうてい相容れない」と考えるようになった。そこでいまは、「完全にオフグリッド（第11章を参照）で自然の恵みだけを利用する生きかたを模索中」とのこと。

CHAPTER 4

課題と移行策

ローカル化は、どうしたって実際的可能性の制約をまぬがれない。
しかし決定的な強みもある。ほかには道がないという点だ。

——デイヴィッド・フレミング博士

完全なカネなし生活に関心を持つ人なら誰しも、どんな理由にせよ、すぐには乗りこえられない壁にぶつかることだろう。よく話題にのぼるのは外的な障壁である。土地が見つからない、税金を払わねばならない、環境への影響が小さい[*1]自給自足型住宅を建てようとすると建築許可の問題が立ちはだかる、などなど。

このような例はいずれも、今日の世界の現実に深く根を張った強大な潜在的障壁であって、機械経済への関与をこれ以上ふやすよりもへらしていこうとつとめる人にはとりわけ高くそびえ立って見える。土地の入手をめぐるあれこれ――私有財産制、地価、認可制度や法規制――は、問題の核心近くに座を占めている。しかしながら、これら経済的・政治社会的課題の多くも、もとをただせば、ぼくらが自分自身のうちに作りだす個人的・内的な壁に端を発しているのだ。素朴さと自由と冒険に満ちたすばらしい人生を送らせまいとする壁である。土地の問題こそが究極の一大事だと考えていると、そもそもそのような概念を生みだすもとになった文化の物語の存在を見のがしてしまう。政策や法律を作っているのだって人間だ。まあ、折衝に行った際など、政策や法律の執行者には本当にヒトの血が流れているのかと疑いたくもなるが。

偉大なる機械化反対者《ラッダイト》マハトマ・ガンディーはこう言った。「信念が変われば思考も変わる、思考が変われば、ことばも変わる、ことばが変われば行動も変わる、行動が変われば習慣も変わる、習慣が変われば人格も変わる、人格が変われば運命も変わる」。個人についても集団についてもあてはまる格言だ。ただし、直線的すぎるきらいがあって、人生や文化が直線ではなく、らせんを描いて動く認識に欠けている。もしもガンディーがこの性急なコメントを出す前にぼくに相談してくれていたなら、最後のところをこう変えるよう提案したのに。「人格が変われば文化も変わる、文化が変われば信念も変わる」と。運命などない。終着点などないのだ。あるのは、らせん状に進む過酷な旅路のみ。

今日存在する政策も、最初は何らかの信念の集まりにすぎなかった。時間とともにそれが多数の物語へと姿を変え、さらに物語どうしが結びついて粗悪なバージョンが新たに生まれる。そうしてできあがったのが、誰かが地球の一画を所有したり、そこに住まざるをえない人に代金を課したりできる、という物語である。カネに関する奇妙な物語である。人間中心の物語――天なる父が万物を人類のために創造したのだから、人類はそれらを統治し、いかように扱ってもよい――である。デカルト派の物語、ニュートン派の物語、ダーウィン派の物語、アダム・スミスの、マルクスの、フリードマンの物語。部分準備銀行制度の物語もある。この物語によると、われらの主人たる銀行は、虚空からお金を魔法のごとく作りだし、貸し付けることができる。われわれはといえば、銀行が創造した元本だけでなく、いくばくかの利子をも上乗せして返さなければならない。汗水流して作ったお金で。また忘れてはいけないのが、いまや鳥やアナグマなどの野生動物だけに、地場産の素材を使ったささやかな巣作りが許されている、という物語だ。この物語に従って人間は、いついかなるときも、何をするにも、代金を支払い、検査を受け、規則でしばられなくてはならない。さらにそのうえには、自由とは自然界のためのもので、人間はその範疇《はんちゅう》外の存在である、という物語もひかえている。

どれもこれも神話だ。もとになった信念の生じたはるか昔には、その信念から派生する物語が有益だったかもしれない。長い年月をかけて、物語どうしが結婚しては別の物語に姿を変え、物語の赤ん坊を生みおとしてきたが、今日の目で見ればまるっきり滑稽な物語にすぎず、現に直面する課題にとってはまるで意味をなさない。

にもかかわらず、人類の大半はいまだにこれらの物語を信じ、支えている。これらの物語とともに、これらの物語のなかで、ときにはこれらの物語をよけて、やっていく手だてを見つけなければならない。至難のわざだ。だからこそ本章では、カネのかなたにある人生への旅をさまたげる（あるいは単に金銭不要の移動手段・食・住居・娯楽などの目的地へいたる小道をふさいでいる）おもな内的障壁と外的障壁について検討しよう。必要に応じて、そうした障害物の回避方法も提案する。解決策を持ちあわせないときは隠さずに言うので、いい方法を思いついた読者は教えてほしい。「トランジション・ネットワーク」の共同創立者ロブ・ホプキンスが「コミュニティの集合的才能を解きはなつ」と表現した方式の応用だ。

現行の人間文化

法律よりも軍隊よりも強いのは、文化の力だ。一例を考えてみよう。分かちあいは、あらゆる次元でぼくらのためになるし、宿主たる地球のためにもなるが、そんな分かちあいの存在をありがたく思わないのが、「経済」と呼ばれる野獣である。権力の座にしがみつきたい政治家は皆、こいつにエサをやりつづけねばならず、しかも、どんどん量をふやしていかねばならない。「経済」にとって分かちあいは敵だ。エサを取りあうライバルだ。よって分かちあいは、経済成長のおかげで銀行預金残高をふやしている者たちにとっての敵でもある。ただし、すべての分かちあいを違法化するなどは不可能だし、有権者にうけそうもない。そこで、政治家、社会計画立案者、マーケティング専門家らは、もっと巧妙なやりかたを選んだ。分かちあいが違法とまでいかなくても「まったくほめられたおこないではない」とされる文化、風潮を、一致協力して創りだしたのである。この文化は問いかける。あなたがまじめに働いて手にした成果を、それほどまじめに働かなかったかもしれない他人に、どうしてわざわざ分けてやらねばならないのか、と。物を貸したらこわされるかもしれない、返してもらえないかもしれない、だまされた気分を味わうかもしれない、と不安をいだかせる〈希少性〉の文化だ。人から借りなければならないのは、自分で所有できない敗者のあかし、と宣告する文化だ。こうした恐怖と希少性とステータスの文化に人びとが自発的に従うなら、法律で強制する必要などない。

文化はまた、生きかたの「選択」をかなりの程度まで決定づける。ヒトは社会的な生き物だから、村八分にされる可能性や、それにともなう拒否反応や自尊心などの問題は、行動様式と選択とを大きく左右する。大勢順応主義——たいていは自信の欠如から生じる問題——が人間の行動の大部分を規定すると言っても、けっして言いすぎではない。

われわれの社会規範には、広く浸透したがゆえに非常に抑圧的なものがある。西洋文明においては、どれだけ多くを所有しているか、どこに住んでいるか、どんな職業についているか、いくらかせいでいるか、どれほど有力か、どのブランドを身につけているか、を基準にステータスが与えられる。どの基準でも、大きければ大きいほど、高価であれば高価であるほどいい。お金を使わずに生きることにした場合、あるいはただ簡素な生活を選んだだけでも、社会通念上、成功のしるしとみなされるほとんどを手ばなすことになる。世の潮流にさからって泳いできた多くの人がいくら、「思いきって生きかたを変えたおかげでより大きな自信と自由を手にし、他人にどう思われるかが気にならなくなった」と断言しようと、最初のうちは困難な道に見えるかもしれない。だが、この道を選んだ人たちにはわかっている。ボブ・ディランがかつて書いたように、「朝起きて夜寝るまでのあいだに本当にしたいことをしている人は成功者だ」と。

カネなし生活（または簡素な生活）を検討中の人から寄せられるおもな心配に、友だちや家族や地域社会の反応がある。なんだかんだ言っても結局、お金を持たなければ、貧しいだとか人生に失敗しただとかの烙印《らくいん》を押されてしまう。本当の意味では、いままでの人生で一番豊かであろうと。いやはや、社会的受容がいかに心中深く埋めこまれているかには恐れいる。当の社会を好きでないと文句を言いつつも、受けいれられたいと願わずにいられない。ジッドゥ・クリシュナムルティはかつて「深く病んだ社会にうまく適応できることは、かならずしも健康を意味しない」と述べたが、とかくわれわれは、健康な生きかたを選んで排斥されるリスクをおかすより、そうした適応行動のほうを選びがちだ。

これに対して何ができるか、そこを乗りこえて自分が生きたい人生を生きるにはどうしたらいいか、と、よくたずねられる。熟慮長考のすえにたどりついた答えは、たった一語。

勇気。

文化の物語を変えて、誰もが躊躇《ちゅうちょ》せず「なりたい自分」になれる世の中にしたいなら、勇気を示さなければならない。ビリー・グラハムは「勇気は伝染する。勇気ある人が毅然とした態度を示せば、ほかの人の背筋もピンと伸びる」と言った。いまだかつて、単に規範に従っているだけでよい変化の起きたためしはない。この変化はきみからはじまり、きみが変われば、少なくとも、日々接する人たちの人生に影響を与えることになる。それだけでもじゅうぶん意味がある。

この勇気を見いだすには、「わが人生にとって一番重要な目標は何か」をみずからに問いさえすればいい。ただ他人から期待される行動をとることか。それとも、可能なかぎり大胆に自分に正直に生きることか。後者を選んだら、あとは実行に移すのみだ。

工業文明への依存

依存症の力は強烈である。アルコールやヘロインの中毒者を見れば、依存症というものが、いかに人をあやつり、もろい存在にしてしまうかがわかるだろう。自覚のあるアル中患者は、酒さえ飲まなければもっとよい人生を送れるのにと思っている。大切な人間関係をことごとく酒がぶちこわすのを、ほとんどの患者が理解しているし、このまま飲みつづけていたらいつか酒に殺される、とわかっている人すらいる。酒では幸せになれないのに、それでも飲まずにいられない。

たえまなき経済成長がカネという道具なしに立ちゆかないことは前述したとおり。その経済成長のせいで毎日一五〇～二〇〇もの生物種が地球上から消えていく(年にすれば、存在が知られている種だけでも七万三千にのぼる)[*2]事実を、ぼくらは知っている。この数字にわれわれが仲間入りするのも、時間の問題かもしれない。ヒトだけは特別だなどと考えないほうがいい。ドードー、フクロオオカミ、リョコウバト、ハワイミツスイ、西アフリカ・クロサイ……。絶滅種リストの長々しさには泣けてくる。一方で、たえまなき経済成長が人間に幸せをもたらさないことも知っている。渇きをいやせない者は、いつまでたっても満足を得られないのだから。

それなのに、われわれは悪癖におぼれ、依存状態にある。成長への依存、「もっと多く」「もっと大きく」「もっと速く」への依存。ステータスへの、確実性幻想への、利便性への、平凡さへの、不健康でバランスが悪いほどの安楽さへの、加工食品への、大勢順応への、何でもかんでも「二四時間ぶっとおし」への。地球を――同時に、自分たちの骨肉を作りあげる基本要素のすべてをも――消費することに取りつかれている。それがために〈自我中心的な自己〉と〈ホリスティックな自己〉の双方が死にかけていても、どうしようもないようだ。

そうした依存状態を、自発的簡素やカネなし生活に対する障壁として聞かされるケースは、さほど多くない。予想はしていたが、それを挙げる人はほとんどいなかった。だが、変わりたいのはやまやまでも変えられない、という人にはよく会う。古い習慣にすっかり取りつかれており、やめることができないらしい。これは依存症なのか。そうだとしたら、どうやって克服できるのか。英国のNHS（公的保険医療機関）で依存症の専門家として二〇年近い経験を持つクリス・ジョンストン博士に話を聞いた。博士の著書『自分の力を見つけよう（*Find Your Power*）』[*3]および『アクティブ・ホープ』[*4]（ジョアンナ・メイシーとの共著）では、依存症の回復プロセスに関する知見をもとにグローバルな問題群が論じられている。

マーク・ボイル（以下B）：依存症とは何でしょうか。

ジョンストン博士（以下J）：依存症とは、物質の使用や行為に取りつかれて抗しがたい欲求を覚え、有害だとわかっていてもくりかえしてしまい、使用の自制が困難になった状態です。アルコールや薬物の使用がよく知られていますが、ギャンブルや過食などの行為にも見られます。依存症におちいると、あまりに強く習慣にとらわれるため、変えたいと望んでも一筋縄ではいかない場合があるのです。しばらくはうまくいっても、持続するのがむずかしい。

B：消費やお金を使うことへの依存も起こりえますか。

J：私は起こりうると思いますが、「依存」という語には統一された定義が存在しないのです。物質系の依存に関していえば、WHO（世界保健機関）が「依存症候群」という用語を使用し、次に挙げる六つの特徴のうち三つ以上が認められる場合と定義しています。お金との関係を考える際のチェックリストにもなるでしょう。

a　物質使用への強い欲求や切迫感がある。

b　物質摂取行動をおさえようとしてもおさえられない。

c　物質使用をやめたり量をへらしたりすると生理的な離脱症状が出る。また、離脱症状を緩和・回避するために物質を使用してしまう。

d　摂取量をふやさなければ以前と同じ効果が得られないなどの「耐性」が見られる。

e　物質使用が原因で、あるいは、物質の入手、摂取、作用からの回復に時間をとられるがために、日ましにほかの娯楽や関心事をかえりみなくなる。

f　あきらかに悪影響が出ているのに使用をやめられない。

アルコール中毒者は、いったん酒が飲みたくなると、その欲求のあまりの強さになかなかさからえません。同じような感じを買い物についていだく人もめずらしくない。ある調査によると、米国人の一六パーセントが「買い物依存症」におちいっており[*5]、必要もない品を買いたくてたまらない、買い物癖をおさえきれない、などの経験をしています。

耐性とは、同じ効果を得るためにより多くの物質（または行為）が必要になる現象で、これは消費行動にも明白に見うけられます。産業化社会において「正常」とみなされる消費レベルは、過去五〇年以上にわたり着実に上昇しつづけてきました。いまや資源に対するわれわれの集団的欲望は、生態系に破滅をもたらす水準に達しています。アルコール、ニコチン、その他の薬物への依存は、あきらかに健康をおびやかしはしても、文明を破壊することはないでしょう。しかし、モノに対する欲望をつのらせる集団的飢餓はちがいます。だからこそいま、依存の演ずる役割について考える意義があるのです。

B：なぜモノをどんどん欲しがってしまうのでしょう。

J：気がめいったとき、何かの摂取や行為で気分が晴れる経験をすると、次も同じことをくりかえしがちです。効果がある——少なくとも短期的には——と感じれば夢中になるものです。気がめいる↓何かを摂取（あるいは実行）する↓気分が晴れる、という経験を重ねれば重ねるほど、この回路が深くしみついていきます。やがて、頭で考えなくてもからだが動くようになる。

皮肉にも人は、物質や行為を問題だとは思わず、解決策だと思って頼るようになりがちです。回復を助けるには、短期的な効果と長期的な影響のちがいを認識することです。喫煙者は気を落ちつかせるためにタバコを吸いますが、ニコチン依存は余計に不安感をまねきます。お酒は楽しい気分を求めて飲むものですが、ひどい飲みすぎはかえって気分を落ちこませます。常習性の行為はしばしば解決策のように見えて、実は問題をさらに悪化させるのです。悪循環が生まれ、何かに頼れば頼るほど、自分にはそれが必要だと思いこむようになります。消費についても同じ。必要を満たそうとショッピングに頼れば頼るほど、満足できる人生に通ずる別の道すじをさがさなくなります。

依存症は個人のレベルにとどまりません。組織レベル、社会レベルでも起こります。今日主流の経済体制は、消費が必要を満たしてくれると考えるわれわれの文化様式を助長し強化します。この問題に対処しようと思ったら、個人レベルの変化だけでは足りません（もちろん個人が変わることも非常に重要ですが）。経済体制と文化をも変える必要があるのです。

B：どうすればこうした依存症を克服できるでしょうか。何か段階的な対処法はありますか。

J：自分が資源を「使いすぎ」で「まずい」とか「抑制が効かない」とか感じた経験のある人は、まず、どういうときそう感じるかに注目しましょう。自分自身の価値観からはずれた行動、正しくないと感じる行動を、いつとっているのかを自覚するのです。この矛盾に気づくことは快い経験ではありませんが、動機づけになります。私はこれを、変化の旅の出発点だと考えています。

次に、自分はどうしたいかを決意します。この問題に立ちむかいたいのか。もっとちがう生きかたをしたいのか。決意には力があります。それに、決意した理由をあとで思いかえすことで、決意をより強固にできますから。

決意をかためたら、心の準備をしてください。取りくむ領域を具体的に選び、踏みだすことのできる最初の一歩をさがします。私の好きなことばは「完璧をめざすよりも前進をねらえ」です。そうすれば、いまいる地点から踏みだす直近の一歩に意識を集中できます。それができたら、もう一歩、さらにもう一歩、というぐあいにね。

依存症の回復自助グループでよく言われるのですが、「私にはできないけれど、私たちにはできる」。ひとりぼっちではやりとげられない、同じ問題にむきあう仲間の支えが必要なのだ、と強調することばです。

最後にもう一言。回復は、文化レベル、社会レベルで実現する必要があります。個人で行くのではなく、私たちがともにたどる旅路なのです。

＊＊＊

以上に関連していくつか述べよう。自発的簡素と聞くと、グローバルな貨幣経済における場合にせよ、ローカルな贈与経済における場合にせよ、犠牲だの損失だのばかりを想像しがちである。ほとんどの人は、何かをあきらめなくてはならないという点に目が行ってしまう。だが、人生とは皮肉なもので、人生をもう一度信頼する勇気、もっとつながりあった生きかたを受けいれる勇気を見つけたとき、手ばなす少々のものよりもずっと充足感と意味とはりあいに満ちた何かを手に入れることになる。たしかに最初のうちは喪失感を覚えるかもしれないが、そんなものはたちまち、おそらく人生ではじめて経験する〈自由〉と〈つながり〉の感覚に取って代わられる。少なくとも、ぼくの経験ではそうだった。

カネを手ばなそうと決心した当初は、一年間だけのつもりでいた。だが一二か月が過ぎたとき、かつてないほど壮健で幸福な自分に気づく。そりゃ、映画館に行くだとか、チョコレートだとか、税務当局との愉快なやりとりだとか、あきらめざるをえないことがらも少しはあった。だけどそのかわり、自分の心にかなうことだけをする自由、自律を取りもどした。もちろん、わが人生が本当の意味でみずからの手中にある、という感覚も。自分自身の思いもよらぬ側面を発見できたのもよかった。生まれてはじめて、意識的に生きていると実感し、つながりや自然とともに生きていると感じた。カネなし生活を続行したのは、みじめに落ちこんだからではない。かつてなく生き生きした気分になれたからだ。問うべきは「自分の人生にとって何が一番大切か」である。自由か、それともモノか。

最近、その究極例ともいえる人物の話を聞く機会があった。ティム・デクリストファーは、米国の原野を油田開発から救ったかどで投獄された。公有地の競売会場に何食わぬ顔であらわれて値をつり上げ（実際にはそんなお金など持っていないのに）、まんまと入札を妨害したのだ。禁固刑判決が出たあとのインタビューで、こう語っている。「わが身の自由を犠牲にする価値がある問題だと考えたのです。でも実際にやってみたら逆でした。自由を犠牲にするつもりだったのに、自由をつかみ取っていたんです。つかんだその手をはなすのを拒んだんです。そんな経験ははじめてですよ。とうとうぼくは社会の無力な犠牲者でなくなった。自分自身の将来も決められない、わが人生のかじ取りをする自由もない、そんないくじなしじゃなくなったんだ。ぼくには現状を変える自由がある、それだけの力がある、と胸をはって言えるようになったのです。以来、そのすばらしい気分を手ばなすことはありません」

命とは、ぼくらに与えられた最高の贈り物である。命とは冒険であり、心ゆくまで探究すべき対象である。習慣になった行動様式を手ばなすのがこわいからといって、絶対、ムダにしたり、ぶちこわしにしたりしないほうがいい。この文化の悲劇のひとつは、死をこわがるあまり、本当の意味で生きていないことだ。相互依存も深みもない表面的な人間関係のなかで生きている。全生物圏とのつながりとともに生きることなく、金銭とともに生きている。その結果、コミュニティのなかで生きることなく、孤立して生きているのだ。

悪癖にとりつかれているかぎり自由にはなれない。互いに励ましあって個人レベルと集団レベルの依存症に立ちむかい、偏見にとらわれることなく助けあって抜けだそうではないか。道のりはときに険しいだろうが、この真実の小道に沿って行けば、そここに信じられないほど美しい場所が待っている。さあ、出発しよう。

土地所有制度

現代文明のなかで育つと、ぼくらの住んでいる地球はこれまでもずっと誰かの所有物だったとか、生きるためにはかならずお金が必要だとか、ついそう思いこんでしまう。そういう文化のなかに生まれついたため、それしか知らない。しかし、私的所有とは人類の作った物語、しかも比較的最近作られた物語なのだ。かつて、地面は誰でも自由に歩きまわることができた。時代がくだると、英国の土地は民衆によって共同所有されるようになった。現在は、ごく少数の人間によって占有されており、一パーセントの人が七〇パーセントの土地を所有しているという。[*6]

共有地（入会地《いりあいち》）とエンクロージャー（囲いこみ）に関してはサイモン・フェアリー[*7]らの著作がくわしいが、カネなし生活に関係する部分もあるので、あてはまる範囲で説明しよう。

チューダー期まで、ほとんどの国土は共同所有されていた。入会権を持つ者たちはその土地に頼って生計をたて、自分たち全員の利益のために維持管理した。この土地を私有地として囲いこむ決定は、事実上、多数の村民の排除と、耕作地から牧草地への転換をもたらす。ようするに人間が羊に取って代わられたのだ。追いだされた当の人間、すなわちぼくらも、時の経過とともに羊にされていく。村から町や大都市へ出て、産業革命推進のために肉体と人生をささげることを余儀なくされて。

エンクロージャーが起きた原因については歴史学者のあいだでも見解がわかれるが、エンクロージャーへ移行する動きはおおかた、人びとを都市へ工場へと追いたて、結果的に、今日誰もがあたりまえだと思っている賃労働や貨幣経済へと押しやったとされる。機に乗じて資産を築いた貴族や産業資本家たちにとっては申し分ない展開だったが、大多数の人、自給自足的に暮らしていた当時の農民、今日でいう人口の九九パーセントにとっては、そうも言えない。

ちなみに、近年この展開をさらに加速している要因が、経済評論家、政治家、ジャーナリストらによる「経済《エコノミー》」と「財政《ファイナンス》」の語義のひそかな混同だ。「エコノミー」の語源である「オイコノミア」はギリシャ語で「家政管理」を意味し、人びとのニーズや欲求を（家庭で維持できる範囲で）満たすための物資調達方法にすぎない。この物資調達方法は、金銭管理のみに関する「財政」的なものを意味する場合もあれば、そうでない場合もある。ところが、今日ぼくらが「経済」と聞いて想像するのは、お金（＝財政）に関するもろもろであって、自分たちのニーズを満たす方法ではないのだから、この例はことばの威力を物語っている。今度誰かに「森林保護は経済的に実行不可能」だと言われたら、「財政的に実行不可能」と言いたいんだね、と注意してやろう。刻々と樹木がへりつつある「世帯」の維持管理という観点からすれば、森林保護はおそらく経済的に必須だ。

こうしたことばの操作は、既得権益層に有利な結果をもたらしてきた。貨幣経済以外の経済、賃金労働によらない経済を、ほとんどの人は想像すらできない。そんなのはヒッピーや現実感覚に欠けた人間が夢見るユートピア的な幻想だと思っている。森に散歩に行けばいつだって、このユートピアがみごとに機能しているさま――ほかのあらゆる動植物が全面的なローカル経済によって生きている姿――を目の当たりにできるというのに。

共有地を私有地に転換するエンクロージャーの傾向は、以後、またたくまに世界中に広まった。

これをおおいに後押ししたのが、生物学者ギャレット・ハーディンが『サイエンス』誌などに発表して評判を呼んだ「共有地《コモンズ》の悲劇」という論考である。ハーディンの主張によると、共同所有されている土地では、アダム・スミスやアイン・ランドの説く「合理的な自己利益」にもとづく人びとの行動のせいで資源が枯渇してしまう。つまり、こういうりくつだ。入会権保有者が共有地に投入する農耕単位（一頭の牛または一回の作付け）をひとつふやせば、当人の利益も一単位ふえるが、ふやした単位によって生じる地力低下や牧草減少などの損失は、コミュニティ全体が負担することになる。

しばしば指摘されるとおり、ハーディンの論がたちまち人気を博した理由はおもに、以前から大地を個人所有の区画に分割して自分の思うがままにしたがっていた者たちにとり、たいへん都合がよいからであった。この論文は、かねてからの望みを実行に移すもっともらしい口実を与えてくれたのだ。その結果、それ以外の人間は金銭の奴隷の立場へ追いこまれる。

ハーディンの論文は根本的にまちがっている。なぜまちがっているかは、市民農園の運営状況を見ればわかる。ジョージ・モンビオが海洋資源に例をとって説明するとおり、ハーディンは共有地とオープンアクセスの場とを混同している。海は集団的な監視を受けていないため、誰もが（錯覚の）自己利益にもとづいて行動する結果、魚の乱獲が起きてしまう。モンビオは述べる。[*8]「本来の共有地では、皆が互いの行動を監視する。誰かが資源を過剰利用すれば損するのは自分たちであることを知っているからだ」。一区画の大地に集団で依存して生きる人たちは、その土地を大切にし、自分たちと土地そのもののためを考えて意思決定する。金もうけをしたいだけの貴族や産業資本家のためではない。規模の小ささが肝心だ。土地の保全のためには、共有地の利用者が互いを知り、使いかたを公平に調整する必要がある。

ハーディンの理論には、もうひとつ誤りがある。事実はしばらく横に置き、入会権保有者たちが、せまい自己利益を集団の利益に優先させ、共有地を本当に荒廃させたと仮定しよう。たとえそうだとしても、必要な対応は、ハーディンが実質的に推奨したように土地を私的所有にゆだねることではない。必要なのは、〈皮膚に閉じこめられた自己〉という概念の裏にある文化由来の物語に、異議を申したてることだ。万物の相関性を人間が深く理解していたならわかるはずだが、土地を荒らすことは〈ホリスティックな自己〉の利益にかなうわけがないし、長期的に見れば〈自我中心的な自己〉の利益にすらならない。

エンクロージャーによってぼくらは皆、都市へ、貨幣経済へと追いやられた。土地への合法的アクセスを剝奪《はくだつ》され、地場産の素材で（鳥が巣を作るように）家を建てる場所もうばわれてしまった人間は、事実上の奴隷になるしかない。このエンクロージャーの動きは、そのころ創作され流布しつつあったほかの物語——人間は自然界から独立した存在であるという神話など——とともに浮上した。そうした思いこみが今日意味するところは、田舎は自然のためのもの、牛や羊、鳥、ミツバチなどのためのものであり、人間向けではない、ということ。まるで、ぼくらが一片の草や一陣の風よりも不自然な存在であるかのようだ。

これらすべての帰結が、持続不可能な宿命を負った文明である。モンビオはさらにこうも述べる。

……こうした土地所有制度の変化が、今日の環境危機の核にある。伝統的な農村社会では共有地を利用して、食料、燃料、布、薬、住居といったニーズの大半を満たす。自分たちの生命を維持するためには、森、牧草地、野原、池、沼地、雑木林など、周辺環境の多様性を保たねばならない。このような環境において幅広い生物種を保護する必要がある。すなわち、いろいろな種類の牧草を、バラエティ豊かな作物を、果実や繊維や生薬や建材をとるための樹木を。

持っているのは土地だけだから、大切に扱わざるをえない。だが、共有地が私有化されると、カネもうけを優先する者の手にわたってしまう。カネをもうけるもっとも効率的な方法は、利益率の一番高い品目を選び、その生産のみに集中することなのだ。


歴史や哲学はさておき、現代に生きるわれわれの現実においては、食べものを育てるにしても家を建てるにしても、そのための土地をなかなか入手できない。ぼく自身も痛感しているとおり、これはお金を使わずに生きるうえで非常にリアルで大きな障壁である。一国の首相でもないぼく、近日中になる見こみもないぼくにできるのは、さしあたり実行可能な移行策をとりながら、新しい文化の堆肥《たいひ》を散布すること。堆肥をまいて、遠からぬ将来にカネなし社会のタネが芽ぶくことのできる、肥沃な土壌を創りだそう。ぼくらのホリスティックな自己のために立ちあがる集合的意志と勇気がじゅうぶんにあれば、できないはずはない。そしてこれもまた、新たな物語の創造からはじまる。

土地の入手に関する移行策については第6章で概説するが、長期的に見て真に持続可能な暮らしに回帰しようと思ったら、抜本的な土地改革がどうしても必要となってくる。

計画許可制度

すでに家があって、〈無銭経済〉度を上げるための転居も望んでいない読者は、この項を読みとばしてもらってかまわない。だけどもし、居住可能な建物のまだない土地に移り住んで、金銭を排したミクロ経済を創りだすつもりならば、ぜひこのまま読みすすめてほしい。おそらく最初につきあたる壁が計画許可制度だから。ふだん威勢のいい連中が「計画許可」ということばを耳にしたとたん泣きっつらになるのを何度も見てきた。多くの国ぐにで、このハードルはかくも大きく立ちはだかっている。許可申請のあれこれの手続きを踏んだすえに却下された（たいていは正攻法を取ったがために）人は往々にして、自給的な暮らしへの希望をそれきり失ってしまうし、はなから無理だとあきらめて試そうとさえしない人もいる。

計画許可は、よくありがちな「趣旨は結構だが運用がお粗末きわまりない」制度だ。現在ピースヘイブンの名で知られるブライトン近郊の町の開発激化などが物議をかもした経緯から、一九四七年に都市農村計画法が制定されたが、それ以前は、自分が法的に所有する土地に何をどう建てようと自由だった。『タイムズ』紙は制定直後にこの法律を、その土地にある素材でわが家を建てる権利の事実上の「国有化」と評し、いまや国家に属することになった権利は「地方自治体の政治判断があった場合にのみ譲渡される」と述べた。[*9]

グローバルな貨幣経済体制においては、建築資材を世界各地から輸入でき、土地は利潤追求のための商品とみなされる。だから、文筆家で土地問題運動家のサイモン・フェアリー[*10]が主張するとおり、カネずくの大規模不動産開発から田園地域を守るには何らかの規制が必要だと、ぼくも心から思う。ただしそこにはマイナス面もあって、中央省庁によく見られる傾向だが、計画審査庁も最低レベルに照準を合わせた措置をとり、誰もかれもが法律の裏をかいてひともうけしようとたくらんでいるものと——たしかにこの貨幣経済社会ではめずらしくない話だが——疑ってかかる。その結果、生得的な人権ともいえる、自力で巣作りをし、自分自身や地域のための作物を育てる機会を望んだところで、まず実現できそうにない。計画許可制度が、田園地域をすべての人間——その地域を豊かにしたいだけの人も含めた——の手から守るようにできているからだ。

「持続可能性」だの「自由」だののお題目をとなえるだけで終わりにしないためには、何よりまず計画許可制度において搾取者と改良者とにはっきり区別をつけるべきだろう。こうした制度がそもそも必要になった大きな原因は、建材をいまや世界中から（便利なお金によって）輸入できてしまう事実にあるのだから、答えもそのあたりに求めることができよう。

築年数の浅い家を田園地域で見かけるたびに、景観上の汚点のように感じられる。いや、感じるだけでなく、実際に汚点なのである。理由はいたって単純。そういう家は、いまだかつて、そこの景観の一部であったためしがないからだ。一方、地場の素材を使い住民自身の手で建てられた家は、田園風景を引きたて、そこに人間味を添える。ちょうど、鳥の作る巣が木から何ひとつ奪いさることなく、ただ自然な複雑さと美を添えるのと同じように。石とかやでできた古い家がリンゴやナシやプラムの果樹に囲まれている姿を見て「景観がだいなしだ」とこぼす人には会ったことがない。ローカル仕様の住宅は、田園に活気を与え、生命と豊かさにあふれる場所としてくれる。疲れきった都市住民が、都会暮らしと孤立した消費主義のストレスからひとときでも逃れたくておとずれる観光地とは、わけがちがう。だから、敷地内（あるいは近距離半径内）に産出する材料を一〇〇％使用して自分の家を建築できる人には、許可を与えるべきだ。

こうした住居は田園地域を引きたてよみがえらせるだけでなく、国の食料自給率を改善する豊かな小規模農業を振興し、地域内の経済活動（理想を言えば非金銭的な）を活性化するにちがいない[*11]。また、田園回帰を望みながらよい建築資材に事欠く人たちが地場産木材を欲しがるはずなので、おそらく森林再生にもつながると思われる。

計画審査官は田園地域を交通量増加からも守りたいと考えている――その点は評価できる――のだから、この地域に住みたくて完全なローカル仕様住宅の建築許可を申請する者には、「第一〇六条合意」（開発計画内容に関して自治体が申請者に課す条件の協定書）などへの署名を義務づけ、敷地内への自動車の乗り入れを禁止してはどうか（たやすい交通手段がなければ、住民たちはおのずと地域内自給につとめるだろう）。この方法の組みあわせで、小麦と殻をよりわけることができる。そのような家は、開発業者にとってはうまみがない反面、自給的な暮らしを純粋に望む人びと――その性格や価値観ゆえに低収入者が多い――をおおいにひきつけるにちがいない。健全な生態系を持つ小さな村――そうした環境から生まれてくる最適レベルの〈規模の経済〉と〈分業〉を活用しながら、住民たちが自身やコミュニティのニーズに合わせて作物を栽培できる場所——は、こうした条件下でもうまくやっていける。計画指針をこのように変更すれば、完全に地域に密着した経済モデルに英国社会を設計しなおすきっかけとなろう。

たしかに、これらの規制を課すと、家を持とうとする人にとって建材の選択肢の幅はせばまるし、周囲の町にでかけるのもむずかしくなるだろう。だけど、そこが大事なのだ。田園地域に本当に住みたいと思うなら、実際に田園地域のなかで暮らす心づもりが必要であって、よその地域から持ちこんだ多様な建材の混合物のなかで暮らしても意味がない。現地の素材で家を作り、現地の生態系の一部として暮らすことができないならば、そこに住む基本的人権はもはや保障されないと言っていい。世界のすみずみからモノを取りよせるだとか、自動車を持つだとかが、基本的人権であるわけはない。

「チャプター7」[*12]のような運動体を支持し、計画許可制度や建築規制の変更を要求していくべきだが、実際のところ、すぐに大幅な変更が実現する見こみは薄い。まず、よほど財政状況か生態環境が悪化して、時代に合った新しい物語を創造するしかない局面にまで追いつめられないと、変わりはしないだろう。したがって、現にいま土地を持っているか、近々入手するつもりがあって、環境への影響が小さい住宅（あるいはさらに進んで、プラスの影響を与える住宅）を建てたいと思うならば、この問題をどうにかして乗りこえねばならない。道は大きく分けてふたつある。

ひとつめの、どちらかというと魅力的な選択肢は、不言実行で環境負荷の小さい家を建ててしまい、人目を引かぬよう心がけ（できれば周囲からまったく見えない森のなかなどに建てる）、誰にも気づかれないか、少なくとも文句を言われないように祈る方法。それでも地域の計画審査官が訪ねてきたら、そのときに計画許可を遡及申請すればいい（本書執筆時点の英国の場合）。この道をとるつもりの人は（ふたつめの選択肢をとる人も）、サイモン・フェアリーの著書『自分でできる計画許可申請ハンドブック（DIY Planning Handbook）』をぜひ読んでほしい。チャプター7は、希望者に対して電話で無料相談にも応じるが、まずハンドブックを読むようすすめている。トムとバーバラみたいな「よき生活」（BBCの同名テレビドラマでは主人公夫婦が自給自足に挑戦する）を夢見て電話をかけてくる全員に、いちいち細かいところまで説明している余裕はないからね。

多くの目的共同体（デヴォン州の「スチュワード・ウッド」、サマセット州の「ティンカーズ・バブル」など）や都会からの移住者がこの遡及申請ルートをとり、概して高い成功率をおさめているが、相当な労力と、ストレスと、しばしばお金がかかる。

ふたつめの選択肢は、あらかじめ計画許可を申請する方法だ。この方法の利点は、担当の役人のみならず地元コミュニティ（地域住民のニーズには深く配慮すべき）と真正面からむきあうため、リスクが小さい（許可なしで建築した場合、自己負担で家を解体／撤去するはめになる可能性もある）ことと、計画指針の先例を作って後続の人びとのために道ならしができるかもしれないこと。まずは、心強い味方をさがすところからはじめよう。たとえば、発足したばかりの「エコロジカル・ランド・コーペラティブ」[13]は、環境共生型の小規模農業にたずさわる機会を提供し、計画許可制度の不合理さに対処する組織である。

朗報もある。持続可能性に関する問題意識を持つ人がふえるにつれ、カーボンフットプリント

（人間の生活や経済活動による環境負荷を、二酸化炭素の排出量で示す指標）や地方自治体の持続可能性目標の観点から見てすぐれた活動には、計画審査官も態度を軟化させてきている。ウェールズ地方の「ラマス」[*14]というエコビレッジが最近、画期的な成果をかちとった事例――ペンブルックシャー州の「ポリシー五二」という、持続可能な田園開発に関する新しい計画方針を適用――は、ウェールズ自治政府独自の法律「ワン・プラネット・デベロップメント」の制定につながった。この政策は、ウェールズの人民と政府による決意表明であり、「一世代以内に（中略）ウェールズ市民のエコロジカル・フットプリントを、一人あたり四・四一グローバルヘクタールから一・八八グローバルヘクタールに削減する」[*15]取り組みの一環をなす。ラマスの骨折りと決意が実を結んだ結果、環境負荷の小さい住宅の建築許可を取得したいなら、いまのところ英国内のどの地方よりウェールズで申請するほうが、ずっと賢明で、面倒がなく、魅力が感じられるわけだ。ほかにもトニー・レンチ（ラウンドハウス建築者）や「ブリスディア・マウル（エコロジカルコミュニティ）」などがペンブルックシャーのポリシー五二に則して許可を獲得しており、これらの先例から恩恵を受ける人もいよう。

まだ土地は持っていないが「お金を使わずに生きる」と決めたのであれば、いま住んでいる国から出て（自分が望む種類の住居に建築許可が必要な国であるなら）、計画許可制度がないか、あるいはたいして問題とならない国に移住してしまう手も考えられる。たとえばギリシャでは、ゲルなど、従来「仮設」とみなされてきた住居には建築許可が不要だから、お金のいらないミクロ経済の構築にすぐさま着手できる。ギリシャの国家レベルのマクロ経済の現況を考えると、おそらくきみはひとりぼっちではないはずだ。「フリー・アンド・リアル」[*16]というギリシャ人のグループは、ギリシャのフリーエコノミー運動に深くかかわっており、二〇一一年夏にはぼくもエヴィア島北部にある拠点に滞在させてもらった。このグループが最近はじめたのがまさにそれで、本書のかかげる理想ともぴったり一致するプロジェクトを立ちあげている。そのために研究と実験を重ねつつあるもろもろの解決策は、遠からぬ将来、ギリシャの人びとに末長い恩恵をもたらすことだろう。いまは「いかれたオルタナティブ」と思われているローカル化が、いつか不可避の経済的必然に変わるときに、こうした活動の帯びる重要性ははかりしれない。

ぼくらはどうにかして、人間が自然界と無関係な存在だという物語を信じるのをやめ、鳥やミツバチに与えてきたのと同等の権利を自分たちにも取りもどす必要がある。ただし、それにともなって生じる責任——自然の摂理の限度内で生きる——を引きうけるかぎりにおいて、だが。

地方税——生存に課せられる税

所得税は収入があった場合にのみ課せられるから、無銭生活を望む人にとって支障となる税目ではない。いかなる理由にせよ所得税を払わないと、たとえその人が社会保障給付や公的サービスを利用していなかろうが、「税金泥棒」だの「他人の税金で食っている」だのの非難はどうしたって起きてくる。多くの納税者がこのような感情をいだくのはよく理解できる（ぼくだって著書の売上税を納めている）けれど、他方で少なくとも、カネの物語を信じない基本的人権も保障されてしかるべきだと思う。成人した納税者が、サンタクロースの物語を信じたくなければ信じなくていい権利を有するのと同じことだ。ほかの人たちがお金を使いたければ、それは当人の選択である。だけど、使いたい人がいるから全員が使わなければならないという考えには賛成しかねる。税金の支払いには法定通貨が必要となり、ふつうはそれを自分の時間と引きかえに入手するしかないから、人びとは自給自足の暮らしから賃労働や市場経済へと追いやられてしまう。ミミズや木やミツバチは、税も納めなければカネの物語も信じないが、だからといって、地球上の生命活動に欠くべからざる役割を果たしていないことにはならない。

しかし、きみの心臓が鼓動し両足が踏んでいる場所が、たまたまこの地球上の「英国」と定義された私有地であった場合、地方税《カウンシルタックス》を納める義務を負わされる（英国以外の国に住む人は事情が異なるかもしれない）。実際に地方税を払わねばならないかどうかは別の話だ。本稿執筆時点において、低所得者と失業者は、地方税手当の請求によって支払いを相殺できることになっている。ところが、これもまたやっかいなのだ。請求にあたって失業中だと証明する必要があり、そのためには失業手当の申請書か、それに類する社会保障給付の書類を提示しなければならない。そうすると、完全に無銭ではいられなくなる。ひとつの解決策として、支給されたお金を、さまざまなお役所的・個人的事情で失業手当を請求できないホームレスの人に贈与してもいい。が、そこまで行くと制度との愚かしい勝負のおもむきを呈してきて、鳥やミツバチとともにローカルな贈与経済を生きようという当初の精神からは、だいぶずれてしまう。

もうひとつ考えられる解決策が「フリーマン・オン・ザ・ランド」の概念、すなわち、みずから成文法の埒外《らちがい》で生きると宣言した人たちの運動で、「法にもとづく反抗」という考えかたが援用されている。その主張によると、制定法（立法府がさだめた法律）は一種の契約にすぎず、出生証明書に象徴される法律上の人格にのみ適用される。背後にいる生身の人間に適用されるのは――制定法にあえて同意しないかぎり――慣習法（コモン・ロー）だけである。これ自体があまりにも大きなテーマだから、本書ではとても論じきれない。読者自身がいろいろ調べたうえで、地方税に関して自分なりの結論を出してほしい。フリーマン運動家のなかには、契約に同意しなければ地方税を払う必要がないと主張する人たちもいる。この主張をたしかに裏づけるような自治体の通知を、地方税不払いの裁判に勝ったという人から見せてもらったこともあるが、その手紙をどこまで信用していいのか、また裏でどういうかけひきがあったのか、ぼくには確かめようがない。この手法を選ぶつもりなら、しっかりした自覚のもとに行動する必要があるし、法律的にも、自分の人生にとってどんな意味を持つかという観点からも、その報いを引きうける覚悟がいる。

従来押しつけられてきた経済体制に見はなされて一文なしになったわけではなく、貸し借りの意識を排した生きかたを選びとろうとする人は、貨幣経済によってもたらされる恩恵――無料で受けられるが工業文明の産物たる医療、税金でまかなわれている図書館や消防の業務など――を享受することに矛盾がないかどうかを熟慮すべきだ。さもなくば、批判を受けてもしかたがない。

ややこしいのはそこまでかと思ったらおおまちがいだ。貨幣経済を（理由はどうあれ）批判する多くの人が、非貨幣経済モデルにおいても人工透析装置や消防車や書籍を持ちつづけられると信じている（ぼくにはそう思えない）。現在の貨幣経済モデルは押しつけられたものであると主張し、未来永劫つづけていこうとは望まないくせに、それでも、より思いやりぶかく、つながりあった経済体制に人類が目ざめるまでは、このモデルを使いつづける権利があると感じているのだ。ツァイトガイストなどの運動にたずさわる人たちの多くがこの立場をとっており、その考えも理解できるが、実際に、どうしたらそんな大きな規模でまわしていけるのかはあきらかでない。

地方税を払うべきか否かは非常に大きな哲学的問題であり、意見が完全にわかれるところだ。あまりに複雑なので、熱心なカネなし論者のぼく自身でさえ、どちらとも態度を決めかねる。観念的な次元では、地方税など言語道断の制度で、居住可能な共有地が消滅した国で課すこと自体、呼吸する行為に課税しているも同然だと思う。自給的な非貨幣経済から賃金に頼る貨幣経済へと人びとを追いやる道具だてが、さらにひとつふえたようなもの。それだけでも抵抗するに値する理由だから、実際にそうする人の選択を全面的に支持する。

けれども、現実主義者の帽子をかぶって語るなら、地方税の使途は、消防活動、図書館、警察による保護など、ぼくの知るほとんどの無銭経済主義者が好む事物である。物理的・能力的に支払い可能でありながら拒否する場合は、そこに一定の責任が生じる、と言っておきたい。すなわち、自分自身のニーズは自分で――できれば同じくカネの物語を信じるのをやめたい地域住民と協力しあって――面倒をみる責任だ。すると今度は、こんな意見が出るだろう。「警察の世話にならないなんてことは不可能さ。家の外に「強盗に入られても通報しません」という看板でもかかげないかぎり、警察の存在自体が抑止力となって守られるから」。これに対してはさらに、「いまの法体系では、殺人者や強盗や銀行家を自分で捕まえようとすると罪に問われかねないのでしかたない」との反論もありうる。

こうした問題は両陣営でしばしば熱く議論されており、どちらの言い分も理解できる。ずっと昔にお金の物語を創作して以来、それが普遍的な自明の理であるかのようにみずからを洗脳しつづけてきた結果、われわれは身うごきもままならなくなってしまった。どうしたらいいのか、ぼくにはこれぞという助言ができない。ただ、愛ある場所から——自我中心的でないホリスティックな自己から——出発するかぎりは、そして、錯覚にもとづくジレンマを生みだしている社会的神話そのものを積極的に変えていこうとつとめるかぎりは、どんな道すじをとろうとも、さほど大きくまちがう恐れはないだろう。

関係者ひとりひとりのニーズをバランスよく尊重して、こんな妥協案も考えられないか。カネの物語とは無縁に暮らしたいけれど、地元自治体の提供するサービスから何かしら恩恵を（好むと好まざるとにかかわらず）受けているのであれば、自分の時間や知識を地域社会の役にたつ形で提供するのだ。お金を使わずに生きる人なら、ことさらな取り決めがなくとも、ぜひそうしてほしいが。周囲の人に対する思いやりのない生きかたなど、ぼくの提唱している無銭人生ではないし、個人的にもまっぴらごめんだからね。

保険

保険は、その形態のいかんを問わず、貨幣経済を支える柱である。保険というものがなくなったら、貨幣経済の制度全体が一夜にして崩壊するだろう。いまの世の中のしくみにとって欠かせない存在だ。だけど、はたして個々の人間にとっても欠かせない存在なのだろうか。何かしらの保険が自分には必要だと判断した場合、ただそれだけで貨幣経済に組みこまれることになる。掛け金を支払う必要があるからだ。倹約や生活の簡素化が目的ならいいが、完全な無銭生活をめざす人はどうしたらよいのか。

保険会社がまだ存在しなかった時代、一般の家庭ではたいてい、地域社会とのつながりが保険代わりであった。正式な契約など結んでいなくても、家やティピーが火事で焼けてしまったら、地域の皆が手をさしのべ、住居の再建を助けてくれるという保証があった。経済がローカルにまわっていたころには、さして特別な話だったわけではない。家のつくりはいまより単純で、地域で調達できる素材を活用する知恵もまだ失われていなかった。さらに劣らず重要な点だが、助けあうすべも忘れられていなかった。ぼくならそういう人生の保険がいい。コミュニティに、友情に、相互依存。何があっても無条件に助けあう仲間の一員になりたい。しかしいまのわれわれは、それよりも正式な契約書類を選んでいる。同じ人間どうしの結束を深めるのにはまるで用をなさない文書を。

よかれあしかれ、昔とは時代が変わってしまった。そこでPOPモデルの出番だ。ぼくからの最大のアドバイスは、なくすのが心配なモノは持たないくらい簡素に暮らすことだから、「自発的簡素」をぼくのモデルの最上位に置こう。個人的には、過去に一度だけ保険をかけていたことがある。ハウスボートを持っていたころだが、フリーエコノミー運動（第5章を参照）を立ちあげてカネなし生活をはじめるために、ボートは売りはらった。以来、金銭的に高価なモノはいっさい所有していない。だが、人それぞれに事情が異なるし、何がしかの財産がある人も多いと思う。

自動車の必要性を感じるなら、完全な無銭生活は選べない。保険への加入が法律で義務づけられているから。特に法的義務のない品物に保険をかけたいのであれば当人の勝手だが、当然、支払いのために法定通貨をかせぐ必要が生じる。生命保険や年金を望む場合、ぼくの知るかぎり唯一のカネなしの手段は、友愛に満ちた人間関係と、相互に依存しあう真のコミュニティの構築である。現状では保険があったほうがよい人も、金銭依存度の低い暮らしにむかって各自のＰＯＰモデルをのぼっていくにつれ、それほど保険を必要としなくなるかもしれない。

住宅保険への加入が法的に義務づけられるのは、借金して家を買った場合だけだ。購入資金を金融機関から借りる際には、まずまちがいなく、法律にもとづいて相応の保険に入るよう求められる。とはいえ、住宅ローンを返済中の人にとって保険の掛け金など、カネを手ばなすうえでの懸念事項としては微々たる存在にすぎないが。住宅ローンそのものにおさらばしたいなら、環境負荷の小さい家を自分で建てる手もある（第7章を参照）。通常の住宅よりもずっと安くすむのだから（単純な設計ならお金を使わずに建てることもできる）。ウェールズ地方のラマスにあるサイモン・デールと妻ジャスミンのホビット・ハウス[*17]は、見た目も機能も非常に美しく設計されており、海外メディアにもしょっちゅう紹介されている。建築にかかった費用はわずか三千ポンド。同じ額をソファセットやテレビセットだけのためにつぎこんだ人を、おおぜい知っているけれどね。フランスのARDHEIAによる住居もまた、地球を犠牲にしなくても美感に訴える家づくりが可能だという実例である。前々節で見たような計画許可制度の問題を乗りこえねばならないが、固い決意があればできるはずだ。

即金で家を手に入れれば——低予算で環境負荷の小さい家の場合はその傾向にあるが——英国の法律では何の義務も生じない。だから、いま現在をただ生きよ、と言いたい。ギャンブルにおぼれる者をさげすみ、自分はギャンブルなどしないと言う人も、保険に入ることによって毎日賭けに興じている。保険の加入者は「次の契約期間内に何らかの不幸が降りかかる」という予想に賭けているのだ。そのあいだに事故もなくすごしたら負けで、何か「悪いこと」が起きたら勝ちである。何度言おうと足りないぐらいだが、将来ではなく、いまこの瞬間を生きるべきだよ。そうしないと、いよいよ死ぬときになって、それまで一度も本当の意味で生きていなかったと気づくはめになるから。ジャーメイン・エヴァンスの警句にこういうのがある。「多くの人が、そろりそろりと人生を歩んでいく。用心に用心を重ね、何事もなく死にたどりつけるように」。ぼくなら、心ゆくまで人生にかかわってから死にたい。

子育て

「お金を使わずに生活するって、それは若くて健康な男性だからできるのよ。そう言うなら子どもができてからやってごらん」。そんな声をさんざん聞かされた。後半に関してはまったくそのとおりだと思う。だけど「若くて健康な男性」の部分については、いまひとつよくわからない。第一に、ぼくはそれほど若くもない。第二に、精神や身体に重い障害をかかえた人や進行性疾患に苦しむ人は別として、たいてい誰でも、その気があれば健康になれる。からだをよく動かし、食事に気をつければいい。第三に、ぼくが健康なのは、おもにカネなしのライフスタイルのおかげだ。化石燃料の代わりに自分のからだを使う生活だから。

一方、お金を使わずに生きるにしても、扶養する子がいないほうがだんぜん簡単であるのはまちがいない。カネなし生活をはじめた最初の年、「年端のいかぬ家族がいたらもっと苦労しただろう」としょっちゅう考えた。だが、いくつか言っておきたい。まずひとつめは、苦労はふえるが不可能ではない、という点。この本では、子どもを持つ親で、自分なりの無銭生活をめざしてPOPモデルのピラミッドをのぼろうとする人たちにも、役だつヒントを多数提案していくつもりだ。不安がないわけではない。まだ親になった経験のないぼくが現に子どものいる人にアドバイスする立場にあるとも思えない。親向けのカネなしのヒントに傲慢さや理解不足を感じたなら、許してほしい。

そして、ふたつめの点。カネなしの育児がむずかしいのは、近代の歴史のなかで作られ維持されてきた神話のせいであり、その神話をもとにした社会と慣習のせいである。お金を使わない子育てが不可能だとしたら、今日誰も生きてはいない。はるか昔の先祖たちは全員、お金の神話が語られる前の世界で子どもを育てあげたのだ。

そして、一番大事な点。第1章の内容に賛成してくれる読者には事態の緊急性がわかるはずだけれど、子どもに価値ある未来を残してやるためには、ただちに、皆の力で新しい物語を創造しはじめなくてはいけない。持続可能で、いまの時代にふさわしい物語を。それには、まさにきみのようなパイオニア、境界線をあるべき方角へ押しやる勇気を持った人間が必要となる。ユダヤの賢者ヒレルはこう言った。「きみがやらねば、誰がやる。いまやらねば、いつやる」。次世代に必要なのは、自己認識を拡張し、立ちあがっていまの文化を変えていく勇者だ。

そのひとりになろうではないか。

PART 2

実践編

CHAPTER

5

働きかたと物品の入手

自分が何かに帰属することよりも、自分に属する財産のほうが重要であるかのように、われわれ文明人は思いこんできた。

——デリック・ジェンセン『最終局面（*Endgame*）』第一巻[*1]

物質世界を手ばなして「精神的《スピリチュアル》な人生」を送りたいと言う人は、（けっして悪い意味ではないけれど）二重の意味で幻想にとらわれていると思う。ひとつには、物質世界は人間の精神性をはかるリトマス試験紙のようなものだから。ぼくたちの精神的信条が抽象的で中身をともなわない考えや文言にとどまらないことを証明するのに、物質世界はよい機会を提供してくれる。精神性とは、ただ哲学ぶって語るものではない。座禅を組んで「オーム」ととなえることでもない。コーランや聖書やバガヴァッド・ギーターの聖句を正確に暗誦したり、日曜の朝に教会へ行ったり、太陽を拝んだりするのが、すなわち精神的な人生を意味するともかぎらない。なるほどこうした習慣は、友愛と思いやりと敬意に満ちた人生を送るのに役だつ可能性があるし、各自の選んだ物語が果たすべき役割はそこだと思う。だけどそれらのおこないだけでは、精神性において、コンポストトイレにウンコする行為に劣るかもしれないんだ。

個人的にぼくが実践しようと（日々失敗を重ねつつ）つとめているのは「応用精神主義」で、日常のおこないと物質的ニーズの満たしかたに精神性をあらわすこと。食べものの調達のしかたに、火の起こしかたに、自然のなかを歩くときのやさしさに、個人的な関係を築く必要のない相手への応対に、苦渋の決断とのむきあいかたに、見知らぬ人と愛している（つもりの）人に対する態度に、弱きに流れがちな局面で見せる勇気いかんに、精神性の深さはあらわれ出る。水、空気、土——肉体を形づくる諸要素——への配慮にあらわれ、みずからが受けた贈り物を世界と分かちあう姿勢にあらわれるのだ。

世界の人びとへのメッセージを求められたマハトマ・ガンディーが、こう答えた。「私の人生が私からのメッセージだ」と。つまり、「どのように生きるべきか」「何を信じるべきか」をことばで人に説くよりも、自分が毎日を生きる姿のほうがはるかに重要で意味がある、と考えていたのだ。口先で言うのはあまりにたやすい。カリール・ジブラーン[*2]にならえば、おこないにこそ愛が可視化される。

幻想にとらわれていると述べたふたつめの理由は、ただ単に、物質世界を手ばなすことなど不可能だからだ。死を受けいれるつもりなら別だが、ぼくの知るかぎり、それを望む人はもちろんいない。生きつづけたいと思えば、いくつかの基本的欲求を満たさねばならず、その内容は住んでいる場所によって異なる。そうした最低限の物的ニーズにそった生きかたは、人間にとって、地球という星にとって、そのうえに住むすべての仲間にとって、さまざまな益をおよぼすし、どのようにニーズを満たすかを決める過程は、精神性を深く問われる経験ともなる。この最低線を下まわる生活（ぼくらの大多数はあいにくその危険はないけれど）が長引けば、当人に害のおよぶ可能性があり、ひいては、当人もその一翼をになう有機的組織体にも害がおよぶ。ここでも大切なのは、物的ニーズの最適レベル――〈自我中心的な自己〉と〈ホリスティックな自己〉の双方を豊かにするレベル――を見いだすことだ。

精神的側面の探究は人間の幸福にとって不可欠であり、重くのしかかる環境と社会の危機にいさぎよく立ちむかううえでも重要となるから、人の宗教儀礼の実践を侮辱するつもりは微塵《みじん》もない。だけど、物質世界《マテリアル》と精神世界《スピリチュアル》を別々の領域と考えるのはやめたほうがいい。そして、目には見えなくてもたしかにそこにある精神――一匹一匹の蚊のなかに、ひとつひとつのおこないのなかに、一個一個の岩のなかに、ありとあらゆる動植物のなかに、そしてぼくら自身のなかに流れているスピリット――に注目したほうがいいと思う。ありふれたもののなかに神々しさを見いだせば、地球や、地球に支えられた命の共同体を、昔もいまもわれわれの生活の質を左右しつづける存在として遇する姿勢が身につく。なるべく持続可能、かつコミュニティを強化しきずなを創出する方法でニーズを満たすのは、人間にできる非常に力づよい精神的実践である。少なくとも、ぼくの経験ではそうだった。

カネを手ばなしたり、かなり簡素な生きかたを選択したりしても、いくばくかの物的ニーズは満たさねばならない。そういう生活を街なかで送るにせよ、森に行くにせよ、同じことだ。ニーズに対応するのに石器時代さながらの方法をとるか、インターネット上でふえつつある贈与経済のウェブサイトにログインするか、その両方を組みあわせるかは、当人しだい。各自の置かれた状況、アクセスできる事物、カネを手ばなす（へらす）理由、都市環境や野生環境におけるサバイバルスキルの習熟度などにより、大きく変わってくるだろう。ニーズを満たすために必要となるのが、労働（自分自身あるいは他人の）およびある程度の物品だ。

働きかた

現在の政治経済体制のもとに育ち、生まれたときからこうした社会の神話を注入されつづけていれば、経済において労働を管理する唯一の方法はお金だ、とつい信じてしまう。

だが、これもまた、かならずしもそうでなくたってかまわない。ただの物語、あまたある物語のうちのひとつにすぎず、時代遅れになったら変えることができる物語なのだ。いまの生活様式は、理論のうえでは便利なのかもしれない。でも、便利さが死ぬほど退屈だとわかったとき、それをまだ便利と言えるだろうか。現代経済学は人間の精神を救ってはくれず、多くの人はみじめな気分をかかえながら、いやな仕事を毎日くりかえしている。熱心な擁護者らによるまことしやかな宣伝とはうらはらに、実際のところお金は、ぼくらに自由を味わわせないようにし、人生で本当にやりたいことを巧妙にあきらめさせているのだ。世界一自由な国をもって任ずる米国では、有給休暇の付与が雇用主に義務づけられておらず、労働者のほぼ四人に一人が有給休暇ゼロで働いている。[*3]

もっと別の生きかた、働きかただって存在する。人間を向上させ、信頼しあい依存しあう人びとの強靭なコミュニティを構築するようなやりかたが。断絶ではなく連帯を生みだすようなしくみが。以下に示すそんなメニューには、依然として交換の原理にもとづく方法も（地域通貨の形をとるものすらふたつ）含まれているが、これらを挙げたのは、人それぞれのPOPモデルにそった移行に役だち、完全な贈与経済にむけた足がかりとなる可能性があるからだ。メニューは大きくふたつのカテゴリーに分けられる。たいていの人にいますぐ役だつ現代的な方法と、サバイバル技術とも呼べる原始的な方法である。

現代的なスキルと働きかた

二〇〇八年にカネを手ばなして以来、贈与経済の台頭に注目してきたが、その多くはオンライン上で組織されている。ここにひとつ問題がある。関連テクノロジーの複雑さゆえ、真にお金と無縁のインターネット利用方法は存在しない。お金を持っていなくても、地域の図書館を使えばインターネットにアクセスできる。だが、サービスの提供だけを見れば無料の図書館も、貨幣経済のなかで住民の地方税によって運営されている。だから、本節で紹介するオンライン上のプロジェクトは、暫定的な移行策ととらえるべきであって、長期的な努力目標ではない。

●フリーエコノミー

二〇〇七年に「フリーエコノミー」運動を立ちあげたのは、ひとつには、当時知りうるかぎりのオルタナティブ経済〈貨幣経済に代わる経済〉の限界に対する、ぼくなりの答えであった。支配的な貨幣経済の中核をなす〈交換〉という古い思考回路を、どれもみな一様に踏襲している。そんなオルタナティブへのオルタナティブがなんとしても必要だと感じたのだ。

フリーエコノミーでは、各自の持てる時間、スキル、道具、知識を、無理のない範囲において——まったくの無償で——提供する。逆に自分が何かしらの助けを必要とするとき、たとえばネジまわしを借りたいときには、地元のグループメンバーの誰か（はじめて会う人かもしれない）が同じ精神で助けてくれると思っていい。ポイントの増減も、借用証書も、評価を記入する制度も、退屈な事務手続きも、いっさいなし。条件などつけないほうが、ずっと効率的だし、お役所的にならない。この原理は、今日の思考回路からすると過激に聞こえるが、ようは昔からよく言われる「情けは人のためならず」だ。

使いかたは原理以上にやさしい。オンライン登録するだけで、自分の地域の全メンバーのスキルにアクセスできるようになる。地域は、住んでいるのが大都会か森のなかかに応じて、半径二キロから四〇キロほどで区切ることができる。その時点からフリーエコノミーをオンライン上のイエローページと考えてほしい。普通のイエローページとちがうのは、誰が何をするにも、何を分かちあうにも、無料であること。

しくみがどれほど簡単かがわかる例を挙げよう。きみの自転車がパンクしたとする。自転車屋まで引きずっていく代わりに、ログインして「修理」のキーワードで検索をかける。選択した地理半径内のメンバーのうち「自転車修理」をスキルとして登録している全員が表示される。一番近くの人を先頭に、近い順に。サイトを通じて連絡をとることができ、双方が合意すれば、互いに都合のよい条件で会う約束をとりつける（サイトでつけている条件は、お金のやりとりをしないことだけ）。タダで修理をしてもらい、ついでにパンクの直しかたも覚え、おまけに友情がめばえるかもしれない。聞くところによると、助けてもらったお礼に手料理をごちそうする人も多いようだが、そうしなければいけないわけではない。

レイキだのホピのイヤーキャンドル（耳灸）だのの施術者ばかりかも、なんて心配はご無用。フリーエコノミーのメンバーが提供するスキルは本書執筆時点で五〇万を上まわり、ウェブサイトでは二千種以上の既存のリストからもスキルを選択できる。ヘアメイクあり、配管工事あり。ぼくは、児童福祉関係の地域団体にたのまれて会計とキャッシュフロー予測を（皮肉なことに）手伝った経験があるし、別の初対面のメンバーには無料で法律相談にのってもらった。

そんな理想主義はうまくいくはずがない、野犬の世界さながら、食うか食われるかの世の中なんだから。そう言っていた友人らの予想に反して、フリーエコノミーは隆盛をきわめている。さしておどろくべきでもない。頭の古いエコノミストがどう思おうと、知りうるかぎり真にうまく機能している唯一の経済——つまり自然界——を一瞥《いちべつ》するだけで、野犬たちは実のところ、食ったり食われたりするよりも仲間うちで助けあうほうを強く好むものだとわかる。

フリーエコノミーのグループが存在する国はいまや一六〇を超えた。その広まりは、人びとが暮らしのなかにある程度の贈与経済を欲し必要としている事実のあらわれだ。特に、貨幣経済に生じた亀裂がしだいに拡大し、誰の目にもあきらかになるにつれて、贈与経済への期待が高まっている。グループのメンバーたちは、単に「誰かが助けを必要としていて、自分には助ける力がある」というだけの理由で一肌脱ぎたがっているらしい。同じ生き物を助けてあげられるとわかっていながら、それ以外に理由が必要だろうか。昨今は、かならず何かのお返しをもらわなければならないのだろうか。さいわいフリーエコノミーは教えてくれる。いや、そんなことはない、実際、人は無条件で与えたがっているのだ、と。もっともらしいうそを吹聴するやつらを信じてはいけない。（フリーエコノミーは、後述するオンライン上の分かちあいサイト「ストリートバンク」に二〇一四年より統合された）

●ギフトサークル

「ギフトサークル」は、米国カリフォルニア州のアルファ・ローら[*4]による発案だが、いまでは世界中に広がりつつある。フリーエコノミーグループを小規模かつオフラインにしたしくみだと思えばよい。サークルを作って運営するのは簡単だ。参加者（一二～二〇名前後が理想的）は輪になってすわり、まず各自のニーズを数点ずつ挙げていく。テニスのパートナーをさがしている、勉強机が必要、確定申告について助言が欲しい、弓ギリの製作方法を知りたい、寝袋を借りたい、車で送迎してもらいたいなど、何でもいい。

一巡して全員がしてほしいことがらを述べたら、二巡めでは自分がしてあげられることを発表していく。これまた、スキルでもモノでも知識でも時間でもかまわない。これがすんだら、さらに、各自が以前に助けてもらったメンバー（またはグループ全体）に対してお礼を述べる三巡めを設けてもいい。時間がかぎられている場合には必要ないと感じるかもしれないが、グループを長期にわたって維持していくうえで大事な要素といえる。人が実際に無償で与えている様子について話を聞くと、ほかのメンバーの心にもそうしたい意欲がめばえるし、かかわった全員の励みになる。受けた恩に対する感謝の意の表明は、生活の重要な一部でもある。

いくつかヒントを。贈与経済に関して理解のある人物を進行役にたてよう。週ごとに交代してもいいし、一回に複数の進行役がいてもいい。出席者全員の連絡先、何を求めていて、何を提供できるか、を記録する係も欲しい。そうすれば、あとからも必要に応じて連絡をとりあえる。ミーティングの頻度は、それぞれのグループの都合で決めればいい。毎週集まるグループもあれば、月一回のところもある。金銭的な財源に頼らない運営をも取りいれるために、既存の組織内に独自のギフトサークルを立ちあげてもかまわない。組織の成員が共通の目的のもとにつどう機会にもなる。

ウェブにもとづくフリーエコノミーなどの方式よりもすぐれているのは、グループで集まって顔を合わせることにより、リアルな依存関係がはぐくまれる点だ。また、インターネットや、その存在を支えるグローバルなインフラを必要としないため、誰でも利用できる。唯一の弱点は、参加者が二〇人を超えるとうまく機能しなくなること。一方でフリーエコノミー（実態はオンライン上の大規模なギフトサークルにひとしい）などのしくみは、どのような多人数にも対応できる。ぼくの

POPモデルでは、ギフトサークルを理想の形だとしたら、フリーエコノミーは、顔の見えるギフトサークルが街路ごとに形成されるまでの過渡期に使いやすいツールと位置づけられよう。

●ヘルプエクスチェンジ*5

「ヘルプエクスチェンジ」は、比較的よく知られた「WWOOF《ウーフ》」(第6章を参照)とほぼ同じしくみだ。ちがうのは、対象を有機農場・農家に限定しない点である。ヘルプエクスチェンジの参加者は、B&B(朝食つき民宿)、小型船、簡易宿泊所、農場などの受けいれ先で、一日数時間働く代わりに食事と宿泊の提供を受ける(と同時に、異文化体験や外国語・スキル習得の機会も手にする)。お金を介さないウーフ的な働きかたを、田舎だけでなく街なかでも体験できる可能性が広がるのだ。通常、受けいれ先の仕事は一日四時間ほどで、残りの時間は好きに使える。この制度をヒッチハイクや自転車旅行と組みあわせても、一年やそこらは、お金や官僚主義や銀行口座と無縁の暮らしを試してみることができる。この制度が生態系に益をもたらすのは受けいれ先が有機農場の場合にかぎられるが、お金を一銭も持たない生活とはどのようなものかを手軽にうかがい知る機会となる。こうした経験は、人間的成長にはかりしれない影響を与え、ローカル度のより高い、贈与経済にもとづくカネなし生活への足がかりを提供してくれるかもしれない。

●LETSとタイムバンク

お金を使わない生きかたについての本で取りあげるには疑問が残るが、第2章で述べたとおり、現在、貨幣経済体制に組みこまれている人でも、これらのしくみを足がかりに、望むならば最終的に贈与経済に到達しうる可能性がある。

「LETS（地域内交換取引制度）」は、地域通貨（LETSポンドなど）を使用してスキルを分かちあうことに同意した人びとのネットワークだ。メンバーが創造し交換するポイントについて、ピーター・ノースはこう指摘する。[*6]「理にかなった時期にこの「コミットメント」（負債ではなく）にみあった仕事をして清算するというメンバーの約束によって裏書きされている。（中略）開始時に地域通貨は必要ない。将来誰かにたのまれた仕事をすると約束するだけでいい」。フリーエコノミーにやや似ているが、そこに精神の高揚と相互依存の紐帯《ちゅうたい》は見られない。精神の高揚は、贈与経済の無償性からしか生まれないし、相互依存の紐帯は、即時かつ厳密な貸借勘定や金銭が介入するだけでいとも簡単にこわれてしまう。

「タイムバンク」は、一種のポイントを交換する点でLETSとよく似ている。車に関してメアリーを一時間手伝ってあげた場合、一時間を銀行にあずけたことになる。ジェイクにたのんで、騒音をまき散らす近隣住民のところへ野球バットを持って話をつけに行ってもらったら、ぼくの口座から一時間がジェイクの口座に移動する。タイムバンクの大きな特徴は、誰の時間も（つまり命も――だって命から時間をとったら何が残るだろう）同等の価値を持つこと。庭の手入れも、水まわりの修理も、ウェブ開発も、同じ時間分をかせぐ。

では、普通のお金とどうちがうのか。長期的解決策とみなせるほどのちがいはないし、依然として（普通のお金よりは健全であるにせよ）旧式の物語を引きずっている。それでも、国定通貨の価値が大きく揺らいだ際にも対処できるコミュニティの底力を、LETSやタイムバンクが高めるのはまちがいない。ただし、通貨だけでなく物質経済もローカル化しておかなければ、効果はたかが知れているが。また、メンバーがニーズを充足しながら、銀行とローン（そしてこれら両者と切っても切れない、根本から腐敗したお金の創造過程）への依存をへらすことができるだけでもすばらしい。新しい生きかた、新しいタイプの経済への足がかりとしての役割は、非常に大きい。だが、地域通貨はぼくらがめざすべき究極の理想ではない。

●その他のスキル分かちあいサイト

「スワッパスキル」[*7]と「ローカルスキルスワップ」は、単純なバーター取引のしくみで、ポイントの登録も増減もない。自分がしてあげられることと、その引きかえにしてもらいたいことを、ウェブサイトに投稿するだけだ。ぼくの〈無銭経済〉における働きかたとスキルのPOPモデルでは、フリーエコノミーと地域通貨の中間に位置を占める。条件つきではあれど、はるかに形式ばらないし、誰の時間やスキルも同等の価値を持つ。

原始的なスキル

第2章でカネなしの選択肢メニューを説明した理由は、金銭を使わない生活と聞いて頭にうかぶ像が人によってさまざまだから。資源ベース経済論者のピーター・ジョゼフやジャック・フレスコらは、貸し借りの概念（それを数値で表現したのがお金）を自覚的に超克《ちょうこく》した世界において、ほぼすべての仕事を機械にまかせるようなテクノトピアを思いえがく。一方、デリック・ジェンセン[*8]のように、持続可能な暮らしをするにはテクノロジー使用を石器時代に近いレベルにおさえるしかないと考える者もいる。『最終局面』全二巻でジェンセンが提示した議論は、現実と、生態系に対する深い理解とに根ざしており、すがすがしい。何もかもを——生命と実りにあふれたすこやかな地球環境と、それを犠牲にしなくては手に入らない最新のデジタル機器の両方を——欲しがる人びとがいだく幻想とははなはだ対照的である。

どちらのタイプの無銭生活を選ぶにせよ、生存のための基本スキル——食料と飲用水を手に入れ、暖をとる——はぜひとも身につけておくべきだ。いずれも火起こしの技術を知っているかどうかが重要になる。たいていの食材は加熱調理が必要だし、汚れた水は煮沸消毒しなければいけない。低温多湿な気象条件下では、からだをあたためるために火が欠かせない。

お金を使わずに生きたいと思うその人なりの動機や、各人の置かれた状況によって、火の起こしかたも大きく変わってくる。第3章で個人レベルの経済体制のPOPモデルを示して述べたとおり、ぼくがカネなしで生きる動機は、自然界とのつながり、そして自然界に属する人びとや場所とのつながりを、もう一度取りもどしたいという欲求に端を発している。そうした考えにもとづくと、ぼくの火起こしのPOPモデルではシンプルな弓ギリが到達点となろう。

賃金労働による経済とそれに付随するあれこれの重荷をこんりんざい背負いこまずにすむように、との動機でカネなし生活を望む人もいるだろう。その場合は、捨てられたライターの使用がPOP

モデルの頂点にくるかもしれない。日曜の朝、パブの前の歩道にはしょっちゅう落ちている。
しかしながら、ライター（製品寿命がつきる前に埋立地へ送られるものを含む）などの大量生産された点火用具をボイコットしたくなる理由はいくらでもある。そして、弓ギリを使いたくなる理由も。

第一に、弓ギリは、この星をむしばんでいる工業生産体制に依存しない。ぼくにとっては肝心な点だ。心理的矛盾（心理学で言う「認知的不協和」）はぼくの苦手とするところだが、工業化（およびその前提となる諸概念）が個人や社会や生態系におよぼす悪影響について語りつつ、同時にその恩恵を受けていては、非常に大きな認知的不協和をかかえこむことになる。便利さはいごこちが悪い。

第二に、弓ギリによる発火には意識の覚醒が求められる。自分がいまいる場所、気象条件、周囲の植生、時刻について、敏感にならざるをえないのだ。この点が人の感情、肉体、心、精神に与えるメリットは相当なものだが、はなはだしく軽んじられている。湿気の多い日であれば、早朝のうちに集めておいたたきつけ用の小枝を、日中動きまわるあいだ、からだになるべく密着させて体温で乾かし、夕方の火起こしに備える必要がある。そうしたローテクは、いまのこの瞬間に意識をむかわせ、周辺環境に対する深い気づきをもたらしてくれる。一方でライターは、〈自我中心的な自己〉と〈ホリスティックな自己〉のどちらにも、結局のところ、たいした満足を与えてくれない。便利さは生きている実感を損なう。

第三に、便利な小道具を生みだす工業生産体制の存在しない時代が、将来おとずれるかもしれない。だから、小道具に頼らず火をつける方法を学んでおけば、「この世の終わり」がやってきても（やってこないほうがいいに決まっているが）命びろいする可能性がある。同様に、もしも何かわけがあって森のなかかどこかに取りのこされ、ちゃんと火のつくライターも手元になかった場合、手近な自然の素材を活用する知識が生死を分ける結果になりかねない。便利さは身を守る技術の習得をはばむ危険がある。

第四に、弓ギリのほうがずっと楽しい。便利さは退屈だ。

発火法を身につけたら、どんな場所でも生きていけるすべを知る第一歩を踏みだしたことになる。だけど、それはごく基本的な最初の一歩にすぎない。必要なスキルをすべて数えあげれば、それだけで一冊の本が書けてしまう。レイ・ミアーズ著『野外サバイバル・ハンドブック（*Outdoor Survival Handbook*）』[*9]、『ブッシュクラフトの基礎（*Essential Bushcraft*）』[*10]と、ジョン・ワイズマン著『最新SASサバイバル・ハンドブック』[*11]は、いずれも幅広い意味で役だつ手引き書だ。ミアーズの著書では、節度をもっておだやかに自然のうちを歩む必要性、できるかぎり自分の痕跡《こんせき》を残さない（猛獣の住む土地ではこれも生きのこるために大事なスキル）必要性が熱く語られながらも、読者の求めるスキルはすべて網羅されている。ワイズマンは元軍人だけあって、もっと生存目的の立場に徹し、〈自我中心的な自己〉のみに的をしぼったサバイバルについて論じる。ぼくの好みはだんぜんミアーズのほうだが、実用的な知識が満載されたワイズマンの本も、文明の外へ飛びだす機会にめぐまれた幸運な人ならば手元に置く価値がある。

今日ではほとんど忘れ去られたこのような技術について、本で読むのと実際にやってみるのとはおおちがいである。ぜひおすすめしたいのは、近隣で開かれている講座への参加だ。定評があり、自然に対し深く配慮できる講師を選ぼう。講習期間は長ければ長いほどいい。あらゆるケースや気象条件下で、スキルを実践し習熟できるから。ほかにも、地域でブッシュクラフト（未開地で生活する知恵）愛好者のグループを結成して、定期的な会合で各自の知っているスキルを教えあったり、ブッシュクラフトを題材にフリースキルのつどい（第12章を参照）を企画したりしてはどうだろう。将来は本当に、不可欠で価値あるスキルになるかもしれない。

純粋主義的カネなし生活には石器づくりのわざも重要だ。多くのブッシュクラフトのかなめである切断工具を、絶対的な意味で持続可能なテクノロジー水準の範囲内でいかに作りだすか、という問題がこれで片づく。

石器製作の技術

ウィル・ロード（石器製作家、講師、「ビヨンド2000BC」[*12]創立者）

石器製作は、フリントなどの珪質岩《けいしつがん》を打ち割って、手道具（ナイフなど）や飛び道具を作る技術である。悲しいかなグローバル化した西洋世界においてはほとんど忘れられた存在だが、かつては一万年以上にわたり人びとの生活の欠かせない一部だった。

フリントは、皮質と呼ばれる外殻に包まれた状態で見つかる場合が多い。何かの拍子で（あるいは人為的な力によって）割れた際にはじめて、つるつるした平らな面と鋭利なかどを持つ形状を呈する。このとがったかどが、われわれの祖先の関心をひいた。なかからあらわれる平滑面の色調にはかなり幅が見られるが、概して黒いほうが珪素の含有率が高くて上質とされる。以上を念頭に、用途にかなうと同時に使用者にとって安全な形を作りだしていく。

石器製作に使う道具には次の二種類がある。

・ハードハンマー：珪岩や玄武岩など。

・ソフトハンマー：鹿角製。頭蓋骨側の重みのある部分を打撃面として使用。

まずはハードハンマーを使って、フリントの不要部分を荒くたたき落としていく。この作業では、フリントをたたく前に、角度や剥離したいかさなどを慎重に考える必要がある。うまくおおまかな形が取れたら、かどをやさしくくずして傾きを出し、プラットフォームと呼ばれる状態にする。次にソフトハンマーで、薄く長い剥片に割っていくが、このとき先端にする部分の鋭利さを損なわぬよう気をつける。

なぜあえて、テクノロジー（とナイフ）があふれかえるこの世で、石器づくりなどという大昔の技術にこだわるのか。理由はいろいろあり、考古学的関心もそのひとつだ。しかしいま、多くの人が気づきはじめている。地球上のわれわれはもっとやさしい生きかたに立ちもどらねばならず、非常に長い年月にわたり地球と調和して生きた祖先たちを手本にあおぐ必要がある、と。ごく基本的な道具や武器を作るのに必要な日常的技能こそ、その手はじめとして最適と言えよう。

石器を製作する過程で、過ぎさりし時代が目の前に開け、摩擦法で火を起こしたときにも似て、自分の能力が高まった実感を得られる。現代社会の製品やそれにつきものの破壊や収奪なしでも生きられるのだ、という解放感である。

物品の入手

貨幣経済においても、それ以外の経済においても、労働に次いで大きな要素が物の入手である。どれくらいの物が必要かは、各自の置かれた状況、子どもの有無、どの程度簡素な（あるいは複雑な）生活を送りたいかなどによる。この大量消費社会では、カネなし生活がすなわち質素な生活とはかぎらない。なにしろ、新たな物を生産する以前に、渉猟すべき不用品が山とあるのだから。とはいえ、自発的簡素の生活だって、不利益よりずっと多くの見返りを与えてくれる。物に対する依存状態が、いかにぼくの幸せをさまたげていたか、いかに無意味だったか、そこから抜けだしてみてよくわかった。

だから、お金を必要とせずにどんなぜいたくもかなえる方法を以下に挙げてみせるけれども、可能だからといって、つまらぬゴミやガラクタでいっぱいの人生を送るようすすめるわけでは、けっしてない。物を所有しているつもりが、逆に物に所有され、自由の感覚がむしばまれ、いつのまにか、それらなしには生きられないと思いこまされてしまうのがオチだ。

日用品

この世に存在するおびただしい「物」のひとつひとつについて、お金を介さず入手する方法を紹介することなど、限りある紙面では望むべくもない。せいぜい助言できるのは、まず自分には何が必要かを見きわめる——本当にそれが必要なのかを自問する——こと、そしてその品に特化した本やインターネットの情報源を見つけることだ。無料の情報源も多く、必要な品の入手をおおいに助けてくれるだろう。どの情報源にも、それぞれの長所がある。以下に概説しよう。おむつ、新聞、本などについては、ぼく流の方法を説明しておく。読者自身が画期的な方法を思いついたら、なおさらいい。

●フリーサイクルとフリーグル

どちらもまったく同じしくみである。「フリーグル」[*13]の設立者らは以前「フリーサイクル」[*14]の運営にたずさわっていたが、米国偏重の方針に不満をつのらせて独立した。

さっそく目的としくみを説明しよう。いずれもよくできた物資調達システムで、不要な品を持っている人と必要な品を持っていない人とをマッチングする。

たとえば、娘が成長して子ども用自転車が不要になったとする。欲しがる友人がいなければ、自分の住む地域のフリーグルかフリーサイクルのメーリングリストに登録すればよい。普通に電子メールを一通送信すると、メーリングリストの登録者全員に配信される。「あげます：子ども用自転車BS2」のように提供する品物と郵便番号をメールの件名に書くだけで、すべての登録者の目にふれるわけだ。関心を持った人から個人的にメールが届いたら、そのなかからあげたい人を選ぶ。ぼくは先着順で決めるようにしているが、どうしても困っている人がいた場合はそのかぎりでない。あとは双方の都合のよい日時に引きわたす。通常、ゆずり受ける側が出向くけれど、そうしなければいけない決まりはない。何かが必要な場合も、「ください：やかんＳＷ19」などと投稿する。たったそれだけ。リサイクル市にでかけるよりずっと簡単だし、誰もが得をする。物にあふれたこの地球だって助かるしくみだ。

英国初のフリーサイクル拠点ができたのが二〇〇三年。本書執筆時点で、この国には五四〇の拠点があり、二五〇万人の会員を擁する（全世界の会員数は八〇〇万超）。フリーグルは二〇〇九年に設立されたばかりだが、すでに会員数は一二〇万、拠点数は三二〇を超えている。これならどこに住んでいようと、ニーズを満たすにじゅうぶんな人数のグループが近くにあるだろう。こうしたプロジェクトの人気は、贈与経済がここ十年ほどでいかに発展をとげたか、主流経済モデルの深刻な欠陥がますます露見しつつある時代において、贈与経済がいかに大きな可能性を秘めているかのあかしである。フリーグルとフリーサイクルの成果だけを見ても、年に何百万トンものまだ使える品が埋立地に送られずにすんでいる。

問題は、どちらのプロジェクトもオンラインでやりとりされる点だ。さいわい、いまではフリーサイクルのオフライン版も多数存在する。定評ある例として、フリーショップと路上フリーサイクルのふたつを挙げておく。

●フリーショップ

ブリストルの街を含め、英国各地にフリーショップ（無料の店）が続々と生まれている。地域の団体が定期的に出す露店から、繁華街の一般の店にひけをとらない形態まで、さまざまだ。後者の場合、普通の店とほぼ変わらぬように見えるけれど、精算レジも監視カメラもなければ、客の一挙手一投足に目を光らす警備員もいない。店の品の供給者が同時に顧客でもある。不要になった物を持ってきて、必要な物を持ちかえる。オフラインのフリーサイクルだと思えばいい。インターネットに依存せず、はるかにリアルなコミュニティの存在を感じられる。実物を直接見て――必要なら試してみて――から決めることができるのも、フリーショップの利点である。

英国のチャリティ団体「ヘルシー・プラネット」[*15]は、全国の商店街の空き店舗を活用して、無料の本屋（DVDも扱う）ネットワークを展開している。サウザンプトン店のキャラ・サンズはこう説明する。「誰もが得をするしくみなんですよ。借り手のつかない店舗をチャリティ団体に使わせることで、大家は税の減免措置を受けられる。自治体としては悩みのタネだった空き店舗がひとつへる。ボランティアたちは地域交流の場を、顧客は本を、それぞれタダで手に入れることができます。こうした無料の店のモデルを、家具や子供服にも応用できるでしょう」[*16]

フリーショップの最新の例をもうひとつ。ここ十年来の反グローバリゼーション運動から生まれた「リアリー・リアリー・フリー・マーケット（RRFM）」である。ひとつとして同じRRFMはないが（そこがいいところだ）、多くの場合、この本当の自由（＝無料）市場では、物品と労働の両方が分かちあわれる。

われわれの文化による刷りこみに反して、フリーショップの品物を根こそぎ持っていくような客はいない。経験的にも立証されているが、何でも必要な物が必要なときに手に入るとわかっていたら、人は必要以上の物をいちどきに取ろうとなどしないものだ。トマス・モアの著作に描かれたユートピア島は、そのような原理にもとづく国だった。ユートピア（どこにもない国）といえども、貨幣経済の信奉者らが思いこませたがるほど「どこにもない」わけではないらしい。

自分の住む地域にまだフリーショップがなければ、中心となるメンバーを集めて、新たに立ちあげてみよう。既存のフリーショップやヘルシー・プラネットに助言を求めることをおすすめする。最初は週一回または月一回の屋外出店でもかまわないし、毎日営業の常設店舗をめざしてもいい。

●路上フリーサイクル

これはブリストル郊外各地で広くおこなわれているアイデア。前述した諸案とよく似ているけれど、一点だけちがう。不要品を自宅の外にならべて、「塀の前の物、ご自由にお持ちください」などの貼り紙をするのだ。あげたい物はどれとどれか、はっきり区別しておくように。庭の小人の置物だのリサイクルボックスだのを、うっかり持っていかれてしまうと困るからね。

家具を一式そろえたい人がいたら、まずまちがいなく保証する。一日か二日かけてブリストルの郊外を三か所も見てまわれば、すっかりそろうはずだ。そういう文化がまだ存在しない地域に住んでいる人は、みずからパイオニアになってはじめてしまおう。あっというまに流行するだろう。無料の品の貼り紙は人目をひく。いつのまにか近所じゅうの家がこぞって真似しているさ。たった一度の簡単なアクションで、たちまちアイデアが広まることもある。

●粗大ゴミ

他人の家の前に置かれた大型ゴミ箱《スキップ》に、あきらかに捨てるつもりの物があふれていたら、回収して使えそうな品がないか観察してみよう。必要な品を発見したときは、まず持ち主の玄関をノックしてたのむのが礼儀だ。たいていの場合はもらえるだろう。というのも、ひとつには誰であれ喜んで物を捨てる人はいないし、おまけにゴミ箱の空き容量がそれだけふえて、処理費用の節約になるかもしれないからだ。たのむときには感じよく。友好的な態度でのぞめば、相手も相応に接してくれるもの。

●貸借仲介サイト

「今後も必要だけれど、たまにしか使わない」という物を持っている場合、すっかり処分してしまうのではなく、ほかの人に貸してあげたいと思うかもしれない。その望みをかなえるオンラインの分かちあいサイトが多数ある。それぞれに少しずつしくみが異なる。数あるうちのぼくのお気に入りは「ストリートバンク」[17]で、「あなたとご近所みんなのための、巨大な屋根裏部屋、物置、工具セット、おしゃれな衣装箱、図書館、ＤＶＤコレクション」とのふれこみ。何らかの理由でしっくりこなければ、「フェイバーツリー」[18]、「レッツオールシェア」、「エコモド」なども試してみるといい。最後のふたつのウェブサイトには有料で貸借する機能もついているが、ぜひ思いきって無償で貸しだしてみるようおすすめする。そのほうが、新しい友情の生まれる可能性がずっと高い。友情こそ、金銭的価値をつけられないと多くの人が認める宝だ。

　くりかえし言うが、こうしたオンラインの手法はどれも過渡的な策と考えている。ぼくの理想の世界では、隣人どうしが互いをよく知っているから、そんなハイテクに依存する必要がない。しかし現実はちがう。現代人は隣人に何かを貸してくれとたのむのをしりごみするほどになってしまった。今日の文化の奇怪さを非常によく物語る現象である。ハイテクなソフトウェアを駆使した前記のようなプロジェクトは、現実と理想の橋わたし役をになう。外的な諸事情により理想の姿が現実と化すその日まで。

とはいえ、きみの住む近所で、これらのウェブサイトに類するしくみをオンライン（多くの場合、高齢者が疎外される）以外の方法で立ちあげない手はない。隣人に声をかけて、地域にあった方法をさぐる集まりを（パブなどで）開いてはどうだろう。互いの持ち物を貸し借りする際の不安点について話しあったりもできる。地域内の参加者がほかのメンバーに貸与したいと思う品物を一覧化してコピーするだけで、ことは実現するかもしれない。

オムツ

人と共有しようとかフリーグルで調達しようとか思わない物のひとつが、おそらく、子どものオムツだろう。洗って何度も使える布オムツを手づくりできることは、たいていの親が知っている。全員が布オムツを使えば、英国だけで一日に八百万個（年にすれば三〇億個）の使い捨てオムツがゴミとならずにすむ。[*19] おまけに親としては、年に平均五〇〇ポンド支払っているオムツ代も節約できるのだ。

だけど、布オムツを縫って使う手間も材料費もはぶけるやりかたがある。「排泄コミュニケーション（EC）」あるいは「オムツなし育児」[*20]と呼ばれる方法だ。トイレトレーニングの一種で、親が赤ちゃんの出す合図や気配を察して排泄ニーズに対応する。この方式の理想では、いかなるオムツもまったく使わないのだが、必要に応じて布オムツを併用したらいい。ECが広く普及すれば、埋め立てゴミが大幅にへり、市販のオムツの製造に費やされるエネルギーと資材を節約でき、布オムツを使う親の負担も軽減されるだけでなく、親が子の気持ちを理解する能力も向上する。ECは、世の中が工業化する前の時代の慣習をもとにしており、何も新しい方法ではない。

子どもがいないぼくに自分の経験は語れない。だが、この方法を実践する親友らが、親子の関係性、お金の節約、環境への影響のいずれの観点からも、非常に高く評価している。

本と新聞

●本の交換サイト

「リード・イット・スワップ・イット」[*21]のウェブサイトが備えている便利なソフトウェアと機能を利用すると、自分の欲しい本をすでに持っている人をさがしだし、自分が持っている本のうち相手の欲しがるものと交換することができる。会員登録したら、ゆずりたい本のISBN番号を入力後（著者、造本形式、表紙画像などの詳細情報は自動的に表示される）、欲しい本を検索するだけ。たとえいま持っている会員がいなくても、自分の欲しい本リストに追加しておけば、あとで該当の本が登録されたときに自動で通知がくる。検索した本が登録されていた場合は、本の持ち主に自分の蔵書リストが送信され、相手はそのなかから一冊を選ぶことができる。先方の気に入った本があれば交換成立。サイト経由で知らされる互いの住所に現物を郵送しあう（近所なら手渡しすれば送料もかからない）。図書館とちがって返却の必要がないので、読むのに時間がかかる本の場合や、期限内に読みおわらない多忙な人にとってはありがたい。

「ブックムーチ」[*22]もよく似たサイトだが、若干異なるポイント制をとる。本をチャリティ団体に寄付するのも簡単だし、リード・イット・スワップ・イットとちがって国境を越えるやりとりにも対応している。前記のいずれでも目当ての本がすぐに見つからない場合、「ブックホッパー」などを試してみては？

●本の交換会

こうしたウェブサイトより、さらに一歩すぐれているのが、実際に会って本を分かちあう交換会だ。なにしろ、お金に依存したインターネットを必要としない。しくみはほぼ同じだが（別の本をもらう条件などつけず、ただあげてしまえばなおいい）、じかにやりとりするよさがある。同じ地域に住む者どうしが顔を合わせ、分かちあいたい本についておしゃべりし、ウェブサイトでは検索しようともしなかったであろう本やテーマに接する機会となる。完全にローカルな世界だから送料もいらない。本好きで地域に新しい知り合いが欲しい人は、自分で交換会をはじめて、フリーエコノミーやその他の地域ネットワークで宣伝しよう。

●ブッククロッシング

前述の各種ウェブサイトの代わりに、「ブッククロッシング」[*23]も実に楽しいプロジェクトである。〈ペイフォワード〉の考えかたを取りいれた贈与経済の理想により近い。しくみはこうだ。ウェブサイトで本を登録すると、固有の識別番号がついたラベルを印刷できる（完全なカネなしでプリンターもない人は、キノコのインクと羽ペンを使って表紙裏にこの番号を書きこもう）。あとはその本をどこか好きな場所に置いてくるだけ。公園のベンチでも、バスのなかでも、喫茶店のテーブルでもいい。幸運な発見者がサイトにアクセスすると、過去に旅した足跡を確認でき、新しく置いた場所も入力できる。ひかえておいた識別番号を使えばいつでも、自分の本の現在地が一発で判明する。一冊の本が世界中の思いもかけない場所をあちこち旅し、その途上で多くの人に刺激と情報を与え、無償の贈与の精神をとおして人びとを幸せな気分にしたのを知ることになるかもしれない。

インターネットを使わない人も、ただ単に、家で眠っている本を旅に出してみよう。その本を人にあげたいと思った理由や、受けとった人に喜んでもらえるように、との一言を書きそえて。パブ、カフェ、公民館などにも、小さなリサイクル図書コーナーを設けているところがある。読みおえて人にあげたい本を持ちこんで、気に入った本を見つけたら持ちかえるといい。

●図書館

誰もが知っている数少ないカネなしツールのひとつ（ただし、サービスを受ける時点では無料でも、運営にお金がかからないわけではないのだが）。それでも、新品の書籍があれほど売れているのに対し、図書館がじゅうぶん活用されているとは言いがたい。その一因は、政治指導者らの誰ひとりとして資源の分かちあいを奨励しないという現実にある。第1章で見たとおり、ハイテクに依存するグローバル経済にとって、分かちあいは敵だ。ぼくらはこう教えこまれる。既存の資源のやりくりではなく、さらなる経済成長こそが、景気低迷の解決策である、と。

図書館は、理念もすばらしいが、〈無銭経済〉が単純な技術にもとづくべき理由を端的に示す例でもある。もしもすべての人がきょうから本を買うのをやめて図書館で借りるようにしたら、出版産業は即座に崩壊してしまう。なぜか。ハイテクに依存するグローバル経済にとって、分かちあいは敵だからだ。いくら言っても言いすぎではない。今日、大量生産されている書籍は、好むと好まざるとにかかわらずハイテクの産物なのだ。

●新聞

薪ストーブで使う古紙（そのままで火つけに、あるいは紙薪《ペーパーログ》に加工して利用）が必要なら、近所の新聞販売店で、用済みになった新聞（通常はリサイクルに出される）を分けてもらえないかたずねてみよう。卸業者への返品処理にはタイトル部分のみを返送すればいいから、販売店のリサイクルボックスは新聞紙であふれかえっている。行ってたのむだけで、店のゴミ減量に貢献でき、自分も新聞紙を無料で利用できる。そんな贈与経済的関係を結ぶのに、店主もやぶさかでないはずだ。

新聞販売店の廃物は、紙粘土細工にもおすすめ。第9章で詳述するとおり、コンポストトイレで尻をふくのにも。

●紙とペン

紙とペンに関するぼくのPOPモデルで、最上位にくるのが自作。ヒトヨタケというキノコからインクを、大型の鳥の落とした羽根でつけペンを作れる。カンバタケの仲間（*Piptoporus betulinus*）やアミヒラタケ（*Polyporus squamosus*）からは、網と型枠を使用して紙をすくことができる。[*24] 自分で原料をさがし自分の手でこしらえたものは、文房具屋で気軽に買える安価なA4判用紙などとちがい、おのずとムダにしなくなるだろう。

自然とのつながりをそこまで深く求めないならば、もっと簡単でお金もかからない紙の入手方法がある。封筒の裏を使うのはおすすめで、勝手に送りつけられてくるダイレクトメールならますますいい。会社づとめの友人がいたら、片面だけ使ったコピー用紙でシュレッダーにかけないものを取っておいてもらおう。カネなし生活の定石として、あらゆるゴミを潜在的資源とみなせば、各人各様の独創的な解決策が見つかりやすくなるし、それこそがあるべき姿なのだ。ぼくの考える〈無銭経済〉に、均質化やら画一性やらの居場所はない。

各種の道具

ちょっとした秘密を打ちあけると、ぼくは芝刈り機が大きらいなんだ。のどかな夏の昼さがりを騒音でぶちこわすだけではない。どこの庭でも野生の勢いをおさえこむ存在なのだ。自宅の庭を自然のままに放置するのは社会的なあやまちとされ、こざっぱりと刈りこまれた姿が、どういうわけか、めざすべき理想ということになってしまった。完璧に手入れされた芝生は、自然との断絶の物語がいかにぼくらに根深い影響を与えてきたかの象徴である。

だけど、芝刈り機には感謝の気持ちも持っている。世界に広がる（それでいて地域密着型の）「ツールシェア」のしくみ――デジタルカメラ、草刈り大鎌、穴あけ工具各種、プリンターなど二〇〇〇以上の道具《ツール》が登録されている――をフリーエコノミー運動に導入するきっかけを作ってくれたから。二〇〇七年の夏に住んでいた通りには四五世帯が軒《のき》をつらねていた。そこですごした三年間に一度たりとも、二台以上の芝刈り機が同時に動く音を聞いたことはなかった。にもかかわらず、通りの住民二人に一人が芝刈り機を所有している。ぼくのようなバカでさえすぐわかるのは、これが地域住民が懸命にかせいだ金（または時間）の使いみちとしても、この星の減少しつつある資源の使いみちとしても、不適切だということ。解決策はたいして複雑ではなかった。フリーエコノミーの一側面であるスキルシェアのためにすでに開発されていたコンピュータープログラムである。それと同様の原則と方法をツールシェアにも適用するだけですむ。

スキルを分かちあうプロジェクトとして発足したフリーエコノミーだが、いまや世界一大きな道具の分かちあいサイトでもある。しくみはスキルシェア部門と同じ。登録したら、近隣のメンバーに貸してあげられる道具を選び、借りたい道具があるときに検索するだけ。メンバー間の貸借条件は当事者どうしにまかされる。やはり、唯一の決まりはお金のやりとりをしないことだ。

第1章で論じたとおり、ハイテクツールの共有も長期的に持続可能な解決策ではない点を忘れてはいけない。芝刈り機を製造できる（特に今日のような販売価格で）のは、通りに住む二人に一人が一台ずつ持つという前提があるからだ。四五軒に一台しか持たなかったら、必要なスケールメリットを得られずに業界は破綻する。そういうわけでぼくは、芝刈り機の共有を実現したからといって得意がる気にはなれない。唯一の長期的解決策は、テクノロジーを簡素化して地域内で製造できるようにすること。とはいえ、ツールシェアなどのしくみが移行措置として有効である事実にかわりはない。エコロジカル・フットプリントをへらす暫定的手段としておおいに活用すべし。外部のさまざまな力が働いて未来の経済を打ちたてられるようになるその日まで。

フリーエコノミーのツールシェア制度は、隣人の家に芝刈り機があるとわかっていて、それを貸してほしいとたのめる（あるいは逆に大鎌の使いかたを教えてあげられる）ような関係の、単なる代用品にすぎない。いまから一〇年ののち、そんなオンラインの解決策が不要な世の中が到来し、フリーエコノミーが時代遅れになっていたらいいと思う。

パレット活用のアイデア五種

デイヴ・ハミルトン

（著書に『お金を（ほとんど）かけない自給菜園（*Grow your food for free ... well almost*）』、共著書に『プチ自給自足のバイブル（*The Self-Sufficient-ish Bible*）』（筆頭著者はオレだよ））

悪名高いグアンタナモ米軍基地に拘禁された収容者らが、食事用のプラスチック製スプーンと食べ残しのタネだけで、自分たちの菜園を作りあげたのは有名な話だ。

このエピソードからわかるとおり、自分で食べものを育てるのはかならずしもお金のかかるぜいたくではなく、まったくお金をかけなくてもできてしまう。そこまで資源のとぼしい収容者に可能ならば、誰にだって可能なはずだ。

パレット

物流用の木製パレットは、現代の生活風景の一部と化している。もろもろのがらくた——それらなしに生きることなどできないと考える人も多い——の輸送に欠かせないため、よくぞこんなところにという場所でも姿を見る。その遍在ぶりから思うに、人類が別の星へ入植したあかつきには、きっとパレットもついて行くにちがいない。
二一世紀の生活から出るあまたの残骸とは異なり、パレットには少なくともいくらかの使いみちがある。多くは園芸がらみの用途である。

堆肥置き場：打ちすてられたパレットで非常に簡単に作れ、かつ実用的だ。三枚をコの字型に合わせてネジかクギで固定し、倒れないよう土中にしっかりと埋めこむだけ。もう一枚のパレットをヒモで正面に結びつけて、扉にする。三区画作り、堆肥になるまで寝かせる区画、生ゴミを積みこむ区画、完成した堆肥を取りだす区画に使いわけるとよいが、場所がなければひとつでもかまわない。

プランター：パレットから横木を何本かバールで引きはがす。四本を垂直に立てて四隅の支柱とし、三本を横向き、三本を縦向きにネジ止めしてから、上部のはみ出した部分を切りそろえる。堆肥と土を入れて完成。育ちが悪い場合や実のなる作物には、自家製のコンフリー肥料を与える。

イス：インターネット上でひな型をさがしてみよう。あるいはフトンベッドの構造も参考になる。

物置：やや複雑だが、物置だって建てられなくはない。廃棄された壁の間柱《まばしら》で枠組みを作り、横木のあいだにすきまのないパレットを外壁として使うのが一番よさそうだ。物置の背面用に二枚、左右の側面に二枚ずつ、パレットをならべてネジ止めするやりかたもある。壁は何かで覆わないかぎり防水性がないが、頑丈な枠組みにはなるはずだ。どちらの場合も、屋根は廃物の合板で作製できる。

フェンス：パレットはそのまま立ててもフェンスになる。また、底面と連結材をはぎとって上の面のみを生かし、立てて支柱にネジ止めするのもよい。上端を山型にととのえるとフェンスらしさが出る。

　モノは使いみちが見つからなくなったときにはじめてゴミと化す。パレットは（ゴミに覆われた）氷山の一角にすぎない。累々たる廃物たちが使いみちを見つけてもらうのを待っている。園芸以外にも用途はある。

CHAPTER

6

土地

「どうやれば星を所有することができるの？」

「星は誰のものだ？」とビジネスマンは少し腹を立てて聞き返した。

「知らない。誰のものでもない」

「ならば私のものだ。最初に考えついたのは私だから」

「それだけで？」

「そうさ。誰のものでもないダイアモンドを見つけたら、それはきみのものだ。持ち主のない島を見つけたら、それはきみのものだ。新しいアイディアを見つけたら特許を取る。そのアイディアはきみのものになる。星が私のものなのは、これまで誰もそれを所有するという考えに至らなかったからさ」

——アントワーヌ・サンテグジュペリ（『星の王子さま』池澤夏樹訳、集英社）

エンクロージャー法が制定されてこのかた土地さがしは、自給的生活を送りたいと願う人にとって最大の難関でありつづけてきたし、今日、ローカルな贈与経済の建設を夢みる人にとっても、それはかわらない。人間を生んだ大地のすみずみまでが今日誰かしらの所有下にある。文化によって創りだされたこの状態と、さらには地価や建築許可の制約とがあいまって、いまや人類は本来の住みかを追放されてしまった。ぼくらは、大地のうえで自由に生きることすら許されないほど、キツツキやカワウソにも劣った存在なのだろうか。

この問題の最大の影響のひとつとして、今日では大多数の人が、本質的に持続不可能な都市に住んで高額の住宅ローンをかかえねばならない。自分の人生を自分で決める機会などないにひとしく、ローン返済のために賃金労働を余儀なくされる。そもそも、ローンの融資元が無から創造したカネなのに。こうして、富める者はますます財産をふやし、貧しい者はますます奴隷状態におちいる。土地の私有化は、ぼくらの自由を奪い、真に持続可能な生きかたを困難にするが、その因果関係はあまりにも軽視されている。

第4章で見たように、無銭経済への移行には土地改革が必要だ。企業独裁、すなわち大企業と政治権力の連合体（政治家と企業家は癒着しているどころか実は同じ人びとなのだという説さえある）は、土地の支配権をそうやすやすとは手ばなさないだろう。土地を取りあげたのも、ようするにぼくらを産業経済へ賃金労働へと追いやるためなのだから。土地改革が何らかの形で実現するまでは、数ある移行策を利用すれば、自給自足的な非貨幣経済を望む人が土地に頼って生きていくこともできるし、少なくとも土との接点を確保して食料その他の必需品を可能な範囲で自給することもできる。さいわい、すでに多くの先駆者や組織がこうした移行策を利用しているのだから、あとは自分にあった方法を見つけてつきすすむだけだ。

本章では、使える土地をさがすためのさまざまな方法を紹介したい。都市に住む人も、いずれ自然回帰をめざす人も、ある程度までは貨幣経済の外側で生きられるように。

自由《フ》／無料《リー》の地

土さえあれば、食べものやその他の必需品を自給できる（本章と次章で扱うとおり、光熱費タダ、外部資源の投入も不要の、自給生活向けに設計された家を建てるチャンスもおとずれるかもしれない）。都会住まいの自分には無理だ、と思ったかな。いいことを教えよう。想像よりずっと簡単なのだ。使えそうな土地はどこにでもころがっている。都市にだって、おどろくほど。土地を利用するのに、なにも自分で所有する必要はない。たとえ栽培できる量は少なくとも、みずからの経済の多様性が高まれば、もしものときにも強い。読者自身にとっても、地球にとっても、悪いわけがない。本章では、そうしたあらゆる選択肢を検討する。

窓ぎわなどの狭小空間

アパート住まいで庭がなくたって、窓ぎわやベランダなどのちょっとした空間を利用して、有用な植物をいろいろと育てることができる。こうした場所だけでも、少なくともハーブを自給でき（植木鉢でも空き缶でも栽培可）、摘みたてを料理に使える。サラダ用の葉物野菜もおすすめ。日当たりのよい南向きの窓ぎわが一番だが、一日五時間以上の日照があればいい。野菜の苗づくりにもうってつけの空間だ。運よく市民農園や畑を使える人は、気温が高くなったころに移植できる。移植前の一～二週間は、日中だけ外に出して夜間は室内に取りいれ、じょじょに外気に慣らしていこう。生長をさまたげないスペースの余裕と、水やりを忘れずに。日ざしの強い時間帯には直射日光で枯らさぬよう、いくらか日陰を作ってやる。

ランドシェア

確固たる社会構造のない狩猟採集時代から、私有財産の観念がすっかり普及した近代社会にいたるまで、地球の分かちあいかたは時とともに劇的に変化してきた。さまざまな経済事情や社会的要因がからみあった結果、土地所有者の多くは食料生産にさく時間やエネルギーを持たず、一方でそうした時間もエネルギーもあって食料自給を夢みる人は土地を購入する財力を持たない――その土地に簡素な住宅を安く（あるいは無料で）建てることもかなわないのではなおさら買えない――という状況が生まれている。

まさにこの問題の解決をはかるため、ヒュー・ファーンリー・ウィッティングストール[*1]は二〇〇九年に「リバー・コテージ（英国南部の料理学校。都会から移住した料理人ヒューが自給自足グルメを紹介するテレビ番組から生まれた）」をとおして全英規模の「ランドシェア[*2]」を設立した。前年に「トランジションタウン・トットネス」の「ガーデンシェア」プロジェクトを訪問してまもなくのことだ。英国の市民農園の順番待ち名簿に少なくとも八万六〇〇〇人が名をつらね（実数は一〇万から一五万と言われる）、食料自給運動がますます人気を集めている事実と、英国全土（都市も地方も）で目に余るほどの土地が放置されていたりほとんど活用されていなかったりする現状を考えあわせれば、当然埋められてしかるべきすきまであった。

リバー・コテージの高い知名度に加えて魅力的なオンライン機能も利用できるランドシェアは、みずから食料を生産したいけれども窓ぎわしか場所がない人たち、土地を持てあましていて地域住民に使ってもらいたい人たち、知識やスキルの提供から農具の貸与まで、地域の食料生産に何らかの手助けができる人たちにとって、大きな可能性をやどしている。

この組織の強みは、誰でも参加できる点。ウェブサイトによれば、「ランドシェアでは、庭の一画を使わせてくれる個人から、英国内の広大な敷地に多人数の利用できる市民農園を作ったナショナルトラストなどの全国組織まで、幅広い仲介が可能です。学校、企業、コミュニティで土地を共有することもできます」。

だから、食などのニーズに関して自給と脱貨幣を実現するために土地を必要とする人も、自分の持っている土地（およびそれに付随する個人的・社会的恩恵）を地域経済のローカル化に役だてたい人も、ランドシェアなどのプロジェクトが推進する互恵関係に乗っかってしまおう。ランドシェア・フード・ドクターになって、食に関するアドバイスをオンラインや実地で提供する人もあらわれている。

ウーフ

「ウーフ（WWOOF）」[*3]は、互いのニーズを満たせる者どうしを双方が得するようマッチングするという目的において、ランドシェアと非常によく似た取り組みだ。世界五〇か国以上に拠点を有するウーフには、それぞれの国内の有機農場や小規模農家が受けいれ先として登録している（ほとんどの有機農場が参加している点が成功のかなめといえる）。有機農場にしばらく滞在したいと（後述のいずれかの理由で）思ったら、参加登録し、自分の希望や方針に合いそうな農場と連絡をとってみよう。どちらにも異存がなければ、滞在期間、一日の労働時間、食事内容などを取りきめる。通常、週二五時間の労働と引きかえに、滞在中（休日あり）の宿泊と食事に加えて各種スキル（受けいれ先の言語など）の習得機会を与えられるのが、標準的な待遇とされているが、事前に双方の希望をすりあわせ、いかように合意してもかまわない。

旅先でウーフを利用する人が大半を占めるため、傾向としては短期滞在が多い。もちろん長期間滞在していけない理由はないし、そのほうが皆にとって実り多い結果をもたらす。ぼく自身も、とある有機農場で三年間働いた。ウーフの制度を介した関係ではないが、誰もが得をする原理は同じだった。

短期にしろ長期にしろ、しばらくのあいだカネなし生活を試したい人には、ウーフをぜひおすすめする。ヒッチハイクや自転車で複数の農場をまわることも可能だし、いったん農場にたどりついてしまえば金銭はまったく必要ない。有機農場に住みこむ生活は、外出して不要なモノを買おうという欲求をも、おどろくほど消してくれる。後年カネなし暮らしを送るうえで必要になったスキル――実用的なスキルもそうでないものも――のいくつかは、ウーフを利用していたころに身につけた。だが、もっとも重要なのは、長期間お金を使わないのがどのような感じかをつかめたことと、幸福で満ちたりた人生を送るために必要なモノがいかに少ないかを理解できたことだ。

都市部の空き地を菜園に

さまざまな個人的・外的要因から、食に関して金銭と化石燃料への依存をへらそうと望む人が急増している。たとえば一九八六年の英国において、市民農園の順番待ち人数は一万三〇〇〇にすぎなかった。先ほど挙げた数字とくらべてほしい。そのうえ、市民農園を借りたいけれど、順番待ち名簿に名をつらねても時間のムダだとあきらめている人（三年から一〇年も待つのだから無理もない）がおおぜいいることも考えあわせると、耕作用の土地がいかに不足しているかがわかるだろう。

だが希望はあるし、この希望にもとづいて行動を起こすならば解決の道もある。都市のあらゆるところに遊休地（再開発用地）や空き地が存在し、活用されるのを待っている。「新しい地方自治体ネットワーク（NLGN）」[*4]というシンクタンクが二〇〇九年に公刊した報告によると、英国内には約一万二七一〇ヘクタールの遊休地があり、そのうちの八五パーセントは市街地から五〇〇メートル以内に位置する。[*5]これほどの面積を英国人の地産地消率を高めるために利用できるかもしれないのだ。自分で食べものを育てたい人にとって最高の出発点と言えよう。

特定の空き地を市民農園などの食料生産スペースに転換できないか、居住自治体の議会に調査を要請するには、それほど手間がかからない。「小自作農地・市民農園法（一九〇八年）」という法律の第二三節にこうある。「地方自治体（区・市街地区・行政教区）に対し六名の登録有権者または前記自治体住民から本法律の本編にもとづき対処の義務がある旨の申し立てが書面にて提出された場合、自治体はかかる申し立てを考慮しなければならない」（同法はもう少し複雑なので発表資料全文に目をとおすこと）。[*6]日常語に言いかえると「必要な頭数は六人。ただし選挙人名簿への登録を拒んだアイルランド人は勘定に入れない」という意味だ（だからぼくにはたのまないでくれ）。六人も見つからない場合は、近くの市民農園グループに連絡してみよう。順番待ちしている市民が喜んで加わってくれるはず。

要請を出しても、自治体は調査する義務を負うだけであり、かならずしも農園として提供してくれるとはかぎらない。とはいえ、ローカリズム法（二〇一一年に成立）の影響もあって最近の自治体はかなり協力的で、そうした空き地を周辺住民にとって多面的に役だつ場所に変えるため時間と支援を惜しまぬ姿勢にはおどろかされるほどだ。

可能性の広がりをこれほど強調してもまだコミュニティ農園のグループを結成する気が起きなけ

れば、プレストンに住む年金生活者たち（四人合わせて三〇〇歳）が「コミュニティのために、荒れはてた遊休地を心落ちつく〔野生生物の〕聖域に変えた」[*7]逸話に刺激を受けてほしい。この四人にできたなら、ほかの人だって食料生産に関して同様にできないはずはない。それも、コミュニティの打たれ強さ、相互依存、友情のきずなを構築しながら、野生生物の住みかを創出するような方法で。

だけど、市民農園がなくても、街なかで食べものを育てることはできる。どこにだって場所はあるのだ。だから、二〇一二年に設立された「キャピタル・グロース」プロジェクト[*8]は、ロンドン中にコミュニティのための栽培空間を新たに二〇一二箇所創りだすのを目標とした。ブリストルでは「イーストサイド・ルーツ」[*9]が、鉄道駅に隣接した空き地でコミュニティ食料生産プロジェクトをはじめ、以来、イーストン近郊の社会活動の拠点となってきた。団地でも共用スペースで作物を育てることができる。コンクリート舗装されている場合は、何でもいいから手に入る容器をプランター代わりにしよう。あるいは、ホリングディーンの住民らにならって、コミュニティセンターの屋上で食料を育ててはどうだろう。これらは単なる例にすぎない。友だちや近所の人とうまい方法を考えたらいい。大事なのは、自分の住む地域をいつもとちがった目でながめてみること。そして、食料やその他の有用作物を栽培する可能性をあらゆる空きスペースに見いだすことだ。

心を揺さぶるビジョンの創出と情熱的追求

人生にはある種の魔法が存在する（というのもぼくがこしらえた「物語」のひとつにすぎないかもしれないが、少なくとも有用な物語だと思う）。りくつを超えたそれは、地球上のぼくらの経験を神秘と問いで満たしてくれる。知性で説明できないことがらはしょっちゅう起きているのに、科学的に証明できないからとの理由であまりにも簡単に切りすてられてしまう。まるで、人類は何でも知っており理解できるんだ、と言わんばかりに。人生のある側面の働きについてわれわれが知らないからといって、よく知っている側面ほどの重要性がそこにないとはかぎらない。通過する車を猫が見たときに、車がどういうものか、どうやって動くかがわからないからといって、車が実在しないことや重要性が低いことを意味するわけではない。ただ、猫にそれを理解する能力がないというだけだ。人間の場合も同じ。理解力にはいくつもの次元が存在し、過去に失ったり、これまで開発されず今後される見こみもなかったりする。人生には永遠に理解できないこともあると認めて受けいれたほうが幸せを感じやすいのだと、ぼくは気づいた。どうにかして説明をつけようとするよりも、ただすわって、その荘厳さに驚嘆していればいい。

結果がどうなるかなどと細かい心配をせず、情熱を持ってたゆみなく信念に従って生きるだけで、思いえがいたとおり実現する場合も多い。たしかにぼく自身も、人生をそこまで信頼し身をまかせるようになって以来、実にすばらしい経験と冒険を手にしてきた。

ティム・マッカートニーがデヴォン州に設立した刺激的なプロジェクト「エンバクム」（自然と調和した環境のなかで人

間的成長の機会を提供する滞在型研修施設）も、元はといえば人生の魔法からはじまった。エンバクムはカネなしコミュニティではないが、その創設経緯から得られる貴重な教訓は、完全にローカルな贈与経済を創りあげようとする人にもおおいに役だつにちがいない。

エンバクム誕生の物語

ティム〝マック〟マッカートニー

（「エンバクム」[*10]創設者、語り部、講演者。著書に『地球を見いだし、魂を見いだす（*Finding Earth, Finding Soul*）』[*11]）

一片の土地が、おそらく思ったほど遠くないところにあって、きみを呼んでいる。心のなかでは実在することがわかっている。なぜなら、その土地の歌が聞こえたから。風にのって、あるいはいとし子の泣く声のうちに。われわれのいだく切実な欲求のうち、自分たちの土地の真の住人となり、コミュニティを見いだし、有意義な仕事をしたいという望みは、どんな人にも似つかわしい。われわれが日々背負いこんでいる野心の多くは、真にみずからの一部とは言えない。ほかの誰かから――価値に見あわぬ値段で――売りつけられたものにすぎない。だが、互いの類縁性を再発見したり、食べものを一緒に育てたりする経験は、きみに、私に、そしてわれらの子どもたちにふさわしい、正真正銘の渇望である。

いまをさかのぼること四〇年前、その小麦畑の土を踏んだ。立ちつくした私は、深遠な気づきの感覚を味わっていた。恩寵のひとときを経験したのだと思う。ビジョンと言ってもいいだろう。ほんの短い時間のうちに見たもの感じたものにすっかりほれこんだ。どこか細胞の次元で、自分が呼ばれているのがわかる。美しく、同時に恐ろしくもあるビジョンだった。それを現実化するのに必要な知識も勇気も修練も、そして覚悟も、まだありはしない。当時の私は若い男女の例にもれず、探究心は旺盛でも、まだひとつことに的をしぼる段階になかった。いま振りかえってみると、人生経験――ビジョンを胸に絶やさずにおればいつか実現の手段が身につくような――を積むカリキュラムの履修に、心のどこかで同意したようだ。私の頑固な性格は、自分にとって一番手ごわい敵となったケースも数知れない。が、以前からこうも思っていた。「聖なるもの」にむかって歩んでいると自覚できない人生など無意味だ、と。その道を行かないのは自分自身に対する裏切り行為だし、行かない選択肢を思いうかべるだけですらプライドが許さない。

金色に光る小麦畑に立ったその暑い夏の日から、実に二八年の歳月を旅して、歓喜きわまる瞬間へとたどりついた。一九九九年五月一日、エンバクムの地で迎えた最初の朝だ。牧草地、森、菜園、丘を擁する二〇ヘクタールの地所が、露のおりた大地を春の日ざしにあたためられて、満足そうにのどを鳴らし、脈打っていた。それまでの二八年間、せいいっぱい情熱的に生き、人を愛してきた。何度も途方にくれては救われた。思いだしては忘れたり、眠りについては、神秘的な夢を見て感涙にむせんだり、悪夢に殺されかけたりした。それでも私は忘れなかった。そしていまなお、目には見えぬ小道を歩いている。旅はまだつづいている。

演劇指導、レストラン店長、鉱山勤務医、ワシントン州でリンゴの収穫、造園会社経営などの仕事を経験したあと、庭師の職業訓練を受けた。同じころ、社会の裏側を見てみようと「危険につき立入禁止」の札がついたわき道をうろつきまわった。大けがをするか牢屋に入っていたかもしれない世界だ。さらに別種のわき道も歩き、この地球を重んずる古来の霊的伝統の鍵をにぎる人たちをさがしもとめた。たいそうな努力を重ね、ぼろぼろの自尊心をかかえ、ひざをすりむきながら見いだした師のもとで、その後二〇年間にわたり教えを受けることになる。庭師として働いた最初の職場は、とあるリーダーシップ養成所で、多くの大企業から送りこまれてくる幹部候補社員に野外研修をほどこしていた。興味をそそられた私は、一日休みをとってセインズベリーズ（英国の大手スーパーマーケットチェーン）の副店長向け研修を見学させてもらえないかと上司に願いでる。特別許可の条件として、セインズベリーズの精鋭たちに課される試練についていっさい余計な口出しをしないと約束させられた。ところが実際は思わくどおりに行かず、腹を立てた私が約束をやぶらずにいられなかったため、平和と戦争をへだてていた壁はもろくもくずれ去る。一部の人には気まずい思いをさせつつも、私は企業リーダー育成と起業家支援の業界で新たなキャリアを踏みだすしだいとなった。小麦畑のビジョンはたえず持ちつづけていたが、この期におよんでやっと、新しい生きかたを追求する土地を真剣に手に入れたくば自分で土地代をかせがなければいけない、誰かが与えてくれるのを漫然と待っていてもだめだ、と認めるにいたったのだ。それは一面で正しく、一面でまちがっていたと言えるが。以来一〇年かけて組織人材育成の国際的事業にうちこんだすえ、何度か会社を売りに出しかけた折にはわれらがチームの成功を実感できる域にまで達した。そんなある日、おとずれたクライアントから受けたプロジェクトの趣旨説明が、のちにあの小麦畑を私の手にもたらすことになる。

「われわれはささやかな事業をいとなんでいますが、市場は先行き不透明、同業他社の多くがつぶれかけています。それでもわが社には、すばらしい成功をおさめるに足る戦略、専門性、活力、意志がそろっているはずです。会社の基本的価値観《コアバリュー》を何よりも大切にしており、それを犠牲にする成功は望みません。価値観を損なわずに商業的野心を達成できるよう、お力添えいただけませんか」

希望にたがわぬ支援を提供した結果、五年後にこのクライアントは自社を高値で売却した。かたや同時進行で、北米先住民のもとでの私の修行もつづいていた。平行する二本の道すじ。会社売却後まもなくして、クライアントが共同創業者と連れだってあらわれる。

「目標を達成できたのはうれしいが、むなしさも感じます。あらんかぎりの創造力とエネルギーを一心に注いできたのです。この先どうしたらいいのでしょう。もう一度同じことを、ただしもっと大きくくりかえすしかないのか」

そこではじめて、私の別の側面を二人に明かした。かかえておられるのは精神的な問いであり、全身全霊でむきあうに値すると思う、と伝えた。ビジョンクエスト（北米先住民の一部でおこなわれる男子の成人儀礼）の旅にお連れしようという提案を、二人は受けいれる。人生はつね日ごろから私のクライアントに語りかけていたはずだが、ビジョンクエストの深い静寂と黙想のなかで彼には、以前よりもっと耳をかたむける時間ができただろう。旅から帰ったあと、「あなたの夢は何か」と彼にたずねられ、三〇年近く前の体験――こよなく美しいものが心のなかに入りこみ、感謝の念で満たされるがままに立ちつくした時間――について打ちあけ話をした。何が必要なのかと聞かれて私が答えると、彼はその場で小切手を書いてくれたのだった。

四月の最後の日――五〇歳の誕生日の数日後――に車でデヴォン州にやってきて、新しい人生をはじめた。たいへんな仕事はもう終わりだと考えたのは甘かった。いまにいたるまで試されつづけ、仲間とともに何度もエンバクムの大地にひざまずき、みちびきを求め、たくわえをほぼ使いはたし、挫折して涙を流し、自分の生存能力を疑った。試練に会うたびに私は強くなり、意欲が深まった。天に呼ばれた道をいままさに歩んでいることに、深い安堵感を覚える。道づれの友は多く、よく知っている相手もいれば、会ったことも、今後会うこともない人びともたくさんいる。われらはひとつの民族であり、われら自身に、そしてわれらの土地に帰っていくのだ。

既存のコミュニティへの参加

拠点とする土地を持つ環境調和型コミュニティや精神的コミュニティが、英国全土のみならず世界中にすでに多数ある。お金をいっさい使わない方針のコミュニティにはまだお目にかかったことがないが、だからといって存在しないとは言いきれない。いずれにしろ、こうしたグループのいくつかは、お金を使わないという人の長期住みこみもいやがらないだろう。ＷＷＯＯＦと同様に考えて受けいれたとしても、長期で住まわせる利点がある。きみにしてみれば、カネなし生活に必要な基本的インフラすべてを利用できるわけだ。

この方法に関心があるなら、『ユーロトピア（*Eurotopia*）』[*12]という本を手に入れるといい。ヨーロッパ各地に存在する三〇〇箇所の目的共同体やエコビレッジについて、比較しやすい一定の形式にそった詳細情報が自己紹介式で収録され、地図と連絡先も掲載されている。実際に連絡をとる前に頭のなかを整理しておくことをおすすめする。自分にとってのニーズは何か、つね日ごろ魅力を感じるのはどのようなタイプの人か、生きかた全般に関しどのような哲学を持っているか、妥協できる点とできない点は何か。これをわかったうえで本を通読すれば、一番相性がよさそうなグループに連絡をとれるはず。話はそこからだ。いずれかのコミュニティに落ちつくまでには、いくつも試してみなければならないかもしれない。目的共同体における人間力学の実際は、紙に書かれているとおりでない場合もままあるから。

ゴーストタウン

以前に人が住んでいたこうした村や町は、世界の多くの国ぐにに存在する。観光名所として国が維持管理しているところもあるが、たいていはただ打ちすてられたまま、新たな居住者を待つばかり。当然、その多くは何らかの理由があってゴーストタウン化した。虐殺事件が起きたとか、疫病が蔓延したとか、経済活動の失敗、政治的な問題、天然「資源」の枯渇、何らかの災害による場合もある。言うまでもなく、一部のゴーストタウンはもはや、お金を使わない自給自足的ミクロ経済を支えるのに適した地ではなくなっている。そもそもそれが一因で、元の住民が出ていってしまったわけだ。

しかし、ローカルな贈与経済をめざす人にとって特に問題とならぬような衰退理由も少なくないのだから、朽ちはてた古い建造物群を活気に満ちた地域へと――少なからぬ努力を要するが――変容させる可能性にあふれた場所もたくさん見つかるだろう。未来型経済の初期の実践例ともなりうる。

その実例がスペインに何十と見られる「エコールデア」で、ほとんどは荒廃した中世の町をもとにして築かれている。そのひとつであるナバーラ県北部のラカベ集落は一九八〇年に設立された。[*13] 一四名がまず移り住んで、ほとんどお金をかけることなく、家や庭園をじょじょに再建していった。いまでは、手づくりの風車でエネルギーをすべて自給しているが、その鉄製の工作物や資材も住民自身の力で丘のうえに運びあげたという。食料もふんだんに栽培しており、もともと全員が都会人だったにもかかわらず、いまやほぼ自給自足で、ほとんど金銭と無縁の生活を送っている。このゴーストタウンを見いだした最初の住人のひとりモージェは、「いまでは移住希望者が順番待ちをしている状態」だが、「答えは、すでにできあがった場に加わるのではなく、別の場所に同様の場を創りだすことです」と語る。

乗りおくれたと思った読者は、そのように人の住まなくなった村がスペイン国内だけでもまだ約三千も存在することをお忘れなく。自発的簡素にもとづく生活と、それにともなう美、喜び、そしてたまさかの苦労を受けいれる覚悟さえあれば、誰だって数年のうちにカネなしコミュニティを立ちあげることもできないはずはない。

ゴーストタウンが存在しない国に住んでいる場合、この方法をとるには遠国への移住も必要になってこよう。つまり、家族や友人のもとを遠く離れ、ことばも不自由なら支援ネットワークもない場所で困難な草創期を送ることになるわけだ。この問題点を回避するため、ひとりきりではじめる代わりに、同じことをやろうとしている仲間でグループを結成する手も考えられる。

実際にグループを作ってこの選択肢を検討する際に確かめておくべきは、参加者全員が似かよった哲学を共有していること、グループ全体の利益のためにどう協力したらよいかを各自が理解していること、そして、ただ個人的な問題から逃避したいだけではなく、ポジティブな何かを創出しようという意志があること。できれば、過去に一緒に生活したり働いたりしてウマが合うとわかっているメンバーが望ましい。

また、住みつく計画のゴーストタウンについて、および当該国におけるスクウォッティング（第7章を参照）関連の法律については、たっぷり時間をかけてできるだけ多くの情報を収集したほうがいい。リスクを最小限におさえ、生産的で前向きなことがらにエネルギーを注げるように。

土地の購入

金銭を使わない生活だとか土地私有制のもたらす負の側面だとかを扱う本で取りあげるにしては、

はなはだ奇妙な選択肢と言うほかない。ご説明しよう。土地を買うなんて、ぼくの理想からは遠くかけはなれているし、この文脈で持ちだすのは実に間が悪く、微妙な話題である。しかしながら、ぼくらが生まれおちた法的・政治的・経済的社会では、一片残らずどこの土地も誰かに所有されているのが現実だ。またそれとも関係するが、理由はともあれ、相当量のカネを持つ人が少なくない。たとえば、都会で高給の仕事を一生涯つづけてきた人たちが、現行の経済モデルに内在する恐怖を直接見聞きしたすえに、新しい生きかたをさがしている。また、遺産を（現金またはもっと流動性の低い形で）相続し、きちがいじみた消費主義から逃れるために使いたいと考えている人もいるだろう。であれば、完全にローカルな贈与経済の暮らしをめざす文脈において、自給自足的ミクロ経済のインフラと文化を早期実現するために、すでに持っているものを活用したってよいではないか。ちょうど、ビル・モリソンとともに「パーマカルチャー」という造語を考案したデビッド・ホルムグレンの述べる「創造的な下山」[*14]において、工業社会の廃物が一定の役割を果たすのと同じような意味で。

もしも何らかの理由で返済不要なまとまった現金が手元にあるなら、この選択肢を一顧だにせず却下してしまうのはバカげている。そのお金でもって貨幣経済から一片の土地を救いだし、贈与経済のなかに戻してやれる、そんな方法がいくつもあるのだ。

ひとつには、じゅうぶんな広さの土地を購入し、金銭の必要なしに生活必需品いっさいを栽培・生産できるようなインフラと物資調達システムを設計すること。いったん設計してしまえば、以後、その土地が自分に与えてくれるのと同様に無条件で、地域の人たちに余剰をくばることもできる。

余剰をあげた相手が、将来、一緒に生産する側にまわろうと思ってくれたらなおいい。

土地を所有するのは信条に反する、どうも抵抗がある、という人にとっては、なるほどこれはあまり賢い選択ではなかろう。問題は、すべての土地が誰かによって所有されている現状にある。すなわち、皆と同じゲームに参加しないかぎり、普通は(市民農園などのかぎられた例外をのぞいて)じゅうぶんな量の食料を栽培する法的権利がない。そこで、心の抵抗をやわらげるさまざまな方法を紹介しよう。

まず最初の方法として、英国コッツウォルズ地方で百年以上前にホワイトウェイ・コロニーのトルストイ主義者が示した流儀にならい、土地を購入するやいなや権利証書をたき火にくべてしまえばよい。これでその土地は、事実上、天地創造の時代と同様の所有形態に置かれる。土地登記所などの公的機関が介在するようになった今日、たしかに昔ほど簡単にはいかないが、登記に行きさえしなければ少なくとも不可能ではないはずだ。ホワイトウェイのアナーキストたちはさらに、誰もその土地の所有権を主張できないよう裁判所に申したてすらし、裁判所もそれを認めたのだった。いずれにせよ、資本主義教の狂信者らと、私有財産概念にとらわれている世界に対し、鮮烈なメッセージをつきつけることとなるのはまちがいない。

また、土地を買っても権利証書を燃やさない(よって二酸化炭素の排出量もほんの少しへる)方法だって考えられる。なるべく多くの土地をコミュニティ農園の運営団体の手にゆだねる目的で、地域コミュニティと協力して土地トラストなどの法人を設立すれば、自分にとっての金銭的価値しか見ようとしない者どもから土地を保全できる。土地は共同管理されるからほったらかされる心配がなくなり、地域の人びとは、食料やその他の生活必需品をお金を使わずに栽培する機会を得る。

土地をコミュニティの手に取りもどす手法には利点が多い。近所に住む者どうしの交流が生まれる。適度なスケールメリットが得られる。コミュニティのスキル・知識・道具などの資源を蓄積することにより、装備の重複を削減しながら、最適な効果と学習機会がもたらされる。非金銭的な雇用が生みだされる。真の共同体と相互依存(お互いさま)の意識がめばえる。旅行にでかけるときに作物や動物の世話をたのみあえる関係ができる。地場産の有機食品が無料で手に入る。とりわけ大事なのは、原油価格の上昇、ハイパーインフレ、国内経済や国際経済の崩壊などの外的な衝撃を受けた際にも、コミュニティが比較的すみやかに――ニーズの充足という面において――平常に復帰できることだ。この最後の利点は、現行の経済モデルに頼っていては食料入手に窮するかもしれない時代に、ますます重要になってくるだろう。

以上の選択肢は、金銭依存度の低い(またはゼロの)ミクロ経済を創出するためにお金を使おうと思う人向けである、と言えば、滑稽で皮肉にひびく。だが、いまあるものを活用して、この交換条件ずくめのグローバル経済からぼくらの望む将来への移行を促進するのだ、と考えるなら、皮肉さも解消されよう。

パーマカルチャーと再ローカル化

デビッド・ホルムグレン

（パーマカルチャー概念の共同創案者。著書に『パーマカルチャー――農的暮らしを実現するための12の原理』など）[*15]

地球上の石油供給量がピークに達したら、以後、人類の暮らしを支えるエネルギーは減少の一途をたどることになります。この〈エネルギー下り坂の未来〉に必要とされるものの考えかたや社会秩序は、ヨーロッパの諸文化が南北アメリカを征服し化石燃料を利用しだして以来つづいてきた〈エネルギー上り坂の時代〉とは、とうてい似ても似つかないでしょう。ピークオイルは、気候変動が引きおこす憂慮すべき大惨事の兆候よりも速いペースで、「つつましい生きかた」をいやおうのない現実へと変えてしまうはずです。

エネルギー下り坂の未来について真剣に考えてきた人ならたいてい、グローバル化の衰退や逆転現象などの根本的な変化がいずれ起きるだろうとの認識を持っています。そのあかつきには、ローカルな経済・コミュニティ・政治が何らかの形で復活してくるにちがいありません。この構造的変化には、将来どの種の燃料を利用するかといった想像などより、もっと深い次元の思索や行動が反映されましょう。

パーマカルチャーは、エネルギー下り坂時代の暮らしと土地利用のためのデザイン（設計）体系です。第一次石油危機《オイルショック》の時代（一九七〇年代）に登場して以来[*16]、着実に成長をつづけ、実践者、設計者、運動家を擁する世界規模の運動となりました。パーマカルチャーの戦略は幅広く、地域で出る有機廃棄物を利用した肥沃な菜園づくりから、微気象を利用した多様な作物の栽培、太陽熱で暖をとる自然建築、雨水の収集、グレーウォーター（生活排水）の再利用、地域通貨、CSA（地域支援型農業）までが含まれます。これらの例はいずれもローカル化戦略ととらえることができるのです[*17]。

パーマカルチャーのデザインでは、まず自分の家（特に庭）をととのえるところから着手し、次に、垣根越しに、周辺地域に、そして自分のネットワークのすみずみにいたるまで、つながりを作っていきます。パーマカルチャーのデザインや運動で重点が置かれるのは「世界のどこがまちがっているか」や「相手に何をさせるべきか」ではなく、「生活の自給率を高め、水や食料や燃料の入手を遠方の一元的な供給源に頼る度合いをへらすため、自分たちに何ができるか」です。必要な資源をがむしゃらに確保するサバイバル戦略とは異なり、パーマカルチャーでは、余剰物を集めて再生可能な豊かさを生みだすことで、自身や家族やコミュニティのささやかなニーズをまかないます。

システム理論によると、こうしたミクロ規模の課題解決策は、そこそこのスケールメリットしかもたらさない反面、雑草のごとくすぐさま広まるため、再ローカル化を実現する手だてとして、巨大なシステムの縮小解体（これも効果がないわけではありませんが）よりもかえって有望とされています。
パーマカルチャーの解決策は条件や文化に応じて大きく変わってきますが、いずれの場合にもあてはまる普遍的なデザイン原理がいくつか存在し、それらを考えあわせた結果、地域の生態系・経済・社会のニーズにこたえる解決策がみちびきだされるのです。たとえば「スモールかつスローな解決法を選ぶ」との原理に従うと、グローバルな一極集中型の資源や機会ではなく、ローカルな分散型のそれに目がむくようになります。「多様性を生かし重んじる」原理に従うと、場所によって解決策に変化をつけたほうがいい。「自己規制をかけフィードバックを受けいれる」原理に従うと、自然の限界を考慮した自給的な暮らしへの移行が求められるでしょう。「利益を獲得する」原理に従うと、金融の世界のものの見かたをエネルギー面に応用して、システムのどの部分から財がもたらされるのかを考えさせられます。パーマカルチャーのデザイン原理は、祖父母の時代の常識と、最先端のシステム生態学の知見とをかけあわせたものにほかなりません。[*18]
石油はこれまで究極のグローバルなエネルギー解決策とみなされてきました。エネルギー上り坂時代につちかった設計思想にとらわれていると、次世代のエネルギーに関してもたったひとつのグローバルな解決策があるかのように思いこみ、性質上そこまで大規模に適用できない解決策など、まともに取りあおうとしなくなってしまいます。過ぎさりし時代のこの一見自明な真実も、いまとなっては危険な思考回路と言えましょう。無数の小規模でローカルな解決方法の存在や、そうした方法の組みあわせによって化石エネルギーのピークから降りる繁栄の道ができあがることに、気づかせないのですから。パーマカルチャーは、そのようなローカルな解決法の発見と創出を助けてくれます。また同時に、今後数十年間にわたってエネルギーの山を下る行程を描く際に出くわすであろう、まやかし、迷い道、行き止まり、「トロイの木馬」を検出するための、思考ツールも提供してくれるでしょう。

現実的な土地改革をめざす運動

かなりの長期戦となるのは承知のうえで言うのだが、非常に広大な土地がひとにぎりの人間によって所有されている現実を、英国人はどうにかしなければならない。その典型が英国王室であり、二七〇〇〇平方キロの国土を所有している。国防省は三〇〇〇平方キロを、保険会社各社合わせて二〇〇〇平方キロを所有。このうちのほんの一部（比率は諸説あり）はすでに食料生産に使われているが、「新しい地方自治体ネットワーク（NLGN）」はこう述べる。「遊休地を解放し、食べものをみずから栽培する機会を求めている人に利用させる革新的しくみを、政府は創りだすべきである。食料の自給は多くの人にとってごく基本的なニーズであり、昨今の経済状況のなかでは一部の人にとり必然とすら言える」と。NLGNはその方法として以下の三つを提起する（順序どおり）。

1　土地所有者の利他主義に訴える。王室所有の遊休地を地域コミュニティや市民農園組織に譲渡して有機食品の地場生産に供する案に「農と田園の強力な擁護者たるチャールズ皇太子はきっとご賛成くださるでしょう」と述べたのは、NLGN理事で元国会議員のクリス・シップリー。歴史的証拠に照らしてシップリーの見解は楽観的すぎるように感じられるけれど、ぼくの思いすごしであったら喜ばしい。チャールズ皇太子が前記の案に賛成しないのならば、持続可能な農業に肩入れするとの言辞を弄するのはやめて（「ダッチー」（皇太子のプロデュースする有機食品ブランド）が非貨幣経済を支持するとはまるで思わないが、考えかたには接点が多い）、口先だけでなく行動で示す——資産を投じる——つもりなどないと白状すべきだ。

2　遊休地を市民農園用地として提供する土地所有者を、政府が税制面で優遇する。

3　万一「自主性にまかせる方法がうまく機能しなければ、大規模私有地委員会のような組織を政府が設立し、遊休私有地を農地として利用する目的で地域コミュニティへ暫定移譲する権限を与えることも考慮すべきである」[19]。すなわち「土地所有者が遊休地の再活用を拒否」[20]した場合の話だ。当然これには賛否両論あると思う。だが、現在の経済システムでは、食料の大半を輸入に頼る一方で、国土の多くが持続可能性と野生生物にとっての最適レベルをはるかに下まわる状態に置かれている。土地を所有し管理する者たちが自主的に動く品性や意欲を持ちあわせないとしたら、何らかの思いきった措置が必要となろう。

ぼくらの未来の持続可能性目標にとり、また、せめて貨幣経済・賃金労働経済を強要されたくないと望む人たちにとり、土地改革がいかに必須であるかを考えると、一致団結してこのような改革案を支持するべきだ。さらに言わせてもらえば、自分たちの選んだ政治家に対し、そうした改革をただ「お願い」するなんていうのはもう終わりにして、「要求」していかなければならない。

こうした要求の声をあげる動機として「生態系の崩壊」では不足だとしたら、ほかにいったい何があろうか。

CHAPTER

7

住居

ほとんどの読者にはすでに家と呼べる場所があって、完全な持ち家の人も、借家の人も、住宅ローンを返済中の人もいるだろう。当然ながら、ローンなどを完済した持ち家でないかぎり、まったくお金を使わずに生きることはできない。だがご心配なく。それでも金銭への依存をへらすためにできることはたくさんある。

まず手はじめとして、テレビ一式を家から追いだすこと。気候変動やピークオイルといった単語を耳にするようになる以前に、ぼくはテレビを見るのをやめた。二〇〇二年当時、地球環境に特別な関心があったわけではない。そんなことは考えてもいなかった。ただ、テレビは貴重な人生のムダだと気づいただけ。自分自身の生を経験する代わりに他人の生を見物していたのだから。テレビを片づけたら、脱・金銭にむけた基本事項をいくつか。

風呂の残り湯は捨てず、植木の水やりなどに再利用しよう。さらに水を節約するための合いことばは「黄色はまだまだ、茶色は流せ」。もちろん、コンポストトイレを持っていない場合の話である――ほとんどの人は（まだ）持っていないと思うけれど。おしっこのたびに水を流す必要などない（トイレの水洗に費やされる水は一人一日約七〇リットル[*1]。数百万倍すればその膨大さがわかる）。部屋を出るときは明かりを消そう。「電気を使わない週末[*2]」や「スローな日曜日[*3]」に友だちをよんでトランプやチェスを楽しんだり（賭けるのはマッチ棒にしておこう）、音楽のこころえがある仲間の演奏に耳をかたむけたりするのもいい。かつて、冬は生活の速度をゆるめる季節だった。仕事をしようにも日が短いため、必然的にそうなった面もある。いまでは事実上、四季をとおして明るさが手に入るから、貯蔵庫いっぱいに食料をためこんで冬ごもりすることもなくなってしまった。電気を消すと、季節の変化を感じとれるようになる。

フードプロセッサーではなく、すり鉢とすりこぎを使おう。電動ジューサーをやめて、自転車駆動のスムージーメーカー[*4]を手づくりしよう。家庭でエネルギーを節約する方法はいくらでもあるし、それを専門に扱った本もたくさん出ている。解決の手がかりはただ、家まわりにおけるエネルギー使用をひとつ残らず見なおすことだ。エネルギーこそが、金銭面でも環境面でも最大の負担になっているのだから。何事にもお金をかけない方法はある。独自の方法をあみだすのも楽しいし、そうすれば各自のニーズにぴったり合う。

家屋内の諸インフラについては、おのおの関連する章でふれる。シャワーと風呂は第9章、暖房は第11章、トイレは本章の終わりで。

生活設計を見なおして最終的に完全なるカネなしをめざす人は、それが可能な家を見つけるか建てる可能性をさぐってみてもいいだろう。前章では土地さがしの方法について述べた。その多くの場合、用途は作物の栽培にかぎられる。建築許可など取得できないだろうから。しかし、ぼくの挙げた移行策のなかには、環境負荷の小さい住宅を建てたり既存の住居を修繕したりできそうな方法もある。地域外から持ちこむ資源を最小限におさえ、お金を（ほとんど）かけずに進められれば理想的だ。幸運にもそこまでこぎつけたら、第4章で説明したお役所対策のどちらをとるか考えよう。建築前に許可を申請するか、あるいは、やんちゃがバレたら遡及申請する心づもりで行くか。

カネなし生活という視点からの理想はもちろん、建築費も維持費もエネルギーコストも無料の家を建てること。よくある誤解とはうらはらに、まったくカネをかけずに家を建てるのも不可能ではない（かつて、いまとは異なる物語にみちびかれていた時代はそれが普通だった）。必要なのは、建築資材と自発的な労働力だけ。アイルランドの美術家フランク・バックリーが証明してみせたとおり、お金も建材になる。「不景気のしるし」と題する創作活動の一環として建てた家の素材は、アイルランド造幣局からゆずり受けた一八億ドル相当の断裁済み廃棄ユーロ紙幣。これを自分で五万個のレンガ型ブロックに加工して使用した。フランクは、無価値なものから何かを作りたかったと言う。「ユーロについてはさまざまな意見があるが、すばらしい断熱材であるのはまちがいないよ」。人間が付与した物語や思いこみによってではなく、それ自体の物理的特性によってお金が実際の役にたった、知るかぎりで唯一の例である。

たとえきみが建てる家に少々費用がかかるとしても、普通に購入する場合の初期費用とはくらべものにならないほどわずかですむだろうし、あとは一生、光熱費タダのオフグリッドで暮らせる。おそらく住宅ローンも必要ないから、前述のように、賃金労働を強いられて苦しい思いをすることもない。これは無銭生活を頂点としたPOPモデルの階段をのぼる大きな一歩となろう。ぼくがカネなしで暮らしたときの家はフリーサイクル（第5章を参照）経由で手に入れた。当然、郊外の建売4LDKなどではない。トレーラーハウスだ。

家を建てるのにかかる費用は、「どれほど簡素な（あるいは複雑な）家にするか」、また、いずれは建て替えが必要になるとして「どの程度長持ちさせたいか」によって決まってくる。一方の極に位置するのは、ぼくが「鳥の巣」と呼ぶ住居である。簡素で、地場産の建築資材のみを使い、一ペニーのカネも必要ないが、現代人の求める安楽さは得られず、建築法規には抵触するにちがいない（鳥たちの巣と同じく）。実際、地場の資材——英国では石、木、土、かやなど——を使うしかなかった時代には、こうした家を建てて住んでいた。換気が基準値よりやや劣るというだけの理由で家を取りこわすぞと脅す人間も、当時はいなかったのだ。

もう一方の極の好例は、元マンチェスター・ユナイテッドのサッカー選手でイングランド代表もつとめたゲイリー・ネヴィルが六百万ポンドを費やして建てた、七四〇平米の未来型エコハウス。ボルトン区で初のゼロカーボン住宅とのふれこみである。ぜいたくきわまりない点はともかく、ネヴィルの方式にも利点は多いし、何事からも学ぶべきところがある。また言うまでもなく、切迫した環境危機についてプロサッカー選手たちが真剣に考えはじめる姿には、おおいに励まされる（ライバルチームのファンでなければね）。POPモデルで、自分の現在位置と、現実的な時間軸のなかで達成したい最終目標を確認しよう。もっとも重要なのは、その実現にむけ、先を読んで動くことだ。

家の簡素さと複雑さの比率で、維持にどれだけカネをかけずにすむかが決まる。建築当初に複雑な資材を使うほど、修繕のための資材を地域内で入手（あるいは自作）しづらくなる。ただし廃棄資材を使えば、非常に安価または完全に無料で住宅を建築・維持できて、しかも、われわれ文明化された軟弱な西洋人が慣れしたしんだ快適さを保つこともできる。

地元で手に入る資材や廃棄物のあれこれを利用した住宅設計には無限の可能性がある。以下では、カネなし住宅のおもな種類についてのみ、それぞれのエッセンスを紹介したい。こうした設計に使われているテクニックは、個別に本が書けるほど奥が深い。関心を持ったテクニックについては、さらに研究して（各節で役にたつ参考図書を挙げておく）、自分なりの工夫やスタイルをつけくわえてほしい。ふたつとして同じ家はいらない。住人だってふたりとして同じ人はいないのだから。

無料の家

新規で建てるのを望まない場合や、第4章に挙げたような事情で建てられない場合でも、都市に住みたいか田舎に住みたいかに応じて選べる方法がいくつもある。

スクウォッティング

政治的・社会的立場によっては異論も出そうだ。スクウォッティングとは通常、当人が借りてもいなければ所有してもいない、概して使用許可さえ受けていない空間を占拠する行為を意味する。前章で述べたゴーストタウンへの再入植も、厳密に言えば、かなり特殊かつ建設的なスクウォッティングの一種である。もっと一般的なスクウォッティングでは、長期間利用されずに放置されてきた街なかの住宅や店舗を乗っとり、従来の政治経済制度にとらわれない生きかたをめざす人たちのための交流センターや家に転用する。

「トランジション・ヒースロー」[*5]がシップソン——ヒースロー空港の滑走路拡張用地に指定されていた村のひとつ——のかつて市場向け菜園だった遊休地でくりひろげた「育てようヒースロー」プロジェクトは、非常に建設的なスクウォッティングの例として高く評価されている。第一に注目すべきは、自給体制を確立した点。食べものを栽培し（第8章を参照）、ロケットストーブ（第11章）でお湯をわかし、温室の屋根を利用して植物にやる水を集め（第8章）、太陽光や風力でエネルギーを生成し、コンポストトイレ（後述）を四つ作った。完全にオフグリッドである。また同じく重要なのが、その地域にもとからあったコミュニティにとけこみ、欠かせない存在となった点。土地っ子と「よそ者」の環境運動家が一致協力しあい、「バークリー種苗園の敷地を本来の目的によみがえらせた。つまり、地場産の有機野菜やくだものをコミュニティに提供する市場出荷向けの豊かな圃場《ほじょう》でありながら、興味ぶかい新プロジェクトやワークショップが開催される場でもある」[*6]。

最初の二年間におこなわれたスキルシェアの会は数知れず、大きなイベントも何度か催され、敷地に散乱していた三〇トンものがらくたが片づけられた。また、ロンドン警視庁の発表によると、

「荒廃したバークリー種苗園を「育てようヒースロー」のグループが占拠して以来、犯罪発生率が下がったとの証拠があります。おそらくグループの存在が周辺地区の犯罪を抑止していると思われます。グループに関しては地域住民から肯定的な意見が寄せられていますし、地域住民は、そこに人が住んでいると思うと安心するのです。同地区における自動車関連犯罪は五〇パーセント減少し、犯罪全体でも二五パーセントへっています」。育てようヒースローのプロジェクトは、地域住民の利益のために土地を取りもどす、数ある方法のうちの非常によい一例である。

スクウォッティングについて論じるには、その歴史的経緯や法的位置づけも含めて、一冊の本を要する。短期または長期でやってみようと思ったら、「スクウォッターのためのアドバイザリーサービス」[*7]に連絡をとり、ここが出している『スクウォッティング・ハンドブック（*The Squatters Handbook*）』を読むことをおすすめする。スクウォッティング関連の法規制は流動的であるため、行動に移す際は同サービスに最新情報を問い合わせるといい。

スクウォッティングに加えて、地域のコミュニティ菜園でのボランティア、ゲリラ・ガーデニング、採集《フォレジング》、スキッピング（第8章を参照）など、都市の土壌と余剰物を活用する各種の方法を組みあわせれば、街なかでまったくお金を使わずに生きていくこともたやすい。本書で紹介するその他の脱貨幣生活の知恵もうまく取りいれればなおさらのこと。このモデルを世の中の全員が実践したら、いまの社会は完全に崩壊してしまう。だが、移行策としてはたいへんすぐれている。カネなし生活を送る心の準備ができており、あらゆる次元でどのような感じかを試してみたい人たちが、すぐに着手できるのだから。ぼくら自身の努力に、いずれはマクロな諸要因もあいまって、将来のカネなしの解決策が生みだされるだろう。

この都市生活者向けアプローチを実践すれば、心から支持する社会活動――強姦被害者支援、困窮者向けの無料食堂《スープキッチン》、各種の運動体など――のために時間を注ぐことも可能になる。そうしたプロジェクトは性格上、働く人たちに賃金を払えない場合が多いのだ。先々を考えて未来の物語や世の中の経済モデルを変えようと努力する一方で、それを最適な速度と効率で実現するため、いまあるものを最大限に活用することも重要だ。

ハウスシット／ボートシット

ハウスシット（留守宅の管理）はかならず双方が得をする取り決めである。普通はこんなぐあい。ある家の持ち主や借り主に、数日から数週間、場合によっては数か月間、家を空けなければならない事情ができて、あとに残していく猫や犬や植物の世話が必要となる。間借り人を置くほどの期間ではないが、何かしらの手立てを考えなければならない。ドロボウに入られる危険性が高くなるから無人にはしたくない、と考える人もいる。

こういうことはよく起きるので、信頼できるハウスシッターに対する需要は高い。本書執筆期間中のほとんどを、ぼくはブリストル周辺のあちこちの家でハウスシッターをしてすごした。一時期など、バースの近くで美しい運河に浮かぶハウスボートにも住みこんだ。ある大邸宅に二か月いた際、唯一のつとめは、トリークルという名の豪奢な猫に一日二回エサをやることだった。米国でまったくカネを使わずに暮らすダニエル・スエロも、一年の半分をハウスシットですごしている。

ハウスシッターと家の持ち主をマッチングするプロジェクトはたくさんある。登録とデータベース使用に少額の会費を要するケースが多いため、ぼくはいつもフリーエコノミーのネットワークを使う。実際に何度か仕事をするうちに口コミで広まり、前にたのまれた人の友人から「うちもたのむよ」と声がかかるようになる。ハウスシッター料を支払おうと言われる場合もあるが、その申し出はことわって無償で引きうけることを強くすすめたい。何事に関しても同じように、お金を介在させたとたんに関係性を取りまく空気がすっかり変わってしまう。

スクウォッティング同様、いちどきに実行可能な人数はごく少数にかぎられる方法だから、もちろん長期的な住宅問題対策とはなりえない。しかし、心から支援したいと思える活動組織のボランティアに専念している人にとっては、スクウォッティングと同じく非常に有益な移行策になりうる。カネなし生活はかならずしも禁欲主義的でなくともよい。教会の尖塔に巣をかけ地面のエサをついばむハトのように、手近にあるものを利用したカネなし暮らしも悪くない。いつの日か、自然界の豊かさにすっぽり包みこまれてその必要がなくなるまでは。

洞窟

もっとも原始的な人間の家は、土地と住居が一体化した洞窟である。洞窟に住む決心をすれば、反ラッダイト主義者から投げつけられる「穴居人《けっきょじん》」という悪口もようやく文字どおりの事実となり、胸のつかえもおりるのではないか。住む者のいない洞窟は世界中いたるところに存在する。英国の中規模都市ブリストルの郊外にすら、一か所あるのを知っている。ただし、よほど屈強なタフガイでもないかぎり、どこの国の気候も洞窟住まいに適しているわけではない。

その点についてありがたいのは、じゅうぶん暖かく住める国ぐにに洞窟の多くが分布していると思われる点。おまけに、アニメ『原始家族フリントストーン』が広めた洞窟暮らしのイメージのせいで、需要も高くない。やってみたいと思ったら、洞窟さがしの冒険に乗りだそう。初心者がはじめて挑戦するならトルコのカッパドキアが適している。独特の形状の洞窟がいくらでもある。ヒッチハイクか自転車でカッパドキアまで行って、住む洞窟を見つける冒険もおすすめだ。

洞窟に住むときは次の二者に気をつけてほしい。

a　きみをごちそうとみなす野生動物

b　そしてもっとおっかないのが、地元自治体

どちらとの遭遇も避けるため、キャンプを張る前に地域事情をよく調べておくこと。準備も欠かせない。どこかの思いあがった西洋人のようにクロコダイル・ダンディーを気どるのはやめよう。たとえ、スーパーで買いそろえた食料をたずさえてダートムーア国立公園で一晩キャンプした経験があってもね。

洞窟に住みお金を使わない暮らしは、どういうふうに生き、人生に何を一番求めるかによって、

長期あるいは短期の選択肢となりうる。ユタ州の峡谷にある洞窟で一年の半分をすごすダニエル・スエロ（第3章のコラムを参照）は、非常に快適な生活だと語っている。数年ほど洞窟で暮らしている人たちは各地にいるが、年間をとおした洞窟暮らしを長期にわたってつづける人にはまだ会ったことがない。それが普通だったぼくらの祖先をのぞいては、という意味だけど。

ブラックハウス

この伝統家屋は多くのケルト民族の地――特にアイルランド、スコットランド高地、および周辺諸島――に見られる。理由は単純。材料がその土地で手に入るものばかりで、お金の必要がなく、適切な技術さえあれば建築も修繕もそこそこ簡単だったのだ。ブラックハウスのつくりは通常、土間あるいは石板張りの床に、セメントを使わず土で固めた石積みの壁、垂木《たるき》を葦《あし》または麦わらで覆った葺《ふ》き屋根、暖炉からなる。

煙突を持たず、煙を屋根から自然に逃がす構造であるなど、そのままでは絶対、現代の建築法規にかなうはずがないし、ほとんどの人は快適さの面であきらかに劣るとみなすだろう。ぼくの個人的な考えによると、化石燃料とそのおかげで形成された経済モデルのせいでわれわれは、とうてい長期にわたって持続できない水準の快適さを求めるようになってしまった。そう口に出しても不興を買うだけだが、ブラックハウスに少し手を加えれば、快適さと、真の持続可能性と、人間以外の自然界を搾取しない暮らしかたとのあいだで、上手にバランスをとることができると信じている。

かくいうぼくだって、ブラックハウスが標準だった時代に多くの人がそうしていたようにヒツジやブタと同居できるかどうかはわからないが。

この住居は景観にも寄与すると思う。景観を損ねるようなブラックハウスなど想像もつかない。非常に美しく魅力的な何かを備えている。それに注がれた熟練のわざ、技巧という側面もたしかにある。だが、ほかならぬその土地から生まれた家だから本来的にその一部であるという事実によるところも大きいだろう。遠く離れた国ぐにの採石場や工場から輸入した材料の寄せあつめとは、わけがちがうのだ。ブラックハウスが体現するもの——簡素、土地への配慮と敬意——を理解すれば、魅力はいっそう高まる。美とは、物理的な特性ばかりでなく、そこにこめられた価値観のうちにも存在するのだから。

安く建てて無料で暮らす家

理論的には、どのような家も無料で建てられるはずだ。特に、ツァイトガイスト運動の参加者が提唱する資源ベース経済などのモデルにおいては。現実的に言えば、無料で建てられるのは、地場の資材を使用する家にかぎられる。よって、地域外から資材を取りよせる必要のある設計は、ほとんどの場合、ある程度の財政的（および環境的）コストをともなうであろう。ただし、本章で説明するとおり、つねにそうともかぎらない。工業化社会の残骸を利用して持続可能な未来の家を作ることだってできるのだから。

本章のここから先では、無料で建てることもできなくはないが、何がしかの費用が——現代のレンガとモルタルの家にかける金額の何分の一とはいえ——かかりそうな家について見ていく。出費を最低限におさえるため、想像力を働かせ、建築過程では身近にあるものをできるだけ活用されたい。いずれの住宅も、一度建ってしまえば、お金をかけずに維持していくのは簡単だ。ロイド・カーン著『シェルター』[*8]、『ホームワーク』[*9]、『狭小住宅（*Tiny Homes*）』[*10]はすばらしい発想の源となる。

パッシブソーラー建築

暖房費をゼロにして、ついでにエコロジカル・フットプリントも削減したければ、一番のおすすめはパッシブソーラー（機械を使わず太陽熱を利用して快適な室温を保つ設計方式）の家を建てること。理想を言えば、地元でとれる資材、たとえば熱質量の高い壁土《コブ》を使って、作りだしたエネルギーをたくわえるようにする。

野菜などの有用植物を育てる温室を作るとしたら、ぜひ家の南側に。日中、ガラス窓をとおして日がよく当たり、温室のうしろの住居をあたためてくれる。朝方に居室をすみやかにあたためたいが、晩以降は涼しくなってかまわないなら、こうした設計の内装に木を使うのもいいだろう。だが、午前中に室温を上げるのに多少時間がかかっても、夕方から翌朝までぬくもりを保ちたければ（夕方まで家を空けている人など）、土壁にしたほうがはるかに賢い。昼間にたくわえた太陽熱がゆっくり放射されるからである。

●アースシップ

パッシブソーラー住宅の一種。先駆的な建築家マイケル・レイノルズにより、米国で摂氏マイナス二〇度まで気温が下がる寒冷地のために考案された。パッシブソーラー住宅の建築にはさまざまな資材の利用が可能で、実際に使われている種類も幅広い。アースシップ[*11]の場合は、リサイクル材とその地でとれる天然素材が使われる。雨水の収集装置、土砂を詰めた古タイヤ、窓ガラス（近所のガラス屋が持てあましている、切りまちがえたり顧客から引きとったりした廃ガラスをタダでもらってくる）、風力タービン、太陽熱温水器、太陽光発電パネル、ビールの空き缶やガラスびん（室内の採光に生かすと効果抜群）までのあらゆる要素が、パーマカルチャーの原則ともよく合致する方法論を用いて組みあわされる。結果的に、エネルギーも水も——いくらか力仕事をすれば食料も——自給できる家の見本が完成する。

英国で毎年四千万個のタイヤが廃棄されていることを考えれば、アースシップはふたつの課題を一挙に解決してくれる。まず、それら大量の古タイヤをどう処分するかという課題。そしてもうひとつ、住宅建設用の各種資材を国外から輸入することによる環境負荷の問題である。輸入資材を、従来使いみちがないとされてきた古タイヤで代用できるのだ。この手つかずだった資源は、実は、高い熱質量の供給源となる。その事実も考えあわせると、現在の仕様ほど複雑でない内外装を使うようアースシップの設計を改変すれば、まさに持続可能なカネなしの未来の手本になりそうな気がしてくる。

土嚢工法

前述のアースシップで使われる土を充填《じゅうてん》したタイヤは、長い目で見るとけっして損にはならないが、当初の作業に要する時間と労力が半端でない（タイヤに土を満たすのに一本あたり四〇分から一時間かかる。多くの友人知人の話では、タイヤに土を詰めつづけた何週間かのおかげでグループに強い結束が生まれたそうだが）。そこで、代わりに土嚢《どのう》*12を使う方法がある。各自の体力と気力にもよるけれど、土を詰めるのにわずか数分しかかからない。地域のオーガニック食品店や問屋で使用済みになった米や穀物の袋を再利用してもいい。

単純な構造ならばまったくお金をかけずに建てるのも不可能ではないが、おそらくは建築費用を低くおさえるために利用されるケースが多いだろう。「ハイチ・クリスチャン開発プロジェクト」が大地震発生後にこのような住宅を十軒ほど建てた際の費用は、一軒あたり一四〇〇ポンド（労賃込み）であった。この数字をなるべくゼロに近づけるため、移行策として、ボランティアの助けを借りることも考えられる。新しい建築技術を習うためにせよ、すでに持っているスキルを生かして持続可能な未来型住宅の建設を手伝うためにせよ、たいていは喜んで参加してくれるはずだ。こうした働きかたのモデルでは、ボランティアたちがさまざまなスキルを身につけて、将来、別の人に教えたり自分自身の住宅を建てる際に役だてたりできる一方で、きみは、切実に必要としている労働力を得られるし、支援のおかげで意気もあがる。しかも、財政的な負担なしに。

ストローベイルの家

名前のとおり、大部分がストローベイル（わらのブロック）でできた家だ。ローカルな（できれば無料の）ストローベイルの家を建てる場合、使用するわらの種類は国によって異なる。英国なら、ライ麦、オート麦、または小麦である。詳細については、バーバラ・ジョーンズ著『ストローベイル建築――英国・アイルランド向け実用ガイド（*Building with Straw Bales : A Practical Guide for the UK and Ireland*）』[*13]をおすすめする。

ストローベイル住宅のたいへん有益な活用例に、英国内のある有名な自給自足プロジェクトを訪問した際に泊まったミニチュアモデルがある。訪問者やボランティアのために建てられた、ストローベイルの小さな宿泊棟だ。テントに毛の生えたような家だが、ずっと暖かくて居ごこちがよい。平らにならした基礎に使い古しの木製パレットをならべ、羊毛（タダで手に入る断熱材なら何でもいい）で覆ったうえに、中古のマットレスが置かれていた。頑丈な（かつ小型の）ストローベイルで三方を囲み、南側は窓である（廃ガラスとタダで拾ってきた木材を使用）。景観にとけこむよう屋根は緑化されていた。それぞれの事情に応じて、屋根は雨水の収集に利用してもいいだろう。泊めてもらった建物は大きな丘のてっぺんにあり、朝目ざめたときの眺望がすばらしかった。秋の夕暮れに沈む太陽をくつろいでながめるのにもうってつけの場所で、恋人の腕にいだかれていればなおさら申し分ない。

こうした超小型ゲストハウスを建てるには丸一日もかからない。地場の資材と廃物を利用して、まったく費用をかけずに建てられる。ごく基本的な家でいい、森のなかで隠れる場所さえあればいいというなら、室内で立ったり歩きまわったりできる程度に改造するのは簡単だ。唯一の問題は、隠れるどころか注目を集めてしまいそうな点か。

地下住宅

この地下モデルを広めたのはマイク・エーラーで、著書『五〇ドルからの地下住宅（*The $50 and Up Underground House Book*）』[*14]にはその建築に必要な基礎知識が解説されている。数ある利点のいくつかを以下に挙げよう。

・地下建築という性格上、既存の景観を乱すことがない。建築許可を取得していない場合には特に都合のよい点である。
・基礎がいらないため、建築資材が半量ですむ。
・構造上、地熱量と熱交換を利用できるため、エネルギー効率にすぐれる。設計を工夫すれば、冬は暖かく、夏は涼しくすごせる。
・完全なカネなしをめざしているのに敷地が狭い場合、地下住宅は空間を有効に活用できる。
・掘削《くっさく》で出た土砂を建築時に利用できる。

・地震や暴風などの脅威に強い。

建築規制担当の役人たちも、少しは考えなおすかもしれない。許可の申請に行けばの話だが。

円形住宅

子どもに家の絵を描かせると、かならず直線の組みあわせになる。それほど長方形や正方形の家が世の中にあふれているのだ。だが、そういう形が昔からずっと主流だったわけではない。今日でも、環境にやさしくお金もかからないとの理由で、円形のモデルが採用されることがある。そのような円形構造に魅力を感じる人には――魅力を感じるもっともな理由は多い――、デビッド・ピアソンの『円形住宅――ゲル、ティピー、ベンダー（*Circle Houses : Yurts, Tipis and Benders*）』[*15]、ジョナサン・ホーニングの『簡素なシェルター――テント、ティピー、ゲル、ドーム、その他の伝統住宅（*Simple Shelters : Tents, Tipis, Yurts, Domes and Other Ancient Homes*）』[*16]の一読をおすすめする。

円形住宅としては、おもに次の四種類が考えられる。

1　ベンダー。[*17]地元産の素材とリサイクル材から、お金を使わず簡単に建てられる。どうしても必要な材料は、間伐材の柱を相当数（ハシバミが一番いいがトネリコやヤナギも使える）、帆布（タダで入手できるだろう）またはそれに類する耐水性の覆いを一枚、およびヒモ何本か（近所に自生する植物の繊維から自作可能）だけ。

2　ラウンドハウス。通常、地場でとれる何種類かの建材――細丸太《コードウッド》を土で塗りこめた壁、木の柱、荒土壁など――から作られる。いずれも仕上げに、かやぶき屋根か、丸太を円錐状に組んだ自立式の緑化屋根を載せる。すばらしい一例が、イングランド南西部サマセット州に拠点を置くエコロジカルコミュニティ「ティンカーズ・バブル」にある。有名なラウンドハウスを建てたトニー・レンチは、非常によい建築書も著している[*18]。

3　ゲル。標準的なゲルでは、木製の格子を円形に組み、帆布で覆う。屋根は、光や熱を取りいれる素どおしの円頂部と、それを支える複数の柱からなる。古いじゅうたんやふとん（またはその他の断熱材）を骨組みと帆布のあいだに詰めると、保温性が高まる。この設計が気に入ったら、類似の選択肢としてまずジオデシック・ドームを検討するといい。こちらのほうが完全に無料で建てられる可能性が高い。

4　ティピー。アメリカ・インディアン諸部族の伝統的な住居（ティピーの呼称自体はラコタ族による）であり、世界中のヒッピーが模倣した。複数の木の柱と、防水性の覆いからなる。もともとは動物の皮が使われたが、今日では帆布で代用することが多い。ほかの円形住宅とのおもなちがいは、円錐形のてっぺんに開口部があるため、たき火による調理や暖房が可能な点だ。動物の皮を使用すれば一〇〇%ローカルな材料で作ることができ、お金を使わずに建てるのも簡単。帆布を使う場合でも無料で作れるが、利用できるかぎりの大量の廃品から物色する必要が出てこよう（第5章を参照）。

英国においては、これらすべての円形構造物に建築許可が必要となる。何度も言うとおり、役所に届け出た場合は、の話であるが。移築が容易なため、勝手に建ててあとは運にまかせる、という人も多い。たとえ見つかっても簡単に動かせるからね。前にふれたギリシャなどの国では、こうした仮設建造物の多くは許可を要しない（第4章を参照）。ギリシャの気候や地価も考えあわせると、金銭や貸し借りのバカげた物語の外側で、英国のやっかいな官僚主義に悩まされることなく生きたい人なら、移住したくなるかもしれない。

理想の家とは、前記の設計すべての美点を最大限引きだしながら、建てる場所の生態系に合わせてあつらえるものである。この「あつらえる」というのも重要なポイント。使用する資材の性質を、そして現場の地形や気象条件を、的確に把握してさえいれば、前述した資材や設計から自由に取捨選択してかまわない。結局のところ、「近隣の植生がどのようであるか」「すでに手元にあるものは何か」で決まってくる部分が大きいだろう。

コンポストトイレ

かつてインド国旗のまんなかに糸車が描かれていたのをご存じだろうか。この旗の意匠が考案されたのは、インドが英国からの独立をめざしていた時期。「国家の真の独立はスワデシ（おおざっぱに訳せば自給自足）によって達成される」とのマハトマ・ガンディーの信念に由来する。「インドが経済的自立をなしとげてはじめて、本当の意味での政治的独立がかなう」と考えたのだ。その実現のため、すべてのインド人大衆にむかって、昔のようにみずから糸をつむいで織った布を身につけよ、英国ランカシャーなど繊維産業の中心地の産品を買うのをやめよ、と訴えかけた。この運動はついにランカシャー産の布の焼き捨てにまで発展し、力づよい象徴的行為としてインドの地を照らす。こうして糸車は真の政治的独立のシンボルとなった。

地球の旗をぼくが作るとしたら、コンポストトイレを描こうと思う。水洗トイレは、現行の文化と思考回路に見られる病んだ精神のいっさいを象徴している。命を与えてくれる液体のなかに大小便をしてだいなしにしているのだから。それぞれの意味で有望な資源である両者を、土壌を肥やし、ひいては栄養価の高い食べものを作るために使うことなく。そうやって水を汚しおえたら、汚染源となる肥料を遠方の化学工場から取りよせている。どういうわけかわれわれは、土にとってまことに有益な資源を、環境問題の元凶に変えてしまった。

水洗便器なんかほっぽりだして、ぜひコンポストトイレを導入しようじゃないか。象徴的行為として、いや精神的《スピリチュアル》な行為として。命の源を汚すのをやめたい、と同時に水の使用量を劇的にへらしたい、おまけに高品質の有機堆肥を無料で手に入れたい、と願うならば、まったく考えるまでもない。個々の事情にかかわりなく、誰にだっていますぐできる。いろいろな方式があるが、人糞博士《じんぷん》のジョゼフ・ジェンキンスが指摘するとおり、またニッキー・スコットものちほど説明してくれるように、実際は単純な構造が一番。「普通」のトイレと見た目はさほど変わらず、どんな家庭でも取りいれられる。

それとは別に小便を集めたいが諸事情により裏庭でおしっこできない場合は、この黄金の液体を何らかの容器にためる簡単な小便所を作るといい（あれば物置小屋などに）。できれば流し台・浴槽からの排水や収集した雨水で希釈する（水と尿の割合は五対一が良しとされる）。コンポストトイレなり小便所なりでぼくら全員が尿を集めれば、英国だけで毎日八二〇〇万リットルの有益な肥料を水域に流出させずにすむ[19]（尿を押しながすのに使われる何億リットルの水はいうまでもなく）。水域を汚すどころか、作物に必要な窒素とカリウムの大半を、簡単かつオーガニックな方法でまかなえてしまう。しかも、工場生産の肥料をよそから買ってきて生態系とふところを痛める心配もなくなる。小便所を作れなければ、ただバケツにむかっておしっこして、一番役にたつ場所へ運んだらいい。

自身の排泄物に対する責任を果たすことは、現代人にとっては汚い仕事に見え、人間にふさわしくないとさえ思われるかもしれない。でも、それは謙虚な行為[20]、精神的な行為である。尊敬と名誉と感謝の行為である。必要なのは、物の見かたの転換だけ。もしもぼくらが、文字どおり自分の尻ぬぐいすらできないようなら、地球への配慮がどうのこうのと口先ばかりのええかっこしいはやめておこう。おこないはことばよりも雄弁なのだから。少なくともこれぐらいはできるはずだ。

コンポスト──誰かのウンチは誰かの肥料

ニッキー・スコット

（著書に『堆肥の作りかた使いかた決定版（*How to Make and Use Compost: The Ultimate Guide*）』[*21]）

不耕起栽培（第8章を参照）で畑を作っている私は、つねに堆肥の確保に苦労している。若かりしころ──つまり数か月も前のことだが──毎週土曜になると、堆肥づくりの草分けで本も書いているディック・キットー[*22]という非凡な男のところで働いていた。この男は、トットネスの町じゅうからあらゆる種類の有機物を集めてきては、キノコ農家から出る使用済み菌床と混ぜあわせ、ホカホカと湯気のたつ堆肥の山を作っている。滋養あふれる無料の有機肥料だ。一九八〇年代初頭に、堆肥化の重要性に気づかされたのも、「ヘンリー・ダブルデイ研究所」（HDRA、現在の「ガーデン・オーガニック」）をすすめられて入学したのも、ほかならぬディックのみちびきによる。HDRAの創立者ローレンス・ヒルズは、生産力の循環を断ち切らない努力に情熱をかたむけており、有機物を土に返すという単純な原則に従う大切さを実地で教えてくれた。今日、多くの農家や栽培業者は土中の栄養分を引きだすだけ引きだし、生産力の残高をへらしつづけている。堆肥となる有機物を補給することなど考えず、即効的かつ短期的な解決を求めて、地域外から持ちこんだ化学合成肥料を投入する。ローレンスは、堆肥の材料をどこからでも集めるよう熱心に説いた。落ち葉、空き地の雑草、青果市場で出る野菜くず、ヘソにたまった綿くず、ゴミ箱から回収した食料、床屋からもらってくる毛髪、基本的に手あたりしだい。さがしはじめると、世の中には堆肥化資材をタダで集めることのできる場所がいくらでもあるとわかる。一〇〇％ローカルな非貨幣経済で生きたい人にとっては必須の作業だ。

人糞堆肥

私たちの働いていたブレーントリーの敷地にはコンポストトイレが設置されていた。自分のからだから出る排泄物を押しながすために貴重な飲用水が使われる心配をせずにすみ、実にいい気分である。考えてみると、水洗トイレというのは奇妙な発想だ。だが、日ごろ視界と意識から流し去っているブツを組みこんだ堆肥化システムを、笑えるほど簡単に設置できてしまうとは、ジョゼフ・ジェンキンスの名著『人糞堆肥化ハンドブック（*The Humanure Handbook : A Guide to Composting Human Manure*）』[*23]を読むまで思いいたらなかった。屋内にコンポストトイレを作るには高いお金がかかりそうだし、ずいぶんと場所もとるだろう（屋外に特別棟を建てる選択肢もあるが）。そこで、一階のトイレから便器を取りはらい、開閉式のふたと木製の便座をつけたシンプルな箱を代わりにすえつけた。大きなバケツ（二三リットル容器なら、どこの食料品店も喜んでいくらでもくれるはず）一個は便座の下に、もう一個は、堆積物に振りかけるための吸収材（おがくず、土、堆肥、紙、ダンボール、落ち葉など）を入れて箱のわきに置く。バケツがいっぱいになったら堆肥置き場へ持っていって、ほかの堆肥化材料と層にしたうえで覆う。当然ながら、それぞれの事情に応じてもっと工夫の余地があるので、関心を持たれた方はジェンキンスの著書をぜひ読んでいただきたい（『人糞堆肥化ハンドブック』はオンラインでも無料公開されている）。[*24]

堆肥化は簡単、水と空気があればOK

長年にわたる学習と実験と経験から、ついに私は、堆肥化作用の真髄はふたつの要素のバランスにあることをつきとめた。水と空気である。もうひとつ暖かさも必要だが、混ぜあわせた材料にじゅうぶんな水分が含まれ、空気の流れが確保されないかぎり、堆肥化はけっしてうまくいかない。

芝生の刈りクズの処理に困っている人がいかに多いことか（芝生のうえにただ置いたままにして栄養にすべきだと私は思うが）。芝刈りのたびに出る草のクズをかたっぱしから積みあげる人が多いが、それではすぐに温度が上昇してしまい、悪臭がしたりドロドロになったりするし、メタンガスも発生する。誰のためにもならない。こうした水分の多い生《なま》の刈りクズ（くだものや野菜の皮やヘタ、やわらかく水分の多い雑草なども）は、風とおしをよくする素材や水分を吸収する素材（シュレッダーの裁断ゴミ、小枝、おがくず、剪定《せんてい》クズ、ダンボール、紙など）と交互に積みかさねるか混ぜあわせるかすると（一対一の割合がおすすめ）、たいへん有用な堆肥の山ができる。積みあげる量が多ければ多いほど、温度が上がりやすく、高温を維持しやすい。

温度を上げる堆肥化システムをはじめるのにもっとも適した時期は、堆肥にする材料にも事欠かない真夏だ。私流のやりかたでは、まず現在使用中の容器内の上部の層をよけ、底のほうの完成した部分を掘りだして畑に使用してから、次の代への引きつぎ作業を開始する。底に新しく、乾燥していて形のある材料できめの粗い層を敷いたら、そのうえにやわらかな草を積みかさねる。次に、先ほど旧世代の山からよけておいた上部層をかぶせ、さらに集められるだけの雑草をのせる。かならず、水分の多いものと乾いたもの、やわらかいものと硬いもの、そしてできれば古いものと新しいものを組みあわせるようにしたい。バランスが大事である。

この簡単な指針に従えば、日ごとに温度がぐんぐん上昇するはずだ。よくあちこちの地方自治体が助成している家庭用コンポスト容器で実験したところ、使用開始時の温度二〇℃に対して、一日あたり一〇℃ずつ上昇し、五〇℃を少し超えたあたりでピークに達した。断熱性のある容器やもっと大型の容器であれば、さらに温度は上がったことと思われる。容器内の堆肥のかさがその数日間で劇的にへったのも、けっして偶然ではない。これは堆肥化が非常に活発に進む最初期の段階であり、おもにバクテリアなどの微生物の働きによる。温度が上がれば上がるほど、短時間で堆積物が有用な堆肥に変わる。やがて温度が下がると、長期的な熟成段階に入る。この熟成にかかる時間は数か月から一年ほど。このあいだにミミズが入りこんで仕上げをほどこすことにより、まことにすばらしい命の源たる物質が完成するのだ。

ミミズ飼育器

堆肥の話にはかならず登場するミミズだが、やや神話化されているように思う。おどろくべき生物であることにまちがいはないが、前述のとおり、実際は、堆積物の温度が下がり、素材がある程度まで分解されてから、入りこんできて働くだけである。その段階になってはじめて、やわらかい部分を食べることができるわけだ。

堆肥のミミズをふやしたければ（もちろんふやしたほうがいい）、ミミズ飼育器[*25]を作ってみよう。ミミズ飼育器とは、いわばミミズの牧場である。密閉容器のなかで、堆肥のため、ひいては畑のためになるミミズを繁殖させる。調理済みの食品はネズミを引きよせるから、小規模な家庭用堆肥化システムでは扱いにくい存在だが、そうした少量の食べ残しなどを処理するのにミミズ飼育器はうってつけだ。ひとつ注意を。ミミズは、飼育器に入れた素材が腐敗するまでのんびりと待って食べるので、食品ゴミをいちどきに多く入れすぎないこと。さもないと、風とおしが悪くなって悪臭が発生しがちなうえ、ミミズにとって温度が高くなりすぎる。だから、ミミズ飼育器をゴミ箱とは考えず、小動物の牧場だと思ってほしい。正しく扱えば、堆肥と大地は感謝でこたえてくれる。ミミズがきみの代わりに（すすんで）働いてくれる不耕起農法をとるつもりなら、なおさらだ。

CHAPTER 8

食べものと水

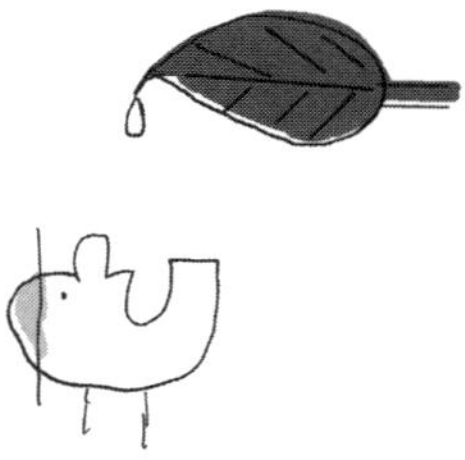

『無料のランチなど存在しない（*There's no such thing as a free lunch*）』という本を書いて、この愚かしい文句を世に広めたのは、経済学者ミルトン・フリードマンだった。ミルトンくんが経済学の教科書にかじりついてばかりで、森を散歩しながら野草を摘んだりする経験に欠けていたことくらい、どんなに脳ミソの足りないやつでもピンとくる。公平を期すためにつけくわえると、この決まり文句は経済学でいう「機会費用」――経済学者キャンベル・R・マコーネル[*1]が「経済学の中心的概念」と呼ぶ――の説明によく使われるけれど、その前提にあるのが「何かをしたり手に入れたりするには別の何かを犠牲にせねばならない」との確信だ。つまりこういうこと。湖のほとりに腰をおろし、静かな夕べの美しさをめでてすごすなどした場合、一見まったく代価を払っていないようでも、ほかの何かをする「機会を逸した」ものとみなされる。その時間を使えばいろいろと、たとえばお金をかせぐことだって、できたはずだから。

これについて何点か言わせてもらおう。第一に、マコーネルの記述をこう訂正したい。それは近い代貨幣経済学の中心的概念である、と。普遍的な真実でも何でもなく、むしろ人類の現在の思考回路や文化を象徴する概念だ。近代の経済学や文化がいかにすべてを「勝ち負け」の枠組みでとらえているかを露呈している。それとは対照的な「三方良し」の枠組みを可能にするのが、非貨幣の贈与経済である。例を挙げよう。いまぼくは新鮮な空気を吸ったり足を伸ばしたりする必要を感じている。それに、外から戻る時分には腹がへるだろう。そこで、ぼくがむかうのは生け垣のあるところ。以前に心底楽しみながら編んだヤナギのかごをたずさえ、ゆかいな冒険と食料をさがしに行く。はたして冒険も食料もふんだんに見つかった。上々の気分で帰宅。スポーツジムのハイテクマシンなど必要ない。両の肺は田園の空気で満たされ、ヤナギのかごは新鮮な食料で満たされている。いくら食べても食べあきない、生きた食べものだ。

マコーネルとフリードマンに聞きたいが、どういうわけでそのランチが無料でなかったと言えるのか。肉体的・精神的に不健康だと感じながら家でのらくらすごす機会など、逸したところで惜しくもない。混雑したスーパーマーケットに行き、栄養的にはダンボールにひとしく風味ではダンボールより劣りかねない食品を、何袋分も持ちかえる機会にしても同じこと。ましてや、運動と良質な食べものが健康と長寿をもたらすとしたら、散歩にでかける前とくらべてぼくの寿命はのびたかもしれない。だとすると、機会費用どころか機会利益ではないか。

無料のランチなどありえないとする思考回路は、人生を複数のバラバラな活動に区分けする経済のあらわれであり、またそうした経済を永らえさせる原因でもある。ニーズを満たす手段とは退屈でつまらないものと決めこんでいるのだ。一方、贈与経済の思考回路では、したいと思うことをして日々のニーズを満たす。プライベートと仕事と社交が合わさって、ひとつの分かちがたい〈全体〉を形成する。個人的に気に入っている時間は、自然に囲まれてタネまきをしているとき。たまたま数か月後にぼくのすべての食ニーズを満たしてくれる結果となるのは、おまけにすぎない。食べものを栽培するか、映画館に行くか、あるいは休暇をとってうんざりするようなリゾート地に行くか、どれか選べと言われたら、いつでも答えは同じ。自分の本来の居場所にいて、屋外で遊んでいたい。人生はバラバラに区分けされたものとはかぎらない。流動性のある人生、仕事と楽しみをつねにいっしょくたにする人生だって、同じく簡単に設計できる。

以上の理由から、ここにフリードマンの主張に異議をとなえ、無料のランチが存在することを宣言する。どうやって無料のランチを手に入れるかは、さらに大きな問題であり、おもに居住環境（都市か田舎か）、食に関する考えかた、土・生け垣・森へのアクセスのしやすさなどで変わってくる。

次節以降では、お金を使わずに食べものを入手するさまざまな方法を紹介する。それぞれについておすすめの参考図書を挙げておくので（何冊も本が書けるようなテーマもあるため）、読者の実際のニーズと人生観に合致すると思ったら、折を見て参照されたい。都市住まい向けの選択肢もあれば、田舎住まい向けのものもある。理想は、食の経済に複数の方法を組みこむこと。多様性は、不測の事態にも対処できる、しなやかな強さ《レジリエンス》を作りだす。貨幣経済では、地域のスーパーマーケットの棚いっぱいにならんだ食品に頼って暮らしている。その選択肢を奪われたとき、きみは代替手段を持ちあわせているか？

お金を使わずに飲む方法についても考察しよう（水のことだよ。泡の出るヤツについては第15章を参照）。ここでも、各人の状況に合った解決法が見つかるように、さまざまな選択肢を検討する。

食べもの

タダで食べる方法は大きく分けて三つある。野生の食の採集、自家栽培（本章で述べるパーマカルチャーの手法によるのが理想）、そしてスキッピング（ゴミ箱あさり）だ。街に住んでいてこの方面になじみのない人でも、いったん目をむけはじめれば、活用されていない食べものがいかに多いかを知っておどろくだろうし（たとえばイラクサは栄養価が高くスープに最適）、どんな場所も栽培用の空間になるとわかるだろう。その気があるなら、スーパーマーケットの廃棄食品で仲間と毎晩ごちそうざんまいもできる。

これら三つの方法の組みあわせのほか、バーター取引をつけくわえてもいい。市民農園や裏庭の野菜を余らせる季節や、スーパーのゴミ箱で大収穫があったときには、特に有効な方法である。まあ、そういうときは近所の人にタダでくばるほうが、ぼくは好きだけど。

野生の食の採集

採集《フォレジング》とは、食料をさがしてまわること。今日ではおもに、野山の幸を摘みにでかける行為を指して使われることばだ。野山といってもイングランドでは普通（悲しいかな）、生け垣か、森か、人間による耕作・介入・管理がほとんどなされてこなかった区域を意味する。

誰にでも採集は可能だ。野生の食べものはどこにでもころがっている。都市部でも思ったよりはるかに多い。どこへ行けばいいか、何をさがせばいいかさえ知っていればね。塀と歩道のすきまに生えるルッコラとガーリックマスタードは、摘んでもらえずさびしがっている。近所の公園のハゼノキは、レモネードに加工されるのを待っている。タンポポはサラダに入れてくれと叫んでいる。ただし、最初は経験豊富な人と一緒に歩きまわって覚えること。でなければ、イラクサ、ワイルドガーリック、ブラックベリーなどの誰でも知っている種類だけを集めるにとどめておこう。リチャード・マベイの『無料の食べもの（*Food for Free*）』はいまや古典的名著と言えるが、さほど見慣れぬ植物を食すには、実地の経験を積みかさねて習熟する必要がある。人間が中毒を起こす植物はそうでない植物と見た目がそっくりな場合も多いため、野生の食を楽しむのに必要な自信を身につけるまでは、経験豊富な採集者に同行して覚えるしかない。まだ慣れないうちは、見わけはついてもそれまで利用したことのなかった植物を、おおいに活用してみよう。

野生の食べものと、人間によって栽培された食べものとの区別からは、興味ぶかい問いが生じてくる。われわれ人間がいかに、人間以外の自然界とは別個の存在だと自覚してきたかを浮き彫りにする問いである。

まず、厳密に言って「野生」とは何か。次に、人間が普通、野生(あるいは野生の一部)とみなされていないのはなぜか。人間のまいたタネが発芽し、あっというまに周囲を覆いつくしたとしたら、この新植物は野生種なのか栽培種なのか。はっきりした自信はなくても、まあ栽培種と呼ぶ人がほとんどだろう。でも、くだものを食べた「野生」動物が、ご親切にもタネ爆弾(主成分は自家製堆肥)を落としてくれ、そのタネが発芽して実のなる植物が育ったとしたら、ほとんどの人が「野生」の働きとみなすだろう。タネまきというものは、人間が意識的におこなった場合にのみ「栽培」とされるのだろうか。『野性の実践』を著したゲーリー・スナイダーは、野生植物とは「みずからの力でふえ、みずからを養い、生得の性質に合わせて繁茂する」ものだと述べる。[*2] しかし、ひょっとすると植物は、人間をそそのかしてそこらじゅうに植えさせるような性質に進化をとげたのかもしれない。風によってタネが運ばれるように進化してきたのだから、人間についても同じだったのではないかな。

人間は、自分たちが支配する側であり操作する側であると思いこんでいるが、実は植物にあやつられているのかもしれない。そんなバカバカしいことを……と言うなら、いまや毎年欠かさずタネを(植物に代わって)まきつづけないかぎり人間は死んでしまう、という事実に思いをはせてほしい。人間と、植物と、どちらが真の意味での支配者だろう。

ヒトはキツネやシカと同じく自然界の一部であり、それ以下でもなければ、それ以上でもない。現在のところ、ほかのいかなる存在よりも大きな破壊力の持ち主かもしれないが、それでも自然の一部である。そしてぼくらのうちにもまだ一片の野生が残っている。

野生のタンパク源——リーフカードと轢死動物

ファーガス・ドレナン（ブロードキャスター、プロ採集家、採集講師）

二〇一三年一月一日、三度目の挑戦を開始する。採集で得た野生の食料のみで一年間すごす実験である。植物性主体の食生活になるだろうと説明すると、たいてい聞かれるのが次のふたつ。「炭水化物は足りるのか」と「タンパク質はどうするのか」だ。炭水化物は比較的簡単に手に入る。一方、必要なタンパク質の確保には苦労するかもしれない。この難題に対するひとつの答えが、知る人ぞ知る野生食品、リーフカードである。何種類もの草の葉から直接抽出したタンパク質を凝固させて作る。実際、あと一五～二〇年もすれば、肉を補完する栄養価の高いタンパク源としてリーフカードが一般に普及していてもおかしくない。ただしそれには、先見の明のある機械技術者、熱心な実験者、決然たるビーガン（完全菜食主義者）、持続可能性の高いオルタナティブな食料生産にたずさわる人びとが、いまよりもっと効率的にタンパク質を抽出できる器具を考案する必要がある。とはいえ、さしあたり小規模であっても、リーフカードは健康的でより持続可能な食生活におおいに寄与するし、器具への投資も最小限ですむ。

リーフカードとは

リーフカードはタンパク質のかたまりというだけではない。良質なカードのタンパク質含有率は七〇パーセントにも達するが、ビタミンA（ベータカロチン）、鉄分、カルシウム、必須微量元素などの、ビタミンやミネラルも含まれている。さらには、水分をしぼったあとの繊維質もゴミと考えなくていい。堆肥の材料になるし、もっと楽しい使いみちとして、紙やはがきを作ることもできる。食べられる紙というわけだ。

その栄養価の高さからカードはこれまで、栄養失調の蔓延する国ぐにで小規模に作られてきた。ひるがえって、英国の人口の半分以上が太りすぎの問題をかかえている事実を思えば、それもまた、栄養のとりかたがまちがっているという意味で「栄養失調」とみなせるのではなかろうか。だとしたら、さあ仕事に取りかかろう!

現在のところ使ってみておいしかったのは、ワイルドガーリック（*Allium ursinum*）、アレクサンダース（*Smyrnium olusatrum*）、イワミツバ（*Aegopodium podagraria*）、ノハラガラシ（*Sinapis arvensis*）、リンデン（*Tilia*属）、イラクサ（*Urtica dioica*）。最初の三つは香りが強い。そのため、これらで作ったカードは、風味のおだやかなイラクサ、ノハラガラシ、またはリンデンのカードと、一対六の割合で組みあわせるとちょうどよい。

使用できる植物の種類は幅広い。刈ったばかりの芝を使えばいっぺんに大量の葉が手に入るが、一般的に言って、人間の食用になるとわかっている植物を使ったほうが安心だ。なお、キノコや海草は細胞が小さすぎるため、家庭でのタンパク質抽出にはむかない。

葉のパルプ化とエキス抽出の方法いろいろ

・水を加えて家庭用ミキサー（動力は自転車が理想）にかけたあと、目の細かい布や袋でこしながら手でしぼる。

・手まわし式ひき肉製造器（水は加えない）にかけたあと、目の細かい布や袋でこしながら手でしぼる。

・高機能ジューサーまたはウィートグラス（小麦若葉）ジューサーを使う。

・巨大なすりばちとすりこぎ。大きなたるなどの容器に入れた葉を、太い木の棒でたたきつぶしたあと、目の細かい布や袋でこしながら手でしぼる。

・電動パルプ製造器[*3]。

・超高性能からくり装置。発明者はきみだ！

リーフカードの作りかた

まず、やわらかい若葉を採取する。春（三〜五月）に取れる、セルロース（繊維素）蓄積量の比較的少ない葉が望ましい。一二キロのイラクサから、水気を含んだそぼろ状のカードが一キロできる。ワイルドガーリックの場合はやや少なく、一二キロから八〇〇グラムしかできないが、風味が非常に強くて使いでがある。

次に、葉の細胞をできるだけ多く壊してタンパク質を取りだしたい。一番のコツは、採取してからなるべく時間がたたないうちに洗って使うこと。規模の小さい場合に実行しやすい方法は三つ。葉をミキサー（ブレンダー）にかけて液状にする方法、ひき肉製造器をとおす方法、そして超大型のすりばちとすりこぎでたたきつぶす方法だ。あとのほうのふたつでは、汁が少量と、布を使ってしぼる必要のあるドロドロのパルプが大量に得られる。私ならミキサーを使うが、たたきつぶす方法は運動したい人に最適。洗って粗くきざんだ葉約二五〇グラムをミキサーに投入したら、水も入れる。できれば湧き水がいい。一分程度回転させて細かく破砕する。これを全量の葉についてくりかえす。ワイルドガーリックを使う場合は、最初の二〜三回だけ水を使い、その後は破砕した葉のしぼり汁を水の代わりに使う。すべて破砕しおえたら、大きなボールを受け皿にしたまくらカバーのなかに移す。汁をこし、残りかすからもなるべく多くの液体をしぼり出す。

この青汁をステンレスなべに入れ、一分間沸騰させると、タンパク質が凝固してかたまってくる。少し冷ましてから目の細かい布（絹など）でこし、水分が出なくなるまで固くしぼる。大量に作る場合は液圧プレスやリンゴしぼり器を利用すればいいだろう。ワイルドガーリックの葉を使った場合、こし取った液はスープストックになる。あとで使えるよう、びんに取っておこう

（液を常食すると危険な葉も多いので注意されたい）。

リーフカードの保存方法と調理法

生のカードはなるべく早く使いきろう。日持ちはタッパーに入れて冷蔵庫で数日間。さいころ状に切りわけて冷凍、もしくは一キロあたり二〇〇グラムの塩をまぜて冷蔵するのもおすすめ。乾燥保存する場合は、低温のオーブン、ラジエーター（温水暖房の放熱器）の上（直接ふれさせないように）、または食品乾燥器を使う。ただし途中でホロホロにほぐしてやること。こうすれば、一見乾いたようでいて内部に水分が残ってしまうのを防げる。私はたいてい、塩をまぜた小さいかけらをスープストックとして利用するか、冷凍保存したものを解凍して生で使っている。

さて、これだけの手間をかけたカードを、どう活用したらいいのだろうか。実はおどろくほど幅広い使いみちがある。私が試したことのある調理法は以下のとおり。スパイシーなインド風ソース、リゾット、ビーガンバーガー、ベジタブルスムージー、サルサソース、塩味の海草ムース、ジェノベーゼ風ソース、パン、パスタやヌードル、焼き菓子、パンケーキミックス、スープ、シチュー、塩味のスプレッド、パテ、スープストック、セイタン（小麦グルテンと合わせて加熱）、さらには緑色の目玉焼きを作ったことも。実験として非常に興味ぶかかったのは、（一部成功した）緑色のチーズづくりだろう。塩、ココナッツオイル、酸性乳清（牛乳やヨーグルトから抽出、またはビーガン用にはサワー種《だね》から分離させた液）を加え、布でつつんで重しをのせ、数週間かけて（冷涼な場所で）じょじょに圧縮した。

野生の食と轢死動物

言うまでもないが、楽しく効率的に野生の高タンパク食品を得る方法は、ほかにもたくさんある。もっとも良質で簡単に手に入る植物性タンパク源はおそらく、うるわしのクルミ。野生の木や、手入れする人がいなくなった木や、公共の場所に生えている木が、イングランド南部では難なく見つかる。私の家から自転車で軽く行ける範囲だけでも、そのような木は四〇本を下らない。去年収集したナッツは五〇キロ。そのままでも、油をしぼって使うこともできて、おいしくタンパク質に富んだ料理が完成する。それからもちろん、沿岸地域は魚貝類の宝庫だし、内陸部はカタツムリや昆虫が食べ放題で、さらに言わせてもらえば予期せぬ肉類――つまり轢死《れきし》動物――にも事欠かない。悲しい事実ながら、英国では年に三百万羽のキジ、八〇万羽のウサギ、五万頭のシカ、五万匹のリス、五万匹のアナグマ、二万五千匹のキツネが路上で交通事故死している。[*4]こうした衝撃的な統計にもとづく推定に、動物ごとの大きさのちがいも考慮し、議論上、その五〇パーセントが食用に適すものと――轢死動物常食者は「アスファルト上の屍骸《しがい》を手あたりしだいかっさらっていく」とのタブロイド紙的偏見を排して――仮定すると、(何食分の肉を得られるかが個体ごとに異なる点も斟酌《しんしゃく》した場合)機を見るにさとく舌の肥えた熟練の採集者が少なくとも八九〇万回は食べられる計算となる。さあ、たんと召しあがれ!

リーフカードの製造技術、保存方法、およびレシピに関しては、オンライン上で無料公開されている『リーフカード――小規模生産者向け実用ガイド(*Leaf Concentrate : A Field Guide for Small*

Scale Programmes）』（デヴィッド・ケネディ著）がたいへん参考になる。

自家栽培

生態系の危機が深刻化するにともない、そもそもの発端がどこにあったのかを理解したいという人びとの欲求も高まっている。ジャレド・ダイアモンド[*5]らますます多くの人類学者、科学者、生態学者が論ずるところでは、農耕の登場こそが、人類に共通する生態学的・社会的・個人的危機の多くを引きおこしたのであり、「農業という多くの意味での大災害から人間はいまだかつて復興しておらず」[*6]、農業は「人類史上最悪のまちがい」である。ダイアモンドはつけくわえて言う。「狩猟採集者は、人類史上もっとも豊かで長つづきするライフスタイルを実践していた。対照的にわれわれはいまだに、農耕によって投げこまれた窮地でもがき苦しんでおり、そこから抜けだせるかどうかもわからない」。歴史的に見て、農業は奴隷（農奴）制に大きく依存していた。現在では化石燃料に大きく依存している。奴隷制がついに廃止された（貨幣経済・賃金経済はより巧妙な奴隷制の一形態だが）のが産業革命期だったのは偶然ではない。産業革命は事実上、地球上の人間以外の命を代わりに奴隷化したのだ。なるほど一リットルの石油は、奴隷一人を家に置くよりも面倒がない。ただし化石燃料は有限な資源であるため、いつまでも使いつづけることができないのは自明の理だ。つまり、奴隷制に戻るか、化石燃料の習慣を断つか――経済を設計しなおし、人間がこの世界に占める場所についての認識を根本からあらためることによって――する必要にせまられる。また、地球上の人間以外の生物の奴隷化も廃絶しなければならない。さもなくば、ただの心のせまい人間中心主義的な種差別である。

現時点までの人類史を二四時間式の時計に見たて、一時間が一〇万年をあらわすとすると、はじめの二三時間五四分を狩猟採集生活者として、あとの六分だけを農耕生活者として生きてきたことになる。一杯の(宇宙が凝縮された)お茶をいれるぐらいの時間で、われわれは叙事詩並みに壮大な難問をみずから創りだしてしまったらしい。

ダイアモンドの論にはかなりの程度まで同意できる。農耕の概念は、今日われわれが直面する混迷状態への道を開いてきたのだ。過去五〇年にわたり多くの環境保護主義者が信じてきた、単に大地へ回帰すれば問題は解決するとの見かたには反するけれども。現在ぼくらがかかえる問題群は、しかし、農耕の登場よりもさらに何段階か前からはじまっている。自分たちは自然界のほかの存在とは無関係であり、自分たちの運命は自然界を構成する何者とも依存しあわない、とじょじょに考えだしたときまでさかのぼる問題なのだ。

いまたどっている悲運の道すじへの分岐点がいつだったにせよ、六一〇〇万の英国の人口(農耕のおかげでふえた)が狩猟採集による食生活で暮らしていけないのはあきらかである。というのも、かつてはそのような食料の供給源だった野生環境を人間は破壊してしまったのだから。よって、新しい解決策が必要になってくる。本質的に持続不可能な農耕生活モデルに依存しているという現実、いまのままのやりかたはとうていつづけられないという現実、そしてわれわれは食っていかねばならないという現実を、すべて考えあわせた対策が。さいわい、そうした解決策はすでに数多く存在する。

お金を使わずに食べるという観点からここに紹介する方法やテクニックは、狩猟採集生活者の流儀ほど持続可能とは言えなくても、達成しやすい努力目標をわれわれに提供してくれる。食の体系からお金を排除するには、ほとんどの近代農業がもとづく直線的なモデルではなく、循環モデルにもとづかなければならない。「ゆりかごから墓場まで」ではなく「ゆりかごからゆりかごまで」である。直線モデルは、生産力——直線的方法で地球から盗んだ生産力——を取りもどすために外部から資源を持ちこまないかぎり、また化石燃料の使用によってひとりの農場主と数人の使用人で何百ヘクタールもの土地を管理できるようにしないかぎり、けっして機能しない。そのような資源の移入は、カネという道具なしには不可能だろう。

以下に説明する選択肢や方法は、金銭に頼らず食料を栽培するために必要な実用ツールをすべて提供するはずだ。これにより、持続可能な食の究極モデルである狩猟採集と、英国が「自由に使える」(現状では活用されていない)二一・六万平方キロの生産力を秘めた土地で六一〇〇万人を養わねばならぬ現実との、中間にある落としどころが見えてこよう。

自家採種と種子交換

循環型の食料生産システムをととのえれば、無銭生活の面倒を最小限におさえ、実現可能性を最大限に高めることができる。そのために不可欠なのが自家採種（タネとり）だ。タネはたいてい非常に安価なので、野菜を作っている人のほとんどは、わざわざタネとりをしたりしない（これもカネとスケールメリット最大化の結合が極度のムダを生む一例）。種類によってはけっこう手間もかかるしね。しかし、たとえ値段は安くても、買うとなればタダではない。つまり、自分でタネをとらないかぎり、貨幣経済のなかで生き、その功罪すべてを受けいれなければならない。ここで浮き彫りになってくるのが、倹約生活と完全なカネなし生活とのちがいである。倹約生活では、無数のタネが毎日、国じゅういたるところで採取されずにムダになる。カネなし生活では、タネとりは生きるか死ぬかの問題だ。よって、お金を使わないとムダを避けられるうえ、自然界のリズムによく合った暮らしをせざるをえなくなる。

自家採種は、いったん方法を理解してしまえばやさしい。また、種類ごとに正しく保存し、関連情報すべてを含むラベルをつけるようにすれば、たいへんやりがいのある仕事だ。それぞれの作物にはもちろん、少しばかり独特の方法が必要となるが、本で読んだり実際に経験したりするうちにすぐ覚えられる。食に関して完全なカネなしをめざすなら、スー・ストリックランドの著書『裏庭でできる自家採種（*Back Garden Seed Saving*）』[*7]をおすすめする。

デイヴ・ハミルトンが『お金を（ほとんど）かけない自給菜園（*Grow your Food for Free*）』[*8]で指摘するとおり、「食料確保と生物多様性のために各自でできることのうち〔自家採種は〕もっとも重要」である。将来の気象条件（微気象を含む）や土壌環境の変化に合わせて作物を進化・適応させていく意味でも、これ以上の好機はない。同じく大切なメリットとして、季節ごとの生長過程や、気象要因の影響を身近に感じ、菜園内のあらゆるいとなみに敏感になれる点も挙げられる。

もし住んでいる地域にまだ種苗交換グループがなければ、新しく立ちあげてみよう。地域のほかの栽培者と知りあえて、多様な種子が手に入り、栽培全般について助言しあえる支援体制もはぐくまれる。

多年生作物

タネとりよりもさらにいいのが多年生作物の栽培。多年生植物の定義に関しては園芸愛好者のあいだでも論争が絶えないけれど、一般に、二年以上にわたって生きる植物と考えられている。チャールズ・ダウディング[*9]が述べるとおり、「多年生野菜は毎年、冬越しした根から再度芽を出す。春に一から植えなおす必要はない。早い収穫が見こめ、一年生野菜のタネがやっと発芽しはじめた時期に、もう勢いよく育っている」。後述するフォレスト・ガーデニングや不耕起などの農法で栽培すれば、時間、地力、エネルギー節減の面での恩恵はさらに増す。ルバーブ、アスパラガス、アーティチョークなどがよく知られているが、それ以外にもよりどりみどりだ。

多年生作物と一年生作物の両方を育てたことがある人なら、前者がいかに手間いらずかを知っている。ぼくのめざすカネなし社会は、骨折り仕事が多いどころか少ない世界なのだから、この利点は大きい。だが、同じく重要な利点はほかにもたくさんある。パトリック・ホワイトフィールドが指摘するように[*10]、急な傾斜地の土壌流出防止に利用できる（ひな壇状に整地する必要がなくなる）

うえ、概して栄養素含有量が多く（ときに現代人の味覚に合わないところは多少あれど）、耐病性にすぐれる（つまり農薬を買わずにすむ）。さらに、無銭生活にとって何より重要な点は、食べられる一年生作物が不足する「空腹の季節《ハングリーギャップ》」[*11]――食料の多くを温暖な国ぐにからの輸入に頼る時期――を生きぬくよすがとなることだ。ホワイトフィールドはこうも述べる。「自然環境中の植物がほぼすべて多年生である事実から直観的に言って、多年生野菜の畑は一年生のそれよりも持続性が高いだろう」

マーティン・クロフォードの著書『多年生野菜の栽培法（*How to Grow Perennial Vegetables*）』[*12]は、労少なくしてタダで食べたい人におすすめ。

循環型の生産体制

循環型の食料生産モデルは、簡素でお金と無縁なミクロ経済を創りだすのに欠かせない。だから、土壌の肥沃さを保ち、工業生産の化学肥料を入れずともきみ（とそれ以外の命）を支えられるようにすることが、非常に重要である。近代農業では、土壌の栄養分を短期間で枯渇させる一年生作物を集中的に栽培し、失われた地力を補てんするのに、地域外（しばしば世界の裏側）から持ちこんだ原料を使用する。この手の肥料は、亜鉛、リン、カリウム、硫黄などの有限な成分を含み、たいていは化学工場で合成されている。言いかえると、化学肥料の製造を可能にしているのは高度な〈規模の経済〉と専門化した〈分業〉であり、このふたつは金銭あってこそ実現するのだ。

同様に、工業生産された農薬もカネなし体制とは共存できない。農薬（殺虫剤、殺菌剤、除草剤など）が〈自我中心的な自己〉と〈ホリスティックな自己〉の双方に与える悪影響については周知のとおりだが、それだけにとどまらない。こうした農薬もまた外部から持ちこまねばならないから、本質的に持続不可能であるのみならず、金銭抜きでは存在しえないのだ。

とはいえ、お金を使わないぼくたちにだって食べものが必要だ。それも、病害虫に大きく損なわれていない食べものが。これらふたつのニーズにこたえるため、循環的思考にもとづくいくつかの農法を利用できる。

●有機栽培

金銭の介在しない食料生産体制は、少なくとも、有機《オーガニック》でなければならない。有機栽培は言うまでもなく広大なテーマだが、カネなしという見地に立てば次のとおり。化成肥料を使う代わりに、堆肥やマルチなどの土壌改良材を使うこと。農薬を使う代わりに、共栄作物《コンパニオンプランツ》、輪作《りんさく》、ナメクジ捕獲器《トラップ》、伝統品種の活用、生物多様性の保全による有用微生物と益虫の育成などの方法をとること。

有機栽培関連の書籍は数えきれないほど出版されている。菜園初心者は、自分の能力や必要に合った一冊を図書館でさがしてみよう。カネなし人間にとって必須のスキルである堆肥づくりに関しては、ニッキー・スコットの網羅的な手引書『堆肥の作りかた使いかた（*How to Make and Use Compost*）』をおすすめする。

有機についての理解は、お金によらない食料生産の核心をなす。たとえて言えば、カネなし生活一年生の必修科目だ。一〇〇％ローカルな暮らしを本気でめざす人にせよ、可能なかぎり生態系に配慮しながら日常のニーズを満たしたい人にせよ、不耕起、アグロフォレストリー（フォレスト・ガーデニングなど）、バイオダイナミクスなどの農法に精通し経験を積んでおくのが賢明だろう。その手段として、最初のうちは講習を受ける（場合によりお金がかかる）か、できれば、関心のある手法を採用している農場でしばらくボランティアとして働くといい。ウーフ（WWOOF）の名簿は、自分に合ったボランティア先をさがすのにうってつけだ。

自家製の自然農薬、有機肥料、土壌改良剤

ステフ・ハファティ（有機不耕起栽培実践者、講師）[*13]

ハーブや野草は、菜園で非常に役にたつ。害虫を捕食したり受粉を媒介したりする益虫を引きよせて生長をうながすコンパニオンプランツとして。また、有機の液肥、堆肥化促進剤、虫よけとしても。

畑の水やりは早朝か夕方におこない、受粉を媒介するミツバチなどをなるべくおどかさないようにしたい。

窒素・カリウム・カルシウムなどの重要なミネラル分に富むコンフリーは、肥やしに近い化学組成を持つ。たいへん有益な植物だが、繁殖力が旺盛なため、菜園の作物が負けてしまわぬような場所に植えたほうがいい。一番おすすめの品種「ボッキング一四号」は、種子でふえず、切断された根からふえる。友だちに分けてもらえないかたずねてみよう。また、自生しているコンフリー（葉のみ）を採集することもできる。

コンフリーは堆肥の材料としても最適で、必須栄養素をふやし、温度の上昇を助ける。堆肥完成までの時間を半分に短縮できるとの実験結果もある。私は堆肥の材料を積みあげるとき、途中にコンフリーの葉をはさんで層にしていく。根や花はけっして加えないように。さもないと、そこかしこからコンフリーの赤ちゃんが顔を出してやっかいなことになる。あとで根絶するのはむずかしい。多量のミネラル分を吸いあげる主根が地中深く張り、掘りだしたつもりでもかならず残片がひそんでいて再生してしまう。

コンフリーを切りきざんで緑肥やマルチ材として使用すると、果樹に対しては非常によい。野菜畑では、ぬれた葉の重なりが害虫の住みかとなるため、ぬかるみがちな英国では避けたほうが賢明。生長期に葉を大量に集め、暖かくて風とおしのよい場所で干す（私は納屋につるしている）。乾燥した葉をもんで細かくし、密閉できる袋や容器で保存する。堆肥の山や鉢植え用堆肥に混ぜたり、冬に肥料を作るのに使ったり、地力増進のため土に振りかけたりできる。

強力かつ便利な液肥を作るには、容器に葉をたっぷり入れ、上から水をかけるだけ（乾燥葉を使う場合は容器の半分まで入れる）。うちでは新月に仕込んでいるが、ときどきかきまぜてやると、ちょうど満月を過ぎたころに完成する。月が欠けていく時期は、植物に液肥を与える適期だ。別の容器にこし入れ（残渣《ざんさ》は堆肥の山へ）、一〇倍の水で薄めて使う。トマト、メロン、キュウリのほか、あらゆる鉢植えの植物に最適。

ただし、コンフリー液はものすごく臭い。こしたり使ったりするときは汚れてもいい服装で。

どこでも見かけるイラクサ（*Urtica dioica*）には、鉄、銅、カルシウムが豊富に含まれており、菜園づくりにもたいへん役だつ。テントウムシの幼虫はアブラムシをせっせと食べてくれるが、そのテントウムシが卵を産みつけるのがイラクサの葉。この葉はタテハチョウの幼虫の住みかともなる。イラクサは野生でもふえすぎるほど育つため、畑で栽培する必要はないし、すべきでない。はびこるとほかの作物が負けてしまう。

イラクサの葉は、堆肥の活性化にも活躍してくれる。素手でさわると痛いので手袋をはめて葉をむしり、堆肥の山に加えよう。あるいは、はびこる原因となる花や根が混入しないよう確認してから、剣先スコップや剪定ばさみで一〇センチほどに切りきざんでもよい。コンフリーと同じくイラクサも、干しておけば冬に使える。

イラクサの液肥は優秀な肥料となり、植物に害虫や病気に対する耐性をつけさせる。また、虫よけとしても使える。新月の時期に、容器いっぱいにイラクサを入れ、水をかけてふたをする。ときどき混ぜてやること。満月が過ぎたら、こして（残渣は堆肥の材料に）、密閉容器で保存する。使用時は一〇倍の水で薄めて。葉面散布する場合は二〇倍に薄める。

タンポポの葉と花（種子と根は使わないこと！）からも、同じようにして肥料を作ることができる。イラクサやコンフリーの肥料を作る際、水をかける前にひとつかみ加えてもいい。

スギナ(*Equisetum*)も非常にはびこりやすく根絶がほぼ不可能なため、畑に入れてはいけない。けれども、自生しているスギナを採取すれば、マグネシウムに富んだすばらしいスプレー剤が作れる。土壌に散布するか、作物に直接かけてもかまわない。生のスギナひとつかみ(乾燥葉なら半カップ)を三カップの湯で五分間煮出す。火からおろし、ふたをしたまま六時間放置して冷ます。こした液を四倍の水で薄めて使う。

五月末に丈の高い草が枯れはじめるころ、クリスマスツリーの赤ちゃんにも似た若芽が出てくる。これを摘みとって役だつ殺菌剤を作ろう。生の若芽二カップ(干したものなら一カップ)を九リットルの湯で二〇分間煮出す。火からおろし、ふたをしたまま二四時間放置する。こした液を二倍の水で薄めて使う。

ヤロウ(*Achillea millefolium*、ノコギリソウ)は、堆肥化の触媒として知られる。実験でわかった最適な投与量は、一立方メートルの堆肥(家庭用コンポスト容器のサイズ)に対してヤロウの葉二枚。これを細かくきざんで混ぜこむ。ヤロウの量が多すぎると効能が落ちてしまう。ヤロウには、近くに生えているほかのハーブ類の香りと収量をふやす働きもある。ただし、旺盛な繁殖力にはくれぐれもご用心。採集しようと思えば簡単に見つかり、タネからも根のきれっぱしからもふえる。ハナアブを誘引してくれる点でも園芸家にとってありがたい植物。

カモミール(*Anthemis nobilis* および *Matricaria chamomilla*)のお茶は、苗の立ち枯れ病防止に役だつ(水やりに気をつけること、風とおしをよくすることももちろん大事)。ひとつかみの花に三カップのお湯を注ぎ、二時間蒸らしたあと、こして使用する。カモミールが近接する作物に恩恵を与えたり、堆肥の質を高めたりする事実は、昔からよく知られていた。

害虫・小動物対策

ヨモギギク（*Tanacetum vulgare*）の葉を乾燥させ、もんで細かくしたものは、アリ、ハエ、ノミなどの昆虫の忌避剤になる。土のうえにまいておくと、こうした害虫が寄りつかない。カリウムが豊富に含まれ、堆肥の材料に適す。また、花は多くの益虫を誘引する。

トウガラシの仲間はすべて、イエネズミ、ラット、リスなどの齧歯《げっし》動物よけとして効力を発揮する。生または乾燥トウガラシを細かくきざんで振りかけると、温室内や露地で栽培しているマメ類、ウリ類などの実を、これら小動物の食害から守れる。トウガラシをきざんだりまいたりする際はじゅうぶん注意されたい。よく手を洗い、目などの敏感な部分は絶対にさわらないように。

イエネズミ（ナメクジも！）はニガヨモギ液もきらう。生の葉一カップを三カップの湯で煮出し、ふたをしたまま六時間放置して冷ます。こした液を土のうえに散布する。あるいは、生か乾燥の葉をもんでまき散らすだけでも齧歯動物よけになる。

●バイオダイナミック農法

ルドルフ・シュタイナーの思想にもとづくバイオダイナミック農法は、原理や方法においてほかの有機農法との共通点も多いが、特異な点としておもに次のふたつが挙げられる。まず、推奨される堆肥の作りかた（ヤロウの花を詰めたアカシカの膀胱《ぼうこう》を夏から翌春にかけて土中に埋めておくなど）。そして、天体と地球のリズムが作物に与える影響を考慮する点である。タネまき、植えつけ、耕うん、収穫などのあらゆる農作業について、ひと月のうちのいつ（すなわちどの月の相で）おこなうべきかが、栽培する作物ごとにさだめられている。

こうしたすべては一見イカレているようにも思えるし、実際、バイオダイナミック農法は多くの批判を受けてきた。非常に良好な栽培実績をあげているという事実より、厳密な根拠を科学で説明できないという事実のほうが重視されてしまうようだ。

一片の土地はホリスティックな〈全体〉であり、そのなかのあらゆる部分——土、人間、植物、動物、水——は相互に依存しあい関連しあっている、とみなす立場をとるため、外部からの資源投入を必要としない食料生産を望む人にとっては特に役だつツールとなる。さらに詳しく知りたければ、ヒラリー・ライト著『健康的でおいしいバイオダイナミックの野菜づくり（*Biodynamic Gardening : For Health and Taste*）』など、このテーマに関する書籍（特にシュタイナー自身の著作）を、各自の予備知識や経験に応じて読むといい。バイオダイナミック農法を実践する農場でボランティアをして、実像を理解するのもおすすめだ。

●フォレスト・ガーデニング

ぼくの食のPOPモデルで、野生の食べもののひとつ下の段に位置するのがフォレスト・ガーデニング。フォレスト・ガーデンでは、高木、低木、地被植物を重層的に組みあわせることにより、垂直方向にも水平方向にも空間を生かすことができるので、都市部の狭い栽培空間に最適である。

マーティン・クロフォード[*14]はこれを、「自然のなかにある若い森の構造を模し、直接的・間接的に人間に有用な植物を活用した」庭と表現する。有用な植物とは食用作物（果樹やおもに多年生の野菜）を指す場合が多いが、それ以外の用途の植物も豊富に生産できる。たとえば、縄、染料、薪、医薬品、家具、かご、棒やさお（通常の菜園に使える）、香辛料、せっけん、ハチミツ、建築材料、サラダやハーブ、きのこ、木の実、種子、樹液など。ぼくがファンになるのもわかるだろう。

たくみに設計されたフォレスト・ガーデンは、ぜひカネなし生活の中心に置くべき存在で、それは田舎に住んでいようと都市に住んでいようと変わりない。そこには、これまで目にしたうちで最高（原生自然地域を別にすれば）の循環モデルが体現されている。設計のいきとどいたフォレスト・ガーデンに、肥料や堆肥はほとんど必要ない。ぼくの恋するアキグミなど、多目的植物を活用するだけでいい。アキグミは、果実がおいしいジャムになるだけでなく、低層に生育する植物のために窒素固定もしてくれる。「空気中の窒素を窒素化合物に変換することにより、植物のタンパク質合成と蓄積を可能にする[*15]」働きがあるためだ。

一部、一年生作物や野生の食べものの助けも借りながら、フォレスト・ガーデンは将来のカネなしミクロ経済に中心的な役割を果たすにちがいない。ぼくも今後の暮らしの核にすえていくつもりだ。唯一のマイナス面は、人生に対する長期的展望が必要とされる点（かならずしも悪いことではないが）。規模や何を植えるかによって、フォレスト・ガーデンが完全な生長をとげるまでには長い年月がかかる可能性があり、その場合、当初の収穫は少量にとどまる（都市部の賃貸住宅にはごまんとある活用されていない庭に、けっしてフォレスト・ガーデンが造られない理由も、これで説明がつく)。

アグロフォレストリー

マーティン・クロフォード

(アグロフォレストリー研究トラスト所長。[*16] 著書に『フォレスト・ガーデンの造園術 (*Creating a Forest Garden*)』[*17]、『多年生野菜の栽培法 (*How to Grow Perennial Vegetables*)』など)

アグロフォレストリーとは、高木や低木とほかの農作物を一緒に栽培する手法である。立ちならんだ木のすきまに小麦などの穀類を混植するケースから、高木・低木・多年生作物を組みあわせて持続体系を作りだす完全統合型のフォレスト・ガーデンまで、さまざまな形態が考えられる。

過去数百年にわたり、ほぼすべての研究と農耕活動の努力が一年生作物にむけられてきたため、いまでは世界の人口の大半がそれによって生きるようになった。だが、昔からそうだったわけではないし、広大な畑一面に一年生作物を植えるやりかたは栽培に膨大なエネルギーを要し持続不可能である点を、多くの人が忘れている。エネルギーが安く簡単に手に入るあいだは一年生作物が優勢を保つのかもしれないが、安価なエネルギーの時代がこの先長くないであろうことはすでにあきらかだ。

多年生作物にもっともっと重点を移していく必要がある。樹木ベースの作物（一部の穀類に代わるナッツなど）でもいいし、多年生のネギ類でもいい。言いかえれば、アグロフォレストリーにシフトするのだ。

多年生作物はいったん軌道に乗ってしまうと、一年生作物よりもずっと手間がかからない。一度植えるだけ（それも長いあいだに一度きり）で大半が勝手に生長するうえ、一年生作物にくらべて病害虫や異常気象に強い。また、類縁の一年生品種より栄養価が高い場合も多い。地下部器官のつくりが大きく、より多くの栄養分を土中から吸いあげることができるためである。

持続可能な栽培には姿勢の転換も求められる。農業の世界では、土地というものはすみずみまでくまなく生産に利用する――つまり収穫を得る――必要があると誤解されてきた。これではとうてい持続できない。真に持続可能な栽培体系を敷くには、一定割合の土地を「システム」機能を持つ植物にさく必要がある。ようするに栽培体系全体の健全さと強靭さを高める植物で、収穫があるかどうかは関係ない。そうした目的でよく栽培されるのが、窒素固定する植物（よって窒素肥料は不要となる）や、病害虫を防ぐ植物（天敵を呼びよせたりにおいでかく乱したりして）である。

持続可能性がもっとも高いのは循環型の体制、すなわち、外から養分を投入しなくてもまわっていく栽培体系だと言えよう。フォレスト・ガーデンがその一例だ。

アグロフォレストリーの体制は、単一作物を栽培するモノカルチャーほど大規模生産にはむかず、必然的に小規模になる。これは、地元経済にはるかになじみがいいということでもある。収穫物はたいてい地域内で販売・消費されるから、この生産体制がもっと普及すれば、食料品の大量輸送はかなりへるにちがいない。

ほかにも利点は多い。多くの野生生物の住みかとなる、日よけや風よけとなって冷暖房に使われるエネルギーを削減する、など。一度味をしめたら、いままでどうしてこれなしでやってこれたかと不思議に思うことだろう。

●不耕起農法

近代的な慣行農業の専門家や書籍は、まず例外なく、土をよくたがやせと推奨する。まるで問答無用の普遍的真実であると言わんばかりに。公平を期すためにつけくわえると、それも善意からの助言であり、推奨の理由はいくつも挙げられている。いわく、肥料や堆肥を土壌に混ぜこむため、圧縮されてかたくなった（多くの場合、原因は重機の使用）土をくだくため、土を細かくほぐして団粒構造を作るため、雑草を埋めこむため。これらの理由のほとんどはまちがっており、土壌が本当に必要としているものへの理解不足にもとづく。結果的に、不必要な骨折り仕事をふやし、ぼくらの命のよりどころである生態系を痛めつけているのだ。言うまでもなく、そんな結果はカネなし生活のめざす姿ではない。

繊細で精緻な生態系をかく乱することのない新しい（古いと言うべきか）食料生産方法を示し、

おまけにぼくらを重労働の毎日から救いだしてくれるのが、チャールズ・ダウディングら不耕起農法の先駆者たちである。

不耕起栽培

チャールズ・ダウディング

（著書に『たがやさない有機栽培（*Organic Gardening : The Natural No-dig Way*）』、『冬野菜の栽培法（*How to Grow Winter Vegetables*）』）[*18]

食べものを自家栽培するなら、継続は力とこころえること、土を大切にすること、非現実的な望みをいただかないことだ。スーパーマーケットが作りあげた「年がら年じゅう豊作」のイメージは魅力的だが、そんな現実はありえない。土地も気候もひとつとして同じものはないのだから、まいたタネや植えた苗がめでたく実を結ぶよう、地域の事情や季節に合わせて物事を進める必要がある。風土にかなった作物を選んで育てれば、食材の幅が多少せばまろうと、料理はおいしくなり、日々の活力につながる。

仕事にかかる前の下調べは賢い投資であり、タネの選択や植えかたの誤りを防ぐのに役だつ。

たとえば、カリフラワーは場所をとるうえ、食べごろがいっときに集中しがちである。ナスは暑い国の野菜であって、英国ではうまく栽培できない。トマトとジャガイモは、実の大きくなる時期に雨が多いと胴枯れ病にやられてしまう。そこで、湿気の多い場所に住んでいる私は、カリフラワーは少なめに、ナスはビニールトンネルをかけて一～二株のみ、トマトは葉に雨があたらない場所で、ジャガイモは病気が出る前に収穫できる早生《わせ》品種を作るようにしている。

健康な食べものを栽培するために、土壌ほど貴重な資源はない。それだけ細心の注意を払う必要があるが、掘りおこしたりたがやしたりはしなくていい――なかの住民がするのをのぞいては。ミミズなどの土壌生物はわれわれ人間よりも上手に仕事をこなし、空気をとおしながらもしっかり引きしまった状態に土壌を保つ。菜園主と手押し車の重みに耐えられる堅固な構造を持った土壌だ。よくある誤解のひとつが「農作物を育てるには土をほぐしてふかふかにしなければ」というもので、勘ちがいもはなはだしい。私が野菜を作っているのは密度の高い粘土質の土地だが、根は土中にすいすいと伸びていき、過去一四年間、特に困っていない。

有機物を投入すると土の状態が改善され、地中の酸素と養分の量がふえる。湿潤な気候下では、堆肥を薄くマルチする（地面に敷きつめる）と地力がついて、どんな作物も育つようになる。乾燥した気候下でも、水分を保つマルチは同様に有効である。だが、多雨地域で一年生野菜を栽培する場合にはむかない。中途半端に腐敗した有機物の湿ったマルチが、ナメクジの被害を助長してしまうからだ。

人間なら誰でも、人糞堆肥（家畜がいればその厩肥《きゅうひ》も）で土壌を豊かにする能力を持っている。

ただし、販売用の作物に用いるには考えかたの転換が求められるが。排泄物を少なくとも六か月間積んでおくと堆肥化し、畑にまいたときに養分を保ってくれる。いったん土が肥えてしまえば、循環の「輪を閉じ」て、みずからの出す廃物（雑草や畑の残渣——できれば堆肥化した——を含む）で生産性を維持していくことが可能となる。だが、やせた土地の場合は、最初に一度だけ外から持ちこんだ堆肥を地表にまいてやれば、土壌改良の効果が長く持続するだろう。

もしも必要なだけの食料を生産してもまだ土地が余ったら、緑肥作物を栽培して腐植土を作ってもいいが、この方法は堆肥を使うよりさらに時間がかかる。成熟した緑肥を土にすきこんでも、地中で分解されるまでの時間を置かなければ、次に野菜を作付けすることができない。それとくらべたら堆肥のマルチを使用するほうがいい。緑肥に場所をさくくらいならば代わりに別の野菜を植えることもできるし、緑肥を育てて腐らせるのに時間をかけるよりは、堆肥材料をすみずみからくまなく集めて堆肥の山の増量に励んだほうが有益なように思われる。また、緑肥の畑にも雑草は生えるから、普通の畑並みに草とりをしないかぎりタネをつけてしまう。

果樹を野菜やハーブと同時に植えることもできる。ただし気をつけなければならないのは種類の選択だ。英国で試してみて、リンゴは多くの野菜と相性がよかった。中くらいの大きさの台木に接ぎ木したリンゴなら、約四メートル四方の空間をとって植える。私はリンゴを生け垣に仕立て、下に植えた野菜に光がよく当たるようにしている。他方、プラムやアンズの木の下での一年生作物の栽培には、いまのところ成功していない。果樹を植える前にじゅうぶんな調査をおこなって、適性と生産性を確かめてほしい。結果がわかるまでには何か月どころか何年もの時間が必要となるため、もし生産性が低かったり手におえない肥料食いだったりした場合は目も当てられない。

多年生野菜もひとつの選択肢であり、一般に非常に作りやすいと考えられている。けれども、次に挙げる諸点に留意されたい。まず、一年生野菜ほど種類が豊富ではない。種類によっては独特の味に慣れる必要がある（レタスの代わりとなるリンデンなど）。収穫に時間がかかる（栽培種のオータム・ブリスとくらべて小粒な野生のラズベリーなど）。しっかりした食事になるような英国原産で多年生の根菜は存在しない（葉物野菜やくだものの不足しがちな冬季に、この点が問題となる）。多年生作物もまったく管理不要というわけではない（いくらかの草とりと整理は必要）。

手早くふんだんに収穫したければサラダ用の葉物がだんぜんおすすめで、多種多様な味がそろう。サラダ野菜のまわりはつねに雑草がない状態に保ち、生長しすぎた葉や周囲の草木も取りのぞいてナメクジをふやさないように。季節を考えて作付けし、収穫の際はナイフより手を使ったほうが作物の寿命がのびる。季節のサラダを楽しむためには、春にはレタス、ホウレンソウ、豆苗《とうみょう》のタネをまき、盛夏にはエンダイブ、チコリ、追加のレタス、ケールを、夏の終わりにはコリアンダーやチャービルなどの東洋野菜やハーブ類を、九月の頭には冬に収穫できる多彩な作物を植える。何らかの覆いを作ってやれれば、小さな面積でも、年間をとおして毎日おいしい葉物を味わうことができる。

ゲリラ・ガーデニング

この最新式農法では、通常、他人の土地を明確な許可なしに耕作する。たいてい法的な所有者によってほったらかしにされている土地である。つまりゲリラ・ガーデニングの実践者は、生産性の高い——住みつくつもりすらない——スクウォッターと言っていい。ゲリラ耕作者は求められてしかるべき存在なのだ。一部の人にとって、もちろんこれは、土地所有制度に対する一種の政治的声明である。しかしまた、ある人びとにとっては、土地にアクセスして食料を自給する手段である。その人自身だけでなく、ほかの地域住民のための食料となる場合も少なくない。

ゲリラ耕作チームの動機と土地柄によっては、真夜中に農作業をすることもあるだろう。逆に、あえて衆目のもとで作業し、ローカル化の急がれる世界において生産に使える土地が放置されている事実について考えてもらおうとするグループもいる。つまり、ふだん起きて生活している時間に出動するチームも多いわけだから、安心してほしい。

ゲリラ耕作チームの立ちあげや既存のチームへの参加を望むなら、「ゲリラ・ガーデニング」[*19]のサイト経由で連絡をとってみよう。価値観の近い仲間と出会えるうえ、お金をかけずに食のニーズを満たしながら遊休地を生産の場に変える手段のひとつにもなる。

スキッピング

スキッピングとは、どこか（たいていはスーパーマーケット）のゴミ箱に何らかの事情でたどりついた食料品を救出する行為のこと。米国では「ダンプスター（ゴミ箱）ダイビング」と呼ばれている。都市在住でお金を使わずに暮らしたければ、食品ロスの活用が重要な役割をになうことになる。密集した市街地では通常、必要な栄養分とカロリー量をまかなうだけの栽培空間が足りないからだ。平均的な英国の家庭で食料品の二五パーセントが捨てられている（加えて「推定二千万トンの食料が農地から食卓にたどりつくまでに廃棄されている」）[*20]とは、いろいろな意味で気の重くなる事実だが、その反面、よりどりみどりのディナーがきみを待っているというわけ。

厳密に言えば、他人のゴミ箱から食品を取りだすのは法律に抵触する。捨てた当人がもういらないと思っているのがどんなに明々白々だったとしても、その時点ではまだ――奇妙なことに――その人の所有物とみなされるのだ（毎週ぼくの地区にゴミを集めにくる清掃局職員の様子からは、法律上の所有者がもはやそれを欲していないという点に関して、ゆるぎない自信がうかがえるけれども）。とはいえ、ゴミを「盗んだ」かどで有罪になる可能性は非常に低いし、まず起訴すらされないだろう。ぼくの知るかぎりで唯一の裁判ざたは、大手スーパーのテスコで「ゴミ箱の中身のかさをへらした」サーシャ・ホールの事例で、彼女は執行猶予一二か月で釈放された。ただし、この件をメディアがさんざんにこきおろしたため、以後、フリーガン（消費主義に対抗してゴミから食料などを調達する人）に対する立件は見送られている。[*21] つかまった場合によくありがちな筋書きとしては、そこそこ友好的なお叱りを警官から受け、氏名を聞かれたあと、退去を命じられるだけだ。それを避けたければ、ゴミ箱のある敷地に侵入する前に下見に行くことをすすめる。誰も見まわりにきそうもない時間帯がわかったら（夜のほうが暗くていい）、行く価値があると思われる頻度で通おう。必要なものがすべて一度に見つかるときもあれば、何も見つからないときもある。チョコレートバー百個と豆の缶詰一年分なんてときがあるかもしれない。ゴミ箱のふたを開けるために、ガスのメーターボックスに使うような八ミリの三角キーを持っていこう。持っていなければフリーエコノミーのネットワークから借りればいい。

個人的に思うんだが、食料をできるだけ最後まで使いきる義務がぼくらにはある。今日の食生活に織りこまれたエネルギー消費と破壊と収奪、そして世界の半分が栄養不足に苦しんでいる事実を考えあわせると、とてもムダになどできない。ここでひとつ警告を。スキッピングで得たものだけに頼る食生活はすすめられない――じゅうぶんに新鮮で栄養価の落ちていないくだものと野菜がたっぷり含まれていないかぎりは。暖かい時期で、捨てられてから時間がたった可能性のある肉や乳製品には、当然のごとく危険がともなう。じゅうぶん気をつけてほしい。原則として、疑わしきは食べずに戻そう。自分で（またはコミュニティ菜園で）堆肥を作っている人なら、スーパーのゴミ箱で見つけたくだものや野菜が胃袋にはふさわしくなくても、堆肥の材料に活用できる。あえてその気になれば持ちかえる価値はあるだろう。

その他のアイデア

卵

お金を使わずにタンパク質ニーズの一端を満たせる二者両得の方法が、「英国めんどり福祉トラスト」[*22]などの組織を通じて、大規模養鶏場をお払い箱になった採卵鶏の里親になること。それまで狭苦しいケージでつらい生活に甘んじていためんどりも、ひとたび健康的な条件下に置いてやれば、意外にもたちまち元気を取りもどす。何不自由ない環境で生きなおす機会を与えられ、歩きまわってエサをついばむなどニワトリ本来の習性を発揮できる暮らしを送るのだ。虐待された生き物に自由を与えた実感を得られるうえ、卵も食べられる。一般的イメージに反して、養鶏場出身のトリの大半は引退後も卵を産みつづける（最初のうちはサイズがだんだん大きくなり、そのうち産むペースが落ちていく）。

めんどりを何羽か飼うと、おんどりが欲しくなるかもしれない。このご婦人方は男なしでも機嫌よく卵を産んでくれるけれど、トリ社会には序列が必要で、オスがいるとメスどうしのけんかや迷子がなくなる。実際におんどりを飼いたいと思ったら、同居者や近隣住人とはあらかじめ話をつけておいたほうがいい。早朝からけたたましいコケコッコーの鳴き声を、誰も（きみ自身も）気にしないものと決めてかかってはいけない。とれすぎた卵を日常的におすそわけする約束で、たいていは納得してもらえるだろうが、これも例にもれず、八方丸くおさめるすべは個々の状況しだいで変わってくる。

エサをどうするかも状況による。広い庭があって、ニワトリの食ニーズを考慮に入れた設計がなされていれば、商業的飼料なしでも困らない。配合飼料メーカーのウェブサイトを見るとそれではいけないように思ってしまうが、おどろくなかれ、トリたちは工業文明とペットショップが登場する前からエサを食べて生きぬいてきた。庭が狭いと、トリの食欲をすっかり満たしてやるだけの余裕はなさそうだ。その場合は、いまの生活環境が自分に合っているかどうか真剣に検討してほしい。いまのままでじゅうぶんだと結論したなら、不足分のエサを外部から入手すればいい。バーター取引、採集、スキッピングなど、金銭以外の手段で手に入れることもできる。

安全で快適なトリ小屋も、廃材利用でお金をかけず簡単に建てられる。インターネット上にはそうした情報があふれている。初心者向けのわかりやすいニワトリ飼育本としては、『ニワトリ飼育入門（*Starting with Chickens*）』[*23]など故ケイティ・シアーの著書が非常に参考になるが、ほかにも役だつ本やオンラインの無料情報には事欠かない。

ハチミツ

ハチは工業文明におびやかされている。ハチが大量死する原因として指摘されているのは、ネオニコチノイド系農薬、携帯電話やアンテナ塔の出す電磁波から、生物多様性の欠如、地球温暖化、ダニの寄生までとさまざまだ。おそらくは、いま挙げたすべてに、まだ人間が気づいてすらいないいくつもの要因がからまりあい、おそるべき数字につながっているのだろう。生態学水文学《すいもんがく》研究センターの調査によると、近年、英国原産のマルハナバチ二五種のうちの三種が絶滅し、残り二二種のうちの半分以上が一九七〇年代以降に七〇パーセントほども個体数をへらしており[*24]、さらには、英国原産ハチの二五パーセントが絶滅危惧種のレッドデータブック入りしている。仮にハチが世界の生態系と地球上の生命のきわめて重要な一部でなかったとしても、ひどく気がかりなニュースではないか。実際は「きわめて重要な一部」なのだから、ぼくら全員がこの事態に対して即刻行動を起こすべきである。

それでも、全種類のハチに住みかを与えてやるには、まだ動機として弱いかもしれないが、もうひとつ、特定の一種類——ミツバチ——を飼う気にさせる誘因が存在する。そう、ハチミツだ。ハチミツは、上白糖など市販の甘味料よりもずっと健康的で、多くの薬効成分を含む。そればかりか、ミツバチは食用作物にとって重要な受粉媒介者であるし、第11章で見るとおり、暮らしのローカル化と脱金銭化に役だつほかの素材ももたらしてくれる。

ハチを飼ってみたいと思うなら、まずよく下調べをするのがベスト。同じ地域の養蜂家のもとで技法を習い、もよりの養蜂協会に加入し、この分野の良書を一冊借りよう。自信がついたら、巣枠のない簡単な水平型巣箱を自作する。初心者や、循環型経済を創りたい人にうってつけのモデルだ。[*25]この設計だと巣全体をまるごとハチ自身が作ることになるから、ハチミツだけでなくミツロウもたっぷり取れる。養蜂は、巣箱を裏庭に置いても場所をとらず、敷地の狭い人にも適している。

奇しくもミツバチとは、人間さまのホットケーキやハーブティーに甘みを添えるためだけの存在ではない。理想を言えば、人類全員が甘いものを卒業して、ミツバチがせっせと集めた食物はミツバチ自身に食べさせるべきなのだ。生物多様性を保全したければ、自然養蜂と呼ばれる方法を実行するほうがいい。もっとずっとハチの立場を考えた飼育法である。[*26] ミツバチ以外のハチの住みかをととのえるのも簡単で、一番いい方法はハチのホテルを作ってやること。

幅一〇～一五センチメートルの未加工の板で三角形または四角形の簡単な枠をこしらえたなかに、その奥行きと同じ寸法に切りそろえた細い竹か枯れた花の茎をぎっしり詰めこむ。箱自体は小さめのほうがよく、ひとつの辺に一〇～二〇本ほどの竹または茎（なるべくまっすぐなものを選ぶ）がおさまる程度の大きさにする。また、雨よけのひさしもつける。動かないようにしっかりと詰めこんだら、南向きで、かつ強い雨風のあたらない壁面にかけるだけ。キクイムシの穴だらけの朽木《くちき》や、古い有孔レンガも、同様に使える。春になると、このつつましい下宿に新しい隣人が越してきて、きみのため、そして地球上のほかの命のために働きはじめるだろう——無償で。

「ローカルな」ハチミツについて一言。ミツバチのおこぼれを頂戴するだけならまだしも、蜜をすっかり残らず取りあげて代わりに砂糖を与えるとしたら、ミツバチに対してフェアでないばかりか、それをローカルとは呼べない。地域外から持ちこんだ砂糖のフードマイルが、そこには組みこまれてしまう。

保存食づくり

英国のような温帯地域に住む者にとって、夏や秋に収穫した食料の保存は、真剣に考えるべき課題である。冬じゅう毎食ケールのたぐいを食べつづけるのもいとわないならばともかく。ジャム、チャツネ、ジュース、乾物、ピクルスに加工するほか、湿気を避けて保存（ジャガイモなどの場合）など、さまざまな方法が考えられる。くだものや野菜の種類ごとに適した保存法を説明するには一冊の本を要す。一番のおすすめとしてピアーズ・ウォーレンの『自分で作る保存食（*How to Store Your Garden Produce*）』[*27]を挙げておこう。食品保存用の容器をさがすなら、これまたフリーサイクルが役にたつ。形や大きさのさまざまなガラスびんが必要なときは、近所の路上に設置されたリサイクルボックスを回収日の朝に見てまわる。一巡するだけでも、ジャム工場を開けそうなほどの量が見つかる。

栽培や採集の成果を保存するために、自分の食料供給体系の外部からあれやこれやの食品を持ってこなければ、などという考えのワナにおちいるのはよそう。英国の庶民は、工業的な加工処理技術や化石燃料が登場するはるか以前より、食品を保存してきた。ジャムを作るときに使うのは、プラム（栽培または採集が可能）とリンゴ果汁（できれば自分で収穫してしぼる）だけでいい。プラムのタネには必要なペクチンがじゅうぶんに含まれているし、リンゴ果汁を砂糖代わりにすればおいしくて健康的。肝心なのは、食品保存に必要なスキルをじょじょに身につけていくこと。地域のお年寄りに教えを請うのが一番だ。年寄りたちが人知れず持っている豊富な知識は、失われてしまう前に聞きだされねばならない。そのような聞き取り作業によって、かつて高齢者が社会のなかで年長者ならではの重要な役割をになう存在であったこと、そしていまもそうあるべきことを再認識できる。その社会的恩恵はあまりに過小評価されている。

コミュニティ果樹園とアバンダンス・プロジェクト

コミュニティ果樹園とは、その名のとおり、地域住民によって地域住民のために設立・維持管理される果樹園のこと。立ちあげに必要なのは、熱意あふれる仲間といくばくかの土地（公有地を管理する住民グループを募集している地方自治体も多い）、そして何らかの法的枠組み。これについては『コミュニティ果樹園ハンドブック（*Community Orchards Handbook*）』[*28]に使える情報が満載されている。こうしたプロジェクトは、くだものやナッツ類を栽培するのにもってこいであるうえ、地域の人びとが寄りあつまって、自分自身や互いのために食料を生産したり、接ぎ木など、昔ながらの技術を継承するワークショップや講座を開いたり、豊作を願う伝統行事を楽しんだりする機会をもたらす。

コミュニティ果樹園で収穫があがるまでにはどうしても歳月を要するから、中〜長期的な見とおしを持って活動することになる。それが待ちきれなければ、木が育つあいだじっと手をこまねいている必要はない。「アバンダンス」は、もともとシェフィールドの市民グループがはじめて英国中に広がったプロジェクト。「毎年、何百本という果樹の実が収穫されていません。実がなっているのに気づかない、体力的に収穫することができない、一度にたくさんなりすぎる、などの理由からです」と関係者は述べる。この現実に対応するため、二〇〇七年に最初のグループが結成された。しくみは単純である。住民グループで、活用していない果樹の持ち主と互恵的関係を結んで収穫させてもらい、余剰が出た場合は、地域のカフェ、保育所、シュアスタート（貧困家庭対象の子育て支援制度）、ほかの住民などにも配布するのだ。

自分の住む地域で、無料の食べものと、真に建設的な活動に参加する機会とを手に入れたければ、地域にこうしたグループがすでにあるか調べてみよう。なかったら、アバンダンスのマンチェスター支部[*29]に、どうすればうまくいくか相談してほしい。立ちあげの中心メンバーを集めるには、地域のフリーエコノミーグループのメーリングリストで新規プロジェクトを提案するといい。また、収穫を（自分でも食べて）誰かに分けてあげたい果樹を持っている人も、マンチェスターのアバンダンスに問い合わせよう。詳しくはこのチームによるガイドブック『アバンダンス・ハンドブック——都市のくだもの収穫ガイド（*The Abundance Handbook : A Guide to Urban Fruit Harvesting*）』[*30]を参照のこと。

水

食べものよりももっと大事なのが、水。地球上に豊富に存在する水こそ、この世で一番たやすく無料で手に入れられるべきものだ。いまでは想像しがたいが、かつて、川の水を手ですくってそのまま飲めた時代があり、その味は今日のぼくらが考える水の味とは似ても似つかなかった。数少ない人里離れた未開の地では、いまなお清らかで新鮮な水を飲むことができる。ぼくも一度、そのようなすばらしい体験をした。ニュージーランド北部のマンガムカ森林地帯にある山のうえで生活したときのことだ。水源地とぼくらのあいだに人家はなく、何キロも移動しないかぎりほかの人間に会わないような場所だった。ぼくのテントの横を流れる川は非常に透明度が高く、風のないときに川底をのぞきこむと、まるでガラス窓ごしに見ているかのようだった。味わいは何ともすばらしく、それまでに飲んだことのある水とはまったく別物であった。はじめて飲んだとき、いままで自分は水というものを飲んでいなかったのだと気づかされた。本来あるべき水、かつてそうであった水を。ぼくらはその川で水あびもしたが、きれいな水を保つよう心がけた。そこで一緒に生活した人たちは河原にあがってせっけんを泡だて、きれいに洗いながしてから水中に戻るようにしていた（ぼく自身はすでにせっけんの使用をやめていた）。下流に住む人たちもまたまじりけのない水を使えるように、と。ぼくらの土地、空気、水に関しては、下流に住む隣人への配慮と同じく、次世代の人たちへの配慮をも忘れないようにしたい。

田舎に住んでいるなら、じゅうぶんな水の確保はそうむずかしくないだろう。方法を知っていて、手段さえあれば。だけど、都市に住んでいる場合はあきらかにずっとややこしくなる。それどころか、水の問題こそ、都市が本質的に持続不可能であるとぼくが考える理由のひとつだ。ひしめきあう何百万という人びとの水ニーズを満たすには、高度に工業化された手段によるしかない。そこには、人類の宿主たる地球を汚し、その収容能力を損なう処理過程がつきまとう。だから、集団規模での無銭生活を実現するには、土地改革、そして生活様式の徹底した改造が欠かせない。

それでも、さしあたっていま実行できることだってたくさんある。第7章の最初に述べたような節水法にしろ、コンポストトイレの使用にしろ、いずれも大きな意義を持つ。ここでは、どのような境遇の人にも対応できるよう幅広い選択肢を提供できればと思う。以下に示すいずれの方法をとる場合も、飲用可能かどうかは調べたほうがいい。

井戸とボーリング井戸

井戸は、地下の帯水層に含まれる地下水の利用を目的に、地面を掘って作られる。掘る深さと口径は、地表から帯水層までの距離により変わってくる。ボーリング井戸も井戸の一種だが、口径が狭く、何らかのドリル掘削を必要とする。後者は——地表近くの水源を掘りあてられれば別だが——初期費用がかさむ可能性が高い。ただし、いったん設置してしまえば枯渇しないかぎり一生使え、塩素処理されていない清浄な水の供給源となる。いずれも掘るのに適した場所を見つけるには、水脈探知《ダウジング》にあくなき情熱を燃やす占い師がいないか、近所を聞きまわってみよう！

つい数百年前まで井戸は、多くの農村部でこのうえなく重要な給水設備だった。今日でも世界の一部地域においてはごく普通に使われている。しかし、いまや大多数の人が都市部に住むようになったため、まず意識にのぼることもない。水は蛇口をひねれば出る。けれども、そうした集中管理型の複雑な給水システムを可能にした経済のからくりがもし行きづまり、塩素消毒された水道水がついに涸れたらどうなるのか。

井戸は、グローバル化した西洋世界でもいまだに使われているが、ほとんどは、ボーリング、ドリル掘削、重機などのハイテク技術を駆使して設置され、日常的な電動ポンプ使用をともなう。土地を手に入れてオフグリッドの生活をはじめるつもりの人は、電動ポンプ式の井戸を導入する誘惑にかられるかもしれない。しかるべきソーラーパネルの電気で動かせばいい、と考えて。だが、これについても疑問を感じる。ポンプをバッテリーや太陽光パネルで動かすとして、その部品を製造しているグローバルなインフラがもし崩壊したら何が起きるか。もはや自力で維持管理できない水準の技術を前提とした井戸が、手元に残されるだけだろう。

以上の理由から、また、付随する内包エネルギーと環境破壊の大きさから、ぼくは電動ポンプの使用には反対する。カネなしの方法はたくさんある。昔なつかしのバケツは、純粋にロマンチックな理由で個人的に気に入っているし、自転車駆動の賢いくみ上げポンプ[*31]は、万一の際に困らない給水設備であるばかりか、運動にもなり、スポーツジムの会費まで節約できてしまう。

雨水の収集

雨水をためるのは簡単なのに、実際にやっている人がこれほど少ない事実もまた、〈規模の経済〉および〈分業〉のふたつの原則とカネとの結合がもたらすムダの一例である。空から降った雨は何らかの平面（普通は屋根）に当たって雨どいに流れこみ、パイプを通って水桶にたまる。水桶は使いやすい高さに設置しておく。各自のニーズに応じてもっと複雑にもできるが、あまりその必要はなかろう。紀元前からなされてきたいとなみで、ぼくら全員がやっていてもおかしくないはずだ――水の一滴一滴にふさわしい敬意を表する暮らしの一環として。

最近の雨どいや水桶はたいていプラスチック製だけど、桶の代わりに使えそうな容器は、フリーサイクルや、大型保存容器を定期的に廃棄する会社（工場、倉庫、大規模な仕出し業者など）から簡単に入手できる。ぼくがこんなせりふを口にするのは異例ながら、水の貯蔵設備に関しては「大きいことはいいこと」で、スペースが許す範囲で最大の容器をさがすようおすすめする。

井戸などの給水源がほかにある場合、雨水は補完的な水源となる。ためた雨水は往々にして化学物質や糞便に汚染されているから、飲用は避け、畑の水やり（可食部に直接かけないように）、衣類の洗濯、非暴力デモ参加者にむけた放水銃攻撃（！）などに使うといい。

雨水の利用者に対し、水道会社が料金を課すことを検討中らしい。水は「自分たちのもの」だとの主張だが、いったいどうしたらそんなあつかましいことを言えるのか理解に苦しむ。そういう輩《やから》にはこう答えるしかない。「心配するなよ、あんたたちの水はちゃんと帰ってくるんだから。ただ、ちょっと寄り道して、ぼくの膀胱の内側を見学していくだけじゃないか」。すべての道は家へとつづくのだ、結局のところ。

湧き水と河川水

都市部に住むほとんどの読者にとって、これは非現実的な選択肢かもしれない。湧き水は井戸と似ていなくもないが、おもなちがいは、自然の働きのみによって地下水が地表に出てくる点である。一例が有名なグラストンベリーのチャリスウェルで、ぼく自身、その名水を何度もくみに行った。周辺住民ならチャリスウェル（あるいはすぐ近くのホワイトスプリング）を訪ねて質素な水がめを満たさぬ手はないし、実際に利用する人がおおぜいいる。この湧き水は鉄分に富み、独特の味わいを持ち、健康にたいへんよい。その気になって探索すれば、住んでいる近所でも見つかるだろう。ただし農村部のほうが可能性は高い。一部の湧き水は、砂ろ過器（消耗部品がなくメンテナンスもほとんど不要）などでこす必要があるため、最初に水質を検査するのが賢明である。

最近の河川の水は汚染されている場合が多く、特に都市部や、田舎でも大規模農場周辺は、汚染の可能性がきわめて高い。やはり検査して確認しよう。とはいえ、煮沸消毒の手段さえあれば、この水を使っていけない理由はない。当然、水道水を使う便利さとはくらべものにならないけれども、後者が本質的に持続不可能な方式である以上、いつかは終わりがおとずれるのだ。

CHAPTER 9

清潔と衛生

カネなし生活について人前でしゃべったあと、質疑応答に移るたびに、最初の三つの質問で何を聞かれるかはもう想像がついている。清潔や衛生に関することがらだ。「お尻をふくときはどうするんですか」といったたぐいのね。それほどまでに人は、お金を持たないことを、体臭だの、口臭だの、不潔な衣服、汚れたケツ、そして全体にベタつく感触と結びつけて考えてしまうらしい。その思いこみの強さと直接に関係するのが、ジョンソン・エンド・ジョンソン、プロクター・アンド・ギャンブル、ユニリーバなどの各社にどの程度完全にマインドコントロールされてきたかである。こうしたメーカーが次から次へと新商品をすすめてくる物腰は、まったくの親切心にしか見えない。日常をもう少し清潔にすごせるようにしてあげましょう、と。すみずみまでピッカピカにしてくれるそんな製品――宣伝広告を見るかぎり成分は、バラ、金粉、ダイヤモンド、清らかな天使の恥毛、愛、しぼりたてのレモンジュース、それにラウリル硫酸ナトリウム（合成界面活性剤の一種）だ――をひっさげた企業が登場するまでは、まるでぼくら人間が天に届かんばかりの悪臭をはなっていたみた

いではないか。

カネを手ばなす何年も前に、洗剤やせっけんのたぐいの使用をいっさいやめたところ、肌は刑の執行停止をことのほか喜んだ。皮膚はそれ自体が小さなミクロ生態系であり、せっけんの使用は、ぼくにとって、土壌の耕起と同じようなもの。人がそうする理由もわかるけれど、そういうおいたをする人たちは生態系の複雑さをよく理解していないのだ。罪のなさそうな無邪気なふるまいが長いあいだに与えかねない損害を、見とおすことができないのだ。とはいえ、ぼくの嗅覚はひどく鈍い。だから、ひょっとしたらものすごい体臭をはなっているのに、英国の人は礼儀正しくて口に出さないだけかも。

せっけんなし男として長年暮らしてきた立場からの、衛生に関する最重要アドバイスは、水を使うこと、水以外はなるべく使わないことである。例外的な場合をのぞいて、これ以上はまず必要ない。そうは言っても、講演後の質問を何百回も受けているうちにわかったのだが、ほとんどの人がもうちょっと実体のある何か、ただの水よりはもっと抗菌作用や殺菌作用を持つ〈反-生命〉的な何かを求めている。本章で紹介するヒントには、ぼく自身がまだせっけんを使っていたころの体験にもとづくものもあれば、カネを手ばなしたあとにある程度試行錯誤を重ねてきたものもある(具体的には衣類と歯に関して)。また、信頼できる情報源からのヒントも含まれている。

洗浄剤のほか、清潔を保つのに必要な無銭のインフラについても概説しよう。お金を使わずに身ぎれいでいろなんて自分にはとても無理だと思うなら、熱い薪風呂でゆっくりくつろぐ愉悦を思いえがいてほしい。頭上には冬の星空、恋人の目にうつる月を見つめながら。

入浴の方法

人類は、お金を使いはじめるはるか以前からからだを洗ってきた。さて、どうやっていたか。海、川、湖など、まとまった水のあるところを利用したのだ。そしていまなお、これが唯一の真にカネなしかつ持続可能な選択肢である。〈工業文明にも、そのお金と結びついた〈規模の経済〉と〈分業〉にも、何ひとつ依存しない。そうした場所へ泳ぎにいくだけでじゅうぶん満足していた時代もあった。この方法こそ、からだ洗いに関するぼくのPOPモデルの頂点に位置する。

ほとんどの人が水場から離れた場所に住んでいる事実、冷たい水に入るには誰しもいささか軟弱である現実などから、読者の多くはこの方法を現実的でないと考えるかもしれない。心配ご無用。POPモデルのはしごの下のほうにだって、カネへの依存をへらす効果の高い足がかりがいくつもある。

シャワー

手早さと使用水量に関して言えば、シャワーには利点が多い。庭のないアパート暮らしでも、南向きの窓があるなら、無料で温水を使うのに一番よさそうな方法〈第11章で取りあげる太陽熱温水器をのぞく）はソーラーシャワーだ。これを部屋の窓ぎわに放置しておけばいい。ソーラーシャワーなんていうとたいそうなものに聞こえるが、ようするに黒いビニール袋の先っぽからホースが出ているだけ。給水弁で流量を調節できる。黒い色が太陽熱を吸収し、なかに入れた水をあたためてくれる。昼間じゅうこれをつるしておき、夕方にあびるのがおすすめ。暑い季節にはひんぱんにシャワーをあびたくなるが、そういう日ほどちゃんと熱いお湯が使える傾向にあるのは偶然ではない。それ以外で各自にできる一番いいことは、水の節約だ。本当のところ、どれくらいの頻度でからだを洗う必要があるかを問いなおし、最低限にとどめよう。

ソーラーシャワーよりも年間とおして利用しやすい手だてが欲しければ、薪シャワー設備を自作しよう。材料は、フリーグルなどの贈与経済ウェブサイトやスキッピングで手に入れる。中古の暖房用ラジエーター二台と、大きな酒だるがあるといい。これらにシャワーヘッドを接続し、何らかの囲いのなかに設置する。人間の裸体を、みだらなもの、見えたら不快なものと考えない地域に住んでいる幸運な人なら、囲いは不要だけど。

風呂

熱い風呂はぼくの大好きなもののひとつ。カネなしの風呂にするには、いくつも選択肢がある。ありふれたホウロウのバスタブなら、最近内装工事をした家の前の大型ゴミ容器でよく見つかるし、フリーサイクルに一言投稿するだけで、おそらく返事を書ききれないほどのオファーが殺到するだろう。もうちょっと大きいのが欲しければ、馬のまぐさ入れとして使われていたブリキおけがぴったり。工業的な感じの薄いものをお望みなら、杉材でできた日本式の浴槽をまねて作ってもいい。水を張ると木が膨張して「材の合わせ目がふさがる」[*1]。

次に必要なのは、給水設備、薪燃焼装置、そしてできれば、断熱と装飾のための荒壁土《コブ》だ。いずれもちょっと技術がいる。詳細知識を仕入れるには、ベッキー・ビーの著書『最高のバスタブを作ろう(*The Best Hot Tub Ever*)』をおすすめする。

からだ

洗顔ソープとボディソープ

洗顔ソープやボディソープを売る会社が保湿クリームも売っているのは、偶然の一致ではない。洗浄剤を使うと、「汚れ」だけでなく、肌にいいものやうるおいまで除去されてしまう。そこで今度は、失われたうるおいを取りもどそうとして、乾燥肌の原因となる物質を売りつけた当の企業に頼るはめにおちいる。企業が売りこむことのできる製品はふたつにふえる。もともとどちらも不要だったのに。

洗浄剤に必要性がまったくないことは、人間以外の動物が証明している。数か月にいっぺんしか髪を洗わない人たちが声をそろえて言うそうだが、放っておくと髪の汚れは自然と落ちるようになるらしい。それは皮膚についても同じ。何年も前にせっけんの使用をやめたとき、最初はたしかに少し変な感じだった。シャワーをあびながら、からだじゅうに泡をぬりたくりたくてしかたない。だけど、一〜二週間たつとそんな気持ちは薄れた。肌も喜んで、以前より調子がよくなり、清潔を保つのに本来必要なかった物質への中毒症状も消えた。

とはいえ、ぼくがせっけんなしでやっていけるおもな理由は、ふだんから非常に健康的な食生活を送っているせいだ。全粒の穀物、くだもの、ナッツ、野菜、まじりけのない天然水、ときに野草茶、ほぼそんなところ。どれもオーガニックで新鮮である。いいものを入れていれば、出るものも悪いにおいはしない。ジャンクフードを入れていれば、出るものもジャンクなにおいがする。単純な道理さ。

コーヒーや炭酸飲料が好きな人、ヘビースモーカー、加工食品を常食する人は、水だけで体臭をおさえ清潔を保つのは残念ながらむずかしいので、サボンソウ（*Saponaria officinalis*）を使ったらいい。サポニンが含まれていて、溶液はいまどきの洗浄剤と同じように泡だつ。採集派で郷土史に詳しい読者なら、古代ローマの公衆浴場跡の周囲に、いまでもこの植物が自生しているのにお気づきかもしれない。立ちどまって考えてみれば、せっけんを必要とする場所のそばで栽培するのはまったく理にかなっている。今日ではこれを「パーマカルチャー」と呼ぶが、当時は「常識」と呼んでいた。問題は、ぼくらがあのころの祖先たちのように考えなくなった点にある。ホホバエッセンスやらローカカオやらを配合した商品が簡単に手に入る時代だからね。

古代ローマの浴場遺跡が近場にない場合、小川のほとり、湿気の多い森、生け垣でも採集できる。自家栽培も簡単。多年生で病害虫の心配もなく、肥えた土を好むが、乾燥したやせた土でも育つ。世話もいたってやさしい。ただし、比較的肥えた土地ではまたたくまに広がりがちな点にだけ注意しよう。

サボンソウはどんな肌質の人でも使える（肌や髪に合ったpHバランスで、刺激が少なく、さわやかな使いごこち）。すばらしくマイルドな洗顔ボディ兼用ソープのおすすめの作りかたは以下のとおり。

・生のサボンソウの葉・茎・根を一カップ分きざむ（乾燥させた根を粉末で保存してある場合は、大さじ二の乾燥粉末を二カップの水に入れる）。

・生のハーブを大さじ五〜七（好みの濃さによる）きざむ。肌質に合わせて複数種のハーブを加えてもいい。乾燥〜普通肌にはレディースマントル（ハゴロモグサ）を。やや脂性肌にはレモンバーム、ローズマリーがむく。極度の脂性なら、ヤロウ、ミント、セージが効果的。肌質に関係なく使えるのは、レモンバーベナ、イラクサ、コンフリー、カモミール、エルダーフラワー。これとサボンソウを合わせて、半リットルの水に一晩つけておく。

・通常の方法では、翌日にこの混合物を沸騰させて煮つめる。ぼくが実際にやったときもそうしたが、著名なハーブ園芸家ジェッカ・マクヴィカー[*2]によると、有効成分が分解されてしまうので沸騰させないほうがいいらしい。そこで、少し泡だつまでじゅうぶんに加熱するようにしよう。ありがたくもラウリル硫酸ナトリウムが含まれていないので普通のせっけんほどには泡だたないが、それはけっして悪いことではないのだ。

・冷ました液を布でこして、びんに詰める。冷涼な場所で約一週間保存可能。

・弱い毒性があるため、絶対に内服しないように。

このレシピは、ぼくの知るかぎり二番めにいいメイク落としでもある。すっぴんのままでじゅうぶん美しいのだと認識することが、一番の「メイク落とし」だが。サボンソウは軽症のニキビの治療にも使え、特にマリーゴールドを加えると効果が高まる。ただしニキビと永遠におさらばしたければ、地元のフリーエコノミーグループに漢方医をさがすことを強くおすすめする。ぼくも子どものころ、市販の洗顔料をかたっぱしから試したが完治せず、漢方薬を服用してやっと治った。皮膚がからだじゅうでもっとも大きい臓器であると考えると、新鮮でオーガニックなくだものや野菜の摂取（わが少年時代に無縁だったこと）もまた素肌の健康に一役買うのは言うまでもない。

ハンドソープ

木灰《きばい》と水が昔から定番として使われてきた。これも現代人の感覚には反するけれど、実際に汚れが落ちる。ただし、手が乾燥してしまうから長時間つけたままにせず、すぐに洗いながすこと。木灰がないときは、ソリチャまたはバイカウツギ[*3]（フォレスト・ガーデンに植えておくといい低木二種）の葉をきざんで数時間水にひたす。

デオドラント

個人的には、人間の自然な体臭は好ましく思う。消臭剤《デオドラント》が使われるのは、不健康な食生活からくる症状を隠すためだ。でも、お金と無縁のデオドラントがどうしても欲しいという人は、ベイリーフとヒソップを栽培し、これらを一緒に煮出した液を、けがらわしい全身に気がすむまで塗りたくろう。ぼくなら体臭をかぐほうがいいような気がするけれど。

保湿クリームと化粧水

アロエベラのジュースとジェルには天然のサリチル酸が含まれており、化粧水かつ保湿剤としてすぐれるほか、日焼けの手当てに使えることもよく知られている。英国なら屋内で問題なく育つから、窓ぎわには空間が許すかぎりの鉢を置くようにしたい。つねに一番大きな葉から順に摘んでいく。薬局や自然食品店で売っている高価なアロエベラ配合保湿クリームなんぞに金を出す必要はまったくない。

尻とトイレットペーパー

まっさきに自問すべきが「それは必要か」だ。まちがいなくほぼ全員が「もちろん！」と答えるだろう。だが、多くの文化圏では尻を水で洗っているし、この国でもからだのほかの部分には水を使うのだから、非常に理にかなった方法だと思われる。それでも尻ふきが欲しければ、いくつか選択肢がある。

まず、近所の新聞販売店に前日の新聞を数部もらえないかたずねてみる方法。店では通常、一日過ぎた新聞は捨てている。尻をふくには、タブロイドより、細長く切りやすい一般紙がおすすめ。または、皮肉をこめて『トレード・イット』（「売ります」「買います」広告を集めた無料の情報誌）誌の先週号だとか。ジョークがきいているのと、どうせもともとクソみたいなものばかり掲載されているせいもあるけれど、一番の理由は紙質のやわらかさだ。

そういう工業製品はちょっと……と思うなら、何千年ものあいだ普通に通用してきた方法がある。皿洗いと同じで、松ぼっくり（林床に落ちているやわらかくて分解しかけているのを選ぼう）や草の大きなかたまりも使える。幅広の葉は何でも適すが、人間に対して毒性を持つ葉は使わないよう注意を。ギシギシの葉なら一枚あればじゅうぶんで、その抗炎症作用は特にカレーを食べた翌朝にありがたい。悟りを開いて世俗の物質世界を超越したいと願う人は、イラクサでも使って根性を試そう。おどろくべきことに、とがった部分のないなめらかな石も使いやすく、多孔質であるほどよい。緊急時、手の届く場所にコケが生えていたらラッキーだ。ぜひ使おう。冬がきて、前述のすべてが白くて冷たい毛布に覆われてしまったら、その毛布を使えばいい。たしかに雪は、冬の朝六時に魅力の大きい選択肢とはいえない。けれども、生態系のリズムに沿って生きるとは、ときにそういうことも意味するのだから、いさぎよく立ちむかおう。

こうした選択肢におじけづく人もいるはずだ。ぼくも最初はそうだった。でもそれは、方法自体のせいではなくて、ぼくらの奇妙な文化の反映なんだ。忘れないでほしい、たかがウンコじゃないか。しかも、元はと言えば自分が出したんだよ。

歯と口腔

たいていの人は歯の健康と清潔に日ごろから気をくばっている。その一方で、歯みがき粉や歯ブラシやマウスウォッシュをスーパーマーケットや薬局で買っているが、それが持続可能な方法でないことに議論の余地はない。今日、歯をきれいにするためにぼくらは、川を、大気を、土壌を汚しているのだ。しかし、さいわいなことに、カネなしかつローカルな方法も存在する。読者が実践したくなる内容かどうかは別の問題だが、完全に持続可能な口腔衛生法を望むならば、以下に述べるような方法をとることになる。いずれの選択肢についても、気がかりな点があれば、自分にむくかどうか専門家に相談してほしい。調べていくうちに自分なりの方法が見つかるかもしれない。

歯みがき粉

ぼくの使っている歯みがき粉は、自生しているフェンネルの種子とイカの甲（研磨剤の働きをする）をそれぞれすりつぶして混ぜたもの。後者は砂浜で見つかるので、近くに海がない人は、今度遊びに行ったときに拾いあつめておこう。集める前に、下水が流入していないかをあらかじめ確認すること。野生のフェンネルの採集がむずかしい場合、庭で栽培することもできる。

貨幣経済の強大な力のせいで、工業化以前の時代にどうやって歯をみがいていたのか、現代人には想像もつかなくなってしまった。だが、魚介の骨で口を洗いたくない人には、ほかにもカネなしの方法がある。意外なことに、細かくくだいた木炭も、昔は歯みがき粉として使われていた。正直言って、ぼく自身はまだ試してみる気になったことがないけれど。似たところでは、ナスを黒焼きにした灰に同量の塩を混ぜたものもよく使われてきた。

歯ブラシ

歯科医で『歯の旅（*The Tooth Trip*）』[*4]という本も書いているトマス・マグワイアが、歯ブラシについてすばらしいアイデアをいくつも教えてくれた。彼がすすめるのは、ビロードアオイの根とアルファルファの根。どちらも「良質な剛毛」を持つ植物である。アルファルファの根で歯ブラシを作るには、まず太い根を集める。外側をうすくはぎとってから、通常の室温でなるべく時間をかけて乾燥させる。完全に乾いたら八〜一三センチの長さに切り、両端をかなづちでたたいて繊維をほぐす。根をそれぞれ半分に折りたたみ、すべての端が同じ方向をむくようにそろえる。これで自作の歯ブラシのできあがり。お湯にひたしてからブラッシングしよう。居住地域によっては、甘草、ユーカリノキ、月桂樹、ニーム（インドセンダン）、モミ、ビャクシンなど、さらに歯ブラシに適した植物が手に入るだろう。

マウスウォッシュ

キルステン・アンデルベリの著書『自然素材で口腔ケア（*Oral Health, Naturally*）』[*5]には、ローズマリーとミントを組みあわせてマウスウォッシュを作る方法が載っている。二カップ半の水を沸騰させたら火を止め、ミントの生葉大さじ一、ローズマリーの葉大さじ一（手に入る場合はアニスシード大さじ一も）を投入する。ハーブを入れたまま二〇分以上置く。冷めたら布でこして、びんに詰める。ローズマリー、タイム、ラベンダーをそれぞれ単独で使ってマウスウォッシュを作ることもできる。単にハーブティーをいれて、口をすすぐだけでいい。

ヘア

洗髪

あごに生えている毛とてっぺんに生えている毛の長さが変わらない頭の持ち主としては、シャンプーに関してたいした助言ができるとは思えない。さいわい、優雅なロングヘアを持つ女性の友人何人かが、いろいろな洗髪法を試した結果、なかなかすばらしい配合を見つけだした。

まずは、ぼくが考えもしなかったもの。ライ麦粉、イラクサ、ゴボウ（イラクサとゴボウはいずれか一方のみでも可）を用意する。イラクサまたはゴボウ（あるいはその両方）をゆでて布でこした汁にライ麦粉小さじ二杯分を加え、ゆるい粥状になるまでよく混ぜあわせる。髪にぬって数分間置いてから洗いながす。

「洗顔ソープとボディソープ」の項で紹介したサボンソウのレシピは、髪にはさらに適している。通常の市販品と同様、マッサージするように溶液を髪にすりこんだら、一～二分そのまま置いてから洗いながす。

これは各人の髪質に合わせてカスタマイズもできる。脂っぽい髪にはフェンネルを、色の薄い髪にはカモミールを、色の濃い髪にはローズマリーを、頭皮のかゆみにはセージを加える。さらに、柑橘系の香りづけにレモンバーベナかレモンバームひとつかみを加えたり、育毛を促進するイヌハッカ（キャットニップ）を適量加えたりしてもいい。どちらも裏庭で栽培できるが、後者には猫を近づけないよう注意。

カット

フリーエコノミーに関して意外だったのは、髪を切るために利用する人の多さだ。魅惑の艶髪を保つのにえらくこだわる人だっているから、サイトでよく利用されるスキルの上位にまさかヘアカットが入るとは予想しなかった。イメージチェンジをしてみたいときや、伸びすぎてこまったときは、地元グループの美・理容師を検索して、無料で切ってもらおう。

でなければ、セミプロに無料で切ってもらう手がある。ヘアサロンの外にしょっちゅう貼り紙がしてあって、見習い生の練習台となる勇敢なボランティアを募集している。また別の選択肢として、ぼくのように髪に別れを告げる——つまりそり落としてしまう——のもいい。うそみたいに手入れがラクで、妙なシャンプーをこしらえる時間もはぶけるし、しかも、将来ハゲても誰にも気づかれない。

シェービング

そうは言いながら、もしも人間がまっとうな感覚を持ちあわせていたら、誰もわざわざ毛などそらないだろう。ぼくもときどき思いだしたように、ジャイアント・ヘイスタック（英国の巨漢プロレスラー）ばりのヒゲをはやしたりする。だけど、ヒゲそり自体はわりあい好きで、たしかに、さっぱりして気持ちがいいのと同時に、なんだかマヌケな気分を味わえる。それと、うら若き女性にいいところを見せたいときもヒゲをそる。石器時代の穴居人と同じ財政状態であることと、穴居人のように見えることは、また別の話なのだ。

お金も電気も使わずに毛をそるにはレザーかみそりが一番のおすすめ――原始的にいきたければ石器でもいいけれど。持っていなければ、贈与経済のウェブサイトで見つかるはずだ。刃の枚数やデビッド・ベッカムの広告、便利さと使い捨ての手軽さが重視されるこの時代、死蔵されているかみそりは多い。ベジタリアンやビーガンの人は、動物の革の代わりに、採集したカンバタケ（かみそり研ぎキノコとも呼ばれる）のなめし革状の面を利用して刃を研ごう。

友人の女性たちによると、摩擦の力だけで脚の半永久脱毛が可能（角質やたこもとれる）という意見がある一方、懐疑的な声もあった。使う道具は軽石が一番。乾いたままこすってもいいが、少なくともぬるま湯やオイルでその部分の皮膚をやわらかくしてからこするようおすすめする。ぼく自身はまだビキニラインに試していないので、あしからず。

缶入りのシェービングフォームに代わるせっけんは、植物性あるいは動物性の脂肪（事故死した動物を使ってほしい。ただでさえ苦境に置かれている野生動物や家畜を、毛ぞりのために殺すことはない）に灰汁《あく》を混ぜあわせて作る。時間をとられるが、テレビを見ていたって時間はすぎていく。灰汁を作るのに必要なのは、底にいくつか穴をあけたバケツまたは樽《たる》と、その下に置いてしたたりおちる水分を受けるのにじゅうぶんな大きさの容器だけ。上部容器に麦わらを敷き、広葉樹の灰を入れる。その上から雨水をくりかえし注いでいくのだが、回数を重ねるほど濃度が高くなる。上部容器を通った雨水が下部容器にたまるたびに、また灰の上から注ぐことをくりかえす。灰汁が完成したかどうかを調べるには、生卵（できれば自分で飼っているニワトリの）が一個いる。灰汁に落としてみて（ニワトリではなく卵を）、四分の一が水面上に出るくらいに浮けば、せっけん作りに適した濃度である。それより沈めば灰汁が薄すぎるので、前記の工程をさらに何度かくりかえす必要がある。四分の一以上が水面上に出る場合は濃すぎるため、四分の一だけが見えるようになるまで水を加える。水はかなり熱くなるので、冷めるまで待つ。

次に、冷ました灰汁と同じ温度の脂肪を加えて、ケン化プロセスを開始する。とろみがつくまでかきまぜ、肌質に合わせたハーブ（前述）を加えたら、型に流しこみ、寝かせること一〜二か月。そのころまでにはヒゲやすね毛も伸び放題に伸び、そられるのを待ちかねているだろう！

衣類

お金を使わずに衣類を洗濯する一番の方法は、からだを洗う場合とたいして変わらない。河原へ行くことだ。このときも、何らかの洗剤を使いたければ、下流の人たちに配慮して、川を汚さぬようくれぐれも気をつけよう。ただし、この方法が海での水浴と同様、多くの人にとっていまのところ実際的でないとすると、カネなしのメニューには別の選択肢も必要になってくる。

洗濯

手洗いも洗面台やバスタブでするなら現実的な選択だし、朝一番の軽い運動としてもなかなか悪くない。それに気乗りがしなければ、洗濯機という方法もある。どんなタイプの洗濯機を使うかが大きな課題となるが。普通の洗濯機は電力（もちろん水も）をうんと食うから、たとえ太陽光発電や風力発電の設備があったにせよ、重い負荷をかけてしまう。特に冬はどうしても発電量が落ちこむのに、手洗いがつらくて洗濯機を使いたい季節だ。

完全にオフグリッドな洗濯手段のうち、これまでに見た最良の（そして一番楽しい）方法が木製の手まわし式洗濯機。自転車で動かす遠心脱水機と組みあわせれば、実に便利な無銭からくり装置ができあがり、おまけにスポーツジムの自転車まで手に入る。雨ばかりで外へ出る気にならない冬の日々にうってつけだ。恋人を自宅に呼んでロマンチックな一夜をすごしたいと思ったら、ちょっくらぜい肉落としの運動をかねて服の洗濯と脱水にきてくれない？と誘ってみよう。きっとうまくいく。

時間と労力を節約するため、ローラー式の洗濯物しぼり機を併用してもいい。性能の良し悪しに応じて、遠心脱水機にかける前に使うかあとに使うかを決める。性能が非常によければ脱水機のあとに、そうでもなければ先に使おう。

乾燥

電気洗濯機の遠心脱水機能を使わないとすると、服を乾かすのに苦労する。手でしぼるだけではあそこまでしっかり水気が切れないし、量が多いときやシーツなどの大物を洗ったときは相当くたびれる。日ざしたっぷりの夏はまだいいけれども、冬に手しぼりだと、乾くのに一週間かかることもざらだ。

そこで、ローラー式洗濯物しぼり機の出番となる。ぼくのはフリーサイクルで見つけたが、わりとしょっちゅう出品されている。電気洗濯乾燥機全盛のいまでは使う人がほとんどいないからね。ローラーしぼり機はすばらしい道具だ。複数本のゴムローラーの狭いすきまに服をはさみ入れ、ハンドルをまわしながらあいだをとおす。こうすると余計な水分がすっかり抜けて、もちろん完全に乾くわけではなくとも、乾燥にかかる時間を格段に短縮できる。ローラーしぼり機をとおしたら、二本の木に張りわたした長いひもにとめて干す。できれば日照時間の長い南西向きの場所を選ぼう。

または、究極の強硬手段に打ってでるか。以前ある女性に提案したらトチ狂ってると言われてしまった方法だけど、ぬれたままの服を着て力仕事に精を出し、体温で乾かすのだ。

洗剤

ソープナッツという製品を自然食品店などで見かけたことがあるかもしれない。ここ何年か、ぼくもこれを使っている。インドやネパールで何世紀にもわたって衣類の洗濯に使われてきたのだから、オルタナティブでも風変わりでも何でもない。お金を出して買う必要はまったくなく、自分で栽培できるが、初期段階に手がかかり、ほかの樹木と同じく労働が実を結ぶまでには時間を要する。

洗濯時にかなり熱い湯を使わないなら、あらかじめロケットストーブでソープナッツ（*Sapindus mukorossi, Sapindus detergens, Sapindus drummondii*）[*6]を煮出し、なるべく多くのサポニンが溶けだしたソープナッツ液を作っておくことをおすすめする。その場合もナッツは取りださずに一緒に洗濯してよいが、洗浄能力を少しでも高めるというほどの意味にすぎない。使用する量はソープナッツ液の濃度にもよる。一番いいのは試行錯誤しながら適量をさぐりあてること。でもご心配なく。多少まちがえても問題ない。

ソープナッツのさらにすごい点は、使用済みのナッツの皮を自転車駆動のスムージーメーカーにかけて、角質除去用のスクラブが作れること。お肌に格別やさしいのが欲しかったら、ハーブ、粗《あら》びきのオートミール、水も加えてペーストをこしらえよう。

ソープナッツを栽培できなくてもサボンソウを使う手がある。服の汚れだってじゅうぶん落ちるうえ、スーパーマーケットにならんでいるパチョーリーと天使のウンチのエキス入りをうたった製品に疑われるような毒性とも無縁だ。

家まわり

整理整頓にはわりとうるさいほうだが、正直言ってそうじをまめにするタイプではない。少しは細菌がいたほうがからだにいいと思うし、ぼくがほとんど病気知らずなのは、際限なくみがきたてるのを嫌悪する性分のおかげでもあるはずだ。清掃とは奇妙ないとなみであって、そうじの必要を感じるという事実そのものが、いかに家のつくりが直線的になりはてたかを物語っている。リスや鳥やアナグマが巣をそうじする洗剤やコツを考案したなんて話は聞いたためしがない。動物たちはただ生きている。キリのない清掃という重圧に押しつぶされることなく。

そうはいっても、これがぼくひとりの考えにすぎないのは承知している。たいていの人は、地中の巣穴ではなく清潔な家に住みたいだろう。さいわい、庭で栽培可能な植物のみで家をきれいにする手法をこころえた人たちがいる。

一〇〇%ローカルな素材を使ったそうじ

ステフ・ハファティ（有機不耕起栽培実践者、講師、講演者）*7

そうじ用の洗剤を手づくりすると、家事能力が高まるうえ、創造性も発揮できて楽しい。消費主義のループから抜けだせるだけでなく、毒素や汚染物質のない居住空間が生まれる。簡単に楽しみながら作れるこうした自家製洗剤は、衣類や家まわりを清潔でさわやかに保ち、快い香りを添えてくれる。また、自然界や住環境との緊密なつながりを実感できるため、あたりが生気に満たされる。

ここで紹介する手順には、液をこしたり汚れをふいたりするのに使うボロ布（ふきそうじには着古したデニムのはぎれを愛用している）、ふたつきの広口びん（保存用）、中古のスプレーボトルが必要となる。

リンゴ酢は洗剤の原料にうってつけ。まずはリンゴ酒を仕込もう。独創的な生活者たちは、家庭で酒を作る際、干したトウモロコシの穂軸をエアロック（発酵栓。外気を遮断しつつ内部の炭酸ガスを逃がす）に利用した。リンゴ酒ができあがったら、こして、金属製以外の容器に移すが、このとき容量の四分の三以上は入れないように。ふたを開けたまま、暖かくて直射日光の当たらない場所に置き、一日一回かきまぜる。空気中に存在する天然のバクテリアの作用により、三～四週間で酒が酢に変わるはずだ。すっぱいにおいがしてきたら完成。目の粗い綿布でこして酵母（容器の底の沈殿物）を取りのぞき、酢酸発酵が進むのを止めよう。ふたつきのガラスびんで保存する。以下のレシピでは、リンゴ酢の代わりにワインビネガーやモルトビネガーを使ってもかまわない。

家のそうじ用に栽培または採集しておくと心強いハーブには、ローズマリー、各種のミント、ペニーロイヤル、タイム、レモンバーム、松葉、セージ、ラベンダー、ユーカリ、ヨモギギク、ニガヨモギがある。殺菌、抗菌、消毒、防虫などの効能を持つばかりか、香りもよく、すばらしい気分になれる。

これらのハーブひとつかみをしっかりたばねてお湯に入れると、たいていの清掃作業に芳香を添えることができて気分が上むく。ストーブの火にかけっぱなしにしておけば、部屋の空気も浄化されて元気が出る。特に病気のときはありがたい。

床、ペンキ塗装面、屋内の壁全般に使用する洗剤なら、サボンソウ液を作る際に生のハーブ二つかみ（乾燥ハーブならひとつかみ）を加えて香りをつけるといい。ミント、ラベンダー、松葉、ローズマリー、レモンバーム、タイム、レモンバーベナから好みのものを選ぼう。

じゅうたんや布地についたしみを落とすにはジャガイモ水がおすすめ。ジャガイモ二個を洗ってすりおろし、半リットルの水と合わせる。数分間よくかき混ぜたあと、布でこしながら固くしぼってジャガイモの水分をすっかり出しきる。さらに半リットルの水を足して混ぜたら、おりが沈殿するまで待つ。上澄みの液をスポンジや布にふくませて使う。使用後は冷水で洗いながすか水ぶきしよう。

木灰を水で練ったペーストは、油やすすを落とすことができ、薪ストーブのガラス窓、ナベ類（底部の焦げつきにも）、オーブンの扉などのみがき粉代わりとなる。また、シャワー、真鍮《しんちゅう》製品、銀食器の水あか落としにも使えるほか、砂と混ぜあわせれば石床みがきに応用できる。木灰ペーストは野外キャンプ時の食器洗いにも重宝する。もちろん、使用後はよくすすぐこと。灰はかならず天然木を燃やしたものを冷めてから集め、ふたつきの金属容器で保管する。戸棚の湿気とりとカビ予防には、穴を複数あけた金属缶に木炭を入れておくとよい。

スギナはシリカ（二酸化珪素）に富んだ植物で、家事にも体調管理にも庭づくりにも非常に役だつ。けれども、耕作者の立場として、ほかの野菜を圧倒するその繁殖力には閉口させられる。根絶はまずむずかしいので、けっして栽培しようとはせず採集するにとどめたほうがいい。

昔からスギナは、ナベみがきや、木材の表面仕上げ（目の細かい紙やすり代わり）に使われてきた。摘んだら一時間ほど日に干したあと、何本かたばねて使う。けがを防止するため、みがくときは手袋をしよう。

スギナ液を作るには、生のスギナを同量（乾燥葉なら三倍）の水で五分間煮出し、六時間以上置いてからこす。カビに直接スプレーしてもいいし、ハーブの煎じ液に添加するだけで、床や調理台などの汚れが落ちやすくなる。

きざんだ乾燥ハーブ（ミント、ローズマリー、タイム、レモンバーム）ひとつかみを塩一カップと混ぜあわせると、台所や風呂場のみがきそうじに効果的な万能アロマスクラブができあがる。

保存はジャムの空きびんで。使用後は水で洗いながすだけでもいいが、仕上げにハーブビネガーをスプレーしてふき取れば、ぴかぴかにつやが出る。

洗って乾かした卵の殻をくだいても研磨剤ができる。暖かく風とおしのよい場所に広げておき、乾いたらめん棒でさらに細かくくだく。みじん切りの乾燥ハーブ（ミント、ラベンダー、松葉）適量を加えると効能が高まり、香りも楽しめる。

そうじ用のハーブビネガーを作るときは、ハーブをやさしくゆすって虫を振りおとす。ふだん私は、ローズマリー、タイム、松葉、ラベンダー、ミント、レモンバームを同量ずつ組みあわせている。大きな広口びんにハーブを入れてから酢を注ぎ、かきまぜて気泡を抜く。ふたを閉め、一日一回やさしくゆすりながら二週間以上寝かす。こして保存する。

しつこい水あかやトイレそうじにはそのままで、通常のそうじには同量の水またはスギナ液で薄めて使う。

ミントとレモンバームの窓用クリーナーは、ガラス窓やその他のガラス製品の汚れをよく落とすだけでなく、さまざまな平面のそうじに広く活躍する。ミントとレモンバームを煮出した液二カップに酢を混ぜ、スプレーボトルに詰める。

アリやノミは（そしてどうやらガラガラヘビも）ペニーロイヤルをきらう。生または乾燥させたものをまき散らしておこう。あるいは、ペニーロイヤルひとつかみを水二カップに入れて三〇分間煮出し、六時間以上冷ましてから、こしてスプレーボトルに詰める。ペニーロイヤルには毒性があるので、妊娠中の女性はそうじに使わないように。

乾燥させたローズマリー、ヨモギギク、タイム、ミント、ニガヨモギをきざんで、平織り木綿のはぎれで作った小袋に入れると、戸棚や洋服だんすの虫よけ（イガやノミ）になる。

皿洗い

たき火にかけっぱなしにして焦げついたナベを洗うのに、使い捨ての洗剤つきスチールウールたわしだの台所用スポンジだのが昔からあったわけではない。古きよき時代、暮らしが「さびしく、貧しく、不潔で、野蛮で、短命[*8]」だったと言われるころ、人びとは住んでいる地域で手近に生えているものを利用した。

英国では、洗う物に合わせて松ぼっくりの一種などを使っていたと思われる。汚れがひどい場合は硬い松ぼっくりを使う。食べおえてすぐ洗う食器には、やわらかめのものが適す。また、枯れ草を球状に丸めたものもたわし代わりになる。汚れ落ちがよくてびっくりするよ。

もう少し手間のかかる方法にヘチマがある。熱帯地域原産だが、日当たりのいい部屋か温室やビニールハウスがあれば英国でも栽培できる。栽培中はキュウリのように見えて（分類上は同じ科に属する）、乾燥させると繊維質の中身だけが残る。店で売っているのを見たことがある人も多いだろう。一株育てれば、持続可能かつお金のいらない皿洗いスポンジが一年分かそこいら手に入る。しかも、からだ洗いのスポンジとしても使える。翌年の洗いもののためにタネをとっておくのを忘れずに。

CHAPTER

10

移動手段と旅の宿

お金を使わない移動手段の話題はどうも扱いにくい。今日のいわゆる「交通手段」のうち、お金を介さずに利用できる範囲はあまりに狭く、真に持続可能と言える方法は皆無なのだ。第3章でPOPモデル例を示して説明したとおり、カネなし交通の究極の形——少なくとも持続可能性の面から見た場合——ははだしで歩くことである。ひとつの理由を挙げると、この移動手段には資源がまったく必要ない。つまり、生態系への影響に関してはAプラスの評価がつく。ただしこれは、どちらかというと重要性が小さいほうの理由。

はだし歩きのもっと大きな意義は、地球と深くつながれる点にある。靴とは、言ってみればコンドームのような存在ではないだろうか。もちろん、どちらを身につけるのも、さまざまなものから守ってくれるからだ——片方は、寒さ、とげ、あるいはその都会版である割れガラスから。もう一方は、性病や予期せぬ妊娠から。

だが、これら両形式の保護に頼りきってしまったわれわれは大きな犠牲を払わされており、しかもその重大さにまったく気づいていない。心から愛する大切な相手と愛を交わすのに、コンドームをつけた場合とつけない場合を経験したことのある人なら、両者のちがいがよくわかるはず。どちらも甘美な経験ではあれど、後者のほうが、パートナーどうしの結びつきの強度がはるかに大きい。ぼくの経験では、〈全体〉なる宇宙と完全に溶けあう感覚にもっとも近づいた瞬間だった（お金を使わない避妊法とそれにまつわる問題点については第13章を参照）。

同じことが靴にもあてはまると思う。ぼくらと〈全体〉のあいだに立ちはだかる障壁となって、さらに大きな断絶を生みだす。友人でブッシュクラフトを教えているマルコム・ハンドルについて週末のサバイバル体験にでかけたことがあるが、まっさきに指示されたのが靴をぬぐことだった。最初はちょっと（いや、だいぶ）抵抗した。冬の日で気温は二℃。道は相当ぬかっているし、北向きの丘の風上側に立つぼくらの顔に一二月の強風が吹きつけていたのだから。それでも、最後はついにマルコムの説得に屈した。ああ、そうして本当によかったよ。はいていた厚底の長靴で何でもかんでも踏みつけて歩くのとちがって、足をおろす場所に気をつけねばならなくなる。両足の下に地球の存在を感じることができ、そのような作法で地球とつながるのは正しいと思われた。自然と歩くペースが落ちる。行く手を目で見、足でさぐりながら進む必要があるから、ふだんの速度で先を急ぐことなどできない相談だ。立ちどまらないかぎりは寒さを感じなかった。その週末、マルコムから習ったスキルはどれも役だつものばかりだったが、「靴をぬぐ」という単純な教えが一番重要だったのかもしれない。

個人的には、はだし歩きこそ究極のカネなし交通手段だと思っているが、もちろんそれだけが唯一の選択肢ではないから安心してほしい。長距離にしても短距離にしても、都市部でも農村部でも、速度もさまざまな移動方法がたくさんある。各自の置かれた状況と考えかたに合う手段を選ぶだけでいい。

ひとつだけアドバイスさせてもらうと、なるべく、遅刻しないかぎりで一番時間のかかる方法を選ぼう。必要なら家を早めに出るようにする。現代生活はあまりにもせわしなく、八〇歳になったときふと気づけば、「一生涯走りつづけてばかりで、立ちどまって近所の人と話もしなかった、花の香りをかぎもしなかった、鳥たちの陽気な歌に耳をかたむけもしなかった」なんてことになりかねない。そんな生活のペースが、今日の深刻なストレス社会を生んだ要因のひとつであり、ひいては多くの病気の大きな一因でもあると広く考えられている。

カネなしの移動手段について述べる前に言いそえておきたい。ご覧のとおり、いくつかの選択肢では、貨幣経済、工業経済の枠内で製造された自動車（およびその類似品）を使う。この点に批判が出るのはもっともで、ぼく自身、その先鋒に立つことも多い。移動手段に関するPOPモデル（第3章を参照）を見れば、ぼくの姿勢をわかってもらえるだろう。一部の選択肢は、現在地から次の地点へ行くための足がかり、移行策にすぎない。さらに旅をつづけた最終目的地に、完全に持続可能な生活様式があるのだ。

だからそうした批判は理解できるが、十把《じっぱ》ひとからげに非難するのも単純すぎやしないか。一七歳のときから毎日車を運転してきた人に、最初から三〇キロをはだしで歩けというのはあまりにも敷居が高い。生態系の維持はぼく流の無銭経済にとって大きな動機だけれど、本書のねらいはただ、どのような意図からにせよ、個人レベルの経済体制を多様化して、生態系を破壊せず身体的に健康でつながりあった生活を送れるようになる、そのための選択肢を提供することにある。

過度な単純化について、もう一点。ぼくらは皆、好むと好まざるとにかかわらず、グローバル化時代に生まれついた。その結果、ずいぶん以前（多くの人が「カーボンフットプリント」だの「気候変動」だのの単語を耳にしないうち）から世界各地に散らばって暮らしている――家族や友人を故郷（あるいはまったく別の土地）に残して。大人になって遠くはなれた場所で生活をはじめれば、新しい友人ができ、大事な人づきあいのネットワークが築かれていく。多くの人は、そうしたすべてを捨て去って故郷に帰る気にはなかなかなれない。かといって、家族や幼なじみに二度と会えないのも困る。そのような状況に置かれたらどうするか。人生、何事もシロかクロかでは割りきれない。正しい答えもまちがった答えもない。だからぼくは、知るかぎりのあらゆるカネなしの選択肢を、偽善臭プンプンのものまで含めて伝えたいと思う。誰もが各自の理想にむかって前進できることを願いつつ。

はだし歩き礼賛

マルコム・ハンドル（ブッシュクラフト講師、「ファイブ・センス」[*1]創立者）

はだし歩きと聞くと、トゲや、砂利や、何かベタベタするものを連想するかもしれない。しかし、はだしで歩くというのは、手さぐりするときと同じように触覚で道をさがすこと。目の前に木の枝がつきだしていればよけるのと同様に、進路上の危険を避けて歩くことになる。

足が冷えると思うかもしれない。足が冷たいとしたらおそらく、運動不足、乾燥、血流低下のせいだ。でも、筋肉を動かし血液が流れだすと、足は喜び、運動によってじきに温まる。血行がよくなり、神経がジンジンしてくる。歩くほどに足がマッサージされて、まるでリフレクソロジーの施術を受けているみたいに、気分も活性化するだろう。

だからきっと、恐れている寒さはすぐに忘れてしまうのではないかな。確かめる方法はひとつ、実際にやってみることだ。

なるほど、ふだんの動作とはちがい、一歩一歩意識的に注意ぶかく足を運ぶ必要がある。だが、それこそがわれわれに求められている生きかたなのだ。ともに生きる自然を、ゴム底越しに踏みつけにしてはいけない。私は自分の生きるこの世界としっかりつながっていたい。地中深くへと根を伸ばす木にならって、私もぬかるみにつま先をさし入れよう。

仮に、ボクシングのグローブを両手にはめた生活を想像してみてほしい。足は靴のなかで、まさにそういう思いをしている。暑くて、役たたずで、何かにさわることもできない。足が外界からへだてられていたら、自分がどこにいるのかさえわからなくなってしまう。いくら歩いたって、何の変わりばえもしないのだから。

露の降りた芝生で足裏を洗いきよめてみるといい。あたためられた砂の上を歩いてかかとの角質を落としてみるといい。足裏を刺激する散歩コースを備えたはだしウォーキングの公園もある。自宅の庭はダンスするのにもってこいだ。楽しみながら試してみよう。

移動手段

カネなしの靴

はだし歩きに次いでひとつ下の段階、すなわちわちわがPOPモデルの上から二番めに位置するのが、履き物の自作だ。簡単に作れるのはゴムぞうりで、古タイヤを切って底に使う（自分の足の形に沿って切りぬこう）。この底に使い古しのじゅうたんをかぶせてもいい。鼻緒はビニール袋を溶かして再成形する方法がある。[*2] ぼくもこの手のぞうりを長年愛用し、ビニール袋の鼻緒の代わりに古い自転車チューブを使っていた。

しかし、ゴムぞうり、とりわけ輸送業界から出る廃物で作った代物は、どんな用途にも適するとはいえない。もう少し保護機能を備えた丈夫なものが欲しかったら、ぼくの大好きなカネなし靴、オランダ式の木靴を手づくりしてはいかが。昔から農民や労働者のはく安全靴と見られてきたが、創造性豊かな人の手にかかれば芸術作品ともなる。今日でもオランダの農民のあいだで広く実用されている。興味ぶかいことに、サボと呼ばれるフランスの木靴はラッダイトと関連があり、個人的にその点も好ましく思う。一八〜一九世紀フランスの労働者たちははいていた木靴を投げいれて機械を破壊した。動機は単純明快で、自分たちの熟練の技が機械に取って代わられそうになったからである。この行為が広まるにつれ、サボタージュということばが生まれた。ヤナギ、ハンノキ、カバ、ポプラなどを材料に手彫りできる木靴は、英国のカネなし勢力にとってもあつらえ向きの履き物だ。

友だちには、ぼくが死んだら皮をはいで靴を作ってくれないかと言ってある。ヤナギの靴底に甲はぼくの尻の皮という組みあわせが理想だな。まだ誰も名のりをあげていないので、関心がある人は問い合わせを。

冗談や皮肉で言っているのではない。ぼくにとってはすごく大事なことなんだ。死後に何かの役にたちたい。中国製や台湾製の安価な靴が輸入されつづける二メートル下で、箱に閉じこめられたまま腐っていきたいとは思わない。人間はほかの動物以上の特別な存在でも何でもないのだから、牛や羊の皮で靴を作るのが許されるなら、ぼくのケツを使っていけない理由はなかろう。作家エドワード・アビーの発言はさらに一歩先を行く。「腐りゆく俺のむくろがビャクシンの木の根やハゲワシの翼の栄養となるのなら、じゅうぶんそれだけで俺は永遠の命を得る。人間にとってそれ以上は望むべくもない」[*3]。人間はこのような謙虚さを持って生きなおす必要がある。

ヒッチハイク

ヒッチハイクは、お金を使わないわざとしてよく知られている。路上に立つ自由人、持ちあわせは冒険心だけ、そんなイメージが浮かぶだろう。でもこの方法は、「誰か別の人が車を所有し、それにともなう経費や弊害を引きうける」のを前提とするから、カネなし暮らしの一番の象徴と思われてはいても、ぼくの移動手段のPOPモデルでは比較的低い位置にくる。

しかし、この選択肢をまるっきり無視するのも、これを長期的な解決法と考えるのと同じくバカげている。ヒッチハイクすれば、有限な化石燃料がより効率的に使われるし、旅人と土地の人に接点が生まれ、そこから双方が恩恵をこうむる。それに、少なくとも数人が旅本来の冒険を味わうことになる。パッケージ旅行の概念とは一八〇度異なる種類の経験だ。移行策であって理想の姿ではないけれど、さしあたり現在のところはこの慣習を生かしておいたほうがいい。ぼくは自分の足で立てるようになったころ――一九八〇年代――からヒッチハイクをしている。金銭的に貧しい時代には、町の出口という出口にヒッチハイカーが列をなしていた。それがいまでは、南東沿岸のロスレア港から北西部のドニゴール州までヒッチハイクでアイルランドを横断しても、途中でほかのヒッチハイカーをまったく見かけないほどだ。悲しい光景であり、お金がぼくらの生活におよぼした影響を思いしらされる。びゅんびゅん飛ばしていく車に乗っているのは、大概たったひとり。イデオロギーはどうあれ、ひどく効率の悪い文化としか言いようがないが、貨幣経済を沈ませずにおくには（第1章で見たように）これしかないのだ。

『ぼくはお金を使わずに生きることにした』[*4]でも述べたとおり、ヒッチハイクのコツは人生全般にもあてはまる。笑顔でいること。荷物は最小限の本当に必要なものだけにしぼること。友好的な態度をとること。直観と本能を信じること。そして何よりも大切なのは、ルートは頭に入れておくべきだが、冒険の好機がおとずれたときは乗っかってみることだよ！

路上のおきて

キャス・ケリー

（著書に『私のヒッチハイク旅日記（*Thumbing Through: Hitch-hiking Tales from My Diaries*）』、『一日一ポンドですごした一年間（*How I lived a Year on Just a Pound a Day*）』）

ヒッチハイクは危険な行為でしょうか。私は三〇年以上ひとりでヒッチハイクをしてきましたが、これまでに聞いた「恐ろしい話」の数はさほど多くありません。なかには、乗せてもらえるまで延々と待った人もいれば、言い寄られた人も――男女に関係なく――います。でもそんなのはどこにいたって起きうるのです。ヒッチハイク中に私が身の危険を感じた経験は、いままで一度もありませんでした。

車に乗せてもらうのに同意するか辞退するかを決める権限はこちら側にあるのだから、それをきちんと行使することが肝心です。行き先がちがったり、運転者が酒のにおいをさせていたり、ただ何となくいい印象を受けなかったりしたときは、断じて乗りこむ必要はありません。言うべきときに「ノー」と言っていれば避けられた問題は多いはずです。

服装と持ち物

(a) 合図に使うA４判の厚紙、(b) 太字のペン、(c) 明るい色で清潔感のある服装、(d) 雨具、(e) 小型のかさばらないかばん（ひざのうえに乗るものがよい）、(f) かばんの中身は小分けにしてビニール袋に入れる（雨にぬれた場合に備えて）、(g) 携帯電話、(h) 道路地図、(i) 飲食物（運転者にすすめる分も）。

ヒッチハイクに適した時間と場所

・昼間がおすすめ。自分の姿と合図の紙が車から見える時間帯のほうがずっと安全です。
・待避場所や開けた空間の手前。運転者が停車しようと思ったら、車線から降りるスペースが必要です。実際に車を寄せてくれたときは走りましょう。ぶらぶら歩いていって待たせてはいけません。

・高速道路入り口を示す標識の手前。「M6」などと大書された青い標識の先は歩行者立入禁止区域です。

・ガソリンスタンド。明るくて待機に適しており、設備がととのっています。運転者もひと休みしてあらたな気分で出ていくので、乗せてもらいやすいのです。

・市街地中心部からはなれた場所。町はずれまで歩けば、立ち姿が目にとまりやすく、行き先も理解されやすくなります。

・トラック用サービスエリアや工業団地の外。長距離移動にむいています。

・大規模イベント終了後の駐車場出口。何千台もの車がいっせいに出ていくのですから、誰かしら同じ方角へ行く人が見つかるはずです。

楽しいヒッチハイクを！

自転車

読者が無銭生活の本を手にとったのは、自転車について知りたいからではないだろう。英国のキャメロン首相(執筆当時)でさえ、ときに自転車で出勤するご時勢だ――ただし、お供の運転手に書類かばんを運ばせながら。[*5] ぼくが首相の交通顧問になったら(ありえそうにないたとえだけど)、いの一番に進言したいのがパニアバッグの導入について。自転車の荷台の左右に着脱できるサイドバッグだ。節減できる経費(彼の場合はぼくらの税金)は、運転手の給料から、自動車関連の諸費用――車検代、道路利用税、保険料、不健康――にまでわたる。ぼくの使っているパニアバッグは、フリーエコノミーのウェブサイトで呼びかけて入手した。正直、一九八〇年代からタイムスリップしてきたように見えたのは否めない。だけど、こいつの長所は、二〇年たってもまだまだしっかりしている点だ。あの時代の製品は質も強度もすぐれており、いまどきの商品につきものの計画的陳腐化とは無縁である。

キャメロンの書類かばんよりもっと大きい荷物を持ちはこばねばならない人には――それを理由に自転車は現実的でないと言う人も多い――自転車用リヤカーをぜひおすすめしたい。古い子ども用自転車のタイヤ、衣装ケース、木の板など、どこの家にもころがっていそうながらくたを寄せあつめれば自作できてしまう。「インストラクタブル[*6]」というすばらしいウェブサイトに作りかたが何通りも掲載されている。

カネなしサイクリング関連では、それ以外にも有益なヒントがある。まず、移動のためにお金を使うのはこれが最後と決めて（移動手段に関するぼくのPOPモデルを半分のぼったあたりに位置づけられる）、グリーンタイヤを購入すること。[*7] オランダではマリファナと同じくらい普及している（オランダ人に学ぶべきことは多い）この新発明は、再生プラスチックと微細発泡体でできたパンクしないタイヤである。グリーンタイヤを装着したぼくの自転車をフリーエコノミーのウェブサイトで人にゆずったことがあるが（フリーサイクルやフリーグルのほうが物をあげるのに適しているけれど、ちょっとひいき心が入るので）、それまで同じパンクレスタイヤを四年間使いつづけていたにもかかわらず、まだ新品同様に見えた。しかも、その四年のあいだ毎週五〇～一五〇キロも走っていたというのに、だ。普通のタイヤほど乗り心地がいいとは言えなくても、そんなのはじきに慣れてしまう。ちなみに、フリーエコノミー経由で愛車を手ばなした三か月後、またもう一度必要が生じたその瞬間に、さらにいい自転車をゆずり受けた。見返りを期待せずに与え、一瞬たりとも貸し借りの意識にとらわれなければ、必要な物は必要なときに与えられる。ぼくが過去四年間から何かを学んだとしたら、それを信じる心だ。

ライトについては、中古のダイナモライトがフリーサイクルやフリーグルで簡単に見つかるだろう。自力で発電するからお金がいらず、電池式ライトのすぐれた代用品になる。

理想を言えば、自分自身の燃料も自家栽培でまかないたい。からだのエネルギー源となる食べものを世界各地から輸入していたのでは、サイクリングも生態環境に対し中立な選択肢とは言えない。車を運転してカロリー消費をへらし、地元の産品で食をまかなうようにしたほうが、環境負荷の面からはましだという議論すら存在する。[*8] そうした見かたはあまりにも単純すぎるが、なるほど一考を要する点でもある。

きわめつけのカネなし自転車（きわめつきのスピードは出ないにせよ）ならスプリンターバイク[*9]だろう。英国ノーフォークにある「エコシェッド[*10]」のマイケル・トンプソンが製作した一〇〇％木製の自転車だ。二〇一一年には、時速一八・一一キロのみごとな記録も打ちたてた。まだ緒についたばかりの試みだが、地場産の木材を使った自転車は、将来のローカル経済においてごく普通の存在となるのかもしれない。

車の相乗り

移動手段に関するぼくのPOPモデルでは、底辺に近い位置を占める。ヒッチハイクの冒険性にも徒歩の持続可能性にも欠けるから。そうはいっても、新しい経済への移行期において一定の役割を果たしてくれるし、読者のPOPモデルでは頂点近くに位置するかもしれない。前述したように、ぼくが路上にいた日々に観察したところでは、通行車一〇台あたり平均で二一人分の空席がある。乗っている人は皆だいたい同じ方角をめざしているのに。

そんな生態学上の愚行に対する反発から、インターネットと連携した車の相乗りサイトが多数生まれた。なかでもすぐれているのが「リフトシェア[*11]」。同方向へ行く人どうしをマッチングするウェブサイトである。非常に大規模な会員データベースを有し、多数の行程が提供されているので、時間どおりにどこかへ行く必要がある（つまりヒッチハイクの余裕がない）ときは使ってみよう。

継続的なつきあいとなるケースも多いため、同じ場所へ何度も行く場合は特に役だつ。類似のサイトには（それぞれ少しずつちがいはあるが）、「ナショナル・カーシェア」、「フリーホイーラーズ」[*12]、「マイリフト」[*13]などがある。各自の必要にもっとも合うサービスを選ぼう。ガソリン代を分担するお金がない人は、自分で栽培した農産物や、地場の素材を使用した作品など、運転者に喜んでもらえる何かを代わりに提供するのもいい。

無料のバス

街住まいで、自分自身またはほかの人びとの移動手段としてバスが必要だと感じているならば、地域の無料バス運行サービスの先駆者になってみたらいかが。発想や情報の源として英国ブリストルのNPO「フリーバス」[*14]が参考になる。

化石燃料、保険会社、多くの機械類に依存するため、これもぼくのカネなし移動POPモデルでは下半分のどこかしらに位置する。しかし、サービスの提供時点では無料だから、人それぞれのお金を使わない動機によっては、POPモデルの頂点に近い選択肢となるかもしれない。いずれにせよ、この壊れたぼくらの経済によって不利な立場に追いやられた人びとを助ける、そのための移行策と考えるにとどめたほうが賢明だろう。見かけだけの「無料」にまどわされず、新しい経済――同じ自然界の一員である人類とその他の生物の真のニーズと調和する経済――の創出を、そしてそれに不可欠な社会改造を、たゆまず追求しようじゃないか。

宿泊

出発前に目的地での宿泊を手配しておこうか（ありあまる冒険心と信頼をたずさえ予期せぬ幸運に身をまかせようという場合は別として）。ぼくらの文化で宿泊といえばほぼ例外なく、B&Bかホテルか簡易宿泊所への滞在を意味してきたが、いずれも年々料金が上がるうえ、人間味も失われつつある。

もう旅先だからといって宿泊にお金を払わなければならない理由はまったくない。いまや、旅行者を泊める意志のある人が登録するプロジェクト——なかには何百万という会員を世界各国に持つものも——が多数存在する。さらにうれしいのは、めいめいのスタイルや好みに応じた何かがきっと見つかることだ。

カウチサーフィン、無料のもてなしウェブサイト、あるいはなりゆきまかせ

「カウチサーフィン」[*15]はぼくのお気に入りの旅コミュニティで、あらゆる無料のもてなし《ホスピタリティ》プロジェクトのうちでも最大の規模を誇る。執筆時点で世界中に三七〇万人の会員がおり、英国だけでも一五万人が旅行者をタダで自分の家に泊めたがっている。多数のベッドやソファが選び放題、滞在先がロンドンやニューヨークであろうと、はたまたクラギー島（TVドラマ「テッド神父」の舞台）やパラ（A・ハクスリーのユートピア小説『島』の舞台）だろうと問題ない。

タダで一夜のソファにありつける（ベッドで眠れることも少なくない）ばかりか、新しい友人もできる。カウチサーフィンする意義はまだほかにもあって、必見の場所に関するご当地情報がたちまち手に入り、ガイドブックに載っていない地元の人だけが知る穴場を訪ねられるのだ。それに台所を使えるから外食しなくてすむ。このプロジェクトの魅力は、単なる無料宿泊ウェブサイトの役どころに終始せず、旅人が現地の人と一緒に楽しめる活動を積極的に後押しするまでに進化した点にある。『タイム』誌はカウチサーフィンについて「単なる宿泊手段ではなく、まったく新しい旅のしかたである」と称賛し、日刊紙『ニューヨークタイムズ』は「ホスピタリティという古くからの概念を、きわめて現代的な枠組みに落としこんだ」と評した。

「ウォームシャワー」[16]はカウチサーフィンによく似たプロジェクトだが、自転車で全国を旅するサイクリストのみを対象としている。これを使えば、百キロ走ったあとに必要なのは何か――温かいシャワー――をわかってくれる同好の士と出会えるうえ、将来のサイクリング仲間ができるかもしれない。すごく運がよければ、サドルかぶれに効くあやしげな野草軟膏まで手に入るかも。本書執筆中のぼくのところに二晩泊まっていったジムという名のカウチサーファーは、旅の途上ずっとウォームシャワーのウェブサイトを利用しており、いろいろと裏話を聞かせてくれた。ファミリー向けのこの本には書けないような話がほとんどだが、あるとき泊まったものすごい金持ちの家では高価なシャンパンを一晩中飲まされ、二日酔いから回復するのに丸三日かかったそうだ。

このほか類似のサイトに、「ホスピタリティクラブ」[17]（国際親善への願いから生まれ、非常に多数の会員を擁す）、「グローバル・フリーローダー」[18]、「サーバス」[19]などがある。もしエスペラント語[20]をいくらか話せるなら、旅先で喜んで泊めてくれる人たちの国際ネットワークも存在する。エスペラントとは、L・L・ザメンホフが考案し、一八八七年に『第一書（*Unua Libro*）』と呼ばれる書物で世に問うた国際補助言語。旅をしながら、この国際親善を推進する中立的言語に習熟できるのだ。あるいはまた、事前に何も決めずに目的地へ行き、つとめて積極的に住民と交流したら、あとはなりゆきにまかせるという手もある。

フリーエコノミーが贈与経済における「スキル労働局」の役割をになうとしたら、フリーサイクルとフリーグルは「物品局」、いま挙げたようなウェブサイトは「一時宿泊局」といったところか。

野宿

もっと冒険心旺盛な向きには、テントやタープを背負っていって、気に入った場所に張ることをおすすめする。旅先で真のカネなし道をつらぬきたい（つまり工場生産のテントを使わずに）と思ったら、身のまわりにある材料で雨露をしのぐ避難所《シェルター》を作る方法をぜひ習得してほしい。森は絶好の宿泊場所だ。景色のすばらしさや隠れ家としての適性はいわずもがな、シェルターの材料にも事欠かない。

ブッシュクラフトのシェルター

手つかずの自然のなかで生きる体験をしてみたければ、ぜひとも、手近な材料でブッシュクラフトのシェルターを自作するすべを身につけよう。学ぶべきことはおもに、からだを冷やさずぬらさず快適に一夜をすごすのに欠かせない条件とは何か、そしてその要件を満たす資材をどうやって見つけるか、だ。シェルターには幅広い選択肢があるので、本物の原野におけるキャンプについて網羅的に知るには、やはりレイ・ミアーズ著『野外サバイバル・ハンドブック』の一読をおすすめする。

長期の無料宿泊

一晩や二晩ではなくもっと長期で一か所に滞在したい場合、「ステイ・フォー・フリー」[*21]を利用すると一軒の家をまるまる独占できてしまう。しくみは簡単。サイトに登録し、自宅の場所と行きたい場所を一覧に載せたら、データベースから希望に合いそうな相手を選んで、家の取りかえっこを申しいれよう。相手がきみの家にしばらく滞在してみる気になれば、二者間で時期と詳細を取りきめる。あとは目的地への移動を手配するだけだ。前述のとおり、方法はいくらでもある。

CHAPTER

11

オフグリッドの生活

オフグリッドについて書こうとするときに直面する最大の難関は、実のところ、「この語をいかに定義するか」だ。昔はいたって簡単だった。この語が意味するのは、電気を（したがって各種デジタル機器も）使わず、井戸または澄んだ川から水をくみ（かつてはそれが普通だった）、なたね油のろうそくをともし、畑でとれたものを食べることであった。ただし、当時はそれを「オフグリッドの暮らし」とは呼ばず、ただ「暮らし」と呼んでいたのだが。

地球規模で貨幣経済がすっかり浸透した今日、その輪郭はもっとあいまいになった。オフグリッドという語はいまでは、たとえ周囲の文明がほろんでも自力で生活をつづけられる家を指す。もっと具体的に言えば、電気・ガス・水道・ゴミ処理などの公共サービスに依存しない、つまり住人が必要とするすべてのものをみずから作りだせるしくみと技術を備えた、自律的な家である。

現実には、それほどはっきり割りきれるわけでもない。太陽光パネルで発電し、ボーリング井戸と雨水収集技術で水を調達し、パッシブソーラー設計と薪ストーブで暖をとる家は、一般に「オフグリッド」とみなされている。定義上それは正しい。問題は、「オフグリッド生活」を可能にする品々の製造過程で各種インフラの供給網（グリッド）に依存している場合、それはやはりグリッドに――やや間接的ながらも――依存した生活なのではないか、という点だ。雨どいや太陽光パネルの部品の多くは、製造過程で地球規模の遠大なネットワークを必要とする。これらの製品は、従来のグリッドに取って代わるために作られたはずが、実際は単なるその手先と化しているとも言えよう。過去十年間、物理的な線を持たない携帯電話やインターネット・ドングルの登場にともない、境界線はますます不明瞭になってきた。こうした無形で目に見えないネットワークも、依然としてグリッドの一部に含まれるのかどうか。

議論していたら夜になってしまううえ、ラズベリーワインの用意もないのだから、ここまでにしておこう。結局のところ、ことばの定義はどうだっていい。オフグリッドにする動機がきみとぼくとでまったく異なるかもしれないし。ぼくがオフグリッド生活に情熱をかたむけるのは、人間が周囲の（人間自身もその一部である）壮大な有機体と、たえまなくたたかうのをやめ、調和して生きられるしくみを、ぜひとも作りたいからである。真に持続可能な生きかたとは何かを探究してみたいのだ。だが、心の平安を取りもどすためにオフグリッドで暮らしたい人も、自分のカーボンフットプリントや光熱費をへらすためという人も、貨幣経済の束縛を逃れるため――少なくとも一年のうちの大半は――という人もいるだろう。さらには、「自由《フリー》」でいるためという人も。

オフグリッド生活のあいまいな境界線をはっきりさせてくれと言われたら、こんなふうに答えようか。世の終わりが近づき、あらゆる工業生産体制が魔法のごとく一瞬にして消え去ったとき（そんな夢を見たってかまわないよね）、きみのオフグリッド度は、その後を生きのびられる年月にひとしい、と。残りの人生をそれまでと変わらぬ流儀ですごせるなら満点。アウトドア用バッテリーの寿命がつきた、井戸の電動ポンプが壊れて水をくみあげられなくなった、などの理由で五年目以降に困難におちいるなら、ぼくから見れば、オフグリッドの度合いがじゅうぶんでなかったと言わざるをえない。だから、真にオフグリッドな生活の鍵は、自分でコントロールできない経済体制への依存をへらし、できるかぎりのシンプルさを保つこと。そうすれば、たとえその経済が沈没しちまっても、何の影響もこうむらずにすむ。オフグリッドの度合いを高めれば高めるほど、外部からの衝撃に動じなくなる。原油価格が急騰しようと、金融制度が完全に崩壊しようと、ロンドン、ワシントン、北京に異星人が飛来しようと。オフグリッド生活の純粋な形が、一〇〇％ローカルな贈与経済である。

いまこの瞬間に自身と生物圏にとって最善の選択をする足がかりとして、以下に挙げるカネなしツールのいずれかを選んで自分なりのＰＯＰモデルを描いてみることをおすすめしたい。それをとおして、じょじょに理想の生きかたに近づいていけるように。

電気エネルギー

真の意味で完全にお金と無縁の（すなわちどの過程においてもお金を要しない）発電方法など存

在しない。相対的にかなり持続可能な方式でさえ、絶対的な意味において持続可能とはいえない。発電に使われる鉱物や原料はいずれも有限であり、その多くの採取時に地球はさんざっぱら痛めつけられている。単結晶のシリコンウエハーを一から作ろうとしてみればすぐわかるはずだが、この作業には、グローバルなインフラと、それにともなう高度な〈規模の経済〉と細かい〈分業〉が必要だ。

無銭生活をうたった三年のあいだ、ぼくは太陽光パネルで生成した電気を使っていた。実際上も心意気においてもカネは使っていなかったものの、その一事が自分の試みにとっての汚点だと感じていた。太陽光パネルの使用を選択したのは、ラップトップコンピューターと携帯電話(かかってきた電話を受けるだけなら料金が発生しないプリペイド式)に電気がいるからで、実験内容と動機を世に知らせ、関心を持った人にわが経験を参考にしてもらうためだ。これはもちろん妥協の産物で、偽善じみている。でも、完全に不完全なこの世界に生きるわれわれは、ときにそんな決断もせざるをえない。

カネなし生活と電気の使用をどうしても両立させたければ、おもな選択肢は三つ。小水力、太陽光、風力だ。どれが最適かは住む場所による。ポルトガル南部やギリシャ在住なら太陽光がいい。スコットランド高地の住民なら風力のほうが適していると思われるが、流れの速い河川が近くにある場合は、水力と風力の組みあわせがベストだろう。発電キロワットあたりの効率がもっとも高いのがどの方法かも断言できない。政府の方針や新技術の登場によってしょっちゅうころころ変わるから。最適な選択肢とその導入方法について真剣に知りたい人には、『再生可能エネルギー・ハンドブック（*The Renewable Energy Handbook*）』[*1]をすすめておこう。

まず風力タービンや太陽光パネルを買いそろえなくては、と考えがちだが、購入が必須とはかぎらない。[*2]後述する「オープンソース・エコロジー」[*3]などのプロジェクトが、その種の機械類を自作する道をととのえてくれつつある。

照明

今日、ほとんどの人が電気を「必要」だとするごく基本的な用途に、照明が挙げられる。現代人はもはや、季節の移りかわりや日の出と日の入りのリズムに合わせた生活を送らなくなったが、その一因が、着実に発達してきた工場依存型の人工照明である。これもまた「ニワトリが先か卵が先か」の救いがたい事例で、そうした照明が生みだした終日営業・年中無休の文化によってわれわれは、照明なしではとても生きていけないと思いこまされてしまった。

はっきりさせておこう。家の明かりに関して、生態系にもっともさからわない非搾取的な方法とは、明かりを使わないことだ。結果的に資源消費をゼロにできるだけでない。ほかにもいろいろなこと――夜間におよぶ長時間労働など――をせずにすみ、その代わりおのずと、くつろぐか、人間本位の遊びを楽しむしかなくなる。大多数の人の目にこの対応策が（少なくとも）非現実的にうつるにちがいないとは、ぼくにだってわかる。だけど、この方法には利点――はなはだ軽視されているものの――が多い。明かりを消すことによって、大自然のリズムともう一度同期する道が開けてくる。ホリスティックな拡張した自己の物語を新たに創りだそうと思ったら、それこそが徹底して必要とされるのではないか。もっとわかりやすい利点もある。アイルランドにまだ電灯が普及していなかったころは、家を訪問しあって月明かりのリビングルームにつどうのがならわしだった。あの時代のリビングはまさに生きてい《リビング》たのだ。この部屋で人びとは、お話を語ったり、自作の詩や、パトリック・カヴァナ、ブレンダン・ビーハン、W・B・イェイツ、ウィリアム・アリンガム、ジェイムズ・ジョイス、オスカー・ワイルドらの作品を暗唱したり、歌やダンスを楽しんだりと、みずから娯楽を創りだしていた。あまりよく見えないから、仕事らしい仕事はできない。デジタルテレビ、コンピューターゲーム、オンデマンド映画といった強烈な気散じなど存在しなかったので、人びとはいまよりもずっと密に交流し、自分らなりの楽しみをともに創りだしたのである。

　しかし、それでもやはりどうしても人為的な照明を使いたいというのであれば、かならずしも電気や石油由来のろうそくがなくても家を照らすことは可能だ。ミツロウは立派に代役を果たしてくれるし、ミツバチの群れと協力して裏庭で生産できてしまう。第8章で述べたタイプの巣箱を利用すれば、質のよいミツロウをたっぷり採取でき、どこにでもある簡単な道具でろうそくを作製できる。ちなみにミツロウには、家具のつや出し、リップクリーム、木材の目止め、ジャムびんの密閉などの用途もあって、多目的に使えるため、生産意欲もわく。

　そんな手間をかけるより電気のスイッチをつけるほうが楽だという人には、ぼくが出会った一二歳の少年から刺激を受けてもらいたい。王立園芸協会主催のガーデニングショーで、その子の学級を対象に話をしたときのこと。アースシップを建てるよう、建築家のパパをその場で口説きはじめたばかりか、こう打ちあけてくれた。「ぼく、ミツロウでろうそくを作ってるんだ」。それだけじゃない。「余ったろうそくは売るんだよ。慈善団体に寄付できるでしょ」。ぼくら大人が自分の照明ニーズに対して責任をとろうとすらできないのなら、気候変動や資源枯渇に関して口から出ることばはただの空疎なたわごとにすぎないのか、と真剣に問うてみる必要がある。

照明に関するPOPモデルのさらにひとつ下の段階は、使うエネルギーを風力タービンまたは太陽光パネルで自家発電すること。どちらも光熱費はタダだが、破壊的で永続不可能な工業システムへの依存度がひと目盛り上がる。それでも、もしこれが現実的にいますぐ実行できる手だてだとすれば、やる意味はおおいにあるのだ。

調理

今日の調理器具のほとんどが、全国的な供給網で送られてくるガスか電気で動く。そういう手軽なエネルギー源を好きなときにいつでも使えるのは便利だが、ガスも電気も、調理手段としてさほど効率的でも持続可能でもないし、当然ながらお金がかかる。国際環境NGO「グリーンピース」によれば、英国の「中央集約型の発送電モデルでは、おどろくべきことに、投入された一次エネルギーの三分の二がムダになるため、必要以上の燃料使用と二酸化炭素排出を余儀なくされている」[*4]とのこと。この中央集約型システムによる発電量のうち、六一・五%が「供給源における非効率な発電と熱損失のために失われ」、三・五％が送電線を介した配電中に失われている。だが、損失はそれだけにとどまらない。最終消費者にとってこの種のエネルギーは無尽蔵に思われるし、発電に個人的責任を負う必要がない点も災いして、無関心からくる不注意と非効率により、さらに（残りの三五％のうち）一三％が末端でムダにされている。

料理するのにどのような方法をとるかは、おおいに重要である。生物圏の状態にとってや、われわれの大好きなこうした埋蔵資源の真上に暮らす人たちにとってだけでなく、われわれ自身にとっても同じ。普通のガスコンロや電磁調理器で料理をしたところで、地球（＝ホリスティックな自己）との深い結びつきなど感じられないが、たき火のまわりにすわって炎を見つめていると、自分のなかの本能的な何かが呼びさまされる。生と死の循環を、大自然の力を、強く意識させられ、食べものとの密接なつながりを実感できるのだ。

たき火

日常的に火を起こせる環境に住んでいるなら、たき火がイチオシ。生成エネルギーの比較的多くが大気中に消散してしまうのは避けられないから、たしかに、非常に効率のいい調理法とは言えない。それでも、工業化体制とそこから吐きだされるがらくたにまったく依存しない事実は、生態系への影響と脱お金という観点からポイントが高い。必要なのは、火口《ほくち》にする乾いた枝、薪、火種だけ。実際に料理するには、簡単な三脚スタンド（まっすぐで丈夫な棒三本をひもでしばるだけでじゅうぶん）に中古のナベをつるしてもいい。だが、ぼくの気に入っている方法はもっと単純で、Y字型の木の枝を二本、地面にまっすぐ刺し、そのあいだ（火の上）に水平に渡した棒にナベをつるす。

手近に石があって、火の熱を効率よく利用したければ、鍵穴型の暖炉を作るといい。円形部分で火を起こし、すごく熱くなってきたら一部の炭を長方形の狭い部分に移動する。火加減の調節がきくうえ、まわりの石だけでナベ（あれば大きなフライパンでも）を支えることができ、空気の循環もさまたげない。

ロケットストーブ

お金を使わずに暮らしはじめて二年半のあいだ、雨が降ろうと雹《ひょう》が降ろうと、カンカン照りだろうと、ロケットストーブで料理していた。ロケットストーブの製作は簡単で、材料さえそろっていれば、組みたてに要するのは一時間かそこら。しかも、消費社会からいくらでも出る廃物だけで作れる。必要なのは、L字排気筒（ゴミ捨て場で見つかる）、業務用サイズのブリキ缶（大きいロケットストーブを作るには食用油の一斗缶が使いやすい。近所のカフェや総菜屋で分けてもらおう）、断熱材（パーマカルチャーの視点から理想的なのは灰）だけだ。作るには、permaculture.co.ukのウェブサイトで検索ボックスに「rocket stove」と入力し、自分に合ったモデルを選ぼう。*5

ロケットストーブの唯一の欠点は、火が一口しか使えないこと。ジャガイモや大麦をゆでるナベの上部で野菜を蒸したり、ヘイボックスの余熱調理を利用したりして、ぼくはこの欠点を補うようにしている。

ヘイボックス

ヘイボックスは、お金を使わずに生きたいと真剣に望む人――あるいは少なくとも光熱費をかけずに料理したい人――には非常に有益な小道具である。エネルギー不要の、屋内でも屋外でも使えるスロークッカーだと考えてもらえばいい。作るのもタダ（文明社会の廃物には依存するが）で、ひとたび組みたててしまえばロケットストーブを補完するのに申し分ない存在となる。木材と時間をおおいに節約できるし、実質的にコンロが一口ふえたも同然である。

用意するのは箱ひとつだけ。木製の収納ケースでもいいし、中ぐらいの段ボール箱（61×46×36センチ程度が適す）でもいい。これに断熱をほどこすため、まずは手近にある不用品（アルミ箔や古いタイルなど）を貼りつける。それがすんだら次に、主たる断熱材として、発泡スチロールか、シュレッダーから出る紙くず、またはその名のとおり干し草《ヘイ》を詰める（自家生産できる干し草がぼくのお気に入りだ）。干し草を使う場合、タマネギをつるしておくネット何袋か（近所の八百屋でもらおう）に詰めこむと散らばらずに扱いやすくなるが、これは省略してもかまわない。断熱材の中央部には、大きな鉄ナベ（ふたつきのできれば両手ナベ）の入る空間を残しておく。これでできあがりだ。

使いかたも簡単。ふだん使っている熱源でナベを煮立たせるか、料理によっては、普通のガスコンロで火を弱める寸前の手順までをすませておく。きっちりふたをしたナベをヘイボックス中央の空間に入れ、詰めこめるだけの干し草で厚く覆ったら、箱のふたを閉める。さらに保温性を高めるため、毛布などでくるむか、地面に掘った穴に格納してもいい。

その後の所要時間は素材によって異なる。大麦なら約四時間、野菜スープなら約一時間、魚なら一時間半以上かかる。この方法で調理するときは計画性が必要で、昼食に大麦やライ麦を食べたかったら、朝のお茶を用意するついでに麦のナベも沸騰させること。完全に火が通ったら少しあたためなおすといいが、そうしなくてもかまわない。[*6] ありがたいのは、かけっぱなしで忘れていても絶対に焦げつく心配のないところだ。

アースオーブン

パン類を焼くのは、通常の料理と同じようにはいかない。お金を使わずにパン、ピザ、フォカッチャなどを食べたければ、地域に生えている木や廃材を燃料にできるオーブンが必要となってくる。そいつはすばらしい考えだ！と思ったら、まず、キコ・デンゼル著『アースオーブンを作ろう（*Build Your Own Earth Oven*）』[*7] を読むことをおすすめする。

アースオーブン（土窯）製作のコツは、乾燥させる時間をじゅうぶんにとること。季節によっては何週間もかかる。この時間を短縮したければ、オーブン内でちょくちょく小さな火を起こしてもいい。完成後は、何年にもわたって絶品のカネなしオーブン料理を賞味できるだけでなく、自分もピザやパンを作ってみたいと思う地域コミュニティのおおぜいの人をひきつけるにちがいない。最初にオーブンを製作するところから地域に開かれたイベントに仕立て、参加者全員のスキルや知識や資源を活用してはどうだろう。アースオーブンを一家族でそうしょっちゅう使うことはないだろうから、地域住民みんなで共同使用すれば、個人的にも社会的にも生態学的にも、あらゆる次元で有益な実践となる。

防寒

温帯地域での防寒対策は、生物圏の温暖化をまねかずとも可能なはずだし、暖房費をゼロにする方法も、単純なものから専門技術をともなうものまで多数ある。どれを選ぶかは当人の状況と必要しだいだ。

セーター（とズボン下）

家を断熱するよりも、自分自身を断熱するほうがずっとたやすい。それなのに、街の友人を訪ねていくとよくあきれてしまうのが、えらく暖房をきかせた部屋にTシャツ姿でいるんだよ。誰だって少しばかりの快適さを好んでかまわないとぼくも思う。だけど、温帯地域の住人にとって冬にセーターの一枚や二枚着るのが、それほどたいそうな負担だろうか。家をあたためるには自分で木を植えて薪を割らねばならなかったとしたら、暖かいセーターとズボン下を着ようともせずに大量のエネルギーを浪費するわけがない。

ガス容器の薪ストーブ

カネなしトレーラーハウスの暖房に三年間使ったのは、古いガス容器を改造した薪ストーブだ。どのような設計にするかは各自の置かれた状況によるが、選択肢はいくつもある。[*8] ぼくは一三キログラム容器を利用した。

アドバイスをふたつほど。まず、容器外面に付着している塗料と亜鉛を、熱できれいにはがし取ること。これらの物質が出す煙は非常にからだに悪い（はじめてのときは経験者やしかるべき技能の持ち主と一緒に作業しよう）。第二に、内部にぜひバッフルを取りつけたほうがいい。バッフルとは、たいていのストーブに装着されている金属製の板。この板があると、熱がすぐには煙突から出ていかない。つまり、燃焼ガスが出口を見つけるまで、しばらくストーブ本体内に滞留することになる。そのため、ガスが空気と混ざりあう機会がふえてじゅうぶんに燃焼するから、部屋がより暖まる。その燃焼効率や、家屋全体の設計との兼ねあいいかんで、この薪ストーブを調理器具や給湯器として使うことも可能。

自作したあと、数か月使ってみて効率のよさを確認できたら、フリースキルのつどい（第12章を参照）を開いて、地域の人たちにも作りかたを教えてあげよう。

メイソンリーストーブ

ガス容器のストーブ（タダで作れるが熱効率は五〇～六〇％にとどまる）よりももっと効率のよい暖房器具が欲しければ、パトリック・ホワイトフィールドのすすめるメイソンリーストーブ[*9]がある。前述したような従来型の薪ストーブが対流（燃焼しながら空気を熱する）を利用して部屋を暖めるのに対し、レンガ造りのメイソンリーストーブは、日中の急速燃焼によってレンガの壁面や上貼りのタイルに熱をたくわえておき、以後、夜までゆっくり時間をかけて放出される輻射熱《ふくしゃねつ》を利用する。

特にパッシブソーラーの家で威力を発揮し、この種のストーブの設置（あるいはほかのストーブからの改造）は、お金を使わない暖房としてはおそらく最良の手段といえよう。家を新築する場合、中央にメイソンリーストーブを置く設計にすると、この一台で「中規模の家なら一階と二階のすべての部屋が暖まる」[*10]。普通の寒さの冬の日であれば、一度、四五分間ほど火をたくだけで、一日中何とか乗りきれる。パッシブソーラー建築の場合、厳寒の日でもこれでじゅうぶんなほどだ。

メイソンリーストーブに関してホワイトフィールドが指摘するもうひとつの利点は、普通なら使いみちに困るような「剪定枝や割れやすい板を活用」できること。また、燃焼効率がよいため、煙の排出が禁止されている都市部でも使えそうだ。ひとつ残念なのは、最初の設置時にお金――しかも相当の額――が必要な点である。

薪の調達

ロケットストーブで夕食をこしらえるにせよ、ピカピカのこじゃれた薪ストーブに火をつけるにせよ、燃やす木を調達しなければならない。

着火用のたきつけには、使い古しの野菜用木箱が非常に便利。すぐに火がつくし、ばらすだけで着火にうってつけの大きさになるから、細かく割ったりする面倒がない。青果物の卸売業者や小売店は通常、こうした箱の解体と廃棄に時間とお金を費やしており、感じよくたのめば喜んでどっさり分けてくれるはずだ。

燃焼用には、もっとずっとしっかりした木が必要になる。運よく近所にトネリコ、サンザシ、カエデ、ハシバミが生えていたら、いずれもいい薪がとれる。倒木を拾ってくるなら、つねに木の種類を見わけるよう心がけよう。それぞれに異なる性質が燃えかたにも影響する。経験豊富な知人がいると助かるが、いなくても自力でさがすうちに知識がついてくるから心配ない。たまたま、レディ・シーリア・コングレーヴの筆になるかわいらしい詩[*11]を見つけた。これを暗記するかメモして持ちあるけば、薪をさがす際、木の種類ごとの特質を端的に教えてくれる。

薪のうた

ブナの火は明るく澄んでいる
一年寝かした薪ならば
クリを薪に使うには
じっくり寝かせておかなくちゃ
ニワトコの木を燃やしたら
家族の誰かが死の床に
でもトネリコは新しくても古くても
金のかんむりかぶった女王さまにふさわしい

カバとモミの薪は燃えるのが速すぎる
かあっと燃えて長持ちしない
アイルランドの言いつたえによれば
サンザシはパンがおいしく焼ける
ニレは教会墓地のかびのように燃え
炎でさえも冷たい
でもトネリコは緑色でも茶色でも

金のかんむりかぶった女王さまにふさわしい

ポプラの煙はひりひり痛い
目にはしみるし息もつまる
リンゴの木は部屋に香りをつける
ナシの木は花が咲きにおうよう
オークを乾かし寝かせておけば
冬の寒さも寄せつけぬ
でもトネリコは乾いていてもいなくても
王さまがスリッパをあたためにくるだろう

一般に、集めたどんな木でも、燃やす前に時間をかけて乾燥させるべきである。木を伐採する場合は、それより多くの木を植えてほしい。次世代がお金を使わずに生活できるかどうか——少なくとも暖房面で——は、きみの何年も先を見越した行動にかかっているのをお忘れなく。

都市に住んでいて樹木や倒木を利用しにくい場合、地域に建具屋か大工の作業場があれば、不要な切れ端を拾わせてもらえないかたずねてみよう。ただし、塗装や薬品処理をほどこした木材、パーティクルボード、MDFは燃やしてはいけない。ついでに、火起こしに重宝するおがくずも、運べるかぎり袋に詰めこんでもらってくるといい。たきつけに使う新聞紙におがくず少々をはさみこむだけで、火のつきが早くなるのと同時に火持ちもよくなる。余るようなら、コンポストトイレでウンコのうえに振りかけるのにも最適だ（第7章を参照）。

太陽熱

屈強な部類の友人らさえも欲しがる数少ないもののひとつが、熱いお湯である。少なくとも冬はお湯が使えないと厳しいよ、と。英国の気候を考えれば、それも無理はない。ぼくらが口先で希求する真の持続可能性と、情けないほど柔弱な首から下が慣れきった快適さとを両立させる、魔法のような解決策があるわけではないけれど、期待値という面で、これがいまの時点での現実である。妥協点はあるだろう。太陽熱温水器なら購入しなくても自作できる。ニック・ローゼン著『オフグリッドの暮らしかた（*How to Live Off-grid*）』では、シェフィールド近郊のタウンヘッドにある家々で「もっとも単純な形のＤＩＹ太陽熱温水器」が使用されている実例が紹介されている。「古いラジエーターに黒ペンキを塗り、南向きの壁面に取りつける」のだ。黒い色は熱を吸収する。ローゼンによると、「井戸水、または屋上のタンクにたまった雨水が、このラジエーターを通る際に太陽であたためられ[*12]」、最終的に風呂場や台所にたどりつく。

オープンソース・エコロジー

「オープンソース・エコロジー」は、「グローバルビレッジ建設セット（GVCS）」[*13]の構築をめざす、農家、技術者、支援者による共同プロジェクトである。GVCSとは、「現代的な快適さを備えた小規模かつ持続可能な文明の構築に必要な工業機械五〇種を容易に組みたてられる、モジュール式、自作型、低予算、高性能のプラットフォーム」とのこと。対象となる機械は、3Dプリンター、風力タービン、粘土からアルミを抽出する装置までと幅広い。

プロジェクトを支えている寛大な精神、関係者らの意図や気風はともかく、このような機械類はぼくの哲学に照らすと、わが暮らしにおける適正レベルのテクノロジーに関するPOPモデルの底辺付近に位置する。それでも、すでに組みたて済みのものと今後予定されているものすべて（設計の詳細は無料公開）に関して「オープンソース、低予算、モジュール式、ユーザー本位、自作型、循環的製法」が重要な特徴だと述べられている以上、ここに含めるのが適当であろう。このプロジェクトの仕事が、読者にとって、また人類全体にとって、現行の貨幣経済から将来の脱一極集中型で一〇〇%ローカルな贈与経済に移行する手助けとして、非常に役だつかもしれないから。

オープンソースのテクノロジーと無料の通信

ぼくが適正と感じるテクノロジーの水準からすると、機械化に反対するラッダイトでさえシリコンバレーの起業家も同然に思えてしまうほどだから、以下に挙げるようなオープンソースのソフトウェアを推奨するのはなんだかおかしく思われるかもしれない。たしかに、そうした複雑な原料調達過程をともなう科学技術の存在こそが個人的・社会的・生態学的危機の多くの根本原因だ、というのがぼくの信条である。が、その一方で、科学技術の背後にある物語のせいでおちいった混乱状態からわれわれが抜けだそうとする移行期に、当の科学技術が一定の役割を演じうる可能性については、ぼくも否定しない。実際、本書のあちこちに登場する移行ツールの多くが——人びとを戸外の生活にふたたび参加させることを究極の目的としてはいても——程度の差はあれオンライン的側面を有している。

ソフトウェアにせよハードウェアにせよ、どのテクノロジーを利用し、どのようにそれを入手するかは、特にカネなしの生活および運動との関係において非常に重要だ。オープンソースのテクノロジーは、誰もが無料で使えるばかりでなく、フリーエコノミーのもとづく原理とも方向性が一致する。

コンピューター、携帯電話、その他の通信機器

現在使っているラップトップ型コンピューターと、その前に持っていた二台は、地元のフリーエコノミーグループのメンバーからゆずり受けた。いずれも、新しいモデルに乗りかえた持ち主にと

って不要となったものである。もちろん、そういう不要品が出るのは新製品を買いつづける人がいてこそだ、との指摘は正しい。でも、だからといって、いま現にある資源のすべてをとことん活用しつくさない手はない。ましてや、脱工業化経済、非貨幣経済への移行促進に利用できるとしたら、なおさらだ。フリーサイクルかフリーグルでパソコン一式が見つからなくても、パーツを複数の会員から集めることは可能なはず。ある人からはディスプレイ、また別の人からはキーボードとマウス、といったぐあいに。あとは組みたてるだけで、その方法はフリーエコノミーグループの誰かに教えてもらえるだろう。

携帯電話を持っていないと話すと、かならず誰かしらがお古を使えと言ってくれる。たいへん親切で心の広い申し出だとは思うけれど、問題は、ぼくが携帯電話を持っていない理由。欲しくないから持たないだけであって、周囲で次々と使われなくなっていく端末が不足しているせいで持てないわけじゃないんだよ。新しいピカピカのグッズに執着がなければ、携帯電話を買いかえる必要など皆無。SIMカード入りのプリペイド式が一台あれば、無料で着信を受けられる。このタイプをぼくも三年使った。

無料の通信

コンピューターを入手したら、利用するOS（オペレーティングシステム）とソフトウェアを決めないといけない。

もうおわかりだと思うが、携帯電話というものがあまり好きでない。理由はたくさんある。ミツバチへの悪影響を指摘した研究、仕事に遊びに昼夜関係なく即座に連絡がつく点、もうこれなしでは生きられないと思いこませてしまう狡猾さ。どこにも線でつながっていないので表面上はオフグリッドに見えるし、太陽光で充電していれば、なおさらそう錯覚しがちだ。だけど、接続先のグリッドが目に見えないだけで、見えないからといって存在しないことにはならない。

● Skype

よく不思議に思うのが、タダで話せる「Skype《スカイプ》」[*14]を使う人の少なさ。利便性では携帯電話に劣るし、携帯の通話料金が下がって相対的な魅力が減じたのだろう。それでも、お金を使わずに生きたいが遠方の家族や友人とも連絡をとりあいたいという人は、電話とビデオ通話のいっさいをSkypeに切りかえ、インターネットに無料でアクセスできる場所から使用するといい。

Linux

「Linux《リナックス》」はオープンソースのコンピューターOSであり、これをもとにした無料のOS（Ubuntu《ウブントゥ》など）は、マイクロソフトやアップルが販売する有料のOS（Windowsなど）の代わりとなる。Ubuntuは、ぼくが過去に購入したどのOSよりも使いやすかった。起動時も使用中も動作がだんぜん速く、安全で（お金のかかるウイルス対策は不要）、そのうえフリーエコノミーや贈与経済の思想にぴったり合致する。ここ二〇年ほどで人気が高まり、互換性のあるソフトウェアもますますふえてきた。ゆえに、テクノロジーの主導権を大手多国籍企業からユーザーの手に取りもどしたい人にとっては、うってつけのＯＳなのだ。

OpenOfficeとLibreOffice

LinuxがMicrosoft Windowsに相当するとしたら、「OpenOffice」*15はMicrosoft Officeに相当する。無料かつオープンソースのOpenOfficeは、高価なワープロ／表計算／プレゼンテーションソフトの代わりになる。今日ほとんどのコンピューターユーザーが後者を使っているのは、OpenOffice（LinuxでもWindowsでも動く）などの存在に気づいていないからとしか考えられない。ぼくの経験ではどちらのソフトも使い勝手に差はなく、本書はOpenOfficeで書いた。

二〇一〇年にはOpenOffice開発チームの一部メンバーが、将来起こりうる外的問題からOpenOfficeを保護する目的で、ザ・ドキュメント・ファウンデーションという新組織を発足させた。その結果生まれた「LibreOffice《リブレオフィス》」*16（「自由なOffice」の意）も、OpenOffice同様、ほかの主要オフィスソフトやプラットフォームとの互換性を備えている。これも試しに使ってみてから、自分に一番合うオフィスソフトを選ぶといい。

情報セキュリティ

今日の文化において（少なくとも英国で）は不幸にして、世間とちがった生きかたを選ぶ人間——特に支配的な文化の物語に疑問を呈する人——は、当局の監視下に置かれやすい。メディアがすっぱ抜いた最近の例も、電話の盗聴から、警察のスパイが何年にもわたり環境保護団体に潜入していた事件まで、さまざまである。「隠すことがなければ恐れる必要もない」のスローガンを政府はしきりとかかげるが、学者や思想家のあいだでこのりくつは、とうの昔に説得力を失っている。

仮に、読者の皆さんには隠さねばならないことなどないものとしよう。だからといって、自分の住所と昨年分のクレジットカード請求明細をぼくに送りたいと思うだろうか。健康診断の結果は？　はだかの写真は？　おそらくいやだろう。プライバシーを守ろうとする欲求も、プライバシーが守られる権利も、何か犯罪だとか恥ずべき行為だとかに手を染めたから生じてくるわけではない。また、求められればどのようなものでも、どのような当局者にも開示する義務を負わされるなど、人間としてのまっとうな地位とは言えない。まして、そうした公的機関のデータベースにたびたびハッカーが侵入したり、情報漏えいが起きたり、機密データの入力ミスなどのせいで理由もわからず逮捕される人や銀行口座を凍結される人が出たりしている状況を考えたら、ことはいっそう深刻だ。

「透明性か、プライバシーか」の議論ではどちらの陣営にももっともな言い分が存在するけれど、主張のホコ先が自分にはむかわず相手にばかりむけられているように見える。グーグル社や警察は、自組織に関する情報すべてを公開するのに熱心だろうか。とてもそうは言えない。

本書はプライバシーについて長々と議論する場ではないが、ぼくの信条を述べさせてもらうと、個人情報がどれだけ追跡・収集されるかについては、本人みずからが決定権をにぎるべきである。そこで、データ保護に役だつ無料のツールをいくつか紹介しよう。

DuckDuckGoとStartpage

いかなる理由にせよ企業に個人情報を収集されるのは好まない、という人におすすめの検索エンジンが「DuckDuckGo《ダックダックゴー》」[*17]。IPアドレスやユーザー情報を収集される心配がいっさいなく、cookie《クッキー》機能もどうしても必要な場合以外は使われない。プライバシー保護のほかにも利点がふたつある。ひとつは、うっとうしい広告――「邪悪になるな」を社是とする人たち（グーグル社のこと）の開発したアルゴリズムにより「ユーザー心理の無防備な側面に訴える」と判断された――が表示されない点。もうひとつは、いわゆるフィルターバブルから脱出できる点だ。グーグルの検索は誰がおこなっても同じ結果が出ると思っている人が多いが、実はちがう。表示される結果は、その人の検索履歴やクリック履歴など、五〇項目以上の指標にもとづいて変化するのである。だから、自分と同意見のものを何度もクリックしていると、対立する内容の情報や異なる見解の優先順位がしだいに下がってゆき（実質的に除外され）、得られる情報の範囲が狭くなってしまう。[*18] DuckDuckGoなどの検索エンジンにこのようなしくみはない。

グーグルの高度な検索アルゴリズムは気に入っているが、自分の閲覧履歴が筒抜けになるのはいやだ、という場合は、「Startpage」[19]がすぐれた折衷案だ。検索内容を追跡されたりIPアドレスを記録されたりせずに、グーグルの検索結果を利用できる。

Hushmail

いま現在、普通の電子メールアカウントを使っているとしたら、メールを送るたびにcc欄に警察やMI5（英国情報局保安部）を含めているも同然である。何か「不適切」な挙動が疑われる人物のアカウントに、これらの機関はいともたやすくアクセスできるのだから。ちなみに、その筋では、地球上の命のコミュニティを企業利益から守ろうとする活動のほぼすべてを「不適切」枠に分類しているらしい。

実のところ、本当に安全な電子メールの送信法は、けっして送らないの一点につきる。代わりにもっと旧式の方法をとるのだ。森のなかこそ——携帯電話さえも身につけないほうがいい——おそらくこの国に残された唯一の完全に安全な密談場所であろう。

情報セキュリティの尺度上で「森に逃げこむ」の次に安全なのが「みずから運用するサーバー上で電子メールを利用する」だが、これはどう考えても持続可能でない。もっとも現実的な選択肢は「Hushmail」[20]のアカウントを取得すること。Hushmailは送信前にメールを暗号化するため、宛先の人物自身だけが何らかの方法で解読したあとも、他人はけっして読むことができない。Hushmailの弁によれば、「一般的な電子メールの安全性は普通郵便の絵はがき程度」であるのに対し、Hushmailのシステムは「のりづけした封書」に近いそうだ。Hushmailは違法な用途には使えないので、その点に留意されたい。ただし、プライバシーは最優先事項にかかげ、最後まで守りぬく方針をとっている。サーバーが設置されているカナダのブリティッシュコロンビア州の法律にもとづく命令がないかぎり、いかなる状況においても顧客情報を開示することはしない。

TrueCrypt

HushmailやDuckDuckGoを気に入る人は、きっと「TrueCrypt」にも関心を示すはずだ。コンピューター上にある他人にアクセスされたくないファイルを、オンザフライ方式の暗号化で保護するソフトウェアである（二〇一四年に匿名開発者がプロジェクトを中止）。より持続可能で自由公正な世界をめざす活動家らへの弾圧を政府が強めるなか、現行の制度に対して立ちあがる勇気の持ち主を牢獄から遠ざけるために、TrueCryptなどのツールは重要な役割を果たしうる。その安全性は信じがたいほど高い。金融犯罪の容疑でブラジル人銀行家ダニエル・ダンタスを取り調べていたＦＢＩは、TrueCryptの保護がかけられた容疑者所有のディスクにアクセスしようと一年間を費やしたが、ついに解読できなかった。銀行家がTrueCryptで身を守ることができるのなら、活動家がそうしたっていい。ただしパスワードを忘れないよう注意すること。万一忘れた日には、世界中の優秀なハッカーに何年もかけて再度アクセスできるようにしてもらわなければならない。

CHAPTER

12

教育

学校は、人々に現状のままの社会が必要だと信じ込ませるための宣伝機関である。
——イヴァン・イリッチ『脱学校の社会』(東洋、小澤周三訳、東京創元社、一九七七年)

言うまでもなく、教育は、ぼくらが幸せに生きるうえで重要な存在である。だが、どのような教育が一番いいのか。この問いに答えるには、まず、いったい何のための教育なのかを考え、定義しなければならない。賃金経済のなかで暮らしていくため、工業化、管理、消費主義の反復的なベルトコンベアに乗っかって暮らしていくためだとするならば、現行の教育制度は多くの点ですぐれている。経済成長という船が沈まないように、規格化された身体と心の持ち主を大量生産する、という意味では傑出した制度なのだから。また、この船の土台をなす文化的物語を疑う力を根絶やしにする手腕にたけた制度であるのもまちがいない。しかし一方で教育というものの目的を、幸福な人生――周囲と深くつながりあい、持続可能、創造的、自由、ホリスティックで、思いやりと冒険にあふれた人生――を送る機会の最大化に置くとしたら、そういう教育ははたしてどのような形をとるだろうか。

プラスチック製品を梱包したり「じゅうたんのおそうじがラクになる画期的な技術」を考案したりするだけが人生ではないはずだと思うならば、ぼくらの教育観を考えなおしてみよう。学習のいとなみからは逃れようとしても逃れられない。日常のどんな瞬間にも人は何事かを――無意識のうちにせよ――学んでいる。だとしたら、何が何でも教室でおこなわなければいけないのだろうか。いまの教育制度のように、グローバル経済のなかで職を得るために現実的に求められるスキルを、あらたまって子供たちに教える必要があるのか。それよりも、生涯、実生活をとおしてみずから学びとっていくほうが賢いのではないか。「幸福かつ健康的で創造性に満ちた人びとが住まう環境の創出」を第一に考えるコミュニティのなかで、日常生活と教育を一体化させたほうが。

現在直面しているもろもろの試練を考えるに、次世代の人類が――いやおうなしに――受けつぐ世界は、ぼくらの子どものころとはかなり様子が変わっていると断言できる。だからこそ、教育のしかたを再考しなければならないと思うのだ。将来、子ども世代の関心事の中心が、どうやって食べていくかや、その他、生きのびるためのさまざまな必需品をどうやって生産するかにあるとすれば、ジャストインタイム生産方式のメリットとデメリットだとか、小売マーケティングにおける一〇の重要ルールだとかを教えるのは、はたして一番賢い前向きな道だろうか。

けっして、現行の教育制度がすべてまちがっていると言いたいのではない。われわれが信じこんできた物語を前提にすれば、おそらく考えうるかぎりで最高の制度だろうし、ほかの多くの国ぐにと比較しても、それを持っているわれわれは非常に運がいい。だが、いまの制度には機会費用がともなう。支払うには高すぎると思わざるをえない代償が。われわれが学んでいるのは、ハイテク社会向けの分業体制にもとづく経済のためのスキルであって、人間の生活に求められるごく基本的なニーズがまったく考慮されていない。

生まれてはじめて植物のタネをまいたとき、ぼくはすでに二二歳になっていた。たまにブラックベリーを摘んだことがあるのをのぞいて、自生している食べものを採集した経験もなかった。木の種類を見わけることもできず、ましてや、イスをこしらえるのにむく木はどれか、家を建てるのに適した木はどれかなど、見当すらつかなかった。ガールフレンドに自分の気持ちを伝える方法がわからず、いつも口論になった。世界に「環境」問題が存在することは知っていても、微生物が、菌類が、藻が、ミミズが、死が、生物圏全体とそこに生きとし生けるものの健康にとってどれほど重要きわまりないものか理解していなかった。企業の損益計算書ならやすやすと作成できるのに、誰かを無条件に愛する方法はさっぱりわからなかった。『あなたの子どもには自然が足りない』[*1]の著者リチャード・ルーブは、「自然欠乏障害」が原因で肥満・うつ病・注意欠如障害などが非常にふえたと分析する。ぼく自身はアイルランドのまあまあ田舎で育ったから、そこまで極端に重症ではない。とはいえ、ほかの生物に対する畏敬の念がめばえたのはつい最近にすぎず、それもまた自然界との隔絶がもたらした深刻な影響だ。

第4章でもふれたが、「子どもの教育があるから」お金を手ばなせないと話す親が実に多い。そういう声に異をとなえることはできない。今日のような暮らしをしていたら当然だ。だが、教育と学習の理論的根拠を変え、それにもとづいて互いのスキルや情報を分かちあう方法を変えていったならば、さらにこの新しいものの見かたを反映して、学びを日常生活に組みこんだ新たな生きかたの設計図をともに創りあげていったならば、お金を手ばなせないという理由は見あたらなくなろう。

想像してみてほしい。子どもが都市郊外の学校に通う代わりに、創造性、周囲とのつながり、自由、そして楽しみ（！）に満ちた人生を送れるような教育を望む人びとのコミュニティのなかで成長する、そんな世界を。ある朝ベニー少年は、お母さんと一緒にワイルドガーリックを摘みにでかけ、帰ってきたらその収穫でお父さんが昼食を作るお手伝い。午後は友だちと好きなように遊んでよくて、夕方には家でお姉さんと本を読む。翌日は、近所のジムさんのところへイスづくりを手伝いに。イスの素材は、ジムのおじさんが三年前に植えたヤナギの定期伐採木だ。この教育のしくみでは、いつ教わりにくるもこないも本人の自由だが、たいていいつもベニーくんはやってくる。自宅のフォレストガーデンに実ったプラムでお母さんがジャムを作るときも手伝う（と同時に算数も教わる）し、お父さんのタネまきも手伝いたがる。かごいっぱいの卵を集めるときもあらわれて、そのあと池のまわりでカモやニワトリを追いまわす。こうした制度は、ナイジェリアのイボ族の格言「オラナアズンワ（子どもひとりを育てるには村じゅう皆の手が必要）」にも通ずる。これに似た世界を想像できる人は、この先を読みすすめ、納得のいく方法でわが子を教育する努力を惜しまないと誓ってほしい。

非貨幣経済のための教育

本章では、夢の学習方式を実現する可能性について長々と書きつらねたりはしない。その必要がないからだ。もうすでに実践している人たちがあちこちにいる。まったくお金——税金にしろ何にしろ——をかけずにおこなわれている方法もある。また、いまのところは現金が（ときに大金が）使われているにもかかわらず、ここに含めたものもある。それは、(a) 贈与経済の素地がととのえばたやすく金銭抜きでおこなうことができるから、(b) 生徒に対しても教師に対しても、いまの暮らしに疑問を持ち生きかたを大きく転換するよう積極的にうながしているから、との理由による。それらすべてを紹介し、現在のような過渡期においてすでに実行可能な教育方法の幅を示すことで、将来の教育の形が見えてくるかもしれない。

在宅教育

子どもの教育方法として人類史上の大半にわたりとられてきた形態であるのに、たった数百年の歴史を持つにすぎない学校教育制度のせいで、今日、学校に通わせず自宅で教育することは、概して過激な思想とみなされるようになってしまった。それどころか、法律に抵触しないか確かめないうちは安心できない人も多いほどだ。実際、法的には何の問題もない。教育は義務であるが、学校へ行く義務はない。現代教育の低俗さと不適切さへの応答として、ジョン・ホルトの『教室の戦略

——子どもたちはどうして落ちこぼれるか』[*2]、『学習の戦略——子どもたちはいかに学ぶか』[*3]、イヴァン・イリッチの『脱学校の社会』[*4]などが出版され支持を集めた一九六〇年代ごろから、ホームスクーリングが復活をみた。

在宅教育という選択

ロス・マウントニー[*5]

(『学校に行かずに学ぶ——在宅教育(*Learning without School: Home Education*)』[*6]著者)

既成の枠からはみだす人生の選択肢が数あるうちでも、ホームスクーリングという選択はおそらくもっとも不安を覚えるものだろう。しかし英国では、学校教育に不満をかかえた何千という親たちが、家庭での教育に活路を見いだしている。この小文が、実際の様子を知って不安が取りのぞかれる一助となればさいわいである。

わが家の子どもたちを自宅で教育しようと決めた理由はおもにふたつ。結果にむかってベルトコンベア式に子どもを追いたて、人間性の発達を軽視するような教育に、ほとほと嫌気がさしたため。そして、もっと重要なのは、子どもたち自身がいかにもつらそうだったためだ。そのせいで体調もくずしたし、入学前に見せた学習意欲が融通のきかないカリキュラムのもとで失われていくのを目の当たりにして、私たちは衝撃を受けた。

学齢期をすぎて社会に出た現在では、同じようにホームスクーリングで育った子どもたちとども、家庭での教育がいかに効果的であるかを示す証拠となってくれている。学ぶ意欲を刺激するよう個性に応じた道すじをととのえてやれば、子どもは生産的な人生を送るのに必要な能力を身につけていく。家計の事情でお金をかけようがかけまいが、よい教育は可能だ。幅広い層の人びと、特に多くの大人と接することで、子どもたちには貴重な社交性が身につく。禁止だらけでかえって不合理とも思われる学校の社交風土とは対照的である。ホームスクーリングで育った子らも、本人が希望すれば、さほどの困難を感じずに大学進学や就職を果たすことができる。

ホームスクーリングの実際

ホームスクーリングの方法は、各家庭の必要に応じて好きなように決めていい。誰もがよく知っているのは学校の教育方式だから、それを手本にはじめる親が多い。教科書スタイルの問題集はほとんどの図書館に置いてあるし、オンラインでも閲覧できる。インターネット上の学習用ウェブサイトやゲームなどのアクティビティ（「BBCラーニング」など）にも事欠かない。ナショナルカリキュラム（英国の学習指導要領）など、知る必要のあることがらはほぼすべてウェブ上で参照できる。

でも、だんだん自信がついてくると、教科書スタイルの課題や見慣れた学校教育方式以外にも学ぶ方法がいくらでもあることに気づく。たとえば、新しい携帯電話の使いかたは、解説書を読むのではなく、あれこれと操作してみたり実際に使ってみたりして覚えるだろう。子どもが学ぶときも同じ。教育とは複雑なものである必要はない。

子どもの多くが、両親に本を読みきかせてもらって楽しむうちに字を覚える。子どもの多くが、同じく経験的に、数を使ったり物を数えたりするうちに数の概念や計算の初歩を理解する。対話や観察や説明をともなう日常の活動（買い物はその好例）から子どもが学べる知識は、半端な量ではない。親自身はなかなか気づかないのだが、入学前にすでにたくさんのことを――無意識にかわす会話、子と一緒にすごす時間、子に示す思いやりをとおして――教えている。こうした学びかたをホームスクーリングでつづけていけばいい。

あらゆる経験が子どもに何かしらを教える。経験自体に変化を持たせ、刺激的で先々を考えた意義ぶかいものとしてやれば、子どもたちは自然と学びはじめるのだ。教室の机にすわって先生の話をノートに書きとめていたところで何かを学べる保証はないし、従来の思いこみに反して、それが唯一の勉強法というわけでもない。子どもが夢中になれることなら――BBCの教育番組『ひどい歴史（*Horrible Histories*）』シリーズを楽しむのでも、創作活動、食べものの栽培、自然保護区への遠足でもいい――それが勉強になる。しっかりむきあってくれる大人とそれについておしゃべりしながらであれば、なおさら学びは深まる。

子どもは実地の体験からもっともよく学ぶ。在宅教育のよさは、体験的に学ばせる機会をふんだんに持てる点にある。実験、お話づくり、ニワトリの解剖から、いろいろな素材にさわったり、手袋を正しく対にしたり（掛け算の第一歩）まで。同様に、床に寝そべっていても、ソファで笑いころげていても、庭でも、砂浜でも、机にむかっているときに劣らず学べる。じっとしていなくてもいいし、それが役にたつならば騒いだり音楽を利用してもいい。早朝（ティーンエージャー向きでない）ではなく午後に学んだっていい。子どもに合ったやりかたでいいのだ。

典型的な一日の例を挙げよう。朝一番に一九世紀のビクトリア朝が舞台の本を読んだあと、ウェブ検索や話し合いで理解を深める。さらに郷土資料館を訪ねて、ビクトリア時代の学校を再現した展示を見学し、当時の料理を後日作れるようにレシピを調べておく。気晴らしに泳ぎ、運動する。たいていはほかのホームスクーリング仲間と一緒だ。それから図書館へ行く。一日の使いかたにいかに変化を持たせ、通常とちがった方法で学習できるかがわかると思う。日々のすごしかたは適宜決めればいい。

このように在宅教育では、不必要な学校式の決まり――たとえばテスト、時間や年齢の制限、学科や時間割の枠――の大部分を脱ぎすて、子のニーズにぴったり合うやりかたで学習を進めることができる。教育機関の都合――おおぜいの生徒をできるだけ少ない教員数（すなわち人件費）で教える必要――などに合わせずにすむ。

在宅教育は子どもたちに心から楽しめる学習経験を与えてやれる。楽しいと感じたことは身について忘れない。実際、うちの子たちは、「勉強とは他人によって――しばしば思いやりに欠ける態度で――押しつけられるものではなく、実は自分自身の裁量もきく楽しいことなのだ」という発見にいたく感激していた。その気持ちは、成長したいまもなお失っていない。

子どもどうしのつきあいと友だちづくり

在宅教育実践者によるブログがインターネット上に多数あり、また当事者家庭の支援組織も複数存在する。このコミュニティは日ごとに成長しつつある。だから、子どもにしても親にしても、孤立したホームスクーリング生活を送る必要はない。ウェブ上でネットワークを広げるなり、組織に加入するなりすれば、ホームスクーリング仲間がすぐに見つかるはずだ。

わが家はいくつもの在宅教育者グループに加入した。それぞれに目的が異なる。社交を目的とするグループでは、一緒にスポーツをしたり遊戯施設に行ったりした。子どもが遊んでいるあいだに、親たちは情報を交換し、助言を受けられる。戸外学習のためのグループでは、遠足、美術館見学、史跡訪問などをおこなう。特別なアクティビティや学習会を企画することもあった。

こうしたグループを通じて、親も子どもも人間関係を築き、友情をはぐくむ。子どもはほかの子たちと同じように、地域のクラブ活動、スポーツ、社会活動をとおしても友だちを作る。学校だけが友だちづくりの場ではない。それどころか学校の人間関係には、心づかいや互いへの関心や敬意からではなく、恐怖心や不安から形成されるものもある。

在宅教育者グループでは通常、子どもに対する大人の割合が高い。だから子どもは大人の姿を見て、自分のふるまいの手本とする。その結果、受け答え、会話、他人への思いやりや心づかいが、格段にうまくなる。また、就職もしやすくなる。

ホームスクーリングでは「変人」に育つという神話があるが、むしろかえって、多くの点で学校育ちの子よりもずっと社会に順応しやすい。同じ年齢層以外の人間とほとんど接触しないような学校の環境は非常に不自然で無理がある。ホームスクーリングで育った子が社会性にたけているのは、より自然な社会集団のなかで学び、あらゆる年齢層の人、ブランド物ではなく普通の靴をはいている人、優越心や威嚇目的や不安ではなく友情や支えの心を持って接してくれる人、けんか腰にならずとも自分の要求を通せる人と交わるからだ。

教育にかかる費用

学校は立派にととのった教育資源を誇りにする。だが、子どもを教育するのは資源ではなく人間であり経験である。

学校の机にすわり、最新のテクノロジーや本や資格を持った教師に囲まれていながら、すっかりスイッチが切れた状態の子がおおぜいいる。なぜなら、子どもに学ぶ気を起こさせるのは、デジタル機器でもなければ教師という地位でもなく、励ましや思いやりだからだ。これらはかならずしも学校内にあふれているとはいえない。

ご多分にもれず、わが家の在宅教育も予算にとぼしかった。それでも、身のまわりの資源や日常の生活を利用して豊かな教育経験を与えてやれたと思う。たとえば、たいそうな器具などそろえなくても、手近な材料で工夫すればまにあった。高いお金を出して歴史のワークブックを買わなくても、近所の史跡や博物館を訪ねればタダ同然で勉強できた。家のなかには、算数の計算に使える品物がいくらでもある。リサイクルセンターも活用した。おしゃべり、読書、作文をとおして、表現力や語彙力を伸ばした。周囲の世界は最大の——特に理科の——学習教材となる。思いやりと関心を持ってその子にむきあう大人こそ、一番すばらしい資源だ。これらはみな無料である。教育はお金で買えるものではない。みずからつちかっていかねばならないのだ。

年齢が上がったら

年齢が上がるにつれて教育の重要性も増すものと、たいていの親は考える。だが実際は年少時の教育が肝心なのだ。年齢が上がれば、ひとりでに校外でも学ぶようになる。

社会に出てからどのような仕事をしたいかを家庭で話しあうなかで、わが家の子どもたちは各自の選択を下し、そのための道すじを親とともに模索した。その結果、大学入学資格を取るためにカレッジへの進学を決めた。GCSE（中等教育修了一般試験）やAレベルの受験をめざす友人たちは、家で専用教材を用いて勉強した。どちらもせず、すぐに就職した子もいた。好きな道を選べばいい。どの方向へむかうか、どれだけの時間をかけるかも、子どもの必要と好みに合わせてかまわない。

教育観の転換

家庭で教育をおこなうと、ガリ勉の学校文化と距離を置けるため、教育というものについて従来とはちがった見かたができるようになる。学校を出てからの社会生活に子どもを備えさせるのが教育であって、学校の偏差値ランクを上げんがための点取りを強いることではない。

教育で大事なのは、単なる知識ではなく、その知識を使って何をするか、思いやりぶかく責任と礼儀をわきまえた人間としてどう知識を生かすか、である。それは、子どもたち自身が思いやりと敬意に満ちた扱いを受けるなかで学びとるものであって、自分で選ぶことも意見を言うことも許されない場では学べるわけがない。教育とは、ひとりひとりが個別にあゆむ道程であり、政治家による票集めの副産物ではない。

在宅教育なら、わが子の教育を政治的なベルトコンベア式プロセスなどにせず、個性に合わせた自己発見と成長の旅路とすることができる。思いやりと責任と礼儀の大切さの手本を示す機会を持てる。さらには、愛情と充足感とを、その旅路のかなめに置く機会も手にできる。愛情にあふれ満ちたりた社会を作るのは、愛情にあふれ満ちたりた市民であり、かならずしも資格を持った市民ではないのだから。そうした社会の建設こそ、教育の究極の目的ではないか。

フリースキルのつどい

フリーエコノミー運動の成功のなかから有機的に生まれた「フリースキルのつどい」は、フリーエコノミーの精神を継承しつつ、スキルを持った親切な人びとに関するデータの蓄積を活用し、メンバーの時間をもっともムダなく生かせる形に工夫した催しである。少人数の仲間とブリストルに最初のグループを立ちあげたのが二〇〇八年。以来、フリースキルのつどいの形式は世界のあちこちに広まっていった。

フリースキルのつどいはロケット科学のたぐいとは無縁の世界で（ただし、このつどいでロケット科学を教えること自体は可能)、はじまりは素朴な疑問だった。もしも地元のフリーエコノミーグループで、それぞれのメンバーが持っているスキルひとつずつを関心ある人たち(子どもも大人も)に順ぐりに――しかもまったく無料で――教えあったら、いったい何が起きるだろうか。ある晩には、木を削ってスプーンを製作できる女性が希望者に作りかたを教え、またある晩には、パンづくりの得意な男性が地元のパン好きにおいしいサワー種パンの作りかたを教えたならば。

答えはこうだ。高いスキルを持ち、経済的危機に強い人たちのコミュニティができあがる。コミュニティの成員の誰もが毎週、自給力を上げていき、生活のあらゆる必要を満たすにあたってお金への依存度がぐんと下がる。また、利用可能なスキルのデータベースもどんどんふくらみ、コミュニティ外の人たちにも――グループ単位または一対一で――スキルを伝えていける。

ブリストルのフリースキルのつどいは、週に一度、晩に開催される(ほかの地域では丸一日のイベントだったり月一回の開催だったりとまちまち)。ある分野にひいでた地元グループのメンバーがいつもの無料の会場で、三〇分から二時間ほどコミュニティの人たちにスキルを伝授する。会場を借りるのもタダ、メンバーがつとめる講師代もタダ(多くの場合、講師役は人前で話すという貴重な経験を得る)、参加費もタダである。資金はまったく不要。ふところ事情にかかわらず誰もが学ぶ機会を手にする。分かちあわれるスキルは、自転車の整備、日曜大工の基本、水まわりの簡単な修理から、野草の採集、編み物、オープンソースソフトウェアの使いかたまで。このしくみでは、ある週の講師が翌週の生徒となる。

ほかの地域の例にもれずブリストルの会も非常に盛況で、一ペニーの資金すらかけないのに毎週二〇〜二〇〇人が集まってくる。だが大事なのはその点だけではない。つどう人びとの顔ぶれも多彩で、必然的に多くの友情がはぐくまれ、コミュニティのきずなが強まり、ときにはそこでの出会いからさらに別の社会的プロジェクトが生まれたりもする。これぞ贈与経済の実践の好例であり、自分が身につけたスキルをコミュニティの仲間に教えたいと思うのに金銭的見返りなど必要ないことを証明している。

概念は気に入ったけれど近所にグループがないという場合、自分で立ちあげてみてはどうだろう。必要な手順は、週に一〜二時間ほど運営を手伝ってもいいという仲間を何人か集め（地元のフリーエコノミーネットワークに呼びかけるといい）、タダで使わせてもらえる会場（カフェや地域センターなど）をさがし、社会的に意義ある技能普及のためにひと肌脱いでくれる人をつのって（フリーエコノミー経由あるいは地域の掲示板などで募集）、週（または月）ごとのスケジュールを埋めていくだけ。あとは、地域住民が利用している無料ネットワーク（クチコミやSNS）で宣伝しまくるのみ。専用のウェブサイトを作ってもいい。

フリースキルのつどいでサワー種パンづくり

リチャード・アンダーセン（フリースキルのつどいの講師にして生徒）

フリースキルのつどいにはかねがね魅力を感じており、これからの社会に必要とされる分かちあいの姿——知識や資源をお金（どんどん足りなくなるばかりの偽りの資源）を介さずに地域で共有する——に近づく一歩だと思っています。小さな村や地域の同好会といった結束の強い共同体なら、この分かちあいがもっと自然発生的に起きるでしょうが、世界の人口の約半数が都市に住むようになった現在、より広い規模で地域の交流をうながす努力が欠かせないのです。

私は友だちから簡単なサワー種パンの作りかたを教わり、元種《もとだね》を分けてもらいました。もう三年たちますが、その自家培養種がいまもうちの冷蔵庫で生きつづけ、これまで何人もの友人やフリーエコノミー仲間に株分けされています。実に簡単な工程を伝授したあと、少量の元種を持ちかえる人たちの姿を見るのはうれしいものです。その種が代々受けつがれ、いつの日かお孫さんが焼くパンに使われるかもしれません。

市販のイーストを使う必要がないと思うと解放感があり、また、天然発酵を利用した古風な製法には詩的な美しさが感じられます。店やスーパーマーケットで見かけるどんなパンよりもおいしく作れるうえ、スキッピングで小麦粉を入手するか、自分で小麦を栽培・製粉すれば、まったくお金がかかりません。

元種は、自力で一から起こすよりも、誰かから分けてもらうほうが簡単でおすすめです。分かちあえば楽しく、手間もはぶけます。基本のレシピは次のとおりです。

小麦粉 三カップ（石臼《いしうす》びきのスペルト小麦やライ麦でも、スーパーのゴミ箱で見つけたものでも！）

塩 小さじ二

元種 一カップ（「三、二、一」で覚えやすい）

水

好みにより：ゴマ、ハーブ、スパイス、くだもの、タマネギなど、パンに入れたいものなら何でも。心ゆくまで試してみましょう。

まず水気のない材料どうし（小麦粉、塩、ゴマ、スパイスなど）を合わせてから、元種と一カップの水を加えてください。最初は木べらでよくかき混ぜ、その後、指でもみこむ要領で完全に混ぜあわせます。かなりゆるい生地にしたいので、水分が足りないようであれば適宜水を足しましょう。

虫やほこりが入らぬようボールにふきんをかぶせ、一時間程度、室温で休ませます。待ち時間を使ってパン型にバター少量を塗り、薄く粉をふっておきましょう。ボールから出した生地を、くっつかないように油少々をたらした調理台のうえに広げて、数回折りたたむようにします。力を入れてこねる必要はありません。生地を成形してパン型に入れたら、覆いをかぶせ、室温で五〜一〇時間寝かせてください。私はふだん、夜のうちに生地を仕込んでおき、翌朝起きてからオーブンに入れています。アースオーブンを持っていて使い慣れている人は、一度いつものパンの焼きかたで試してみて、この種類に合わせた変更を加えていくといいでしょう。

普通のオーブンを使う場合は、約二二〇℃で四〇分焼きます。オーブンにはそれぞれのクセがあるので試行錯誤が必要ですが、まずはこれが目安になるでしょう。焼きあがりがかたすぎたりやわらかすぎたりしたら、設定温度を調節してください。中心が生焼けぎみであれば、温度をやや低くして焼き時間を長くします。型から出して調理台に置き、ふきんをかぶせてゆっくりと冷ましましょう。以上で完成です。

カーンアカデミーとインストラクタブル

「カーンアカデミー」[*7]はフリースキルのつどいのオンライン版に近い。ホームスクーリングを検討中の親にとっても、自分なりの方法とペースで学びたい（あるいは子どもに学ばせたい）大人にとっても、強力なツールである。

きみが子ども向けの自転車教室を開いているとしよう。なかには、一〜二か月たっても補助輪の助けを借りずに乗れるようにならない生徒もいる。この子たちがきょうも、補助輪をはずす期待と不安を胸に教室へやってくる。ところが、きみはこう言いわたす。「それは先週の課題だよ、今週は一輪車に乗るぞ。ほかの生徒はもう乗れるのだから、おまえたちも乗れるようになっていて当然だろう」と。バカげた教えかたに聞こえるし、実際バカげているが、多くの国で教育はまさにこのように進められている。

カーンアカデミーでは、教育というもののとらえかたがまったく異なる。生徒は、ひとつのことに習熟してから、よりむずかしい課程に進む。ホームスクーリングで活用すれば、子ども自身が楽しいと感じる速度で学習を進められ、ストレスを感じる速度、本人のためにならない速度を強制されたりなどしない。

サルマン・カーン[*8]によって非営利団体として設立されたカーンアカデミーは、やさしく楽しい学習用動画の提供数をふやしつづけ（執筆時点で二八〇〇種あり、再生回数は一億二千万回にのぼる）、代数、算術から、美術史、経済理論、生物学、貨幣と銀行制度のからくりまで、内容は多岐にわたる。いずれも無料で視聴できる。

「インストラクタブル[*9]」はよく似たプロジェクトで、膨大なスキルのデータベースを備えている。大半が実用的スキルで、カンテナ[*10]やソーラーパネルの作りかた、編み物、竹馬の乗りかた（あまり実用的ではなさそうだが楽しいのはまちがいない）など。これもフリースキルのつどいのオンライン版に当たる。何かの作りかたを知っていたら、自分で作るところの動画を撮影するか、製作手順の説明を書いて、ウェブサイトにアップロードするだけ。それ以降、誰でもそのスキルを検索して学べるようになる。同様に、何かのスキルを学びたいと思ったらウェブサイトで検索する。かならず選択の幅があるから、いくつかを見くらべてどれに従うか決めるのがいい。

カーンアカデミーもインストラクタブルも、コンピューターとインターネットへのアクセスに依存した存在だが、未来を変えるためのスキルアップと従来にない学びかたを可能にする点で、強力な移行ツールと考えられる。完全にお金を手ばなしてインターネットに接続できない人も、地域の図書館に行けばどちらも無料で利用できる。図書館がサービス提供時点でのみ無料であり、納税者のお金に頼って存在している現状（金銭を排した運営も可能で、そうした実例も存在するが）を考慮すると、学んだスキルも自分ひとりのために使うのでなく、地域コミュニティ全体のために役だてるべきだろう。

ベアフット・カレッジ

前述のとおり今日の学校教育の大半は、かつての姿勢とは異なり、人間のニーズではなく貨幣経済のニーズを考えて設計されている。今日の学校が、地域に根ざした暮らしを目的として運営されていないのはたしかである。こうした状況を憂慮したサンジット〝バンカー〟ロイは[*11]、最初の「ベアフット・カレッジ」を一九七二年にインドで設立した。以来、このカレッジは「農村における諸問題に対する基本的なサービスと解決策を提供し、自給的で持続可能な社会づくりをめざしてきた」[*12]。朝から夜まで、年齢層も読み書き能力もさまざまな人びとに対し、可能なかぎり自立した生活を送りながら地域社会に貢献できるような技能を教授している。

教えている技能はおもに、「太陽エネルギー、水、教育、医療、地域工芸、住民活動、通信、女性の地位向上、荒廃地開発」に分類できる。教師、太陽熱調理器《ソーラークッカー》エンジニア、手動ポンプ修理工、鍛冶屋、水質調査員、医師、助産師、歯科医、工芸家、井戸掘り職人などがここから続々と巣立ち、自身の生活を支えつつ地域社会のために働いている。カレッジが「固守」する五つの価値――平等、共同的な意思決定、分権化、自主独立、質素（簡素と言ったほうがしっくりくる）――は、どれをとっても無銭経済の価値体系と一致するようだ。

このカレッジはいまのところまだインドにしかないが、その役割も基本理念も普遍的だから、世界中どこの国でも再現できないはずはない。

その他のオルタナティブ教育機関

前記のほかにも、従来と異なる形の教育手法は多数あるが、全部を挙げていたら一冊の本が書けてしまう。詳しく知りたい人は、手はじめにフィオナ・カーニー著『親と教師のためのオルタナティブ教育ガイド（*Alternative Approaches to Education : A Guide for Parents and Teachers*）』を参照するといい。シュタイナー学校、[*13] サドベリースクール、モンテッソーリ教育、[*14] スモールスクール、[*15] シューマッハカレッジ、[*16] サマーヒルスクール[*17]などの教育方式についても調べることをおすすめする。いま現在は貨幣経済の枠内でおこなわれているこれらの教育方式（授業料が無料のケースはありうる）を挙げたのは、将来本気で取りくみさえすれば、お金を介在させない形での実施も不可能ではないと思うからだ。これらの教育手法はまた、無銭経済の種子が芽を出す土壌をととのえる一助ともなるにちがいない。多かれ少なかれ、生徒たちに自分の頭で考えるよううながし、持続可能性に配慮した自由な人生を送る後押しをしてくれるのだから。

贈与経済における教育

チャールズ・アイゼンスタイン（著書に『人類の上昇』『聖なる経済学』）

もしも私たち人間が自然界やコミュニティとのつながりを回復したならば、教育はどのような姿をとるだろうか。学校自体が衰退するだろうと考える人もいる。学校によって人為的に大人たちの活動から切りはなされることこそ、子どもたちの疎外と断絶を生む一番の元凶なのだ、と。そのとおりかもしれない。が一方で、子どものための特別な領域というものは昔から存在した。大人社会と厳格な線引きがあるわけではないが、すっかり同じでもない、子どもの王国が。そして、この領域との交流にひきつけられる性分の大人もかならずいた。だとすれば、たとえ将来、自主決定や見習い制度の果たす役割がいまより大きくなったとしても、依然として学校と呼べるような何かは残るのではないか。

ただしもちろん、その教育機関は今日の学校とはかなり様相が異なるはずだ。今日の学校制度ときたら、社会や地球の治療主体となるどころか、現状維持に大きく荷担している。社会をまわしていくのに必要だからといって、頭を使わない退屈な仕事、屈辱的だったり危険だったりする仕事、人倫にもとる仕事など、引きうける者があろうか――学校でそのようにしつけられていなければ。

外的報酬（子ども時代は成績、長じては金銭）と引きかえに、どうでもいい仕事、屈辱的でおもしろくもない仕事をするよう調教するためでないとしたら、ほかに何が学校教育の目的となりうるのか。「学ぶため」という答えはあまりにもお人よしが過ぎる。子どもはスポンジのようにひとりでに学ぶもの。問題は「学ぶかどうか」ではない。「何を学ぶか」なのだ。ほとんどの社会において子どもが学ぶのは、当の社会を正当化し維持するような態度やイデオロギーであり、権威に同調し服従し依存する習性である。これに反発する一部の教育思想家は、子ども自身の好奇心がおもむくままに学ばせるべきだと提唱している。教師は学習内容を子どもに押しつけたり誘導したりせず、求めに応じて助言を与える補佐役に徹し、子どもの自主学習の道具となるべきだ、と。そうした理念にそって設立された学校――サドベリースクール――も、むろん一定の存在意義を持つ。

しかしながら、偉大な教師という人種がいるのもたしかだ。私自身、何人ものすばらしい師と出会う幸運にめぐまれてきた。その存在すら知らないままでいたかもしれない事物に夢中にさせてくれた先生、できないと思っていたことをしきりに励まして達成させてくれた先生、新しい世界への扉を開いてくれた先生。子どもが関心を持てない知識を無理に詰めこむのと、当人も気づいていない関心の芽を見いだしてやるのとは、微妙にちがう。押しつけがましくならぬよう用心するあまり、受け手から明確に求められないかぎり教師は教えないほうがいい、治療家は治さないほうがいい、と主張する人もいる。だが偉大な教師や治療家は、相手の無言の要求に耳をかたむける。

「教育」や「学校」と呼ばれるものがあったほうがいいと述べるために何段落も費やしてきたのはなぜかというと、学校によるひどい（ときに暴力的な）植民地化によって子ども時代をだいなしにされたといきどおる人たちにとっては、なかなか受けいれがたい話だからだ。学校はこれまで抑圧の道具であった。では、それ以外にどうありうるのか。

学校の性質は貨幣の性質と複雑にからみあっているので、将来の経済の可能性を展望すれば、学校の可能性もほの見えてくるかもしれない。現代の経済のしくみではほとんどの人が、安楽や安全や幸福と結びつけて考えられる外的な報酬（お金）を得るために、実はたいして関心のない仕事や、きらいな仕事さえもさせられている。学校と点数に関しても同じことが言える。学校とは人生の予行演習なのだ。そこで、いまとは異質な経済——ホモ・エコノミクスにとって一番重要な問いが「どうやって生計を立てるか」ではなく「自分が世の中に与えることのできる、もっとも得意でもっともやりたい仕事は何か」であるような経済——を創りだしたらと仮定してみよう。こう言いかえてもいい。贈与の経済と連動した学校は、いったいどんな姿をしているだろうか。
そのような世界の学校は、第一に、子どもが自分の才能《ギフト》と関心事を見つける場であり、第二に、その才能をみがいて伸ばす場である。今日の学校でもすでに、ほんの少しだけならおこなわれている。すなわち、現行の制度によって承認（あるいは許容）されている才能を持ちあわせた幸運な人にかぎっては、ということだ。たまたま作文や算数の天分にめぐまれていた場合は、学校でそれに気づいて伸ばせるかもしれない。しかし、即興芝居、心の知能（EQ）、人間のオーラの感知、植物の栽培など、手や心を使う活動全般の才能は、学校で伸ばしてもらえるどころか、押さえつけられてしまうケースが多い。ある意味、無理もなかろう。何しろそういう才能は、機械文明社会で安定した地位を得るのにほとんど役だってこなかったのだから。けれども、社会は変化しつつあり、そうした才能こそがいまの世の中にとって切実に求められている。

「学校は子どもが才能を見つけて伸ばす場である」。この原理から、多様な教育思想や教育方式が生みだされうる。そのような場はすでに私たちの教育制度のなかにも、境界やすきまのようなところ——オルタナティブスクールや、独自路線の教師の学級——に多く存在する。贈与にもとづく将来の社会においては、今日のオルタナティブ、独自路線、境界的実践が、新しい普通となるだろう。

CHAPTER

13

健康とセックス

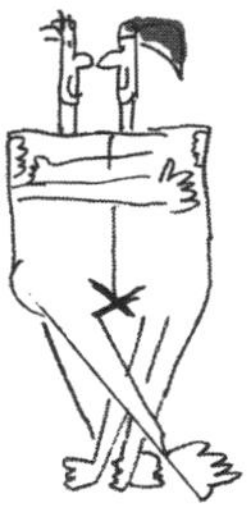

まず第一に、資源消費の問題がある（中略）第二に、限界を受けいれることができないという問題（人口過密も過剰消費も、この第二の問題に関連した事象のごく一部にすぎない）。その裏には人間の思いこみがある。すなわち「われわれは動物ではない」「この世界のほかの生き物とは関係がない」「自分たちの所業がもたらす悪い結果をこうむることはない」「死をもまぬがれることができる」という思いこみだ。さらにこれらの思いこみの裏にあるのが、肉体への恐怖と嫌悪、生きて在ること自体が持つ野性的で制御不可能な性質への恐怖と嫌悪、そして究極のところ、死への恐怖と嫌悪である。

——デリック・ジェンセン『最終局面』第一巻[*1]

こと無銭生活をめぐっては、どの側面に関しても議論百出となりがちだ。けれども、とりわけ論争が白熱するのが、カネによらない「健康」と「セックス」というふたつの関連しあうトピックである。おどろくことでもなかろう。どちらも非常に感情的な問題だから。しかしながら、ウェンデル・ベリーが辛辣な調子で指摘するとおり、「近代における健康問題にむきあおうとすれば、少なからぬ不条理にむきあわねばならぬ。たとえば、生を「耐えきれぬほどの苦痛に満ちた」「無意味な」ものとみなす傾向をつのらせる社会が、他方では死を「治療可能な病」「異常事態」と考えてやまないのはなぜなのか、理解に苦しむ」。

感情的な話題ゆえ、持続可能な健康とセックスについて、ふさわしい態度で真剣かつ冷静な議論を交わすのは至難のわざである。たしかにデリケートな問題だし、誰にだって、工業的な医療技術のおかげで命拾いした(ように見える)身内がいるのも事実だ。でも、人類全体の健康と生殖能力が危機に瀕している状況を考えたら、「誰の機嫌も極力そこねないように」などと気づかっている場合だろうか。数百年にわたる産業化の物語をへてきたいま、ぼくらの進む方向は、人間自身のみならずほかの多くの生物の運命をも決定することになる。ぼくらひとりひとりに、互いに耳の痛い問いをぶつけあう義務があると思う。問題が魔法のように消え去るのを期待して現実から目をそむけているときではない。人類の宿主たる有機体の健康にも配慮した医療制度を創りださなければ、いくらもったいぶった議論を重ねたところでたいして意味がなく、結局は人類全員が敗者となる。最終決定をくだすのは、つねに自然界だ。

本章で述べる内容には、直視しがたい点もあるだろう。ぼくですら少々そう感じるくらいだから。われわれのはまりこんだ苦境からラクに抜けだす方法などないが、少なくとも互いに正直にならねばならない。この文明は一から十まで持続不可能で、それはヘルスケア製品や避妊具の製造方法にもあてはまる。透析装置でも注射器でもカテーテルでもいい。原材料と製造過程を調べてみれば、にわかにグローバルな産業構造が見えてくる。よく出るのが、「それなら、工業製品のうち医療にかかわるものだけを残して、もっと必要性の薄い品々を手ばなせばいいのでは」という質問。いやいや、そんな現実ばなれした幻想はちゃんちゃらおかしい。ハイテク医療が欲しければ、ありとあらゆる工業製品を受けいれざるをえない。たった一本の注射器を作るにしても、誰かが石油掘削装置《オイルリグ》を動かす必要がある。ところが、世の中に必要とされるのが注射器などのヘルスケア製品数種類だけだったら、オイルリグを動かすことなどできない。何十億リットルの石油、膨大な量のプラスチックを、ありとあらゆる無用な（しばしば有害ですらある）品々と輸送に一日も欠かさず使いたい――そんな需要があってはじめて動かせる装置なのだ。話はそれだけにとどまらない。従業員には通勤の手段（自動車、列車、バス）がいるし、それらの乗り物を作るにはソフトウェアやハードウェアも必要だから、いくつもの工場がいる。工場を建てるには採石場が必要で、加えて建設資材製造用にさらに多くの工場を必要とするが、その工場を建てるのにまた別の資材の必要性が生じ、それを製造する工場とさらなる採石場が……といったぐあい。その行きつく先は簡単に予想できるだろう。

忘れてはいけないのが、医療のためだと言ってぼくらが執着する産業構造こそが、今日の主要な死亡原因のもとでもある点。そしてまた、工業化された近代的ヘルスケアを擁護するすべての主張が「これぞ最良（または唯一）の選択肢なのだ」との前提をうのみにしている点にも留意したい。

ほかの例にもれず、医療に対するぼくらの姿勢に関しても、背後にある物語を根源的に問いなおす必要がある。ひとつだけ例を挙げよう。抗生物質とワクチンのおかげで、はしかなどのつまらない病気で死なずにすむようになった、という神話だ。この単純な話は、近代医学の誕生をことほぐエピソードとして「進歩的」な人たちにすら受けいれられているが、実はまったく根拠がない。イヴァン・イリッチによれば、「一五歳以下の小児の、猩紅熱《しょうこう》、ジフテリア、百日咳、はしかを合わせた死亡率は、一八六〇年から一九六五年のあいだにほぼ九〇パーセント低下したが、それは抗生物質と予防接種が普及する以前の出来事である」[*2]。では、どうしてその逆が一般に信じられるようになったのか。

表面的には、このような事実が広く知れわたるのは、大手製薬会社やその息のかかった政府にとって得策でない。さらに言えば、こうした輩にはなはだ好都合なのは「権威ある外部の人間が持つ高度に科学的な（すなわち近づきがたい）知識にわれわれの健康は依存している」と皆が信じることである。教えられる歴史はしばしば歪曲され、最多の利益を生み最大の税収をあげる物語に仕立てられる。ただし、そんな体制側の態度自体は――問題はあれども――単なる症候にすぎない。もっと根ぶかい原因に対して起きる反応にすぎないのだ。根本的に言って西洋医学の物語は、〈自然界から独立した自己〉という概念とすこぶるなじみがよい――それどころか後者にすっかり従属すると言ってもよい――ので、あえてそれに疑念をいだくためには、人間という存在のとらえかたをがらりと変える必要がある。おそらくそのせいで、この話題はとりわけ扱いにくく、異論も多いのだろう。なにしろ、自己の健康をどう扱うかという問いには、自己像に関する並たいていでない内省がともなうし、鏡とは非常に不愉快なものでもあるから。

本章には読者の不快や反発をまねくような主張も含まれているだろう。そのような箇所に出くわしたら、つね日ごろの人間中心的・自我中心的な観点ではなく、〈全体〉（あるいは絶滅危惧種）の観点に立ってみて、見えかたが変わるかどうか試してほしい。感情に訴える論点だけでなく、複雑に入りくんだ論点もかかわってくる。そうした論点の極端な単純化はほかの人にまかせよう。ぼくが知りたいのは「持続可能な生きかた（そして死にかた）とはどのようなものか」である。気を悪くしやすい人や、どのような犠牲を払おうとも可能なかぎり多数の人間が生きるべきだと信じている人は、本章をすっ飛ばしてもっと役にたちそうな章に進んでくれたらいい。

抽象的な話はこのくらいにとどめ、そろそろ選択肢の説明に移ろう。〈全体〉のニーズに配慮しながら、愛を交わし、健康で充実した毎日を送る方法のあれこれである。申しわけないが、パートナーを何度もイカせる秘訣などは書いていない。カネなし、有望な将来なし、見目うるわしくもないぼくとしては、ちょっとした奥の手は内緒にしておく必要があるんだ。そうでもしないと、持続可能なセックスの二大形式——禁欲か、自慰か——しか選べなくなってしまうからね。

〈自我中心的な自己〉と〈ホリスティックな自己〉の健康

個人的な秘話

きわめて個人的な逸話からはじめよう。きっと察してもらえるだろうが、この場でおおっぴらにするには勇気がいった。それでも、プライバシーを世にさらしてでも伝えるだけの重要性を感じている。二〇一一年の初頭、カネなしで生活するようになってちょうど二年半を過ぎたころ、自分に子どもはいらないと考えて、精管切除手術を受けようと決めた。この手術は、DIYでやってのける覚悟がないかぎり（そこまでの覚悟はできなかった）、税金でまかなわれる国民保健制度（NHS）に頼るしかない。ぼくにとっては苦渋の決断である。英国に住んで一〇年（最初の八年間はぼくも納税者だった）、それまで一度も医者にかかったことがなかったのに。

子どもを持たない選択にはいくつかの理由があった。第一に、しばらく前から決めていたのだが、短いわが人生をささげ微力をつくそうと心に誓った仕事がある。ぼくらの生きかたを左右する文化の物語を変え、より持続可能な物語を創りだす手伝いだ。もし自分が親になるとしたら、いい父親になりたい。いい父親になるには、子どもと一緒にすごす時間がうんと必要だと思う。だけどその時間が当時のぼくにはなかったし、長いことそんな状況がつづきそうだとわかっていた。それに加えて、人口過密な島国とストレス過剰な地球に、食わねばならぬ口と衣服をまとわねばならぬからだがこれ以上必要とは思えなかった。この点はまったくの個人的見解にすぎず、ぼくの理由を包みかくさず率直に伝えるために書いただけだ。人口過密な世界で子どもを産むのがまちがっているとか正しいとか言うつもりはない。そんな議論はバカげているし、この問題は、そんな単純な見かたではとらえきれないほど複雑である。

以上の理由にもとづいて一大決心をしたぼくは、所要時間一五分の、いたって簡単な処置を受けた。つまり、それ以後はオーガズムに達しても、精子が精液中に入りこめなくなるしだい。精子とは富裕層と同じで、全体のたった一パーセントを占めるにすぎず、残りの九九パーセント——精《せい》漿《しょう》——がそいつらを運んでいる。それは事前に調べて知っていた。知らなかったのは、わずかな確率ながらも、術後に問題が起きる可能性だ。

手術から数日たって、左右の腰骨のあたりに重苦しいような強い痛みを覚えだす。男の精巣のおおもとのあたりだ。インターネット——恐怖をあおる例の装置——でホラー話をさんざん読みあさったあげく、パニックにおちいる。これから一生、タマの痛みと捕らわれのパンダ並みのリビドーに甘んじて生きていくはめになるのだろうか。

日に日につのる痛みに負けて医者へ行く。感染を起こしているから、処方する薬を飲めばなおるでしょうとの診断。これにはかずかずのジレンマをつきつけられた。ぼくは動物実験に断固反対だが、この種の抗生物質は動物実験をへて製造されているにちがいない。それにカネなしの身では、先だつものもなければ銀行口座もない。けれども、感染が広がったらどんな事態になるかと思うと、もう恐ろしくてたまらなかった。そこで、軟弱かつ安易な道をとることにし、処方箋を書いてもらう。

処方薬の代金は、失業手当受給者なら支払いを免除されるが、いくらカネなしでも失業手当を請求していなければ免除の対象にならない。しかたなく友人に助けを求めたところ、まあいろいろ曲折があったのだけど、結論を言えばことわられた。ぼくを大うそつきと非難した彼女は正しい。まったくそのとおりだ。すっかりおびえ、弱りきっているとはいえ、大うそつきにはちがいない。次に頭を下げた相手は、動物の権利を守る活動に熱心な友人で、動物実験にはぼく以上に批判的。その彼女が、どんなたのみであろうと必要だというならば無条件に助けようと言ってくれた。いまから思えば、この無条件の受容こそ、医者の書くどんな処方にもまして、ぼくの魂にとっての薬となったのだ。

ところが抗生物質は効かず、感染症がぶり返した。もう一サイクル服用すれば完治すると医者はうけあい、活動家の友人はその分の支払いも肩代わりを申しでてくれた。いったんは受けいれたぼくだったが、最後の瞬間に翻意する。トレーラーハウスから街までの三〇キロ近い距離を自転車で走っているとき(当時の睾丸にはあまりよろしくない運動だったにちがいない)、心の声を聞いた。おまえの信念を守りぬけよ、地球がなおしてくれると信じるんだ、ちっとは肝っ玉を見せてみろ(ダジャレはご容赦)。そこで、友の厚意には感謝しつつ、最初からとるべきだった方法を試すつもりだと告げた。摘んできたセージのお茶をがぶがぶ飲む。生のコンフリーをすりつぶした湿布を睾丸に当てて数時間安静にする。症状が目に見えておさまりかけたころ、深く心をかよわせていた恋人と愛を交わした。唯一無二の美しい体験の最後におとずれた至福の爆発とともに、痛みはあとかたもなく去り、二度とぶり返さなかった。

いまとなっては深く後悔している。いざというとき——信念をつらぬきとおすのが困難なとき——に自分の信念を曲げ、人にお金を使わせ物を買ってもらったことを。しかも、まったくお金を使わないと豪語していた期間中だというのに。ただ、〈ホリスティックな自己〉の持ちあわせる分別に帰着した結末に、わずかな救いを感じる。ありがたいことに宇宙は第二の試練を与えたもうた。日ごろの持論を心から信じているかどうか、身をもって示す機会をふたたび与えられた幸せに感謝する。もしもまた同じ状況に直面したら、今度はどうするだろう。二度めの選択に近い対応をとりたいと願うが、そのときになってみなければわからない。〈自我中心的な自己〉の呪縛は実に強大で、いざ死すべき運命に直面すれば恐怖にもとづいて行動してしまうし、そのような物語のなかにいたら、生きのこりたいと望むのもまったく自然な感情だ。

以上の話で言いたかったのは、こうした問題はとうてい白黒をはっきりつけられるものではないということである。われながら容認しかねる偽善的な道をつい選んでしまい、了見の狭い〈自我中心的な自己〉を〈ホリスティックな自己〉に優先させようとした、その経緯を伝えたかったのだ。と同時に、もうひとつ表明したい思いがある。人が無条件に愛しあう必要性についてだ。たとえ相手の決断が偽善的に感じられるときでも、それは変わらない。だって結局、人間誰しも偽善者なのだから。ただし、無条件に愛するといっても、互いに異議をとなえるなという意味ではない。ぼくのたのみをことわった友人がぼくを批判したのは——そのときはどんなにつらく感じられようとも——正しかった。そしてまた、もうひとりの友がぼくを無条件に助けると決めたのも正しかった。二人とも別そういう無条件の愛こそを、その時点でぼくのかよわき魂は必要としていたのだから。

な意味でぼくのためになることをしてくれた。

互いへの異議申し立てと無条件の行為とは両立不可能だ、と言うつもりもない。実際、不可能ではない。バランスと思いやりを理解してさえいれば、両方を同時にやってのけることだってできると思う。意見の相違があったらこう言えばいい。「きみの選択には賛成しない。理由はこれこれだ。だけどそれがきみのよく考えたすえの選択であれば尊重するし、助けが必要であれば私の信念をも裏切らない方法で手をさしのべよう」と。無条件の行為は人びとのあいだに強力なきずなを創りだすし、このようなきずなこそ、ローカルな贈与経済の中核となるのだ。

「多くの病気にとって工業的医療が唯一の選択肢」という物語がいかに幅をきかせているかも、今回の件でよくわかると思う。各種のオルタナティブな実践を何年も研究してきて、現代医学に真っ向から反対していたぼくが、プレッシャーが強まったとたん、自然界への信頼を忘れて現代医学を選んでしまったのだから。結局はその自然界こそが、ぼくに必要なすべてを与えてくれたのだけれど。

どの時点でやめるのか

ヘルスケアの工業化——高度な〈規模の経済〉および細かい〈分業〉がカネと結びついてはじめて実現した——のおかげで過去数百年間に人類の平均寿命はいちじるしくのびた、と皆が考えている（いまなお投入されつづけるエネルギーの量を考慮に入れれば、その恩恵は年々縮小してゼロに近づくばかりだが)。ぼくの知り合いでも、人間の寿命がのびるのを悪く思う人はまずいない。「悪いはずがないだろ――のびた年月を健康にすごせるなら。生命維持装置につながれてみじめな毎日を送るのでなければ」。この意見に疑問を呈するとかならず、「防げる病気で人が死ぬのを見たいのか」と聞かれる。この話は最初から感情的になるに決まっている。実際、生き生きと健康に暮らすために金銭依存の医療を使いたがる気持ちも理解できる。だけど、その考えのおおもとにあるのは、ぼくらの健康と〈全体〉とが互いに無関係だというまちがった物語だ。

この点をあきらかにするため、いくつか質問させてもらいたい。工業化プロセスをへて、現代人は、人間の肉体をこの世で平均八〇年間機能させることのできる医療を見いだした。平均寿命が三三年だった後期旧石器時代とはおおちがいだ(ただし当時も、一五歳までに命を落とさなかった人は平均で五四歳まで生きた。この事実も都合よく伏せられがち)。皆がこれを肯定的にとらえるのもわかる。そりゃ、誰だって死にたくなるよね。「自分は大きな全体のなかの一員だ」と思わせないような物語の圧制のもとに暮らしていたら。

そこで最初の質問。もしも明日、長生きの特効薬が発見され、誰でも一〇〇歳まで、あるいは一五〇歳、はたまた三〇〇歳まで、健康なからだで生きられるとしたらどうする? その薬を飲みたいと思う? もちろん、多くの人が「飲む」と答えるにちがいない。当然だ。でも、地球の収容能力との兼ねあいや、人口数への天文学的影響を思うと、答えはそう単純明快にいかなくなる。現在の医療体制のもとでさえ人口が急増している事実は、次のグラフがまぎれもなく示すとおりだ。

ぼくの生まれた一九七九年五月、世界の人口は四二億だった。それからたった三二年後、本書を

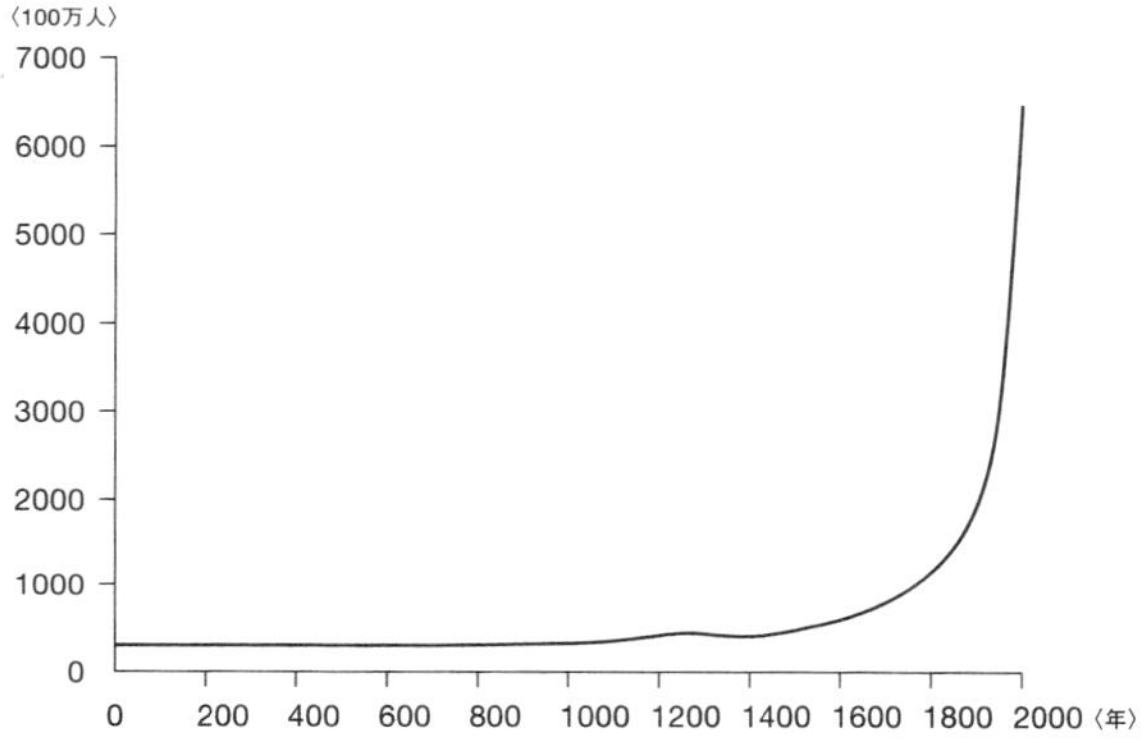

世界人口の推移(出典:米国国勢調査局)

書きはじめたころには七〇億人目の子どもが生まれた。すでに多かった人口が一世代ほどで六七パーセントも増加した計算だ。増加分すべてが寿命ののびによるものではないにせよ、平均余命の伸長を強く求める世界的な趨《すう》勢《せい》がどのような結果をもたらすか、考えてみてほしい。人間はすでに、その頭数だけでなく、特に消費スピードのせいで、地球という惑星の生態系をおびやかしている。ここでまた、皆がそろって平均余命を二倍、三倍にふやしはじめたら、いったいどんなことになるか想像できるかい?

　客観的に考えればあきらかなように、こと平均余命に関しては、多ければ多いほどいいとはかぎらない。最大と最適のあいだには、つねに微妙な差がある。そしてそのちがいが人類の将来の鍵をにぎっている。そこで重大な疑問がわいてくる。地球上における人間の最適な平均寿命とはどれほどか。いや、もっと正確に言わねばならない。地球上の各地理的地域や土地柄に応じた、人間の最適な平均寿命とはどれほどか。三〇〇年ではないにしても、では八〇年が本当に最適なのだろうか。それとも五四年だったのか。

正確な答えなどぼくは持ちあわせていないし、読者諸賢も同様だと思う。ただ言わせてもらえば、最適な寿命、そして医療体制とは、〈全体〉の繁栄をさまたげず、ぼくらと同じく〈全体〉の一員である川、山、生物圏、木、その他あらゆる形の生命――ミツバチからミーアキャットまで――を尊重するものであるはずだ。人間がほかの生物より重要視されることもなければ軽視されることもない医療体制。成長にも当然の限界があると認識し、自然の理をわきまえた医療体制。〈全体〉の健康ニーズと、全体の一員の自我中心的な健康ニーズとのバランスを考慮した医療体制であるべきなのだ。

そうすると次の質問はこうなる。知性があって、おのれを知り、人生を愛する生き物である人間に、なぜこんなことがわからないのか。どうしてぼくらは自分たちの命ばかり大切にして、地球という惑星上のほかのあらゆる命を軽んじるのか。言いかえると、なぜ、あたりまえの限度が見えず理解できないのか。

その答えは、〈独立した自己〉という観点からとらえるほかない。自分たちを自然界の一部だと感じないなら、自然界から課せられる制限は理解できない。ぼくらは限界を悪いものとみなす。資本主義文化は「限界なき成長」を究極の目標にかかげつづけ、それがぼくらの自己認識にも反映される。やはり人間は経済の生き物なのだ、と。だが、実はそれどころか、限界は健全なシステムに絶対不可欠な存在である。子どもを好き勝手にさせたらおさえがきかず、子ども自身が痛い目にあう。病原菌を放っておけば宿主がほろぶ。ぼくら自身もほろぶ。そしてぼくらの生態系もほろぶ。

限度を知らない人間は地球に巣食う病弊だ。みさかいなく宿主を食いつぶし、自分たちが助かることだけを考えている。だが宿主が死んだあとはどうするのか。

死は最大の限界であり、何よりも恐れられてきた。死ぬことへの恐怖、誰かを亡くすことへの恐怖は、健全な感情だし理解できる。けれども、われわれの文化がとってきた過剰な態度はちっとも健全ではない。世界各地で昔もいまも——キリスト教化する以前のぼくらの祖先の時代でさえ——死と再生は、自然のサイクルにおけるきわめて重大な要素としてたたえられてきた。死から命が生まれでるのだ。

それなのに、この点に関してもぼくらは直線的な見かたにとらわれている。大きな体系の一部でないぼくらはつねに前進しなければならず、最後にたどりつく地点には何もない。けっして後戻りはできないため、ゴールが恐ろしく感じられる。自分たちが循環可能、朽ちることのできる、分解されうる存在だという事実をすっかり忘れてしまい、そういう者になると考えただけで嫌悪感をいだく。死を拒み、老化を拒み、おとろえを拒む。永遠に若く美しくあらねばならない。現代医学は、当然ながら、その縮図である。どんな犠牲を払おうとも、寿命はのばさなければならない。たとえ、すべての命を犠牲にしようとも。

死に対するこの奇怪な態度だけが唯一、われわれの医療制度に見られる不健全な側面というわけではない。菌との戦いについても一考を要する。細菌に対する西洋人の強迫観念をここで論じる余裕はない。どこにも見うけられ、すっかり浸透している。食物に関して、子どもに関して、そしてもっとも根が深いのは自分自身に関してである。われわれの考える「健康な器官」とは、菌のない状態を指す。菌は人体の「外」から「侵入」してくる敵なのだ。あらゆる生命が互いに作用しあう統合現象と受けとめる発想などない。ただ、自分の皮袋に「ほか」の何者をも寄せつけなければ安心だと思っている。アインシュタインが指摘するとおり、同様の傾向は、われわれの考える「健全な生態系」についても見られる。広く起きている樹木の枯死は菌が原因とされているが、アインシュタインは問う。「なぜ、木は昔よりも菌の影響を受けやすくなったのか」

菌との戦いは、工業化された医療の基本的大前提――〈独立した自己〉意識――を肯定し強化する。それゆえ今度は、〈独立した自己〉をいやし健康に保つ（こちらが特に重要）ための方法に疑問をいだかなくなる。病気の原因が菌で、菌を科学技術で制御できるとなれば、正しい食生活だの、愉快でくつろげる生活様式だの、健全な人間関係だのを、どれだけ重んじようとするだろうか。もっと多くのもっと進んだ技術を手に入れることのほうを優先しないだろうか。また、現代人のかかえる病気の多く――がん、肥満、糖尿病、ストレス関連のさまざまな症状など――を生みだしているのが、その治療薬を作っている当の産業経済モデルである事実も、忘れてはいけない。トマス・ベリー（米国のカトリック神父、環境思想家）は「病んだ惑星上に健康な人間は望めない」と説く。病気の原因をなくせば、不健全な治療の必要性もなくなる。

これは「代替」医療のすすめではない。現代医学から教えられることはたくさんある。ぼくはただ、その基本的前提のいくつかを問いなおそうと言いたいだけだ。死を恐れて避ける態度は健康的だろうか。病気を「異質な他者」たる細菌が侵入した結果とのみとらえる見かたが正解なのか。自然と調和した生活を心がけるより科学技術にもとづく治療を重んじる姿勢は正しいのか。はたしてぼくらは「健康」を正しく理解しているだろうか。誤解しているのだとしたら、いまとはちがった医療体制が必要になる。人間も周囲の生態系から切りはなすことのできない存在であるとの認識を反映し強化するような医療体制が。この点こそが本章で提案する解決法の核心である。以下に紹介する薬やセックス関連の品々は、地域にある素材でお金を使わずに作ることができる。昔ながらの伝統的方法を踏襲しながら、人類の歴史にお金が登場してからの時代に知りえたさまざまな情報も取りいれている。

単に無料のヘルスケアを受けたいだけなら、つまり、しくみを作る時点ではなくサービス提供時点において無料であればかまわないと考えるならば、NHS（国民保健制度）を使えばすむ。もちろんぼくに医療の専門知識はないから、ぼくのことばを専門家の助言とは受けとらないこと。以下に述べる内容は、自分自身の経験と、個人的に信頼する情報源にもとづく。いずれの点についてもみさかいなくまねるのではなく、まずそれぞれの分野に詳しい人に相談してほしい。体質と病歴は人によって皆ちがうのだから。

ローカルなヘルスケアの選択肢

ヘルスケアをローカル化する必要性はどこにあるのか、という質問をときどき受ける。ローカルなヘルスケアは、いろいろな意味できわめて重要な概念だ。まず何より大事な点は、ごく身近な自然環境とのつながりを再発見する手だてをぼくらが必要としていること。熱帯雨林や大海原のロマンに漠然と共鳴するだけが「自然とのつながり」ではない。灌木《かんぼく》や生け垣や路傍のキイチゴなんて、ありふれてつまらなく見えるかもしれないが、そこにもやはり本物の自然が息づいている。もうひとつ例を挙げよう。人工ペースメーカーを分解してみると何千という部品からできているのがわかるはずだが、いずれの部品も世界各地に産出する限りある鉱物や素材を原料としているうえ、その製造には有毒で非循環型の工程を要し、その輸送にも限りある資源を使う。さらには、人間の居住環境と人間以外の生き物の生息地の両方を破壊し、自分たちに取得権がある（と思いこんでいる）資源の眠る土地に住む民族を搾取し、そしてそのすべてに付随する政治的かけひきもおこなわざるをえない。有限な物質を永遠に使いつづけることができないのは理の当然。だとすれば、そのような物質に依存するヘルスケアのしくみが長つづきしないのも理の当然である。非ローカルなヘルスケア制度は持続不可能と言うしかない。ダン・ベトノルツ博士とクリスティン・ブラッドフォード博士が二〇〇八年の論文「エネルギーと地球温暖化の岐路に立つ医療」で報告したとおり、「ヘルスケア産業においてエネルギーと資源を際限なく使用することにより、また温室効果ガスを排出することにより、われわれ人間はこの星の健康を損なう一翼をにない、将来の地球住民を確実に苦難におとしいれている」。

　ヘルスケアを〈全体〉にとって——つまり、ほかのすべてから切りはなされていると考える人間文化のみにとってではなく——健康的なものとするには、今日、考えのおよぶかぎり徹底的にローカル化しなければならない。われわれはみずからとんでもない面倒を創りだしてきて、いまや西洋世界の大半は何らかの形で大量生産の薬品に依存している。精神的な不調には抗うつ剤のたぐい、現代特有の数知れぬ身体的問題には各種の有毒な調合薬といったぐあいに。だが、ローカルなヘルスケアの実践例はヒントを与えてくれる。たとえば、『移行のスケジュール』でショーン・チェンバリンは述べる。「今日、キューバの平均寿命（七八歳）と乳児死亡率（〇・五パーセント）は英国とほぼ同じだが、エネルギー使用量がはるかに少なくコストも低いしくみが導入されている。コミュニティ密着型で、人口あたりの医師数もわが国よりずっと多い。医者が各村落内に診療所をかまえているので、患者の身体症状のみならず社会的心理的な影響要因にもとづいて診断をくだす能力がある。また、病気になってからの治療よりも予防に重点が置かれている。ここ英国では、同様の役どころにあったかつての家庭医が姿を消した現状を嘆く声も聞かれる」

われわれの直面する困難はときに途方もなく巨大に見えようとも、まだ選択肢はたくさん残されている——そう教えられる指摘だ。産業化時代に得たすべての知見に、財政的成長やＧＤＰよりも意義や充足や幸福を重んじる新たな物語を組みあわせ、そこに生きかたの再設計を加えるなら、そして腕まくりをして実行に取りかかるなら、どんなことだってできてしまう。最大の困難は最大の行動に変えられるのだ。

薬草学

薬草医学はどういうわけか「代替医療」と説明されるようになったが、当然ながら「薬草医学こそが本来の医学」[*3]である。人間も動物も昔から、薬草《ハーブ》を使って健康を保ち病気をなおしてきた。薬草のすばらしいところは、ハーブガーデンをスパイラル（らせん）状に仕立てるなどして、庭のごくかぎられた面積でも栽培できる点だ。病院での活用例として、グロスターシャーにある「ラスキン薬局」が参考になる。「ワンマイル薬局方」という概念のもと、使用する薬をなるべく半径一マイル（約一・六キロ）以内で調達するようにしている。[*4]今日でも、多くの有用な薬草があちこちに自生しており、散歩がてら摘むことができる。野山の幸の採集と同じく、野生植物を使うにあたっては、事前に採集経験豊富な人に相談するか、信頼できる情報源で確認すること。なかには人間にとって有毒なものもあるから。（注意：本書に記載の治療法を試す前にかならずかかりつけの医師に相談してください。特にほかの薬物治療を受けている人は気をつけてください）

野生の薬

ゾーエ・ホーズ（著書に『野生の薬（*Wild Drugs*）』[*5]、薬草治療家、指導者[*6]）

英国にはすばらしく多様な薬用植物が存在し、採集するにも栽培するにもお金などかかりません。めずらしげな輸入品の宣伝にのせられて散財するのはやめましょう。

病気を理解してやることが肝心です。病気はからだのバランスがくずれた証拠。理由もなく自然に発病するわけではありません。からだが持ち主を困らせようとしているのでもありません。からだの正常な働きを抑制する環境中の物質に対する順応の結果なのです。

人間のからだは、生命をおびやかすものから逃避したり、逆に撃退したりするように進化してきました。危険が去ってしまえば、からだは休息をとり、エネルギーを補給し、修復に必要な栄養を吸収し、あらゆる老廃物や毒素を排出します。

人にはそれぞれ独自のＤＮＡや情動パターンがあり、何が危険で何が安全かを無意識のうちに感じとるようプログラムされています。その知覚にもとづいて脳は無意識のまま肉体に指令を出し、神経系やホルモンの反応によって生存を確保しようとするのです。

病気の予防や治癒促進に薬草を上手に活用したければ、「正常」な働きをさまたげている物質の特定が欠かせません。

基本的に、薬用植物がからだにおよぼす作用は、活性化、弛緩、栄養補給、排出の四種類です。からだが懸命に達成しようとしているプロセスを助けてくれる、適切な植物を選んでください。こうした作用が症状をおさえることはありません。からだの自然な働きを手伝うだけです。薬草治療の効果が出るまでに時間がかかるのは、からだの自然治癒をうながす治療法だからです。

「この病気だからこのハーブを摂取しよう」とは考えずに、「このからだのバランスを取りもどして調子をととのえるには何が必要か」を考えるようにしましょう。

種の判別

摂取する植物を採集する際は、正しい種類かどうかをかならず確かめてください。地域で活動する自然観察グループや植物愛好会をさがすか、薬草の知識を持った専門家によるガイドツアーが開催されていないか調べてみるのもよいでしょう。使い勝手のいい植物検索表を持ち歩き、確認は念入りに。迷ったら使わないことです。サンプルを持ちかえるか写真を撮っておき、できるだけ多くの情報源で調べるようにします。

採集時の注意

採集には一般的なルールがいくつかあります。取り扱いに特別の注意を要する薬草については、個々の項目で説明します。

一般的な指針

・植物に傷をつけないよう、やさしく扱うこと。
・空気の乾燥した日を選んで採取すること。朝露が乾いてから日ざしで気温が上昇する前までの時間帯がよい。
・汚染物質の発生源の近くでは採集しないこと。
・病変や損傷の見られる植物は使わないこと。
・取りすぎたり、いちどきに処理しきれない量を採集したりしないこと。

・手袋、移植ゴテなどの道具、植木ばさみ、収穫物を持ちかえる容器を持参すること。
・地主の許可を得ること。
・根絶やしにしないこと。その植物が繁茂する時期にかぎって採取し、タネをまき散らしたり根冠《こんかん》（根の先端部分にある）を植えなおしたりして生長をうながすこと。

使用法

ごく基本的な使用法は以下のとおりです。

・浸出液（お茶）――必要の都度、生または乾燥させたハーブで作り、内服および外用する。小さじ山盛り一～三杯のハーブをポットに入れ、マグカップ一杯分（二〇〇ミリリットル）の熱湯を注ぐ。ふたをして五～一〇分蒸らしてからこす。熱いまま、または冷たくして飲む。湿布や皮膚の洗浄にも使用できる。
・チンキ――アルコールベースで長期保存がきき、生や乾燥ハーブの有効成分をいつでも利用できる。きざんだハーブを容器に入れ、度数の強いアルコール（ウォッカなど）をかぶるくらいに注ぐ。ふたを閉め、一日一回ゆすってやる。二週間したらこして保存びんに詰める。小さじ一杯ずつを一日三回まで服用する。
・浸出油――外用に。乾燥ハーブを容器に入れ、かぶるくらいのヒマワリ油を注ぐ。日の当たる場所に二週間置いておく。または、二時間ほどゆっくり湯せんしてもよい。こして保存びんに詰める。

・シロップ――ハチミツか砂糖を加えて作る。味の悪いハーブも飲みやすくなり、冷凍庫や冷蔵庫で数か月間保存できる（エルダーの項を参照）。

以下、植物の種類ごとに私好みの使用法を記しますが、かならずしもこれに従う必要はありません。いろいろと試して、ご自分に合った方法を見つけてください。ここでは私の常備薬を紹介します。

ヤロウ（ノコギリソウ） *Achillea millefolium*

草地によく見かけ、夏の終わりに花を咲かせる植物です。花を含めた茎全体を採取し、乾燥させてお茶に、または生のままチンキに使いましょう。血管を弛緩させ、血行を改善する働きがあります。苦み成分は、肝臓にたまった老廃物の排出を助けます。さらには抗炎症作用もあります。濃くいれた熱いお茶は、発汗促進、解熱、尿感染症に。チンキは、湿疹、生理痛、月経過多には定期的に服用、消化不良、痔疾をともなう便秘には食前に服用してください。歯が痛いときは、掘りあげた根っこを生のまま嚙んでやわらかくしたものを患部周辺に塗布します。効き目があらわれるのを待つあいだに、あとで使う数本と、後日に備えて乾燥保存しておく数本を掘っておきましょう。

エルダー（ニワトコ） *Sambucus nigra*

生け垣によく使われ、花期は五〜六月、エルダーベリーの実が熟すのは八〜九月。花のついた軸を摘み、時間や根気の許すかぎり緑色の軸を切りおとしましょう。花を紙のうえに広げて干し、お茶にして飲むと、耳、鼻、のどの粘膜を強くしてくれます。カタル症状や花粉症もラクになります。熱いエルダーフラワー茶は、発汗をうながし体の熱を冷ますため、風邪やインフルエンザに最適。肌がほてって乾燥しがちな、汗をかきにくい体質の人にもおすすめのお茶です。エルダーフラワーの浸出油も乾燥肌にうるおいを与えます。

エルダーベリーにはインフルエンザのウイルスとたたかう力があります。紫色に熟したベリーのふさを採取したら、フォークを使って緑色の茎からはずしてください。乾燥させてお茶に、または生でシロップやチンキを作ります。

イラクサ *Urtica*属

イラクサはスーパーフード。春先の若いうちに採集しましょう。加熱してから一回分ずつに分けて冷凍するか、干してお茶にしたり、シチュー、スープに入れたりします。

イラクサ酢《ネトルビネガー》を作るには、生の葉と茎をきざんで容器に入れ、かぶるくらいのリンゴ酢を注ぎます。毎日ゆすってやり、二週間たったらこして保存しましょう。サラダのドレッシングに、あるいは野菜料理、スープ、骨スープに加えて。

イラクサはヒスタミンを抑制し、アレルギー症状を緩和します。花粉症には、症状の出る前からシーズンが終わるまで毎日摂取してください。各種ミネラル（鉄分、カリウム、カルシウム、ビタミンC、ビタミンB群、ベータカロチン）が豊富に含まれ、これらはいずれも抗酸化物質です。利尿作用、血液浄化作用が高く、皮膚や関節の疾患（湿疹、痛風、関節炎など）に効きます。また、止血作用があり鉄分に富むため、出産後や月経過多の女性のみならず、貧血の人全般におすすめです。母乳の出もよくなります。根は、男性の前立腺肥大による排尿障害の治療に使われます。

タンポポ ***Taraxacum officinalis***

タンポポはどんな場所でもよく育ちます。若葉を摘みとり、サラダに入れても、きざんで酢に漬けても（イラクサ酢と同様に）、干してお茶やチンキにしても結構です。葉には利尿や老廃物排出の作用があります。カリウムが豊富だからです。血圧の高い人、関節疾患、むくみのある人は、毎日食べてください。冬になったら根を掘りだし、生でチンキを作りましょう。また、乾燥させた根を茶色に色づくまで煎り、細かくひくと、コーヒーの代用品になります。根は、老廃物や毒素を処理する肝臓の働きを助け、消化を促進してくれます。皮膚病、ＰＭＳ（月経前症候群）、ホルモンバランスの乱れ、頭痛、過敏性腸症候群、胆石、便秘、消化不良などの諸症状を引きおこす内臓機能低下に。

キンセンカ　*Calendula officinalis*

一度植えれば、落ちダネから毎年発芽する植物です。咲いた花をまめに摘んでやるほど、花つきがよくなります。生の花弁をサラダに散らすか、干してお茶にしましょう。

乾燥させた花を入れた容器に、かぶるくらいのヒマワリ油を注いで二週間寝かせ、こして保存すると、かゆみ、発疹、切り傷、肌あれの薬になります。好みのオイルとミツロウを溶かして混ぜれば軟膏に。

花でチンキを作り、定期的に小さじ一杯を服用すると、治癒を早めて傷跡が残りにくくなり、炎症がおさえられ、免疫力が高まります。キンセンカには、真菌、ウイルス、細菌に対する抵抗性があるのです。また苦み成分が、肝臓の働きや消化を助け、月経リズムをととのえてくれます。

ガーリック　*Allium*属

ワイルドガーリック（*A. ursinum*）が自生種ですが、栽培種のニンニク（*A. sativum*）を使ってもかまいません。春にワイルドガーリックの葉を採集して、サラダ、スープ、ペースト（冷凍保存可）に。栽培種の鱗茎《りんけい》は長期保存できます。ガーリックは、ウイルス、細菌、真菌の感染とたたかう力の強い植物です。

きざんだ鱗茎を一二時間ひたしてからこした油を、点耳薬として、あるいは水虫やたむしの塗り薬として使います。冷蔵庫で保存し、一週間で使いきること。きざんだガーリックをトーストや葉物のサラダに散らして食せば、感染症全般に対して効果があります。ニンニクくさくなるまで食べ、症状がやわらぐまで食べつづけてください。独特のにおいが感染症に効くのです。せき、のどの痛み、風邪には、きざんだ鱗茎のハチミツ漬けを二時間おきに小さじ一杯ずつ摂取しましょう。ガーリックは抗酸化作用も強いため、心臓や血管を保護して高血圧や心臓疾患を防ぎます。日常の食事に取りいれて、幅広く健康増進に役だてたいものです。

ペパーミント　*Mentha*属

英国には、野生種と栽培種を合わせて多数のミント類が存在し、いずれも薬効があります。ペパーミントは、腸の筋肉のけいれんをやわらげ、頭蓋骨や頭部の血管を弛緩させます。疝痛《せんつう》、腹部膨満感、過敏性腸症候群、吐き気、頭痛には、生葉または乾燥葉で濃くいれたお茶を飲んでください。鼻づまりや痰の出るせきの緩和にも有効です。風邪やインフルエンザには、エルダーフラワーおよびヤロウとの組みあわせが最高。

痛みをともなう筋肉損傷、鈍痛、虫さされによるかゆみ、発疹、ひどい日焼けには、鎮静用の湿布を作りましょう。乾燥ハーブ大さじ四をお湯でしめらせ、清潔な布にくるみます。冷めてから患部に三〇分間あててください。必要に応じてくりかえします。

タイム　*Thymus*属

栽培種のタイムのほうが薬効にすぐれています。野生種はサイズが小さいため、必要量を採集しようとすると個体群に影響を与えかねません。年間をとおしていつでも全草を採取可能です。

タイムは、ウイルス、細菌、真菌による感染症に効果を発揮します。口腔、のど、肺、膀胱、腸の感染症には、生または乾燥させたハーブを濃いお茶にして飲用します。水虫には、タイムをリンゴ酢に漬けたビネガーを、毎日、三か月以上つづけて塗布してください。タイムには抗けいれん作用もあり、気道や腸を弛緩させます。ぜんそくや過敏性腸症候群の患者は、お茶やチンキを定期的に服用するとよいでしょう。

カミツレ　*Matricaria recutica*

本物のカミツレはめったに自生していません。カミツレのように見えるのは、たいていカミツレモドキです。花のにおいと、花中心の黄色い部分で判別できます。

タネからの栽培は簡単です。オーガニックのティーバッグの中身を育苗トレーにまいてみたことがありますが、ちゃんと育ちました。タネをつけた花を夏の終わりにまき散らしておくと、秋にはかわいい芽を出し、翌年に花を咲かせます。しかるべき量の花だけを摘みとるのは手間がかかります。開花している株を何本かまとめて、緑色の茎も一緒に刈りとりましょう。緑色の部分にも薬効があります。干してお茶にするか、生でハーブチンキに。カミツレは気持ちを静め、疲れをいやします。胃のむかつき、過敏性腸症候群、ストレスや不安、不眠、心の動揺にはカミツレ茶を。乳幼児や子どもに飲ませるとき（歯生期のむずかり、夜泣き、発熱など）は薄めてください。

ローカルな治療法いくつか

●頭痛と偏頭痛

頭痛や偏頭痛に悩む人はぜひナツシロギク（フィーバーフュー）を栽培したほうがいい。炎症をおさえる効能があり、その名も、熱《フィーバー》を出した人びとを救ったという古い言い伝えからとられた。今日では、偏頭痛が起きそうなとき、痛みをやわらげたり止めたりする予防薬として用いられることが多い。英国在住の偏頭痛患者を対象としたある研究によると、「ナツシロギクの生葉を毎日平均二〜三枚摂取した結果、七〇パーセント以上の被験者の症状が大幅に改善した」という。[*7] シロヤナギ（*Salix alba*）の樹皮片を嚙むのも頭痛全般にきく。アスピリンのような作用を持つ化学物質が含まれているためだ。

ひとつ大事な注意を。薬草（にかぎらずすべての痛み止め）は痛みや不快感に抜群にきく場合もあるが、病気をなおすわけではない。だから肝心なのは、痛みが起きたそもそもの原因をつきとめること。たとえば、食生活、運動量、ストレス、消化不良などはいずれも一因となる。

●口唇ヘルペス

ぼくは花粉症のほか、ときどき口唇ヘルペスを発症する。製薬会社から出ている名の通った商品はたしかによくきくが（複雑なつくりの人体に後年どういう副作用が出るかはいざ知らず）、実際のところ、そんな薬など必要ない。カネなし生活を開始したときから、ぼくはラベンダーに切りかえた。早めに使えば、口唇ヘルペスの症状はまったくあらわれない。タダだし、自然だし、採集も簡単だ。

●花粉症

草にアレルギーを起こすなんて、妙な病気もあるものだ。かつてはぼくも夏がくるたびに悩まされていた。大気中の二酸化炭素濃度が上昇するほど花粉の量も多くなるので、[*8] 患者もふえる一方だ。症状を緩和しようと市販薬を試した人なら誰でも断言するとおり、ああいうのはたいして効果がない。ぼくの経験ではいっそう気分が悪くなるだけだった。

そこで朗報を。治す方法はある。お金はまったく必要ないし、わずか五～一〇分の手間ですむ。その治療薬とは、花粉症の原因の草と同じくらいどこにでも生えている雑草のオオバコだ（両者は同じ場所にも生える）。街なかでも田舎でも大量に見つかるはず。この天然の抗ヒスタミン剤から、知るかぎりで最強の花粉症治療薬が簡単にできあがる。作りかたは次のとおり。

・オオバコの葉を一〇～三〇枚ほど摘んでくる（症状の重さによって加減する）。信頼できる友人か本の助けを借りて正しい葉を選ぶこと。時間を節約したいなら、一度になるべくたくさん採取しておき、すぐ使わない分はまくらカバーに入れてラジエーター暖房のうえで乾燥させるとよい。

・ナベに葉を入れ、水少々を（葉がやけどしないように）振りかけてから、熱湯を一～二リットル程度注ぐ。濃くするほど効き目は強くなる。
・冷めたら冷蔵庫に入れる。
・甘くしたい場合はリンゴジュースを加える。ぼくはそのままでも平気だけど。
・必要に応じて一日に二～三回、一回につき約二〇〇ミリリットルを飲用する。ふだん症状が出る時期の前から、花粉症シーズンが終わるまで（あるいは症状がおさまるまで）飲みつづけること。
・外に出て、それまでじゅうぶんに楽しめなかった夏の埋めあわせをする。
・効果があったら、ほかの花粉症患者にも教えてあげよう。
・前記の代わりに、葉でチンキを作り、一日に三回、小さじ一杯を服用するのもいい。湿疹やぜんそくなどのアレルギーに対する長期の服用にも適す。膀胱、胃腸、気管の組織が熱を持ったり痛んだり炎症を起こしたりしているときの鎮静剤にもなる。

ちょっとイカレたやつと思われたら困るので、この続きを書くのはためらってしまう。自分自身の経験で実証されたという以外に、科学的裏づけはゼロだから。ひと夏オオバコを飲みつづけて症状がだんぜん軽くすんだ年の後、ぼくは決心した。もうこんなふうに花粉症で大さわぎするのはやめだ、と。二五年以上も翻弄されてきたけれど、もうたくさんだ。いたるところに生えている草でアレルギーが出るなんてバカげてるよ。そこで二〇一一年の一月ごろ、花粉症を断ち切ろうと決めた。薬にも、オオバコにも頼らず、いっさい何も使わないで。たくさんだというだけでじゅうぶんだ。それから六か月のあいだ毎日欠かさず、自然界に対するアレルギーなどバカバカしいことだと心のなかでとなえつづけ、無害な花粉におおげさに反応するのはやめろと自分のからだに言いきかせた。何たってぼくのからだなんだから、宿主であるぼくのためになる反応をするように指図できるはずじゃないか。

披露するのをためらう部分はここからだ。そのやりかたは本当に効果をあげた。大喜びで書けばいいような話だが喜べない。科学的論拠がないのだから。ただ効果があった事実しかわからない。何をそれほど心配するのかといえば、科学と宗教の争いがもう終わっているためだ。いまや科学が新しい宗教となり、科学教の信者は原理主義者——キリスト教やほかの伝統的宗教に見られる原理主義者よりもさらに厳格な原理主義者——である。こんな話をするのは、この世界に科学の居場所などないと思うからではない。もちろん居場所はあるし、しかも重要な位置を占めている。ただし世界の見かたにもいろいろあって、科学はそのうちのひとつにすぎない。

以上に述べたのは、個人的に経験した薬草療法の数例にとどまる。より網羅的な薬草医学の入門書としては、ゾーエ・ホーズの『野生の薬』およびジェームズ・ウォンの『ジェームズ・ウォンの誰でも作れるハーブレメディ』[*9]がおすすめ。薬用植物の栽培法については『ジェッカのハーブ百科(*Jekka's Complete Herb Book*)』[*10]が参考になる。

その他のローカルなヘルスケア

複雑なテクノロジーや巨大インフラを必要とせず、地域内で実践できる医療の形は、薬草のほかにも多数ある。必要なのはただ、正しい知識と技能――産業化の起きるずっと以前に世界各地で確立されていた方法論――を身につけた人材のみ。指圧療法、カイロプラクティックから自然療法まで、幅広い選択肢が存在する。いずれも一生をかけるに値する仕事であるし、それぞれについて知るには本が一冊ずつ必要となってくるが、どのような選択肢があるかをざっと俯瞰《ふかん》したいなら、まずゴールドバーグの『決定版 代替医療ガイド（*Alternative Medicine: The Definitive Guide*）』を手に取るといい。また、地域のフリーエコノミーグループのメンバーにも助言を求めてみよう。世界に広がるこのネットワークでは、代替医療のスキルがかなり頻繁にやりとりされている。

ばんそうこう

カバノキに棚状に生えるカンバタケ（*birch polypore*）の下面は、ビニール素材のばんそうこうの代用にうってつけで、お金もかからない。カンバタケの傘の裏面にナイフの先で、必要なばんそうこうの形に切り目を入れる。外側の層を薄くはぎとって傷口にあてる。たいていは自然にくっつくが、ねじりあわせた草で上からしばって患部に固定してもいい。

女性のヘルスケア

生まれてから一度も排卵経験のないぼくに、女性の健康に関して語る資格などまったくない。しかし、これは個人にとっても生態系にとっても非常に重要な問題だ。生態系との関係で言えば、タンポンや生理用ナプキンは悪夢のような存在である。一人の女性が一度の月経期間中に平均二二個（一生に一万一〇〇〇個）の生理用品を使用し[11]、それらが最終的にゴミ埋立地や海にたどりつくと考えると、環境面の損害も金銭的な出費もとうてい無視できない。この数字に数十億を掛けあわせれば問題の深刻さがわかるだろう。

ひとつの解決策が、ムーンカップと呼ばれる小さいゴム製のカップ。これを膣《ちつ》のなかに装着し、子宮から排出される経血をためる。何度でもくりかえし使用できて、一生もちそうだ。女性の友人らに意見を求めたところ、べたぼめする人がいる反面、もれがちであまり使えないとの声も聞いた。相性が合えばかなりのお金を節約できるし、生態系への影響も劇的にへらせる。あいにく作りかたは知らないので、読者自身で何か思いつかないかぎり、とりあえずひとつ買うしかないだろう。

まったくお金をかけずに月経期間をすごすための選択肢は、やや魅力に欠けるかもしれない。ドイツ語書籍『体調不良の女——月経と衛生の社会史（*Die unpaslische Frau : Sozialgeschichte der Menstruation und Hygiene*）[12]』によると、かつてドイツの女性たちは（ほかの国でも産業化以前に同様の対応がとられていた証拠は多数ある）、くりかえし使用できるパッド（型紙は同書に収録）を手づくりするか、パッドも下着もつけずに経血をたれ流していたという。前者は問題なく実行可能だが、身近に試したことのある経験者がおらず、自分で試すこともできないから、どの程度快適かはわからない。後者には、社会制度の抜本的転換と抑圧的な男社会からの脱却が必要になってくる。

社会制度の抜本的改革は、まさか今週中にというわけにはいかない。とすると、この方面で政府に期待できそうなのは、生理期間中に休暇をとる選択肢を女性に与えるか、少なくともその時期のすごしかたをみずから調整する自由を与えること。政府機関も企業も男性が優位を占めている現実を考えれば、これも同様に見こみがない。「(そんなことを許したら) 経済的にやっていけない」(4章でも述べたとおり「財政的にやっていけない」という意味) と言われておしまい。それほどまでにぼくらの心はお金に支配されている。これはカネの経済であって人間の経済ではない。だからカネもうけの努力は、幸せや安らぎを生みだす努力に対して、つねに勝利をおさめるのだ。

野生のセックス

金銭と現代医学のもたらす破壊に疑問を呈すのがタブーとされる以上に、もっと皆のふれたがらない話題といえば、これしかない。現代人のセックスの生態学的持続可能性である。お金をかけないセックスについて語るなんて異様な感じがするだろう。普通、自分たちの性生活に金銭がからんでいるなどとは考えたがらない。売春だとかの行為を連想させられるから。

けれども、セックスが本当にお金と無縁かどうか、持続可能ないとなみかどうかは、どのような製品を使うかによる。製品といっても、いまはバイブレーターや潤滑剤《ゼリー》の話ではない (それらも別途扱うが)。避妊の話だ。地球上の生命を破壊する存在として環境保護論者や運動家の非難をあびる大規模工場が、もしもこの世から一掃されたら、現代人が依存するセックス関連製品——コンドームや避妊リングやピル（低用量ピルおよび緊急避妊薬《モーニングアフターピル》――をどこで手に入れればいいのか。今日、大多数のセックスには持続不可能な工業的プロセスがかかわっている。とはいえ、世界が赤ん坊であふれるのも、性病が蔓延するのも、とうてい望ましいことではない。さいわい、無銭の解決策がいくつかある。使いたいかどうかは別の問題だけど。

避妊

禁欲の選択肢を排除するとすれば――ほとんどの人がそうするものとあえて仮定させてもらうが――、危険な坂道を降りていかねばならない。一〇〇%完璧な避妊法はありえない。調べたかぎりの受胎調節法のうち、ぼくは精管切除手術（女性でいえば卵管結紮《けっさつ》にあたる）を選んだ。現行の手術方法を利用した場合、最初だけは無銭でも持続可能でもないが、一度受けてしまえば、当人とそのパートナーは（双方がもともと性病に罹患《りかん》しておらず、ほかの相手と性関係を持たないかぎりにおいて）コンドームからもピルからも解放される。コンドームもピルも大量に使えば多くの環境問題を引きおこす[*13]。警告しておくと、精管切除術はコンドームとはちがう。気が変わって子どもが欲しくなっても、包装材に入れっぱなしにしておけばいいというわけではない。また、精管切除術にはいくつか小さなリスクがともなうことを知っておく必要がある。再手術で元に戻せる可能性もなくはないが、できないものと考えておいたほうがいい。

手術がいささかハイテクすぎると思うなら、中世の時代を参考にしてみよう。当時は、動物の膀胱や腸をひもで固くしばってコンドームを作っていた。作るのがむずかしく時間もかかるため、何度もくりかえし使われた。当時は知られていなかったが、ムクロジ科の植物（前述のように洗髪にも適す）はそこそこ効く殺精子剤になる。科学的な実験結果によると殺精子効果は市販の薬剤におよばないけれど、その分、炎症などの副作用が少ないという。こうした殺精子剤の代わりに昔の女性が使った（正確には「使わされた」と言うべきか）のが、膣内に装着するペッサリーである。たとえば、ハチミツとアカシア樹皮とすりつぶしたナツメヤシの実をよく混ぜてベタベタのペースト状にし、布切れ（たいていはリネン）に塗って膣に入れるのだ。憶測だけど、考案したのは男だったんじゃないかな。

でもどうか、一目散に飛びだしていって、路上で死んでいる動物の腸を切りとろうとか（鹿を選ぶかリスを選ぶかは内緒で）、ムクロジのタネをまこうとはしないように。まだどの方法も個人的に試した実績がなく、先行研究があきらかに不足している領域でもあり、どれほど信頼できるかはおぼつかない。ぼくの直感によると、星に願いをかけるのと同じくらいの確実度だと思う。

時代が下るにしたがい、さまざまな避妊法が提案されてきた。リズム法、クナウス－荻野法、標準日避妊法、子宮頸管粘液法、基礎体温法は、いずれもお金のかからない受胎調節法で、成功率（失敗率）は場合によりけりだ。中途半端な知識で使うのはすすめられないし、女性が自分のからだとサイクルをよく知っている必要がある。すべての避妊法に共通することだが、これらも一〇〇％確実ではない。ただし、同時にほかの方法（特に男性の膣外射精）と組みあわせれば成功率が高まる。言うまでもないが一応言っておくと、これらの方法で性病は防げない。

薬草を使って受胎調節と妊娠中絶をおこなう方法については、ジョン・M・リドル『イブの薬草——避妊と中絶の西洋史（*Eve's Herbs: A History of Contraception and Abortion in the West*）』、ジェームズ・ディメオ『性に肯定的な文化における薬草を利用した避妊と中絶（*Herbal Contraception and Abortion in Sex-Positive Cultures*）』、リーナ・ニッシム『女性のための自然療法（*Natural Healing in Gynaecology: A Manual for Women*）』の三冊が参考になる。小規模な自給自足社会について調査した昔の人類学者らは、避妊の手段が長らく存在しなかったと考えていた。なぜか。文化的な理由で、そしておそらく性差別的な理由もあって、男性からしか聞きとりをしなかったのだ。もし女性に対しても聞きとり調査をおこなっていたら、時代による回答の移りかわりがあきらかになったであろうに。当時の男たちはそういうことにまるで無知だったが、女たちはすべきことをしかとこころえていた。そうした知識は広く知られ実践されていたのに、のちにローマ・カトリック教会が台頭すると、この世のすべての民のためになることは自分たちが一番よく知っているものと決めこみ、避妊を禁じてしまう。教会は、避妊をおこなった女たちを魔女と呼んで裁判にかけさえした。彼女らが男性優位の制度に与えた脅威は、それほどまでに大きかった。命にかかわる大問題を女が左右するなど、文字どおり「神が許さぬ」所業とされたのである。

これは、無銭社会を考えるうえで非常に複雑な領域だ。暮らしの多くの面と同様、われわれはみずからを混乱におとしいれてきた。性病は蔓延し、極度に性的な文化を築きあげ、人口はすでに制御しきれないレベルにある。現時点で避妊対策をやめたら人類にとってのおおごとになるが、産業化経済をつづけていけばわれらが家である地球にとってのおおごとになる。いずれにせよ、将来どこかの時点で何らかの手を打たねばならず、いまのままをつづけていくことはできない。

潤滑剤

女性用潤滑剤《ゼリー》のようなぜいたく品は、お金を使わないセックスについて考えるうえで、避妊法ほど重要とは言えない。だけど、生態系に害をおよぼさずに得られる喜びをカネなし人間たちから奪うつもりなど、ぼくにもさらさらない。野生のセックスの権威を自称するわが友ファーガス・ドレナンが考案した方法には、かなりの親近感を覚える。というのも、原料となるヤハズツノマタ（*Chondrus Crispus*）はカラギーナンまたはアイリッシュモスとも呼ばれる海藻で、ぼくの育ったアイルランドのドニゴール州西岸でとれるのだ。そのにおいをかぐと、いまでも故郷を思いだす。

作りかたは簡単。できれば夏に集めるといい。真水で洗ったあと敷き物のうえに広げ、日に干す。翌日になって乾いたら、また水でもどしてから広げて干す。これを二〜三度くりかえすと、色が紫色から藤色に、さらには白っぽいクリーム色に変わる（紫色の潤滑剤ではあまり気が進まないだろう）。クリーム色になったらナベで煮る。焦げつかないように、ときどきかき混ぜよう。その後、平織りの布でこしたら、ＥＵの食品添加物番号Ｅ４０７、ベジタリアン仕様の潤滑剤のできあがり。雑菌の混入を防ぐため、作ったらすぐ使う必要がある。

予備工作に四日間かけるより、もうちょっと自然発生的なセックスを好む人へ。先ほどの潤滑剤をさらに煮つめていくと、冷めたあとに固まるようになる。これをさいころ型に切りわけたものは、冷蔵庫（またはお金のかからない冷暗所）で数日間保存できる。必要に応じて再加熱するが、数日以内に使いきること。物をムダにするのをきらう恋人に消費期限が近づいていると打ちあければ、もう一戦まじえる気になってくれるかも。

もっと簡単な方法もある。同様に天日干ししたカラギーナンを、前戯がはじまりそうになったら熱湯のなかに入れるだけ。できあがるまでに少なくとも二〇分かかる。それより早く前戯から挿入に移っているようなら、ずいぶんと自分勝手な恋人だった証拠だから、おのれの姿を鏡でじっくり見つめなおしたほうがいい。

米国メリーランド州にある国立がん研究所の細胞腫瘍学研究室による調査では、カラギーナンに局所殺菌能力があり性病予防に役だつ可能性が示唆されている。つまり、コンディショナー入りシャンプーのように一本で二役を果たすとも言えそうだ。

催淫剤

知るかぎりでもっともすぐれた無料のバイアグラは、イカリソウ（淫羊藿《いんようかく》）という植物。昔、農夫がヤギの群れにこの草を食べさせたところ、にわかに交尾行動が旺盛になったことから、そう名づけられたと言われている。本当かどうかは確かめようがないが、ぼくがでっちあげた話のほうが気に入っている。自分でその草を食べた農夫が雄ヤギに恋してしまった、という話だ。

ありがたいことに、この植物は人間にも同じ効果があり、男女を問わず性欲を昂進させる。

張方

いやはや、女友だちからさんざん聞かされているよ。「産業化」という名の環境破壊による唯一の収穫は、究極の張方《はりかた》――つまりバイブレーター――を生みだしたことにつきる、とね。宇宙全体が現在のように展開してきたのは、ひとえにこの製品のためらしい。だから、「バイブレーターの存在自体が悪魔の所産だ」とか「バイブレーターを使えば母なる地球の凌辱に手を貸すことになる」などと、男であるぼくがあえて口出しする気はない。バイブレーターは、わが世界観そのものをゆるがす致命的欠陥にも思われる。

しかし、もう一度よく考えてみよう。お金の概念が生まれるずっと前にだって、多数の張方が存在した。古代中国では木工品のそれが使われていたし、鹿の角を彫って作られた張方も、最近、スウェーデンの中石器時代の遺跡から出土した。

これらが特に興味を引く例というわけでは、けっしてない。作家マイケル・ポーラン[*14]によると「魔女や魔術師は、当然のことながら「呪力をもつ」植物（今でいうサイコアクティヴな植物）を育てており、その処方箋には、ダチュラ、ケシ、ベラドンナ、ハシーシ、ベニテングタケ、それにヒキガエルの皮（DMTという強力な幻覚成分を含む）などの名が並んでいる。魔女たちはこれらの材料を、麻の実油をベースにした「空飛ぶ軟膏」の中に混ぜ込み、特殊な人口ペニスを使って女性の陰部にほどこした。これが、女性たちを乗せて空を飛んだという、いわゆる「魔女のほうき」

の正体だ」（『欲望の植物誌――人をあやつる4つの植物』西田佐知子訳、八坂書房、二〇〇三年）。ほうきの柄が魔女の乗り物として描かれるようになったのは、産業化以前の張方として魔女が使っていたためだとも考えられている。だから男たちよ。「そうじをするので」寝室に入るなと愛する女性に言われたときは、なかで本当は何が起きているか、もうおわかりだろう。

セックスの語りかた

チャールズ・アイゼンスタインが「いとしの地球にささげる儀式」*15と題する随筆で述べているように、ぼくらの惑星を「母なる地球《マザーアース》」と呼ぶのはやめて「いとしの地球《ラバーアース》」と言いかえたほうがいいかもしれない。人間の使うことばは、世界をいかに解釈するかの鍵となるのだから。

実の母親との関係を考えてみると、少なくとも幼いころは、相手のニーズなどおかまいなしに受けとるばかりである（小さい子どもはそれでよい。どこに限度を置くかを決める権限は完全に母親がにぎっている）。ゆえに、「母なる地球」という表現を使っているかぎり、彼女から取るだけ取ってお返しなど必要ないという物語を永続させかねない。だが恋人との関係はちがう。そこでの理想は、受けとりもすれば与えもする、敬愛と喜悦に満ちた協力関係だ。アイゼンスタインはこう考える（そして、ぼくもそう思う）。単にこの惑星を「いとしの地球」と呼ぶだけのことが、ぼくらと地球の互恵関係を築くために至急必要な、視点の転換をもたらす一助となるだろう、と。

過去二百年間の文化は「セックスする」文化であり、「愛を交わす」文化ではなかった。このふたつのちがいは大きい。人類は、地球を「ファックする」のをやめ、あらためて地球と愛を交わしはじめなくてはならない。そうすれば、ぼくらの合一から、創造性と充足と健全な生態系の新時代が生まれるはずだ。今日目の前にあるのとは似ても似つかない時代が。

シンプルな選択

生きかたをあらためめ、すべての面において——医療にしろ、安全なセックスの方法にしろ——きちんと持続可能性に配慮するのか。あるいは、自然界が解決してくれるにまかせるのか。これがぼくらに与えられた選択である。産業化したグローバルな医療が欲しければ、新鮮な空気、清浄な水、肥沃な土壌を備えた、すこやかで豊かな惑星を手に入れることはできない。選ぶのはぼくらだ。

CHAPTER

14

衣類と寝具

人類の途方もない愚かさの指標があるとしたら——水の供給体系のなかにわざわざ排泄していることをのぞくと——服や履き物を必要とする事実がそれだ。ヒトは何を考えて、この進化の道を選んだのだろう。地球上に生きる大小のサル一九三種のうち、全身を毛（すなわち生得的な男女兼用衣料）で覆われていないのは人間だけ。[*1] さらに悪いことにぼくたちの文化は、体毛がないほうが魅力的だという考えを擁護する物語を創りあげてしまった。そこで、こういうでっちあげの期待にこたえて、残りすくない毛の大半まで刃物を使ってそり落とす。

ときどき、あまりのバカバカしさにあきれてしまう。それなりに冷えこむ季節があるうえ、長時間はだかでいられるほど暖かい日などめったにない国に、まるはだかのサルが住んでいるなんて。われわれの世界観は人間中心的だから、ホモサピエンスは地球全土に住んでいてあたりまえだと思っている。そういう目でほかの生物種を見はしないだろう。バナナやココナツの木がシェトランド諸島で育つべきだと言いはる人はいない。ならばなぜ、自分たちのごとき無毛のサルについては、

住んでいる地域に似合いの生き物かどうか、疑いもしないのだろうか。たかだか服を着るだけのために、広大な面積の土地を利用しつくすなど、はたしてあたりまえのことなのだろうか。

ヒトが毛に覆われていない理由については諸説あり、おおぜいの人類学者が次々と、ヒトが無毛を選んだ奇妙な理由を思いつく。しかし、何が真実であるにせよ、はだかでいられないほど気温が低下する国ぐににほとんどの人間が住んでいるという現実は変わらない。その結果、何かしらの被服が必要となる。

お金をかけずに衣類を生産するには、自生している繊維を活用するか、利用できるとわかっている作物(木綿やヘンプなど)を栽培するか、動物を殺して毛や皮をとる必要がある。人口がさほど多くなければたいした問題にならないだろうが、この点で、いまや地球の総人口が七〇億を超えた現実が、環境上の、資源調達上の、倫理上の、大きな問題を引きおこしている。アルマーニやプライマークなどのブランド店のマーケティング部門が人びとに、二か月おきに新しい皮膚が必要だと思わせてきた事実も、状況をますます悪くするばかりである。

解決策を見いださねばならない課題は、四季を通じていかに体温を保ち、身を守るかだ。それも、地球から本来の生産力や天然資源を奪いつくさない方法で。本章では、そのための短期的作戦と長期的作戦の両方を概説する。短期的には地球に与える影響を最小限におさえる選択、そして長期的には——衣類に関する各自のＰＯＰモデルの助けを借りつつ——地球とのつながりを最大化する選択ができるように。

ひとつ大事な注意事項を。靴については移動手段に関する章(第10章)で扱っている。ファッションというより乗り物だと考えているからで、おそらくそれは、見た目のかっこよさより靴の機能性を重視するぼくの思考回路のあらわれにちがいない。この本の著者が女性だったら、さて、どの章に靴が出てきただろうか。

衣類

科学者ジェームズ・ラブロックが著書『ガイアの復讐』で述べている。地球とその生態系にふさわしい休息を与え、ひと息つかせてやるべきである、と。彼の提唱する蘇生テクニックの多く――原子力エネルギーなど――には反対だが、「持続可能な《サステイナブル》撤退《リトリート》」の呼びかけには心から賛同する。

人間の暮らしのなかで、地球に週末休みを与えてもさしつかえなさそうな領域が、衣類である。食料とちがって、衣類は日々たゆまず生産する必要などない。生産された衣服の大半はわれわれグローバルな西洋の住人へと届けられるが、ぼくたちはけっして毎日すり切れた服で歩きまわっているわけではない。もうこれ以上の服は、相当長いこと必要ないのだ。現在のようなペースで服を買いつづけているのは、ただ社会規範に順応したがる羊になりさがったからであって、次から次へと機能上の必要性が生じるからではない。多くの服飾ブランドのマーケティング部門が対象購買層にむかって「着こなしに独自性と自信を持とう」と奨励する一方で、「業界トップの少数のエリートが決めた流行に、誰もが右にならえで従うだろう」との希望的観測にもとづき業界全体が動いているのは、何とも皮肉である。

シーズンごとにはやりすたりのあるファッション業界は、地球生態系に多大な影響を与えている。衣類にもっともよく使われる栽培作物は木綿だ。全世界の耕地面積の二・五パーセントを占めるにすぎない木綿に、世界の農薬使用量の二五パーセントが散布されている。綿布の状態になるまでに仕上がり重量一キロあたり一万一〇〇〇リットルの水が使われているから、ぼくらが買うTシャツ一枚のために二七〇〇リットルもの水が消費される計算になる。

だが、木綿だけが悪者ではない。よく使われる繊維のほとんどが恥じ入るべきなのである。当然ながら、ポリエステルやナイロンなどの合成繊維もまた罪をまぬがれない。ナイロンの製造時に出る亜酸化窒素(いわゆる「笑気ガス」だが笑いごとではない)は、二酸化炭素の二九八倍の地球温暖化効果を持つ。合成繊維のうち世界一多用されているのはポリエステルで、二〇〇一年の生産高は一七〇〇万トンを記録した。原料は石油、水の消費量も膨大、紡績済み繊維一トンあたりのエネルギー使用量はヘンプの四倍以上にのぼる。おまけに製造過程において、ほかのどの衣料用繊維よりもはるかに多量の二酸化炭素を排出する。*2

これほどの損害を地球に与えつづける意味がどこにあるのか、ますますわからなくなる話をしよう。今後一〇年分の衣類の製造を、われわれはすでに完了しているのだ。一〇年間は困らない。皆がいま持っているものを分かちあい、修繕し、交換する姿勢さえ身につければ。それを推進するプロジェクトも多数あらわれており、おかげで〈自我中心的な自己〉も〈ホリスティックな自己〉も損なうことなく新しいワードローブを入手できてしまう。むろん、どんな服もいずれすり切れるから、長期的な対策とは言えない。それでも、移行期の対策としてこれは重要であって、水の使用や水域汚染を徹底的にへらし、土壌の生産力を回復し、気候変動の最悪の結末を回避したいと思えば、ぜひ取りくむべきだ。長期的には、衣類の原料となる植物を各地域で栽培する必要が出てくる。そうやって作られる衣類は、人びとのニーズを満たすだろうが、欲望のすべてにこたえるものとはならないだろう。

短期的な対策

●衣類交換パーティ

きみが自分の持っている服に飽きたからといって、ほかの人もそう感じるとはかぎらない。たんすに死蔵せず、衣類交換パーティに持っていこう。きみの服を気に入ってくれた人にあげて、同じ理由で持ちよられた服のなかからお気に入りをさがそう。

「スウィッシング」パーティ[*3]なら手軽に開催できるし、計画段階から助言をもらえる。「家計と地球を守りながらパーティを楽しむ」のにうってつけの方法であり、「美と環境保護と倹約をいっぺんに実現したい女性たち向け」だ、とスウィッシングの創始者ルーシー・シアは話す。靴やアクセサリーまで無料で出品される。いまのところもっぱら女性のあいだで人気を博しているようだが、男性が同様のパーティを開けない理由はない。まあ、男どもが手持ちのジーンズ二本とTシャツ三枚に何の不満もいだいておらず、パーティで取っかえひっかえ服を試着するなんてまっぴらだと言うならば別だけど。

衣類交換会とＤＩＹ（服の修繕やリメイク）のワークショップを兼ねたイベントをお望みであれば、ウェンディ・トレメインのはじめた「スワップ・オ・ラマラマ」が世界一〇〇か所以上の街で開催されている。衣服に関するニーズを――おしゃれと機能の両面で、また短期的にも長期的にも――満たす方法に、いかに再考の余地があるか。どちらのプロジェクトも、その好例である。

●「直せばまだ使える」

この標語が作られたのは第二次世界大戦時（考えかたはずっと以前から存在したが）。戦争遂行が最優先された時代、既製服はなかなか手に入らなかった。当時の情報省は小冊子を発行して、衣類の維持管理と修繕の方法を国民に知らしめた。おもに取りあげられた技能は、棒針編み、かぎ針編み、裁縫、虫食い予防、素材に応じた洗濯、靴下の穴かがり、ジーンズの修繕などである。愚かにも、頭上を飛ぶドイツ軍の戦闘機にびびってもらしたウンコのしみを落とすいい方法は書かれていない。

こうしたスキルは将来非常に役だつので、コミュニティ内で知識を継承していくことが大切だ。「ステッチアンドビッチ」などのイベント――ビッチ（愚痴）よりステッチ（縫いもの）の割合が多いことを祈る――を催したり、定期的なフリースキルのつどいで服のつくろいや寸法直しを取りあげたりするのは、戦中派の持つ貴重な知識を継承するのにうってつけの方法。

衣服にかける金銭を完全にゼロにするまでの道のりは長い。ほとんどの現代人は針と糸をまともに扱えないし、それ以前に、繊維をとる作物の栽培方法についても無知にひとしい。これは多分にきちがいじみた経済のせいである。そのような経済の結果として、目抜き通りの店ではTシャツ一枚をほんの数ポンドで買うことができる。おまけに製造過程にいっさいかかわらないものだから、衣類にしかるべき敬意を持ちようがない。自分の服を自分で作る工程とのつながりを取りもどすまで、生態系の災難――ファッション繊維産業――はますますひどくなる一方と覚悟したほうがいい。

●フリーショッピング

フリーショップ（第5章を参照）は、日常的に衣類を分かちあうためのすばらしい物資調達システムである。棚の豊富な品ぞろえは仕入れ元（つまりぼくやきみ）に依存することをお忘れなく。サイズが合わなくなった服や、もう絶対着ないとわかっている品があれば、ぜひフリーショップに持ちこんで、必要とする誰かに役だててもらおう。

●再発明

さんざん着倒した服はいったんバラして、どんなデザインにするか思案ののち、うんとかっこよくツギハギしよう。友だちには「高級品を買いやがって」とうらやましがられるだろう。実は、手持ちの古い服をごちゃまぜにして「一点物」を作っただけなんだけどね。少なくとも、人と同じ目抜き通りの店で買い物するよりはずっと斬新で独創的になれる。

長期的な対策

今日の一針、明日の十針。早めの手当てがものを言う。が、一着の服をつくろうことのできる回数にも限度はあり、いつか寿命がくる。最近の大量生産品は質が悪いからなおさらだ。

長期的に見て、衣類に関する金銭使用を真になくすためには、「季節ごとに機能上必要な数だけ、質のよい品を持つ」という新しい考えかたに慣れる必要がある。いまある在庫がつきたあとも皆が必要量以上の流行服を持てるほど、英国の農地には余裕がない。TPOに応じて服を選びたい気持ちはわかるが、選択の幅と完全な持続可能性とは、しばしば相容れない。将来のどこかの時点で決断する必要がある。とうてい住めないような地球上で、洋服ダンスを満杯にしておきたいのか。それとも、すこやかで生物相が多彩な地球に住み、機能的ですぐれたデザインの服を数枚持つほうがいいのか。

服の自作には、技能と時間と経験がいる。それでも、生きていくのに必要な品をどう調達するかをいま学びはじめれば、いつか必要にせまられたときには備えができているだろう。自作する過程で、創造性や自主性がおおいに身につくし、この手で作った服が自分自身や愛する人のために長く活躍してくれると思えばやりがいも感じられる。

以下、いくつかの選択肢を検討してみよう。けっして網羅的ではないが、この英国で衣類にお金をかけずに生きていくために何ができるかの参考になるはずだ。

●ヘンプとイラクサ

衣類にお金を使うのをやめるため原点にもどって自作しようという場合、英国在住者におすすめの繊維のひとつにヘンプ（大麻）がある。ここで問題となるのが、人民の暮らしのすみからすみまでを管理しないと気がすまない政府の存在だ。繊維を取る以外の用途には適さない品種を栽培するだけでも、内務省の許可を得なければならない。作付け目的で種子を輸入するには、ＲＰＡ（農村歳出庁）の許可も申請する必要がある。そんな法律はもともとまちがっており、マハトマ・ガンディーがかつて言ったように、「不当な法律にも従うべきだという迷信が存在するかぎり、隷属状態もなくならないだろう」。持続可能な生きかたを法律違反にしてはおけない。

この問題にどう対処するかはさておき、カネがかからないという点でヘンプは多くの長所を持つ。持続可能な未来にとって、ヘンプは非常に重要な農作物のひとつに数えられよう。扱いが簡単で、外部資源の投入をまったく必要としないから。ほかの衣料用作物とちがってたいへん丈夫で農薬の必要がない。土壌を肥やす働きがあるため、その養分を必要とするほかの有用植物と混植できる（よって化学肥料も不要）。密生して育つので、雑草が生えにくい。すなわち、チェスをしたり、恋人とラズベリーワインを手に星空をながめながら露天風呂を楽しんだりする余裕が生まれる。いや、まだほかにもあった。『エコ・シック（*Eco Chic*）』の著者マチルダ・リーによると、「『呼吸する』繊維だから暑い季節にも涼しくすごせ、肌ざわりがやわらかいのに耐久性がある」。

衣料以外の用途も豊富だ。ロープの素材としても最適だし、タネはすぐれた健康食品になる。服づくりに役だつもうひとつの植物がイラクサ（*Urtica dioica*）。この国の津々浦々まで大量に自生している点もポイントが高い。栽培する労力がゼロですむのだから。今日、イラクサでズボンが作れるという話をすると、まるでサボテンで尻をふけとすすめているかのような言いぐさに聞こえるらしい。だが、人間は何千年ものあいだイラクサから衣服を作ってきたし、一六世紀に木綿に取って代わられるまで不動の人気を保っていたことを、ぼくらは忘れている。

レスターシャーにあるデュモンフォード大学の繊維工学教授レイ・ハーウッドは、将来、イラクサがふたたび重要な繊維となるかもしれないと考え、「STING（持続可能なイラクサ栽培技術）」というプロジェクトを立ちあげた。衣類としてのイラクサの活用法を詳しく知りたい人は、まずこのプロジェクトに連絡をとるといい。

使う繊維を手に入れたら、糸をつむぎ、それを布らしい形の代物に変える方法など、ほかのスキルも身につける必要がある。将来の重要性を考えれば、ありったけの独学手段を講じるのに加えて、こうしたスキルの実践経験豊富な人のもとで、いくらかの修行をつむことをおすすめする。

●轢死動物の皮の脳漿なめし

路上で車にひかれて死んだ動物の皮で太鼓（第15章を参照）を作るより先に、服に使えないかを考えよう。なめし革《バックスキン》はもともと雄鹿《バック》の皮をなめしたものを指したが、いまでは、やわらかくしなやかな革なら何でもこう呼ばれることが多い。

詳細を知りたければ、マット・リチャーズの著書『鹿皮からなめし革へ——脳漿《のうしょう》・せっけん・卵による皮なめし（*Deerskins into Buckskins : How to Tan with Brain, Soap or Eggs*）』[*4]をぜひ読んでほしい。ただし、教えてくれる人に弟子入りするのが、技術の習得には何より有益だ。

必要な時間、技能水準、労力についてあらましをつかめるよう、以下に簡潔に処理過程を示そう。このような段階を踏んでいくことになる。

・皮をはぐ――なるべく形を損なわぬよう注意しながら、皮を死骸からはがす。鋭利で平らな岩を使い、肉や脂肪をこそげ落とす。

・毛を除去する――大きく分けて、乾いた状態でこする方法とぬれた状態でこする方法の二とおりがある。前者は、乾かした皮を枠にぴんと張り、鋭利な石で毛をこすり落とす。後者は、灰汁の溶液にひたした後、先の丸い石または動物の脚の骨でこする。ぬらしてこするほうが簡単だが、乾いた状態でこすったほうが、あとで脳漿を吸収しやすくなる。このほか、アメリカ・インディアンに伝わる昔ながらの方法では、皮をただ冷たい川にひたして岩の重しをのせておき、流水によってだんだんと毛が抜けおちるにまかせていた。

・なめす――皮をじゅうぶんにこすったら、動物の脳みそで処理する必要がある。卵黄を使うこともできるし、油とせっけんを混ぜて使ってもいい。

・伸ばす――なめした皮を乾かす際にぴんと張る。これにより、表面のなめし剤が皮の繊維に浸透し、柔軟性が保たれる。

・いぶす――ここまでの段階を正しくこなせば、しなやかな乾いたバックスキンができているはずだ。それをゆっくりと時間をかけて煙でいぶすが、煙の色（使用する木の種類によって異なる）

が皮の反対側までしみとおったら裏がえして、全体が望みの色になるまでさらにいぶしつづける。

ぼくはビーガンだけど、ビーガニズムを究極の理想とはとらえず、産業革命と農業のありかたに対する応答の一形態とみなしている。そんな立場から見て、轢死動物のなめし革を衣服に利用する唯一の問題点は、意図せずして革の使用が助長され常態化すること。その革の服を見た一定数の人たちは、まずおそらく、路上で死んでいる動物をさがして自作しようとはせず、デパートへ直行するだろう。もうけを生む動物に対し信じがたいほど残虐なサプライチェーンから、商品を仕入れているにちがいないデパートへ。それではぼくの意図にまったく反する。

とはいえ、轢死動物のなめし革を利用する行為は、グローバル工業経済の産物たる天然素材の服を買うのとくらべてビーガン度が高いと思う。非論理的と言われ、挑発とも取られかねないことは承知している。もちろん、ほかのビーガンたちの感情を害するのが本意ではない。だけど、木綿やその他の農薬まみれの繊維は、原野から耕作管理地に変えられた土地で生産され、その後、化石燃料(メキシコ湾の例に見るとおり、広範囲にわたる生物居住環境とかつてそこに生きていたあらゆる命を破壊する方法で採掘された)を使って世界中に輸送されている。それを買うビーガンたちは、自分のライフスタイルが実際はどれほど「ビーガン」であるかについて、いくらか勘ちがいしていると思う。農薬(殺虫剤)は、名前からもわかるが、ビーガンでない。化石燃料も同じく。けっして批判しているわけじゃない。可能なかぎり信念に忠実に――ましてや動物虐待を極力へらそうとの一心で――生きている人たちには敬服するばかりだ。ただ、思いやりある生きかたをすでに実践している人たちに対しても、自分の消費の結果を考える範囲をさらに広げてはどうか、と呼びかけたいだけである。

アクセサリー

お金を使わない暮らしが、すなわち装飾品などあきらめなければならない暮らしとはかぎらない。身を飾るのに使える簡単な素材はいくらでもあって、いずれも森や田園や海岸を散策すれば見つかる。天然繊維（やはりヘンプがおすすめ）でできたヒモ、骨、貝殻、植物、タネ、木、花びら、その他、食料採集中に目についた何もかも。必要なのは、ちょっとした想像力と、独創的でありたいという意欲だけだ。

寝具

木の葉としなりのよい枝で作ったブッシュクラフト式ベッドを一生使いつづけたいと思わない人には、長期的な寝具対策が必要となる。

手織りウールの敷き毛布

きみがベジタリアンやビーガンだった場合、羊の原毛を使うには、道路でひかれた動物の革を使う以上に複雑な人生哲学上の問題をつきつけられることになる。というのも、羊の毛は、きみの個人的信条に合致しないであろう食肉生産のいとなみから生まれる副産物だから。それでも、牧畜業一般に賛成しようが反対しようがおかまいなく、われわれのまったく困った経済・産業・農業システムに由来する現実のひとつに、多くの小規模畜産農家が羊毛の出荷先を持たず、往々にしてタダでくばるしかないという事情がある。オーガニックでない大量生産の合成繊維——一見ビーガンのようでいてそうでないことは前述済み——が普及したため、羊毛の需要は激減した。理由は何にせよ、この資源のすばらしい保温性を喜んで活用する気があるならば、牧羊家とフェアな関係を結ぼう。つまり、自家製のパンや取れすぎた農作物を進呈するなど。

羊毛の使いみちは多い。服にもいいが、ベッド用の敷き毛布にすると非常に暖かくておすすめ。ただし、敷き毛布の前にまず木枠の織り機を作らなければならない。これはかなり単純で、ほぼ誰でもできる。織り機を作るには、丸太の棒（またはあり合わせの角材など）、クギ四四〜四七本（一・四センチのダボピンがおすすめ）、棒にクギを打つ穴を開ける（できれば旧式の手動）ドリル、ヒモ、いくばくかの空き時間を用意しよう。一度作ってしまえば何年ももつ環境負荷の低い道具が手に入り、必要な敷き毛布やラグをいくらでも織ることができる。[*5]

まくら

好みの繊維でまくらカバーを作ったら、中身はガマ（*Typha latifolia*）の穂綿《ほわた》を入れるといい。ガマは温帯でも熱帯でも育つ多年草で、池や湖、川辺などの湿地によく生えている。まくらに詰めてもまだ余ったら、マットにしたり、イスの座面に使ったり、樽の水もれ修理、あるいは花火にも使える。

鮮明な夢を見たければ、ガマのまくらにヨモギを加えてみよう。きっとベッドタイムの楽しみが倍加する。ただし、人によってはヨモギにアレルギーを起こして、夢が悪夢となりかねない。最初は少量で試すこと。

毎晩のように鮮明な夢を見たいとは思わなくても、睡眠の質を変える植物がほかにもある。たとえば、心地よい夢を見たいならカモミールやラベンダーを、ぐっすり深く眠りたいならカノコソウをお試しあれ。ただし、いつものことだが、安全性にはじゅうぶん気をつけよう。

掛けぶとん

掛けぶとんを作るには、同じ大きさの布二枚を旧式のシンガー手まわしミシンで縫いあわせ、保温用の中綿として好きな素材を詰める。ぼくの場合、すべての材料をフリーサイクルで何年かかけて集めた。自分で作る気がしなければ、フリーサイクルには完成品も多数出品されている。

保温性と快適さのバランスにすぐれた素材のひとつがウール。ウールを入手するためにマンガリッツァ豚を飼う手もある。ウーリーピッグとも呼ばれ、羊と豚の中間のような姿をしている。夏になると体温調節のため自然に毛が抜けるので、刈りとる手間がいらない。さらには、有刺鉄線に引っかかった毛をこつこつためていけば、一枚まるまる採集品でできた掛けぶとんも夢ではない。長い年月がかかりそうだが、まさに寝具の芸術品と言えよう。ウールを水洗いした後、できればハンドカード器で繊維の方向をそろえると、ふわふわになる。あとは詰めるだけだ。

CHAPTER

15

娯楽

時間を売ってカネにしない私は「おかしい」と言われるが、
私の時間に値札がついていると考える人のほうがおかしい。

——カリール・ジブラーン

社会の危機だ、生態系の危機だ、古くさい文化の物語だ、資源枯渇だ、なんて深刻な話ばかりしていると、ぼくのちっぽけな脳みそはときどきパンクしそうになる。人生に疑問をいだき、その神秘をあれこれさぐりたがるのは、健全で比較的自由な心を持っていれば当然だろうが、それが肝心の人生の目的——生きているこの一瞬一瞬をいとおしむこと——をじゃまだてするようではいけない。

一般にカネなし生活は、たいしてすることもなく退屈にちがいないと思われている。ぼくに言わせれば退屈どころかその逆で、お金を使わずに自分なりの遊びや冒険を創りだす生活は、代わりの誰かがやってくれるのをぼんやりながめているより、はるかに刺激的で楽しい。テレビのリアリティ番組は、みずからがプレーヤーとならずにただ消費するだけの文化をまさに象徴している。

ハイテクノロジーの世界から離脱して自然界とのつながりを取りもどすとき、人はついに人生の消費者をやめて参加者となる。子ども時代に誰もがそうだったように。iPodに入っているアルバムを聴いたり、映画館に映画を見に行ったり、パブでキンキンに冷えた米国産のビールを飲んだりといったことで、本当に、ぼくら人間の持つ可能性がじゅうぶんに発揮されているのだろうか。共同で仕込んだエールやリンゴ酒を、たき火のまわりでともに歌い踊り音楽をかなでつつ飲んでいた社会を想像してほしい。日常の必要を満たす作業が喜びや創造性と一体化しており、テーブルをこしらえた翌日にはどんぐりを植え、夜になればお話を語ったり和音を覚えたりチェスを（自分たちの手で彫った駒を使って）指したりしながら笑いさざめきあってすごした、そんな世界を思いうかべてほしい。この数年間、カネを使わない生活なんて退屈だろうとさんざん言われてきたけれども、人生に積極的に関与する暮らしのどこをどうしたら、ただ人生を消費するだけの暮らしよりつまらなくなりうるのか、ぜひ教えてもらいたいものだ。

ひとりひとりが人生で経験できること、驚嘆に値することは山ほどあるのに、四六時中、仕事に追われてばかりいる。何のためかといえば、本当は必要もないものを買うためで、そうやって買ったものに最後は自分が支配されるのがオチだ。エピクロスがかつて指摘したように、金持ちになるには方法がふたつある。財産をふやすか、でなければ欲をへらすか。請求書だの経費だのを人生からひとつ排除しおおせるたびに、その支払いのために働かねばならない時間はへり、その分ふえた貴重な時間を使って、いま本当にしたいことができるようになる。生活費をへらせば、人生を自分の手に取りもどすことができ、自分の望むプロジェクトのために働く時間ができる。創造的になる時間――何か新しいことを身につけたり、賛同するプロジェクトのためにボランティアをしたりする――を「買う」ことができるのだ。請求書や欲をへらしてゼロに近づけるほど、完全な自由に近づく。悪癖を手ばなせば、遠からず、自由にやりたいことのできる毎日を取りもどせるんだ。

どうやって楽しめばいいかなんて講釈をたれる気はさらさらない。だけど、ぼくら現代人は、お仕着せのエンターテインメントの消費イコール娯楽だと勘ちがいするほどまで文化によって洗脳されてきたものだから、楽しみかたにＤＩＹ精神を取りかえすすべを、つつしんで数例挙げておこうか。

楽器の習得と製作

もっとも挑戦しがいのある遊びのひとつが楽器の習得だ。人と分かちあうことのできるすばらしい贈りものであり、一夜のセッションほど友情の深まる集まりはない。音楽的才能にめぐまれないぼくのような人は、ハッピー・マンデーズ（英国のロックバンド）のベズをまねて、マラカスを持って踊る役を引きうけよう。

楽器自体を自分で作ってしまえば、なおさら満足度が高い。近場で手に入る素材で作りやすい楽器のひとつに、丸太となめし革の太鼓がある。

1　森に行って乾いた丸太をさがす。作りたい太鼓の大きさに近い直径と長さのものを選ぼう。好きな大きさでかまわないが、直径三〇センチ以上をおすすめする。ただし、サイズが大きいほど中をくりぬく作業もたいへんになる点をお忘れなく。

2　なめし革を用意する。毎年路上で命を落とす動物の多さを考えると、その皮を利用するのがベストな選択だ。皮のなめしかたを知らなければ覚えよう（第14章を参照）。最初は地域のフリーエコノミーグループに助けを求めるのもいい。

3　太鼓本体の厚みを決めて印をつける。革をしっかり支えることができ、腱《けん》のヒモの圧に負けない強度が必要である（手順6を参照）。

4　のみとかなづちで中身をくりぬく。かんなくずを取りのぞきながら、望みどおりの深さと厚みになるまで削っていく。

5　なめし革をたっぷりの水にひたす。乾くと元のサイズに収縮し、固くしまる。

6　くりぬいた丸太に革を広げてかぶせ、動物の腱（または薄い革）のヒモで固定する。主要部の革と同様に革ヒモも水にひたし、乾いたときに張りが強くなるようにする。ただし張りすぎには注意。

『自由に生きる方法（*How to be Free*）』の著者にして怠惰（この技芸《アート》にはぼくも心から賛同するのだが、いまだに身につけることができずにいる）の擁護者であるトム・ホジキンソンは、ウクレレの習得を提案する。聞きなれたあれに近い音の出るウクレレを近場の材料で作れるものかはわからないが、気長に待てばフリーサイクルやフリーグルでも見つかるはず。ギターよりはずっと簡単に弾けるらしいし、小型だからカネなしの冒険に連れていくのもラクチンだ。ピアノやその他の楽器も、本書で紹介した各種の贈与経済ウェブサイトでときどき放出されているのを見かける。

未開の音

ジェス・パスタイナー

文明の塔が高くそびえるにつれて太鼓の音が聞かれなくなってきたのは、けっして偶然ではない。原始的で粗削りで泥くさい古代のリズムは、いくさの鬨《とき》の声に劣らず、経験の奥底深くへと私たちを引きずりこむ。普遍的なリズムへと目ざめさせ、身をゆだねさせる。潮が引いては満ち、季節が流れ、月はふたたび欠けていく。

本来の時空から自然に立ちあがってくる音楽は、それを生んだ魂と大地に、私たちを結びつけてくれる。人間の意志を音楽に押しつけようとしなければ、われらがつかのまのテンポに、可能性のコーラスに、どっぷりとひたらせてもらえる。ジャングルが金切り声をあげ、草原が咆哮《ほうこう》するとき、川がのたうち、海がうめくとき、私たちは野生の呼び声にこたえて踊る。

だが、文明というものは、ただ黙って野生の声をひびくままにさせてはおかない。すべてを制御下に置かねば気がすまないのだ。野生は白昼堂々と爪を立て、噛みつき、愛しあう。会議の席でやじを飛ばし、管理統制をあざ笑う。暗い路地の奥にある気づきへとわれわれを誘いこんでは、ギラつくネオンのごとき浅はかさに吐き気をもよおさせる。だから当然のなりゆきとして、野生の口は封じられる。職業的技巧と演出効果を熱狂的に崇拝するわれわれは、音楽をたき火のそばからステージのうえに押しあげ、スポットライトのあたる見世物としてしまう。空調のきいた明るいスタジオでは、歌声にしわ取り剤が注入され、ペディキュアとメイクがほどこされる。ぴかぴかの皿にのせて供される娯楽を食らう私たちは、自分自身の歌からも切りはなされてしまった。

音楽を取りもどすことは、野生を取りもどすうえできわめて重要だ。文化的周縁に暮らす人びとは、音楽のただなかに身を置いている。歌は魔法であり、地図であり、神聖な存在である。歌は生きる場、呼吸する場であり、兄弟姉妹と楽しくつどう場、はじめて聞く「オーム」の声に身をよじる場でもある。歌は、人生の旋律に参加する領域なのである。

だが私たちにとってはそうでない。もはや調和《ハーモニー》など求めず、結びつきも重んじなくなった。参加という冒険が手の届くところにあるのを忘れてしまった。だが、それはつねに存在する。野生のリズムはいつも水面下で踊っている。必要なのは目をさますことだけ。さあ、プレーしよう。

絵画の制作

ぼくのように美術の潜在能力がいっこうに表にあらわれてこない人にとっても、絵を描くのはなかなかすてきな余暇のすごしかたである。絵の具まで自作すれば、なおさら楽しめる。その景色のなかからもらってきた素材を使って風景を描写できるのだから。芸術作品というのは、視覚的な見ばえだけが重要なのではない。制作の過程や作品の持つ物語から生まれる美もあるはずだ。

植物から絵の具を作るのはむずかしくない。何を使うべきかは、かけたいと思う時間で決まる。最短コースをとるなら、すりばちとすりこぎを使って生のベリーや花をすりつぶすだけで多彩な色を作ることができる。たとえば黄色は、マリーゴールド（*Calendula officinalis*）が三～四カップもあれば、相当量を得られる。青や紫などの濃い色ならブラックベリーやハイビスカスなどから得られるし、ヒナゲシからはみごとな赤が取れる。[*1] 化学的成分を加えないかぎり長持ちしないので、新鮮なうちに使いきろう。絵の具の材料を採取し、そこからすばらしい色を抽出するのだって、時間のすごしかたとして悪くない。おまけに絵の題材が、まさにその天然色素を生みだした土地の風景（あるいは採取を手伝ってくれた人びと）とくれば。さらに気がむいたら、完成した作品をコミュニティと分かちあってもいい。絵の具の素材を無償で分けてくれた自然界の精神にならって。

住んでいる地域によっては、ほかにも利用できる素材がいっぱいある。黄土からは黄（金）、紫、茶、赤などの色が、胡粉《ごふん》からは白、すすや木炭からは黒が取れるし、焼いたリンゴのタネ、すりつぶした岩や骨からもほかの色が手に入る。

中世イングランドでは動物の毛で絵筆を作っていた。だが、今日の畜産にまつわる諸問題ゆえ（車にひかれたリスの毛を使うのでないかぎり）、ローマ時代の方法――小枝、葦、イグサを使う――のほうをぼくは好む。アーチストであれば、特定の作品に使う筆に必要な特質は承知しているだろうから、そうした特質を備えた素材を自然界にさがすだけでいい。

第5章で述べたキノコの紙は水彩画にむいている。だが、絵画全般に言えるのは、どんなものでもキャンバスになるということ。歩行者用の小道も、自転車道も、家の外壁も。

路上パーティ

近所にどんな人が住んでいるかわからない。それが普通になってしまった現状が、西洋文明の方向性をみごとに象徴している。そうならない道もあったはずなのに。なにも、同じ通りに住む全員とマブダチになれと言うつもりはない。でも、通りを歩くとき、微笑みとあいさつを交わす相手の一人や二人もいれば、きみの（そして相手の）人生にとっても、コミュニティ意識の醸成にも、きっとプラスになる。

きっかけを作る一番いい方法は、大がかりなパーティを開催すること。「ストリート・アライブ」[*2]は、隣人どうしなどの小規模な地域コミュニティ向けに、路上パーティ[*3]の開きかたを指南する全国組織。どうすれば誰にも疎外感や不快感をいだかせないパーティになるか、助言を受けられる。一緒に杯を重ねたあとは、気づくと日々すれちがうたびにことばを交わしているだろう。もしかしたら親しい友人ができるかもしれない。ストリート・アライブのパーティで知りあった仲間と毎週夕食会を開いている、なんていう話も聞いた。持ちまわりで誰かが皆のために料理を作るそうだ。テレビ番組の『食事においでよ（*Come Dine with Me*）』を見ているみたいだが、相違点を挙げると、(a) 勝ち負けがない、(b) 実際に料理を食べられる、(c) 実際に人と会える、(d) 撮影スタッフに居間を占領されない、(e)電子レンジでチンしたお手軽ディナーのパッケージを開封しつつ見ている全国何百万の視聴者に、一言一句を吟味されない。

昔のように隣人どうしが知りあいになることは、単純な行為のようでいて、非常に肝心である。完全なローカル化社会への移行にはもっと実際的な解決策が必要になってくるにしても、それらの策を実行に移す前提として、まず隣人を知らなければはじまらない。

酒

路上パーティに行くにせよ、炎天下でせっせと働いてのどが渇いたにせよ、酒が欲しくなるところだ。ぼくもアイルランド人であるからには、ときおり飲む酒を大の楽しみとしている。お金を使わずに暮らした年月、できなくてつらかった数少ないことのひとつがパブ通いであった。完全な自由をかちえた喜びを思えば、別にたいそうな犠牲を払ったとも思わないけれど、パブが恋しかったのは事実だ。

でも、パブに行けないからといって、うまい酒を飲めないわけじゃない。

ローカルなタダ酒

アンディ・ハミルトン

（著書に『タダ酒を飲む』[*4]、共著書に『プチ自給自足のバイブル（*The Self-Sufficient-ish Bible*）』（われこそは筆頭著者））

うんとおおざっぱに言うとアルコールは、酵母と呼ばれる砂糖の菌によって作られる。酵母は砂糖の「えさ」を食べて、アルコールの「おしっこ」を出し、炭酸ガスの「屁《へ》」をこく。残念ながら、ここ英国では糖類が豊富に育たないから、純国産の酒をタダで醸造するのはむずかしい。

むずかしいとはいえ不可能ではない。実際にタダで一番簡単に作れる酒はリンゴ酒である。必要なだけの糖分も酵母も、リンゴの内部と外皮にもともと存在する。飲めるリンゴ酒をこしらえる手順もこのとおり、笑いたくなるほど簡単だ。

1　リンゴを圧搾する
2　果汁を発酵させる
3　飲む

4　ぶっ倒れる

飲めるリンゴ酒なら簡単でも、うまいリンゴ酒にしたければリンゴの品種の選択に注意が必要だ。以下にいくつかヒントを。

・料理用の品種が多すぎると、酸味の強い酒になる。
・生食用の甘い品種が多すぎると、ぼけた味の酒になる。
・単品種で作るよりも複数品種をうまくブレンドしたほうがコクが出る。
・買物袋三袋分のリンゴで四・五リットルの酒ができる。

リンゴを効率よく圧搾するには、サイダープレスという専用のしぼり器を使うのが一番。家電のジューサーも使えなくはないが、しぼり残しの出る割合が高いうえ、ジューサーをオーバーヒートさせたやつがいくらでもいる。それでは、われわれのねらいと逆に、結局高くついてしまう。サイダープレスはもうちょい魅力がある。今日でも、サイダープレスをかついで村々を巡回しては、リンゴ酒やリンゴ自体と引きかえに圧搾を請け負う人たちが存在する。近隣にそういう職人がいないか、周囲にたずねてみるといい。ここブリストルには、野生のリンゴを共同で収穫するグループがいくつかあって、やはり共同でこしらえたサイダープレスを活用し、一グループ当たり一〇〇リットルのリンゴ酒を毎年仕込んでいる。半日仕事の見返りとしては悪くない。

しぼる際は、リンゴを切ってナイロン製の袋（またはまくらカバー）に入れて押しつぶす。

取れた果汁は、きれいに洗って滅菌処理した大びんに移す。ぼくの使っている大びんの半数はフリーサイクル（第5章を参照）で手に入れた。酒造メーカーが廃業すると、この手の場所をとる備品をさっさと処分したがるから、よく出まわるのだ。エアロックと栓も付属でついてきた。おかげで、果汁（リンゴ酒）に空気中の不純物が混入するのを防ぎながら、炭酸ガスは逃がすことができる。

フリーサイクルが不作の場合は、プラスチック製の五リットル容器で代用できる。ふたに小さな切れこみを入れてエアロックをつきさす。

仕込んだら、一〇～二五℃に温度が保たれる場所に六か月ほど（または発泡がおさまるまで）置いておく。サイホンで吸いあげて小びんに移す。

小びんを入手するには、リサイクル用の回収箱から拾うか、自分で飲んだびんをためておくか、飲み物持参のパーティを開くといい。びんの口金をはめる道具があれば便利だ。使用済みの口金は再利用できるが、あまり何度も使いまわすとしまりが悪くなる。また、スイングトップ式のびんを再利用する手もある。気取り屋の友だちの家にころがっていないかあたってみよう。

同様の原理でワインも作れる。リンゴの代わりにブドウを使うだけだ。

その他の娯楽

ゲーム

人類共通のボードゲーム人気は、テクノロジーがいくら退行（「進歩」と呼びたがる人もいる）しようとおとろえを見せない。コンピューターゲームの隆盛にもかかわらず、ボードゲームの売れ行きもまた伸びているようである。もちろん店で買う必要はない。自分で作ってしまえばいいのだ。スクラブル（単語作成）ゲームの盤と駒はボール紙を材料に、せいぜい数時間でできあがるし、トランプ一式だって紙から作れる。ことば遊びや歌遊びなら用具はいらない。

地場の木でできた駒を動かして遊ぶ、ほぼ等身大のチェスのボードを作ろうと、目下画策中である。オーストラリアのシドニーなど、ほうぼうの街の公園で目にしたものだが、チェスボードは地域のいこいの場になる。大人も子どももまわりに腰をおろして、二人の闘士の勝負を見守りながら、順番がまわってくるのを待っていた。加えて何人かのミュージシャンがのんびり楽器でも鳴らしていれば、すっかりリラックスした一日の完成だ。化石燃料を燃やすこともなく、お金の必要もなく、隣人たちや将来の友人（つまり初対面の人）がただ寄りあつまってすごすだけ。ぼくらの計画では、木陰にボードを作って、まわりに休憩用ベンチを配置する。そこにすわって議論を戦わせたり、飲み食いしたり、愉快にやれる。住んでいる街にそれだけの広さの草地がない場合は、市民公園内にチェスボード区画を設置する予算を組んでもらうよう、もしくはきみたち市民の手で作る許可を出してくれるよう、自治体にかけあってみたらどうだろう。お役人が駒まで手ずからこしらえるとは考えられないけれど、製作にかかる費用はゼロに近く、生涯にわたって無料の娯楽を地域住民に提供できる。このアイデアはシドニーで大きな成功をおさめ、住人らはゲーム区画を実に大切に使っていた。自分たちのコミュニティのために（理想を言えばコミュニティによって）作られた場だとの認識があれば、おのずと大切にするものだ。

もっとからだを動かすスポーツが好みなら、さまざまな場所が遊び場になる。必要な用具はフリーグルやその他のサイトで苦もなく見つかるはず。英国の「テニス・フォー・フリー」[*5]などの団体は、会費なしでテニスができる場を創りだしており、何千という無料のテニスコートを全国に持っている。また、どんな公園だって五人制サッカー場に早変わりする。

アフリカの子どもたちが土と竹と動物の糞でこしらえたビリヤード台を見たことがある。当然、工場生産の台のような完璧さにはほど遠いけれども、それがどうした。しょせんゲームなんだから楽しければいいんだよ。しかも、その台を作る代償として地球全体を破壊したりしていない。この子たちは（文字どおり）下手クソなビリヤード台をとおして、愉楽の追求とすこやかで居住可能な地球——そこに住まうあらゆる命の共同体のニーズが尊重される——とが両立しうることを実証したのだ。

音楽、喜劇、パフォーマンス

オープンマイクの（マイクを参加者に開放する）イベントは、地域の誇る――あるいは恥じる――才能を披露し享受しあう絶好の機会となる。対象は音楽分野にかたよりがちだが、ぼくの行ったなかで特に楽しめたのは、語り、喜劇、道化、詩、あやつり人形などなど、多彩な芸が一堂に会する催しだった。この種のイベントを主催するのは、フリースキルのつどいと同じく簡単だ。会場を確保し、地域でちょっとした宣伝活動（地元のラジオ局や新聞社への情報提供）をするだけ。あとは出演者が集まってきて無償でパフォーマンスを披露する。人前に出る自信をつける機会として利用する出演者も多い。無料のお楽しみという贈り物を心から歓迎する観衆が、温かく励まし、声援を送ってくれる。

開催場所はバーやカフェでなくてかまわないし、飲み物を注文する必要もない。観客が持参した飲食物を周囲に分けてあげたっていい。食べものの分かちあいや、互いの秘めた才能の発見や、自主開催の娯楽ほど、地域コミュニティのすばらしさを感じさせられるものはない。アコースティックなオープンマイクの集まりなら、自宅、公園、公民館、占拠した空き家など、どんな無料の空間でも開催できてしまう。

サークル活動

趣味のグループ（文芸サークル、自然観察会、五人制サッカーチームなど）を新たに結成するか、既存のグループに入会すれば、同じ地域にいる同好の士と出会える。たとえば自然観察会ならば、ある週は樹木の識別スキルを持つメンバーの引率で地域の森や公園を歩き、翌週には野生動物に詳しい人がアナグマの生息地に皆を案内する。この方式を、毎週（または毎月）集まるチェス愛好会、ジョギングクラブ、蔓細工《つるざいく》サークルに応用するのもむずかしくない。

サークルを立ちあげたいと思ったら、創設イベントを開いてなるべく中心メンバーを集めてから、地域メディア（掲示板、情報誌、地方ラジオ局、地方紙など）で告知するといい。いったん軌道に乗ってしまえば、あとは口コミで広まっていく。

さらにいい考えがある。ふらっとでかけて、気のおもむくまま、行きずりの人に「手当たりしだ《ランダム・アクト・オブ・》いの親切《カインドネス》[6]」を実行するのはいかが。「カインドネス・オフェンシブ（親切押しつけ隊）[7]」などのグループに入る手もある。また、「無料でハグします」と大書したボール紙をかかげて繁華街に立つのもいい。喜んでくれそうな人が歩いてきたら広げた両腕をさしのべるのだ。そういうのに不慣れな通行人をこわがらせないため、親しみやすい外見の友人と何人かでやろう。以前、無料のハグを提供していた人たちがショッピングセンターからつまみだされる一幕を目撃した。警察官かと見まがう制服の警備員があらわれて、「立ち入り許可をお持ちでないでしょう」と。おかしいなあ。それまで何度もショッピングセンターへ買い物に行ったけれど、立ち入りに許可が必要だなんて言われたことはなかったよ。

討論会

ときに度を越すほど、ぼくは討論好きだ。いわゆる討論会の形式には、テーマを掘りさげて考えるうえで大きな可能性が詰まっている。たいてい熱意にあふれ弁のたつ論者らが、重要な時事問題に関する各自の見解を披露してくれる。地域で定期的な討論会が開かれていない場合は、率先してはじめてしまおう。こういうのは放っておいて自然にはじまるものではない。いくつかテーマの候補を考えたら、それについて持論がある地域の論客に打診しよう。猟師と動物愛護活動家など、立場の異なる組みあわせが望ましい。宣伝には無料の地域ネットワークを活用する。討論会はコミュニケーションの手段としてすぐれているだけでなく、聴衆に質問の場を提供するし、意見の同じ人もちがう人も一堂に会する機会となる。理想としては参加者全員に、逆の立場に対する理解を少しでも深めて帰ってもらいたい。ただし、それまでの見かたを完全無欠とは考えない開かれた姿勢が、各人に求められるけれども。

映画

いい映画を見るのにわざわざ映画館へ行く必要はない。ハリウッドのワンパターンな恋愛ものやアクションものになぜか弱くて、という人でないかぎりはね。おもしろくてためになるドキュメンタリー映画を何百本も無料で視聴できるウェブサイトがある。「トップ・ドキュメンタリー・フィルム」[*8]や「フィルム・フォー・アクション」[*9]などだ。

地元の映像作家をまねき、地域住民を対象とした試写会を開くのも一案。作家としても、それがきっかけとなって、作品をさらに広い層へ届けるのに必要な支援を得られるかもしれない。映写機材は、ぼくの地元のフリーエコノミーグループでもしょっちゅう貸し借りされている。上映会を主催しようと思ったら、きみのグループに相談してみるといい。会場についてだが、ブライトンの「カウリー・クラブ」[*10]やブリストルの「ケベレ」[*11]などの社会活動センターは、そうしたイベントに快く無償で場所を提供してくれる。

想像力

楽しむために必要なのは想像力だけ。周囲を見わたして、いままでとちがう目ですべてをながめてみよう。世界をどれだけ遊びつくせるか、考えをめぐらせよう。使い古しのタイヤとロープはブランコになる。湖はプールになる。ショッピングモールや商店街はフラッシュモブ（周囲を楽しませる目的で多人数が前ぶれなく結集しておこなう短時間のパフォーマンス）の舞台に、人里離れた場所は無料のアドベンチャーランドに、倒木や雑木林は森の隠れ家に。ビニールごみとひもと小枝で凧《たこ》ができる。公園は音楽や喜劇の公演会場に、丸太は彫刻に、そしてどんな物でも芸術品となる可能性を持っている。

カネの奴隷を脱する

貨幣経済は、ぼくたちの気力を殺《そ》ぎ、プレーヤーではなく消費者になれと教えこむ。かつては皆のものだった惑星、無償で分かちあわれていた惑星を、すみからすみまで買い占めたあげく、今度は売りつけようとしてくるのだ。まんまと乗せられたわれわれは、意義も幸せもほとんど（あるいはまったく）見いだせない仕事に自分の時間のすべてをささげている。本当にやりたいことをあきらめてまで。

奴隷制は一九世紀に終わったわけではなく、ただイメージと外装を一新して売りだされたにすぎない。新しい奴隷制では、貨幣経済が人間に仕えるどころか、人間が貨幣経済に仕えている。まだ首に巻きついたままの、すでに時代遅れになった鎖、それが貨幣経済だ。であるならば、変えてやろうじゃないか。ぼくらのため、ぼくらの住む土地のためにしっかり働いてくれる物語群を、力を合わせて創造しよう。

お金を使わずに生きるのは、人間の創造力にかせをはめるためではない。創造力をはばたかせるためだ。「制約があるなかでこそ創造性が花ひらく」という意外な事実も、広く認められている。心理学者のロロ・メイが述べるとおり、「創造性は制約を要求する。創造的行為とは、制約を課す存在に対抗する人類の努力から生まれるものだから」。ゲームをひとつ考案しろと言われても途方にくれてしまうが、一二人で遊べて、棒六本とスプーン一本を使うゲームを、と言われれば、とたんにアイデアがわいてくる。だから、住む価値のある世界が守られるような制約をみずからに課してみよう。そして、そんな制約から奇跡のごとく生まれでる喜びと創造性とを手に入れよう。

CHAPTER 16

はじまりはすぐそこに

時宜にかなった思想はいかなる軍隊よりも強い。

――ヴィクトル・ユーゴー

人類史上きわめて興味ぶかい地点にぼくらはいる。この世に恐怖、悲嘆、暴力、混乱が満ちあふれているのはたしかだが、美しい何かが芽を出す可能性もこれまでになく大きい。そこかしこで世界が溶けだしている。北極の氷も、人間の頭のなかの物語も。経済構造もまた瓦解しつつある。先祖たちのくだした選択はいまや機能不全を起こしていて、たとえ本日かぎりであらゆる生産活動を停止し、過去に築いた富で生きると決めたところで（まずありえそうにない話だが）、生態系のメルトダウンはある程度まで避けられない。終末論者らによる「文明崩壊の日は近い」というせっぱつまった警世の叫びは、的はずれもはなはだしい。文明の崩壊は、もうすでにはじまっているのだ。

きらびやかな買い物袋から視線をひっぺがしさえすれば、世間がそうと気づくのも時間の問題にすぎない。

崩壊はかなり進行していると考える人も多い。テレンス・マッケナ（米国の思想家、幻覚剤の研究者）が説くように、「破局は来るべきものではない。この星の大部分において、破局はすでにおとずれている。ただ、われわれは途方もなく恵まれた境遇で社会という被膜に守られて生きているから、破局をまだ先の話とのんびりかまえていられるだけだ」。

とはいえ、ぼくはこうした状況をかなり楽観視している。可能性はかつてないほどに高まっている。あきらかに機能不全におちいった文化の物語が、今日ほどきびしい精査をせまられた時代はなかった。世界のあちこちで、火のついた隠れ家から人びとが這いだしてくる。息もたえだえに、変化を求めて。ここにこそ、ぼくらの希望がある。だが、希望を意味あるものとするためには、それに作業着を着せてやらなくてはならない。

人間は、とびきりの順応性を持ちあわせた生き物だ。こうなりたいととことん思いつめれば、どんな存在にだってなれる。この特異ないまの世の炎と熾火《おきび》のなかから、無数の不死鳥が、無数の変容が、立ちあらわれる望みがある。貨幣経済から贈与経済が姿をあらわす可能性もある。競争関係を共生関係に、蓄蔵を共有に、ストレスを遊びに、複雑を簡素に、条件ずくを無条件に、退屈を創造性に、孤立をつながりに変えることができる。ぼくらはいま、古きものと新しき未知のものの長所を併せもった新たな生きかたを創造する、またとない好機に直面しているのだ。

いま現在の生きかたは、数ある選択肢のなかのひとつにすぎない。グレーバーが指摘するとおり、

「もし民主主義が意味をもつとするならば、それは合意によってすべてを違ったやり方で編成し直すことを可能にする力にある」[*1]（前掲『負債論』）。どのように生きたいかはぼくら自身で決められるし、人間の生活圏の当然の限度をわきまえるかぎりにおいて、こうと望んだ生きかたを創造できる。きみなら、どのような生きかたを望むだろうか。

ぼくがどう生きたいかは自分が知っている。自由な人生を——ほかの生物も同じく自律的な生をまっとうできるようなしかたで——送りたい。わが生活圏内の土地や人びとと緊密につながっていたい。分かちあいと無償の贈与にもとづく関係性、幸せな気分になれる関係性、人間とは親切で情けぶかいものなのだと思えるような関係性をはぐくみたい。氷原（と文明）の融解が不可避であろうとなかろうと、周囲の環境に適合した生きかたをしたい。いまこの瞬間とむきあって、過去を悔やんだり将来を思い悩んだりせずに生きたい。自然界がしてくれるのと同じように、自分の働きの成果を無償で——貸し借りの観念に毒されることなく——分けあたえたい。生命の深奥を探究し、生と自分自身のなかのまだ存在にすら気づいていない未知の側面を体感したい。そしてついにぼくの肉体だけがこの世に残されたあかつきには、骨と皮のできるかぎりの部分を使って、ごく親しい友人たちに靴やベルトや道具や太鼓をこしらえてもらいたい。ぼくのなめし革を張った太鼓を、愛する人たちの手で鳴らしてほしい。谷間にひびきわたる美しい永遠のビートを耳にした誰もが——鳥もカワウソも人間も——大地の鼓動を聞きとってくれるだろう。

だが、いま書いたことをぼくが望むのなら、それを選びとらねばならない。選択っていうのは、カフェに腰をおろして豆乳カプチーノをすすっているような受け身の生き物じゃない。ぐずぐずせずに行動を起こす野郎のことなんだ。変化を望むならば、自分たちで変える必要がある。大きな変化を望むならば、大きく変える必要がある。デービッド・マッケイがいみじくも述べたように、「ひとりひとりが少しずつ行動すれば、得られる成果も少しだけ」[*2]。次世代の子どもたちが五〇年後に気にかけるのは、ぼくらにどれだけ善意があったかではなくて、ぼくらの行動にどれだけ効果があったかだ。きれいな空気を吸えるかどうか、じゅうぶんな飲み水があるかどうか、健康的な食事ができるかどうか、だ。

同様に、〈万物の一体性《ワンネス》〉の哲学を仰々しく語ったところで、ボルネオゾウにとって何の役にたつだろう。パーム油に依存した生活習慣を変えずに、残りわずかなその生息地を破壊しつづけているとしたら。ただ悲しげに頭を振ってみせたところで、鮭にとって何の役にたつだろう。ぼくらの選んだ政治家たちが、またしてもダムを増設しているとしたら。森林を守る署名をしたところで、アマゾンの熱帯雨林にとって何の役にたつだろう。すぐあとでビーフバーガー（ベジバーガーでもいい）をうまそうにほおばるとしたら――頭のなかと口先では「できればなるべく」守りたがっている、まさにその環境を破壊することによってのみ存在するハンバーガーを。まったく何の役にもたちやしない。われわれによって生活をぶち壊しにされている人びと（人間以外の生物も）の関心事は、われわれがどう考え、何と言うかではない。破壊を止めるために何をするかだ。何をするかであって、「これこれこうするつもりです、時間さえできたら」という口約束ではない。最終的に大事なのはその点につきる。責任はぼくらにある。というのも、ぼくらがくだす選択のひとつひとつが、その破壊行為に形を与え、太らせているのだから。責任はぼくらにある。元凶はぼくらの文化なのだから。

ぼくたちは行動を起こさなければならない。それもいますぐに。なるほど、ここからがちょっとむずかしい。いったい何ができるというのか。もうすでに手遅れかもしれないのに。ハワード・サーマン（アフリカ系米国人の牧師、神学者。キング牧師らに影響を与えた）はかつてこう言った。「世の中が何を必要としているかなどと考えなくてもよい。自分が生き生きと活気づくようなことをおやりなさい。世の中に必要なのは、生き生きとした人間なのですから」。行動するのに正しい道もまちがった道もない。自分の魂が命ずるとおりに動きだそう。そしてせいいっぱいの勇気をふるってつきすすもう。自分もその一部である〈全体〉に対し、無償の愛を発揮しつつ。

たとえば、新しい人間文化のタネを創出する仕事に人生をかけるのもいい。文筆やパフォーマンスをとおして、あるいはただ日常生活のなかに、いまよりもっと励みになるような物語を取りいれ実践することによって。これぞわが天職だと思ったら、ぜひ能力のかぎりをつくしてほしい。絶対的に持続可能で非搾取的な共生経済に西洋世界をみちびくには、新しい物語群がなんとしても必要である。

また、そうした文化のタネをまいて新しい経済を育てる人がいてもいい。地域初のフリーショップを開いたり、衣類の交換会やフリースキルのつどいを企画したり、単にカウチサーフィンのホストになるだけでも。自分がこのタイプだと思うなら、さっそくきょうから、これらの経験の豊かさを日々はぐくみ広めていこうと心に誓ってもらいたい。実行するのに何の犠牲もいらないうえ、それらをとおしてきみの住まう世界に毎日注ぎこまれる精神は、きみ自身にも周囲の人にも、高揚感と勇気と力を与えてくれる。

ガンディーやキング牧師も愛読したヘンリー・デイヴィッド・ソローの精神に共鳴する人であれば、比喩的な意味での大木を何本か切りたおそうと考えるかもしれない。森の内部に少し日光を入れてやって、贈与経済という新しい文化のタネの芽ぶきと生長をうながし、全体のシステムが多様性と健全さを取りもどすように。言いかえれば、法律にそむく行為も含まれうる。ソローが書いたとおり、「正義に対する尊敬心とおなじ程度に法律に対する尊敬心を育むことなど、望ましいことではない。私が当然ひき受けなくてはならない唯一の義務とは、いつ何どきでも、自分が正しいと考えるとおりに実行することである。（中略）われわれは、自己の投票権のすべてを行使すべきである。単なる一片の投票用紙ではなく、自己の影響力のすべてを投じるべきである。（中略）もし、すべての正しい人間を獄中に閉じこめておくか、それとも戦争および奴隷制度を放棄するかの二者択一を迫られたならば、州は選択をためらったりはしないだろう。仮に千人が今年の税金を支払わないとしても、それは税金を支払うことによって州に暴力をふるわせ、無実の血を流させることほどには、暴力的で血なまぐさい手段であるとはいえないだろう。事実、もし平和革命が可能だとすれば、これこそ平和革命の定義である」[*3]（前掲『市民の反抗　他五篇』）。

なかには、もよりの多国籍スーパーマーケットの冷蔵庫（あるいはファストフードチェーン店のトイレ）に悪臭弾を毎日ぶちこみつづけて街から撤退させるだとか、あらゆる手段を用いて残りわずかな野生環境を守る――かつてセルダム・シーン・スミスとジョージ・ヘイデュークが独自の愛すべき方法に訴えたように[*4]――だとかの直接行動を思いうかべる人もいるだろう。多くの法律は不当にできており、不当な法律に従うのは、そのせいで生活を破壊される存在に対する不当行為である。みずからのうちにある法律に従おうじゃないか。金銭的利益の最大化と「経済」成長ばかりを重視する者たちの作った法律、生物の生息域を保護する活動を非合法化しておきながら地球全体を合法的に収奪する輩が押しつけてくる法律に甘んじてはいけない。自分にできるもっとも効果的で愛あるおこないとは何かを考えて、もっとも影響力の強い方法で実行に移そう。「何もしないことこそが大量破壊兵器[*5]」なのだから。

人にはめいめいの役割がある。互いに支えあって、それを果たそう。共通点のもとに連帯し、避けがたく存在するささいな相違でいがみあうのはやめよう。

お金の概念の超克は、抵抗運動の側面と創造行為の側面を併せもつ。古い生きかたを切りくずすと同時に、新しい生きかたを創出する。何かが朽ちるときに新しいものが生みだされるのだ。どちらか一方の側面だけで、多様性に満ちた世界（そしてぼくら自身の特にすばらしい部分）を守れると思ったら、おおまちがいである。無意味な紙幣や硬貨の蓄積ではなく結びつきと関係性を中心に置いた新しい生きかたをみずから創りだせば、おのずと自分の新しいありかたも見つかり生まれてくるだろう。きみと日常的に接する人たちは皆、それを目の当たりにする。この点で、実例ほど強いものはない。かくして、きみが形づくる関係性は、地域コミュニティの仲間とともに創造する社会的プロジェクト――きみの新たな思想のタネが芽ぶいた苗――をはぐくみ支えていく。

本書を書きおえることなどできそうになくなってきた。ことばも、ページも、インクも、胸中にうずまく感情や考えや情熱を注ぎこむにはとうてい不じゅうぶんな入れ物だから、どうにか補おうとあふれ出たことばが、永遠に落つる滝と化しかねない。暴力がやまないのに、どうしたら書くのをやめられようか。無関心があいかわらずはびこっているのに、どうしたら訴えかけるのをやめられようか。口をつぐむことなど、ぼくにはできそうもない。そこで、ぼくよりもずっと賢明なパトリック・ホワイトフィールドにご登場願い、示唆に富んだ著書[*6]の冒頭部を引用してしめくくるとしよう。

人生においてできるのはせいぜい、自分自身の役割を可能なかぎりよく果たそうという努力につきる。いくら望もうと、それ以上のことはできない。人間のおこないは複雑きわまりなく、究極の結末は多種多様な人びとや自然の力によって左右されるため、自分の行動の最終的な結果にまで責任を負うことなどできない。責任を持てるのは、行動そのものに対してだけだ。

いざ、行動あるのみ。

謝辞

生きとし生けるものどうしの連関と相互依存性が本書の主題のひとつであるからには、この「機械の時代」にあまり評価されない存在への謝意を、まっさきに述べるべきだろう。ぼくの肺を新鮮な空気で満たしてくれる藻類と樹木に。日々の糧をもたらしてくれる土壌に。熱を放ち、この星の海や川をきらめかせてくれる太陽に。またその海や川にも、気前よくぼくをうるおし、泳ぐ機会を数知れず与えてくれることに対しての感謝を。土をたがやすミミズに、花粉を媒介するミツバチに、そして青い花を咲かせるブルーベルに。ただし、けっして読まれることのない賛辞をつらねたところで、実行がともなわなければほとんど役にたたない。わが人生と本書への数量化できない寄与に対し謝意をあらわす一番の方法は、きょう以降、持てる力のかぎりをつくして、それらの存在の健康を守りつづけていくこと。これまでぼくが満足に果たしてきたとは言えない責務である。

人間界の側でもおおぜいが、時間やアイデアや才能を本書への貴重な贈り物としてくれた。筆頭格がジェス・パスタイナーとショーン・チェンバリン。ジェス、人生とはすばらしい冒険なのだと思いおこさせ、無償の愛を与え、ぼくと人生をともにしようと考えてくれてありがとう。もちろん、本書にいかした一文を寄せてくれたことに対しても。愛してるよ。きょうだいのようなショーン、ひたすら丹念に原稿に目をとおしてくれた献身には、とても礼を言いつくせない。きみの友情を何よりもありがたく感じている。また、意見と援助と友情を寄せてくれたトム・スミスとゾーエ・ワングラーにも心からの感謝を。

パーマネント・パブリケーションズをひきいるマディとティムのハーランド夫妻（およびスタッフの皆さん）には、本書をこのような形で世に送りだしてくれた勇気と誠意と情熱に対して格段の謝意を表したい。その勇敢さの先例にほかの出版社もならってくれればと願う。とりわけ、お二人の友情にあつくお礼申しあげる。本書と連動するウェブサイトの設計に抜群の腕と寛大さを発揮したジェイコブ・ストウ、サイトのホスティングを快く無料で引きうけてくれたライトビーイング・クリエーションズのダン・ノールソン、本の精神を体現するすばらしい映像を製作してくれたジェームズ・ライトにも、多大なる感謝を。

そのほか、本書の成立に直接かかわらなくとも、わが人生にはかりしれぬ影響をおよぼした人たちがいる。母さんと父さん、生まれてこのかた受けてきた二人の無償の愛と支援には、いくら感謝のことばをつくしても足りない。マリ、美しい心を持つきみのことをいつでも大切に思っている。ファーガス、おまえと同じ地球の引力につなぎとめられていると考えるだけでうれしいよ。アデライン、きみの旅路にありったけの勇気を祈る。昨年来の心づかい、親切、そしてムースのデザートをありがとう。ドーン、クリス、スージー、マーカス、パラドックスたちと一緒にすごした時間にも感謝をささげる。幼なじみのマーティ、スティーブン、ファーギー、バーナード、ホーイ、ロニー、パディ、その他の仲間たちの、終生変わらぬ友情に感謝する。妹のジーン一家に。近隣と遠方のコミュニティに。支えてくれてありがとう。

もし忘れてはならない誰かが抜けていたら、次回会ったときにリンゴ酒を一パイントごちそうするからね。

寄稿者への謝辞

デビッド・ホルムグレン、チャールズ・アイゼンスタイン、マーティン・クロフォード、ゾーエ・ホーズ、チャールズ・ダウディング、ファーガス・ドレナン、ティム〝マック〟マッカートニー、キャス・ケリー、ジェス・パスタイナー、クリス・ジョンストン、デイヴ・ハミルトン、アンディ・ハミルトン、ステフ・ハファティ、ニッキー・スコット、ロス・マウントニー、マルコム・ハンドル、ウィル・ロード、リチャード・アンダーセンの各執筆者に対し、時間と労力と知識を本書のためにさいてくださったことに、およびその貴重な貢献の源となった積年の研究努力に、心よりお礼申しあげる。皆さんの骨折りの成果はぼくら全員にとっておおいに役だつうえ、次にいかなる種類の経済がおとずれようとも不可欠な情報となるにちがいない。

訳者あとがき

本書は、一九か国で刊行され日本でも大きな反響を呼んだ『ぼくはお金を使わずに生きることにした』の著者による第二作 *The Moneyless Manifesto* の全訳です。

著者のマーク・ボイルは、一九七九年生まれのアイルランド人。英国のブリストルで働いていた二十代の終わりごろ、現代社会の多くの問題の根底に〈お金〉があると気づいた彼は、お金のいらない相互扶助の社会をめざすフリーエコノミー運動を立ちあげます。運動の一環として、金銭をいっさい介在させずに生活する実験を二〇〇八年にはじめ、国内外の注目を集めました。お金がなくても生きのびられるどころか豊かに生きられることを、身をもって証明しようとしたのです。思いきった選択にいたる道すじと公式実験期間の一年をユーモラスに描いたのが、初の著書『ぼくはお金を使わずに生きることにした』でした。

第二作の『無銭経済宣言』は、カネなし実験の後日談ではありません。〈グローバルな貨幣経済〉から〈ローカルな贈与経済〉への方向転換に読者をいざなう、ラディカルな提言の書であると同時に、お金に頼らない生活の知恵をふんだんに詰めこんだ、便利な道具箱のような実用マニュアル——と言えるでしょうか。

第1部の〈理論編〉では、合計三年近くにおよぶ完全なカネなし生活をへてさらに深化した無銭哲学が、前著同様率直かつ親しみやすい調子で、縦横に語られます。著者によれば、「お金がなければ生きられない」というのは私たちの文化が創りだした「物語」「錯覚」にすぎません。「人間は自然界とは無関係な独立した存在」というのもまた、さらに根ぶかい錯覚と考えられます。自然界や地域社会とのつながり、生きるに値する人生、持続可能な地球を取りもどすには、私たちがとらわれている〈お金〉と〈自己〉の神話を解体して、〈無銭経済〉（＝ローカル経済＋贈与経済）に移行するしかない。彼はそう訴えます。

第2部の〈実践編〉では、衣食住、健康とセックス、交通手段、教育、娯楽など、日常生活のさまざまな側面ごとに章を立て、金銭の必要性をなくす（へらす）ための具体的なノウハウや、英国内外における実際の試みを多数紹介しています。ほんの一部を挙げると、不用品を無償でやりとりする「フリーサイクル」、蚤《のみ》の市ならぬ無料市「リアリー・リアリー・フリー・マーケット」、服の交換パーティ「スウィッシング」、空き地を勝手に耕作してしまう「ゲリラ・ガーデニング」、廃棄された食料を救出する「スキッピング」、野草で作る植物性タンパク質「リーフカード」、廃物利用の「ロケットストーブ」に、併用すると便利な保温調理箱「ヘイボックス」、家賃ゼロの「スクウォッティング」、わらで建てる「ストローベイル住宅」、簡単に栽培できる万能せっけん「サボンソウ」、花粉症を緩和する「オオバコ」のお茶やチンキ、無料で宿泊するには「カウチサーフィン」や「エスペラント話者の国際ネットワーク」、生活の知恵を無料で教えあう「フリースキルのつどい」、路上パーティで近所の人と知りあう「ストリート・アライブ」、などなど。読んでいるだけでも無限の可能性にワクワクさせられます。著者が力説するとおり、「貨幣経済だけが唯一選択可能な経済モデルではない」のです。

自然界の植生にしても、社会の習慣や法律にしても、当然ながら英国と日本では事情が異なるため、すぐそのとおりにマネできるアイデアばかりとはかぎりません。また、言及されたプロジェクトや参考図書の多くは英語使用者のみを対象としています。それでも、自分に合った方法をさがすヒントと意欲なら、少なからず与えてくれそうです。地域性や各自の状況に応じて創意工夫すること、受け身の消費者ではなく人生の積極的な参加者になることこそ、無銭経済の精神なのですから。

日本国内においても、特に二〇一一年の東日本大震災以降、資本主義や貨幣経済に疑問をいだき、そこから「降り」て豊かに生きはじめる人びと、自分たちの手でもっとちがった経済圏を創りだそうとする試みを、ますます見聞きするようになりました。いまだに「経済成長」信仰による暴力が幅をきかすなか、海の向こうとこちらで同時多発的にこうした動きが広まりつつある様子に接すると、希望と、勇気と、現状に抗う力がわいてきます。

さて、前著の終盤でフリーエコノミーの長期的構想を語っていた著者は、第二作執筆のかたわら、無銭経済の拠点の設立準備に奔走していた模様です（この時期には、すでに街で最低限のお金を使う生活に戻っています）。その後、仲間とアイルランド西部のゴールウェイ州に著書の印税で購入した一万二〇〇〇平米の土地をAn Teach Saor——アイルランド語で「自由の家」——と名づけ、パーマカルチャーの設計原理にもとづく食・住環境整備に励んできました。さらに、クラウドファンディングで調達した資金とボランティアの助けも借りて、荒れはてた豚舎を全面改築し、世界初のカネなしパブ「ザ・ハッピー・ピッグ」（無料のイベント会場や宿泊場所を兼ねる開かれた場）

も完成させています。カネなし経済を実現するためにカネを使うという、矛盾しているようにも見える行為に対し、当初フリーエコノミー運動の内外から批判も出たようですが、本書（第6章）および前著（第14章）でそうしたジレンマを論じたくだりからは、著者の誠実な人柄とすぐれたバランス感覚がうかがえます。

この間、二〇一五年に第三作『モロトフ・カクテルをガンディーと』（*Drinking Molotov Cocktails with Gandhi*）を発表しています。ゴミ減量の三つのR（リデュース、リユース、リサイクル）ならぬ、新時代の三つのR「レジスト（抵抗せよ）、レボルト（反乱せよ）、リ＝ワイルド（再野生化せよ）」をかかげた、真摯で謙虚で過激な〈暴力〉論です。こちらも遠からず翻訳紹介できればと思います。

また二〇一六年の末には、「複雑なテクノロジー」をすっかり手ばなすと宣言し、世間をおどろかせました。PCも、インターネットも、電話も、電気も、水道も、ガスも、銅や石油の採掘やプラスチックの製造やらを必要とする何もかも、という意味です。「テクノロジーは自然界とのつながりを破壊し、場所を、コミュニティを、人間を破壊するから」という動機は、彼がお金を問題視する理由とほぼ変わりありません。『ガーディアン』電子版の連載コラム（手書き原稿を郵送）で現在の暮らしぶりを知ることができます。

https://www.theguardian.com/commentisfree/series/life-without-technology

なお、本書の原書と連動したウェブサイト（www.moneylessmanifesto.org）では、著者に関連する記事や映像などを参照できるだけでなく、原著（英語版）の全文も無料で公開されています。

これは、贈与経済の理念にもとづく著者の意向により、クリエイティブ・コモンズと呼ばれるライセンスが適用されているためです（自身がテクノロジーを断ったあともサイトは閉鎖されず、有志の手で運営されています）。

もちろん、複雑なテクノロジーを駆使したコンピューターを介さずとも、図書館を利用すれば日本語版もお金を使わずに読めますし、それ以外にも無料で本を分かちあう楽しい方法が第5章で何通りも紹介されています。そのようにしてひとりでも多くの読者に無銭経済のメッセージが伝わるのは、訳者としても大歓迎です。

ただ、いま現在ほとんどの人は貨幣経済の枠内で暮らしており、書籍が世に出るまでにはさまざまな経費がかかっている事実も否めません。本書の購入代金は、出版関連産業を支え、著者らがアイルランドで展開中の活動を支えることとなります。おサイフに余裕のある方はぜひ、応援したい書店で購入いただけるとさいわいです。支援したいけれども（訳者同様）お金に余裕の少ない方は、この本の存在と無銭経済の考えかたを口コミで広めてくだされば、これまた望外の喜びです。

最後になりましたが、いつ終わるともしれない翻訳作業を、入念かつ的確なかじ取りで最後までみちびいてくださった紀伊國屋書店出版部の有馬由起子さんに、心からの感謝をささげます。

二〇一七年七月

吉田奈緒子

3.「スウィッシング」に関してはhttp://swishing.comを参照のこと。
4. Richards, Matt (2004). *Deerskins into Buckskins: How to Tan with Brain, Soap or Eggs.* Backcountry Publications.
5. 羊毛に使う木枠織り機の作りかたは、*Permaculture Magazine*(Issue 47)掲載のジョン・アダムズによる記事 'How To Weave A Woollen Underblanket'(www.permaculture.co.uk/articles/how-weave-woollen-underblanket)を参照のこと。

CHAPTER15 娯楽

1. Askew, Katherine. 'From Plant to Paintbox'. *Permaculture Magazine,* Issue 38, pp. 6-8.
2.「ストリート・アライブ」に関してはwww.streetsalive.org.ukを参照のこと。
3. 路上パーティの開催方法についてはwww.streetparty.org.ukを参照のこと。
4. Hamilton, Andy (2011). *Booze for Free.* Eden Project Books.
5.「テニス・フォー・フリー」に関してはhttp://tennisforfree.comを参照のこと。
6.「ランダム・アクト・オブ・カインドネス」の詳細はwww.randomactsofkindness.orgを参照のこと。
7.「カインドネス・オフェンシブ」に関してはhttp://thekindnessoffensive.comを参照のこと。
8. 多数の上質なドキュメンタリーを、http://topdocumentaryfilms.com/watch-onlineで無料オンライン視聴できる。
9.「世界を変える300本の精選ドキュメンタリー」を、www.filmsforaction.org/walloffilmsで視聴できる。
10.「カウリー・クラブ」に関してはwww.cowleyclub.org.ukを参照のこと。
11.「ケベレ」に関してはwww.kebelecoop.orgを参照のこと。

CHAPTER16 はじまりはすぐそこに

1. Graeber, David (2011). *Debt: The First 5,000 Years.* Melville House Publishing. p.390 [邦訳:前掲『負債論』].
2. MacKay, David J.C (2008). *Sustainable Energy: Without the Hot Air.* UIT [邦訳:『持続可能なエネルギー――「数値」で見るその可能性』村岡克紀訳、産業図書、2010年].
3. Thoreau, Henry David (1849). *Civil Disobedience.* Public Domain Books, 1993 [邦訳:前掲『市民の反抗 他五篇』ほか].
4. セルダム・シーン・スミスとヘイデュークは、エドワード・アビーの傑作*The Monkey Wrench Gang*[邦訳:『爆破――モンキーレンチギャング』片岡夏実訳、築地書館、2001年]の登場人物。
5. ロロ・アームストロング他。フェイスレスの「マス・デストラクション」という歌からの引用。
6. Whitefield, Patrick (2004). *The Earth Care Manual.* Permanent Publication.

roy.htmlで視聴できる。
12.「ベアフット・カレッジ」に関してはwww.barefootcollege.orgを参照のこと。
13. シュタイナー学校に関してはwww.steinerwaldorf.orgを参照のこと。
14. モンテッソーリ教育に関してはwww.montessori.org.ukを参照のこと。
15. スモールスクールに関してはwww.thesmallschool.org.ukを参照のこと。
16. シューマッハカレッジに関してはwww.schumachercollege.org.ukを参照のこと。
17. サマーヒルスクールに関してはwww.summerhillschool.co.ukを参照のこと。

CHAPTER13　健康とセックス

1. Jensen, Derrick (2006). *Endgame: The Problem of Civilisation* Volume I. Seven Stories Press; 1st edition. p.129.
2. Illich, Ivan (1974). *Medical Nemesis: The Expropriation of Health.* Marion Boyars; paperback edition. p.16 [邦訳:『脱病院化社会——医療の限界』金子嗣郎訳、晶文社、1979年].
3. Hawes, Zoe. www.zoehawes.co.uk/
4. ラスキン薬局に関してはwww.ruskinapothecary.org.ukを参照のこと。
5. Hawes, Zoe (2010). *Wild Drugs: A Foragers Guide to Healing Plants.* Gaia Books.
6. ゾーエ・ホーズに関してはwww.zoehawes.co.ukを参照のこと。
7. 研究の詳細に関してはwww.umm.edu/altmed/articles/feverfew-000243.htmを参照のこと。
8. ハーバード大学医学大学院Center for Health and Global Environmentの複数の研究者による。
9. Wong, James (2009). *Grow Your Own Drugs: Easy Recipes for Natural Remedies and Beauty Treats.* Collins[邦訳:『ジェームズ・ウォンの誰でも作れるハーブレメディ』上野圭一監修、榊原有一訳、東京堂出版、2013年].
10. McVicar, Jekka (2009). *Jekka's Complete Herb Book: In Association with the Royal Horticultural Society.* Kyle Cathie.
11. 数字はwww.mooncup.co.ukによる。
12. Hering, Sabine; Maierhof, Gudrun (2002). *Die unpasliche Frau: Sozialgeschichte der Menstruation und Hygiene.* Mabuse-Verlag GmbH.
13. たとえば、英国環境庁の調査によると、女性用ピル由来のホルモンが大量に下水に流れこむせいで、英国の河川に生息するオスの魚の三分の一が性別を変えつつある。
14. Pollan, Michael (2002). *The Botany of Desire: A Plant's-eye View of the World.* Bloomsbury [邦訳:『欲望の植物誌——人をあやつる4つの植物』西田佐知子訳、八坂書房、2003年].
15. Eisenstein, Charles. 'Rituals for Lover Earth.' www.realitysandwich.com/rituals_lover_earth

CHAPTER14　衣類と寝具

1. Morris, Desmond (1967). *The Naked Ape: a Zoologist's Study of the Human Animal.* McGraw-Hill; 6th edition [邦訳:『裸のサル——動物学的人間像 改訂版』日髙敏隆訳、角川書店、1999年ほか].
2. Cherrett, Nia et al. 'Ecological Footprint and Water Analysis of Cotton, Hemp and Polyester'. www.sei-international. org/publications?pid=1694

3.「オープンソース・エコロジー」に関してはhttp://opensourceecology.orgを参照のこと。
4. 報告書の全文はwww.greenpeace.org.uk/MultimediaFiles/Live/FullReport/7154.pdfを参照のこと。
5. Boyle, Mark (2010). *The Moneyless Man.* Oneworld. pp.35-36[邦訳：前掲『ぼくはお金を使わずに生きることにした』].
6. Ferguson, Sue. 'Make your own slow cooker.' *Permaculture magazine,* Issue 21. pp.22-23.
7. Denzer, Kiko (2007). *Build Your Own Earth Oven.* Hand Print Press.
8. 自分に合いそうなガス容器製薪ストーブを「インストラクタブル」のウェブサイト(www.instructables.com)で検索するといい。
9. Whitefield, Patrick (2004). *The Earth Care Manual.* Permanent Publications. p.153.
10. 同上。
11. Congreve, Lady Celia. The Firewood Poem. 初出は1930年3月2日付『タイムズ』紙とされる。
12. Rosen, Nick (2007). *How to Live Off-grid.* Bantam Books. p.313.
13.「グローバルビレッジ建設セット(GVCS)」に関してはhttp://opensourceecology.org/gvcs/を参照のこと。
14. Skypeの詳細と登録方法に関してはwww.skype.comを参照のこと。
15. OpenOfficeに関してはwww.openoffice.orgを参照のこと。
16. LibreOfficeに関してはwww.libreoffice.orgを参照のこと。
17. DuckDuckGoに関してはhttp://duckduckgo.comを参照のこと。
18. フィルターバブルに関しては、イーライ・パリサーがTEDでおこなったスピーチ(https://www.ted.com/talks/eli_pariser_beware_online_filter_bubbles)を参照のこと。
19. Googleの代わりにStartpageを使用する方法についてはhttps://startpage.comを参照のこと。
20. Hushmailに関してはwww.hushmail.comを参照のこと。

CHAPTER12　教育

1. Louv, Richard (2010). *Last Child in the Woods: Saving Our Children from Nature-deficit Disorder.* Atlantic Books [邦訳：『あなたの子どもには自然が足りない』春日井晶子訳、早川書房、2006年].
2. Holt, John (1964). *How Children Fail.* DaCapo Press; Revised edition, 1995[邦訳：『教室の戦略――子どもたちはどうして落ちこぼれるか』大沼安史訳、一光社、1987年].
3. Holt, John (1967). *How Children Learn.* Penguin; New edition, 1991[邦訳：『学習の戦略――子どもたちはいかに学ぶか』吉柳克彦訳、一光社、1987年].
4. Illich, Ivan (1971). *Deschooling Society.* Marion Boyars Publishers Ltd; New edition, 1995[邦訳：『脱学校の社会』東洋、小澤周三訳、東京創元社、2003年].
5. Mountney, Ross. 'Ross Mountney's Notebook'. http://rossmountney.wordpress.com
6. Mountney, Ross (2008). *Learning without School: Home Education.* JKP.
7.「カーンアカデミー」に関してはwww.khanacademy.orgを参照のこと。
8. サルマン・カーンによるTEDスピーチをwww.ted.com/talks/salman_khan_let_s_use_video_to_reinvent_education.htmlで視聴できる。
9.「インストラクタブル」に関してはwww.instructables.comを参照のこと。
10. カンテナとは、ビールの空き缶を利用してインターネット用無線ルーターの感度を上げる裏技。
11. バンカー・ロイによる「ベアフット・カレッジ」についてのTEDスピーチをwww.ted.com/talks/bunker_

6. ソープナッツ（*Sapindus drummondii*）の詳細については「未来のための植物」のウェブサイト（www.pfaf.org）を参照のこと。
7. ステフ・ハファティと彼女の仕事についてはwww.stephaniehafferty.co.ukを参照のこと。
8. Hobbes, Thomas（1651）. *Leviathan.* Oxford Paperbacks; Reissue edition, 2008［邦訳：『リヴァイアサン』水田洋訳、岩波書店、1992年ほか］.

CHAPTER10　移動手段と旅の宿

1. マルコム・ハンドルと「ファイブ・センス」に関してはwww.allfivesenses.comを参照のこと。
2. 古じゅうたん、破れタイヤ、ビニールの買い物袋でゴムぞうりを作る方法については、www.instructables.com/id/Blown-Tire-Shoesを参照のこと。
3. Abbey, Edward（1994）. *Desert Solitaire.* Ballantine Books Inc.; Reprint edition［邦訳：『砂の楽園』越智道雄訳、東京書籍、1993年］.
4. Boyle, Mark（2010）. *The Moneyless Man.* Oneworld. p.83［邦訳：前掲『ぼくはお金を使わずに生きることにした』］.
5. 記事全文はhttp://news.bbc.co.uk/1/hi/uk_politics/4953922.stmを参照のこと。
6. 「インストラクタブル」に関してはwww.instructables.comを参照のこと。
7. グリーンタイヤに関してはwww.greentyre.co.ukを参照のこと。
8. Murphy, Tom（2011）. 'MPG of a Human.' http://physics.ucsd.edu/do-the-math/2011/11/mpg-of-a-human
9. スプリンターバイクに関してはwww.splinterbike.co.ukを参照のこと。
10. 「エコシェッド」に関してはwww.rammed-earth.orgを参照のこと。
11. 「リフトシェア」の詳細と登録方法に関してはhttps://www.liftshare.com/ukを参照のこと。
12. 「フリーホイーラーズ」の詳細と登録方法に関してはwww.freewheelers.comを参照のこと。
13. 「マイリフト」に関してはMyLifts.comを参照のこと。
14. 「フリーバス」に関してはwww.freebus.org.ukを参照のこと。
15. 「カウチサーフィン」の詳細と登録方法に関してはwww.couchsurfing.orgを参照のこと。
16. 「ウォームシャワー」の詳細と登録方法に関してはwww.warmshowers.orgを参照のこと。
17. 「ホスピタリティクラブ」に関してはwww.hospitalityclub.orgを参照のこと。
18. 「グローバル・フリーローダー」の詳細と登録方法に関してはhttp://globalfreeloaders.comを参照のこと。
19. 「サーバス」の詳細と登録方法に関してはhttp://servas.orgを参照のこと。
20. エスペラント語に関してはwww.esperanto.netを参照のこと。
21. 「ステイ・フォー・フリー」の詳細と登録方法に関してはhttp://stay4free.com/を参照のこと。

CHAPTER11　オフグリッドの生活

1. Kemp, William（2009）. *The Renewable Energy Handbook: The Updated Comprehensive Guide to Renewable Energy and Independent Living.* Aztext Press.
2. Piggott, Hugh（2011）. *Wind Power Workshop: Building Your Own Wind Turbine*. Centre for Alternative Technology Publications; Revised edition.

14. マーティン・クロフォードは「アグロフォレストリー研究トラスト」所長。講習会、見学用農園、大規模な研究用フォレスト・ガーデン、およびフォレスト・ガーデン向け植物の通信販売業もいとなむ。
15. Crawford, Martin (2010). *Creating a Forest Garden: Working with Nature to Grow Edible Crops.* Green Books. p.60.
16. 「アグロフォレストリー研究トラスト」に関しては www.agroforestry.co.ukを参照のこと。
17. Crawford, Martin (2010). *Creating a Forest Garden: Working with Nature to Grow Edible Crops.* Green Books.
18. Dowding, Charles (2011). *How to Grow Winter Vegetables.* Green Books. チャールズ・ダウディングに関してはwww.charlesdowding.co.ukを参照のこと。
19. 「ゲリラ・ガーデニング」に関してはwww.guerrillagardening.org/ggwar.htmlを参照のこと。
20. 食品廃棄の実情に関しては、*Waste : Uncovering the Global Food Scandal*［邦訳:『世界の食料ムダ捨て事情』中村友訳、NHK出版、2010年］の著者トリストラム・スチュアートのウェブサイトwww.tristramstuart.co.ukを参照のこと。
21. この事件の詳細とスキッピングにまつわる法的問題についてはwww.bbc.co.uk/news/magazine-13037808を参照のこと。
22. 「英国めんどり福祉トラスト」の詳細に関してはwww.bhwt.org.ukを参照のこと。
23. Thear, Katie (1999). *Starting with Chickens: A Beginners Guide.* Broad Leys Publishing Limited; Reprint edition.
24. 生態学水文学研究センターによるこの統計は次の記事で確認できる。www.guardian.co.uk/environment/2010/jun/22/chemicals-bees-decline-major-study
25. 初心者にうってつけの水平型巣箱の製作方法についてはhttp://permaculture.org.au/2010/06/21/home-made-bee-hives/を参照のこと。
26. 自然養蜂に関してはwww.biobees.comを参照のこと。
27. Warren, Piers (2003). *How to Store Your Garden Produce.* Green Books.
28. Clifford, Sue; King, Angela (2011). *Community Orchards Handbook.* Green Books; 2nd revised edition.
29. 「アバンダンス」のマンチェスター支部に関してはhttp://abundancemanchester.wordpress.com/contactを参照のこと。
30. *The Abundance Handbook: A Guide to Urban Fruit Harvesting*はhttp://growsheffield.com/abundance/で閲覧できる。
31. 自転車駆動のポンプを利用して深さ30メートルの井戸から分速45リットルで水をくみ上げる様子を、次の動画で見ることができる：https://www.youtube.com/watch?v=5ux5YsqFXsw

CHAPTER9　清潔と衛生

1. Bee, Becky (2001). *You Can Make the Best Hot Tub Ever.* Groundworks.
2. McVicar, Jekka (1994). *The Complete Herb Book.* Kyle Cathie Limited. p.178.
3. Crawford, Martin (2010). *Creating a Forest Garden.* Green Books. pp.190-191.
4. McGuire, Thomas (1972). *The Tooth Trip.* Random House — Bookworks; 1st edition.
5. Anderberg, Kirsten (2011). *Oral Health, Naturally.* Kirsten Anderberg.

17. ベンダーの建築方法に関してはwww.stewardwood.org/resources/DIYbender.htmを参照のこと。
18. Wrench, Tony (2008). *Building a Low Impact Roundhouse.* Permanent Publications.
19. Steinfeld, Carol (2010). *Liquid Gold: The Lore and Logic of Using Urine to Grow Plants.* Green Books; 2nd revised edition. p.3.
20.「謙虚(ヒュミリティ)」という語は「腐植土(ヒュマス)」と語源を同じくするが、好熱菌による人糞の堆肥化でまさにこの腐植土ができあがるとは興味ぶかい。
21. Scott, Nicky (2010). *How to Make and Use Compost: The Ultimate Guide.* Green Books.
22. ディック・キットーは、*Composting: The Organic Natural Way* (1988, Thorsons)など、有機栽培、教育、堆肥化の分野で著書を多数刊行している。
23. Jenkins, Joseph (2006). *The Humanure Handbook: A Guide to Composting Human Manure.* Jenkins Publishing; 3rd revised edition. 詳細はhttp://humanurehandbook.comを参照のこと。
24. *The Humanure Handbook*はhttp://humanurehandbook.com/contents.htmlにて無料閲覧できる。
25. Pilkington, George (2005). *Composting with Worms: Why Waste Your Waste.* Eco-Logic Books.

CHAPTER8　食べものと水

1. McConnell, Campbell R.; Brue, Stanley L. (2005). *Economics: Principles, Problems and Policies.* McGraw-Hill Irwin. p.3.
2. Snyder, Gary (1990). *The Practice of the Wild. Counterpoint.* p.10 [邦訳:『野性の実践』重松宗育、原成吉訳、思潮社、2011年ほか].
3. Kennedy, David (1993). *Leaf Concentrate: A Field Guide for Small Scale Programmes.* www.leafforlife.org/PDFS/english/Leafconm.pdfにて無料閲覧できる。
4. 数字は「英国哺乳動物トラスト」による。
5. ジャレド・ダイアモンドには、*Guns, Germs and Steel: A Short History of Everybody for the Last 13,000 Years* (1998, Vintage)[邦訳:『銃・病原菌・鉄』倉骨彰訳、草思社、2012年]、*Collapse: How Societies Choose to Fail or Succeed* (2011, Penguin)[邦訳:『文明崩壊——滅亡と存続の命運を分けるもの』楡井浩一訳、草思社、2005年]をはじめとする多くの著作がある。カリフォルニア大学ロサンゼルス校(UCLA)地理学・生理学教授。
6. Diamond, Jared. 'The Worst Mistake in the History of the Human Race'. www.ditext.com/diamond/mistake.html
7. Strickland, Sue (2001). *Back Garden Seed Saving: Keeping Our Vegetable Heritage Alive.* Eco-logic Books.
8. Hamilton, Dave (2011). *Grow your Food for Free (well almost).* Green Books.
9. Dowding, Charles (2009). *Organic Gardening: The Natural No-dig Way.* Green Books. p.166.
10. Whitefield, Patrick (2004). *The Earth Care Manual.* Permanent Publications. pp.197-198.
11. 空腹の季節における食料栽培法についてはCharles Dowdingの*How to Grow Winter Vegetables* (2011, Green Books)を参照のこと。
12. Crawford, Martin (2012). *How to Grow Perennial Vegetables: Low-maintenance, Low-impact Vegetable Gardening.* Green Books.
13. ステフ・ハファティと彼女の仕事についてはwww.stephaniehafferty.co.ukを参照のこと。

15. Holmgren, David (2011). *Permaculture: Principles and Pathways Beyond Sustainability.* Permanent Publications [邦訳:『パーマカルチャー――農的暮らしを実現するための12の原理』リック・タナカほか訳、コモンズ、2012年].
16. Mollison, Bill; Holmgren, David (1978). *Permaculture One.* Corgi.
17. パーマカルチャーのデザインによる課題解決の全体像についてはMollison, Bill (1988). *Permaculture: A Designers' Manual.* Tagari [邦訳:『パーマカルチャー――農的暮らしの永久デザイン』田口恒夫、小祝慶子訳、農山漁村文化協会、1993年].を参照のこと。
18. パーマカルチャーのシステム思考とデザイン原則についてはHolmgren, David (2002). *Permaculture: Principles and Pathways Beyond Sustainability.* Permanent Publications [邦訳:前掲『パーマカルチャー――農的暮らしを実現するための12の原理』]を参照のこと。この本の概要を記した*The Essence of Permaculture*はwww.holmgren.com.au/html/Writings/Writings.htmlからダウンロードできる。
19. Barclay, Christopher (2012). 'Allotments'. p.5. www.parliament.uk/briefing-papers/SN00887.pdf
20. 引用は「インデペンデント」紙の記事(www.independent.co.uk/life-style/houseand-home/gardening/the-big-question-should-landowners-be-forced-to-give-up-space-for-allotments-1787352.html)による。

CHAPTER7 住居

1. 数字は米国水道協会(AWWA)の調査による。
2. 「電気を使わない週末」に関しては、https://www.theguardian.com/environment/green-living-blog/2010/mar/16/power-offを参照のこと。
3. 「スローな日曜日」に関しては、www.resurgence.org/take-part/slow-sunday.htmlを参照のこと。
4. 自転車をこいで動かすスムージーメーカーの作りかたはwww.instructables.com/id/How-to-create-a-human-powered-bike-blender-for-lesを参照のこと。
5. 「トランジション・ヒースロー」に関しては、www.transitionheathrow.comを参照のこと。
6. 引用は「育てようヒースロー」のウェブサイトによる。詳細はwww.transitionheathrow.com/grow-heathrowを参照のこと。
7. 「スクウォッターのためのアドバイザリーサービス」に関しては、www.squatter.org.ukを参照のこと。
8. Kahn, Lloyd; Easton, B. (2000). *Shelter.* Shelter Publications Inc.; 2nd revised edition [邦訳:『シェルター』玉井一匡日本語版監修、ワールドフォトプレス、2001年].
9. Kahn, Lloyd (2004). *Home Work: Handbuilt Shelter.* Shelter Publications Inc.; Illustrated edition. [邦訳:『ホームワーク――家を建てたくなる力がわく』河村喜代子訳、ワールドフォトプレス、2005年].
10. Kahn, Lloyd (2012). *Tiny Homes: Simple Shelter.* Shelter Publications Inc.; 1st edition.
11. アースシップに関しては、http://earthship.comを参照のこと。
12. 土嚢工法に関しては、www.earthbagstructures.com/basics/stepbystep.htmを参照のこと。
13. Jones, Barbara (2009). *Building with Straw Bales: A Practical Guide for the UK and Ireland.* Green Books.
14. Oehler, Mike (1982). *The $50 and Up Underground House Book.* Mole Publishing Co.
15. Pearson, David (2001). *Circle Houses: Yurts, Tipis and Benders.* Chelsea Green.
16. Horning, Jonathan (2009). *Simple Shelters: Tents, Tipis, Yurts, Domes and Other Ancient Homes.* Wooden Books.

11. Wiseman, John Lofty (2006). *SAS Survival Handbook.* Harper Collins［邦訳:『最新SASサバイバル・ハンドブック』高橋和弘、友清仁訳、並木書房、2009年］.
12. ウィル・ロードと彼の主宰する石器製作教室に関してはwww.beyond2000bc.co.ukを参照のこと。
13.「フリーグル」の詳細と登録方法に関してはhttps://www.ilovefreegle.org/を参照のこと。
14.「フリーサイクル」の詳細と登録方法に関してはwww.freecycle.orgを参照のこと。
15. 無料の本屋と「ヘルシー・プラネット」に関してはwww.healthyplanet.orgを参照のこと。
16. 記事全文はhttp://www.dailyecho.co.uk/features/living/9428232.A__shop__giving_away_free_books_has_come_to_Southampton/を参照のこと。
17.「ストリートバンク」の詳細と登録方法に関してはwww.streetbank.comを参照のこと［「フリーエコノミー」は、2014年よりストリートバンクに統合された］。
18.「フェイバーツリー」の詳細と登録方法に関してはwww.favortree.comを参照のこと。
19. 数字は「女性環境ネットワーク(WEN)」による。WENに関してはwww.wen.org.ukを参照のこと。
20. 排泄コミュニケーションに関してはwww.nappyfreebaby.co.uk/what-is-elimination-communicationを参照のこと。
21.「リード・イット・スワップ・イット」の詳細と登録方法に関してはwww.readitswapit.co.ukを参照のこと。
22.「ブックムーチ」の詳細と登録方法に関してはhttp://bookmooch.comを参照のこと。
23.「ブッククロッシング」の詳細と登録方法に関してはwww.bookcrossing.comを参照のこと。
24. Boyle, Mark (2010). *The Moneyless Man.* Oneworld pp.102-103［邦訳:前掲『ぼくはお金を使わずに生きることにした』］.

CHAPTER6 土地

1. 英国を活動拠点とするヒュー・ファーンリー・ウィッティングストールは、ブロードキャスター、ライター、小規模農家。「リバー・コテージ」を創立。
2.「ランドシェア」の詳細と登録方法に関してはwww.landshare.netを参照のこと。
3.「ウーフ」の詳細と登録方法に関してはwww.wwoof.orgを参照のこと。
4.「新しい地方自治体ネットワーク(NLGN)」に関してはwww.nlgn.org.uk/publicを参照のこと。
5. Hope, Nick; Ellis, Victoria. 'Can you dig it?' www.nlgn.org.uk/public/wp-content/uploads/can-you-dig-it
6. 発表資料全文はwww.parliament.uk/briefing-papers/SN00887.pdfを参照のこと。
7. 記事全文はwww.lep.co.uk/news/pensioners_turn_wasteland_into_a_haven_1_70109を参照のこと。
8.「キャピタル・グロース」プロジェクトに関してはwww.capitalgrowth.orgを参照のこと。
9.「イーストサイド・ルーツ」に関してはwww.eastsideroots.org.ukを参照のこと。
10.「エンバクム」に関してはhttps://embercombe.org/を参照のこと。
11. Macartney, Tim (2007). *Finding Earth Finding Soul.* Green Books.
12.『ユーロトピア』英語版はhttp://www.eurotopia.de/enindex.htmlを参照のこと。
13. ラカベに関する動画をhttps://faircompanies.com/videos/medieval-spanish-ghost-town-now-self-sufficient-ecovillage/で視聴できる。
14. Holmgren, David (2009). *Future Scenarios.* Green Books［邦訳:『未来のシナリオ——ピークオイル・温暖化の時代とパーマカルチャー』リック・タナカ訳、農山漁村文化協会、2010年］.

三木直子訳、春秋社、2015年].
5. Black, D. (2007). 'A Review of Compulsive Buying Disorder'. *World Psychiatry,* Vol.6, Number 1 pp.14-18.
6. Cahill, Kevin (2002). *Who Owns Britain: The Hidden Facts Behind Landownership in the UK and Ireland.* Canongate.
7. サイモン・フェアリーは『The Land』誌の編集人、「チャプター7」の創立者。チャプター7に関してはwww.tlio.org.uk/chapter7を参照のこと。
8. Monbiot, George (1994). 'The Tragedy of Enclosure'. www.monbiot.com/1994/01/01/the-tragedy-of-enclosure
9. Rosen, Nick (2007). *How to Live Off-grid.* Bantam; 3rd edition. p.31.
10. *Low Impact Development: Planning and People in a Sustainable Countryside*の著者。
11. 「エコロジカル・ランド・コーペラティブ」による報告書'Small is successful'(http://ecologicalland.coop/small-successful-0)。
12. 「チャプター7」に関してはwww.tlio.org.uk/chapter7を参照のこと。
13. 「エコロジカル・ランド・コーペラティブ」に関してはwww.ecologicalland.coopを参照のこと。
14. ラマスに関してはwww.lammas.org.ukを参照のこと。
15. Sugden, Chrissie (2011). 'How To Get Planning Permission on Non-Development Land'. www.permaculture.co.uk/articles/how-get-planning-permission-non-development-land
16. 「フリー・アンド・リアル」に関してはwww.freeandreal.orgを参照のこと。
17. ラマスにあるサイモンとジャスミンのデール夫妻の住宅についてはwww.simondale.net/houseを参照のこと。

CHAPTER5 働きかたと物品の入手

1. Jensen, Derrick (2006). *Endgame: The Problem of Civilisation,* Volume I. Seven Stories Press; 1st edition. p.149.
2. Gibran, Kahlil (1923). *The Prophet.* Pan; 4th edition, 1991 [邦訳:『ザ プロフェット』池央耿訳、ポプラ社、2009年ほか].
3. Ray, Rebecca; Schmitt, John (2007). 'No-vaction Nation USA - a comparison of Leave and holiday in OECD countries'. www.law.harvard.edu/programs/lwp/papers/No_Holidays.pdf
4. Lo, Alpha; Bevington, Alden (2008). *The Open Collaboration Encyclopedia.* Pioneer Imprints; 2.1 edition.
5. 「ヘルプエクスチェンジ」の詳細と登録方法に関してはwww.helpx.netを参照のこと。
6. North, Peter (2010). *Local Money.* Green Books. p.70.
7. 「スワッパスキル」の詳細と登録方法に関してはwww.swapaskill.comを参照のこと。
8. デリック・ジェンセンの著作には、*Endgame* (2006, Seven Stories Press)、*A Language Older Than Words* (2002, Souvenir Press)、*The Culture of Make Believe* (2004, Chelsea Green)などがある。
9. Mears, Ray (2001). *Outdoor Survival Handbook: A Guide To The Resources And Materials Available In The Wild and How To Use Them For Food, Shelter, Warmth and Navigation*. Ebury Press.
10. Mears, Ray (2003). *Essential Bushcraft.* Hodder & Stoughton.

わせつづける手法。

14. ピーター・ジョゼフの思想と哲学についてはwww.whoispeterjoseph.comを参照のこと。

15.「ニュー・エコノミクス財団」に関してはwww.neweconomics.orgを参照のこと。

16.「ハッピー・プラネット・インデックス」に関してはwww.happyplanetindex.orgを参照のこと。

17. ライト・ライブリフッド賞の受賞者でもあるヘレナ・ノーバーグ＝ホッジは、グローバル経済が世界の人びとの文化にもたらす影響の研究者にして、ローカリゼーション運動のパイオニア。彼女が製作したもうひとつのドキュメンタリー映画『幸せの経済学（*The Economics of Happiness*）』も高い評価を受けている。

CHAPTER3　理念の進化（POP）モデル

1.「ダーク・オプティミズム」の創立者ショーン・チェンバリンに関してはwww.darkoptimism.orgを参照のこと。

2. Chamberlin, Shaun (2009). *The Transition Timeline: for a local, resilient future.* Green Books.

3. アブラハム・マズローは著書*Motivation and Personality*［邦訳：『人間性の心理学――モチベーションとパーソナリティ』小口忠彦訳、産業能率大学出版部、1987年］において「マズローの欲求階層」として知られる理論を提示した。通常、ピラミッド型の図で示されるこの階層に従い、人間はまず基本的な欲求を満たそうとし、それが満たされると、さらに高次の欲求がめばえる。一番下の次元には食べものや水やセックスなどの生理的欲求があり、その上に安全の欲求、所属と愛の欲求、承認の欲求、そして一番上に自己実現の欲求（倫理性、創造性、自発性などの要素を含む）が位置する。

4. ピース・ピルグリムに関してはwww.peacepilgrim.orgを参照のこと。

5. ダニエル・スエロの「ゼロ・カレンシー・ブログ」はhttp://zerocurrency.blogspot.comを参照のこと。

6.『リサージェンス』誌に関してはwww.resurgence.orgを参照のこと。［参考：『つながりを取りもどす時代へ――持続可能な社会をめざす環境思想 リサージェンス誌選集』技廣淳子訳、大月書店、2009年］

7. Kumar, Satish (2000). *No Destination: Autobiography of an Earth Pilgrim.* Green Books; 2nd revised edition.

8. Astikainen, Tomi. *The Sunhitcher* はクリエイティブ・コモンズの「表示 - 非営利 3.0 非移植」ライセンスにて提供され、https://astikainen.wordpress.com/download/で無料閲覧できる。

9. ユルゲン・ヴァーグナーに関してはwww.holistic-love.netを参照のこと。

10.「フォワード・ザ・レボリューション」に関してはwww.forwardtherevolution.netを参照のこと。

11. ジュールズ・エドワードに関してはhttp://worldtripforever.comを参照のこと。

CHAPTER4　課題と移行策

1.「環境への影響が小さい住宅」という表現は通常、近隣や地球全体の生態系に与える負荷を最小限におさえた家を指す。だが、ぼく自身はこのような家を「環境への影響が大きい」と考えたい。というのも、その家を見たりおとずれたりするすべての人に対し、さまざまな課題の解決例としておおいに参考になりうるからだ。

2. 国連環境計画（UNEP）による。

3. Johnstone, Chris (2010). *Find Your Power.* Permanent Publications; 2nd edition.

4. Macy, Joanna; Johnstone Chris (2012). *Active Hope.* New World Library［邦訳：『アクティブ ホープ』

2nd edition［邦訳：『負債と報い――豊かさの影』佐藤アヤ子訳、岩波書店、2012年］.
12. Graeber, David (2011). *Debt: The First 5,000 Years.* Melville House Publishing. p.92［邦訳：前掲『負債論』］.
13. DEFRAに関してはwww.defra.gov.ukを参照のこと。
14. 記事全文はBBCニュースのウェブサイトwww.bbc.co.uk/news/magazine-17353707を参照のこと。
15. Trainer, Ted (2007). *Renewable Energy Cannot Sustain a Consumer Society.* Springer. pp.7-8.
16. Jensen, Derrick (2006). *Endgame: The Problem of Civilisation* Volume I. Seven Stories Press, U.S.; 1st edition.
17. Thoreau, Henry David (1863). 'Life without Principle'. *The Atlantic Monthly.* Vol. 12, Issue 71, pp. 484-495［邦訳：「原則のない生活」『市民の反抗』飯田実訳、岩波文庫、1997年ほか］.
18. ダンバー数に関してはwww.theguardian.com/technology/2010/mar/14/my-bright-idea-robin-dunbarを参照のこと。
19. Graeber, David (2011). *Debt: The First 5,000 Years.* Melville House Publishing. pp.22-28［邦訳：前掲『負債論』］.
20. 調査の詳細についてはwww.guardian.co.uk/uk/series/reading-the-riotsを参照のこと。

CHAPTER2　カネなしの選択肢

1. Norberg-Hodge, Helena (1991). *Ancient Futures: Learning from Ladakh.* Sierra Club Books. pp.101-102［邦訳：『ラダック　懐かしい未来』『懐かしい未来』翻訳委員会訳、山と溪谷社、2003年］.
2. Lovelock, James (2006). *The Revenge of Gaia.* Penguin［邦訳：『ガイアの復讐』秋元勇巳監修、竹村健一訳、中央公論新社、2006年］. ジェームズ・ラブロックが提唱し、ギリシャ神話における原初の地母神にちなんで名づけられた「ガイア理論」によれば、地球上のあらゆる有機体とそれをとりまく無機物はひとつの自己調節システムをなしており、そこには生物も非生物も含まれる。
3. Eisenstein, Charles (2011). *Sacred Economics: Money, Gift and Society in the Age of Transition.* Evolver Editions. p.16.
4. Doctorow, Cory (2010). *Down and Out in the Magic Kingdom.* Harper Voyager［邦訳：『マジック・キングダムで落ちぶれて』川副智子訳、ハヤカワ文庫、2005年］. この小説に登場するウッフィーとは、あらゆるものが無料になったポスト希少経済社会で使用される、評判にもとづく通貨である。
5. Graeber, David (2011). *Debt: The First 5,000 Years.* Melville House Publishing. p.130［邦訳：前掲『負債論』］.
6. Shuman, Michael (2000). *Going Local: Creating Self-Reliant Communities in a Global Age.* Routledge.
7. North, Peter (2010). *Local Money.* Green Books.
8. 「トランジションネットワーク」に関してはwww.transitionnetwork.orgを参照のこと。
9. 「タイムバンク」に関してはwww.timebanking.orgを参照のこと。
10. 「LETS」に関してはwww.letslinkuk.netを参照のこと。
11. 「ツァイトガイスト運動」に関してはwww.thezeitgeistmovement.comを参照のこと。
12. 「ヴィーナス・プロジェクト」に関してはwww.thevenusproject.comを参照のこと。
13. 計画的陳腐化とは、メーカーが自社製品の寿命をわざと短く設定することによって顧客に新製品を買

原注

はじめに

1. Graeber, David (2011). *Debt: The First 5,000 Years.* Melville House Publishing. p.109 [邦訳:『負債論——貨幣と暴力の5000年』酒井隆史監訳、高祖岩三郎、佐々木夏子訳、以文社、2016年].

2. Sundeen, Mark (2012). *The Man who Quit Money.* Riverhead[邦訳:『スエロは洞窟で暮らすことにした』吉田奈緒子訳、紀伊國屋書店、2014年].

3. Smith, Adam (1776). *The Wealth of Nations.* Penguin Classics; New edition, 1982 [邦訳:『国富論』水田洋監訳、杉山忠平訳、岩波書房、2000年ほか].

4. 法定通貨とは、政府により「自国の領土内において公私を問わずあらゆる支払いに使える」と宣言された通貨であるが、それ自体に本質的価値はなく、人びとから信用されることで価値が生まれる。

5. Eisenstein, Charles (2011). *Sacred Economics: Money, Gift and Society in the Age of Transition.* Evolver Editions. p.79.

6. Boyle, Mark (2010). *The Moneyless Man: A year of Freeconomic Living.* Oneworld, [邦訳:『ぼくはお金を使わずに生きることにした』吉田奈緒子訳、紀伊國屋書店、2011年].

CHAPTER 1　カネという幻想

1. Watts, Alan (1975). *Psychotherapy East and West.* Vintage [邦訳:『心理療法東と西——道の遊び』滝野功訳、誠信書房、1985年].

2. Rand, Ayn (1964). *The Virtue of Selfishness.* Signet [邦訳:『利己主義という気概——エゴイズムを積極的に肯定する』藤森かよこ訳、ビジネス社、2008年].

3. Eisenstain, Charles (2007). *The Ascent of Humanity.* Panenthea.

4. この分離の過程を知ることは、われわれがどのようにして今日の状況にいたったかを理解するうえで欠かせない。チャールズ・アイゼンスタインの*The Ascent of Humanity*は、このテーマに関する研究の草分けにして必読の文献である。アイゼンスタインみずからが臆することなく実践する「贈与の精神」にもとづき、インターネット上でも公開されている。

5. Griffiths, Jay (2000). *Pip Pip.* Flamingo. p.14 [邦訳:『《まるい時間》を生きる女、《まっすぐな時間》を生きる男』浅倉久志訳、飛鳥新社、2002年].

6. Everett, Daniel (2009). *Don't Sleep, There are Snakes: Life and Language in the Amazonian Jungle.* Profile Books [邦訳:『ピダハン——「言語本能」を超える文化と世界観』屋代通子訳、みすず書房、2012年].

7. Eisenstein, Charles (2007). *The Ascent of Humanity.* Panenthea. p.206.

8. Eisenstein, Charles (2011). *Sacred Economics: Money, Gift and Society in the Age of Transition.* Evolver Editions.

9. Hyde, Lewis (1983). *The Gift: Imagination and the Erotic Life of Property.* Vintage [邦訳:『ギフト——エロスの交易』井上美沙子、林ひろみ訳、法政大学出版会、2002年].

10. Prieur, Ran. http://ranprieur.com/archives/009.html

11. Atwood, Margaret (2008). *Payback: Debt and the Shadow Side of Wealth.* House of Anansi Press;

マーク・ボイル　Mark Boyle

1979年、アイルランド生まれ。大学で経済学を学んだ後、渡英。
有機食品業界を経て、2007年、ブリストルでフリーエコノミー（無銭経済）運動を創始。
2008年の「無買デー」より、みずからお金をいっさい使わずに生活する実験を決行し、
最初の1年の体験を『ぼくはお金を使わずに生きることにした』として発表。
同書は19か国で刊行され、大きな反響を呼んだ。現在は、アイルランド西部に
仲間と立ちあげた拠点で、フリーエコノミー思想を実践する試みをつづけている。
他の著書に“*Drinking Molotov Cocktails with Gandhi*”（未邦訳）がある。

吉田奈緒子　よしだ・なおこ

1968年、神奈川県生まれ。東京外国語大学インド・パーキスターン語学科卒。
英国エセックス大学修士課程（社会言語学専攻）修了。
千葉・南房総で「半農半翻訳」の生活を送っている。
訳書に、ボイル『ぼくはお金を使わずに生きることにした』、
サンディーン『スエロは洞窟で暮らすことにした』（以上、紀伊國屋書店）。

無《む》銭《せん》経《けい》済《ざい》宣《せん》言《げん》

お金《かね》を使《つか》わずに生《い》きる方法《ほうほう》

2017年9月7日　第1刷発行

著者　マーク・ボイル
訳者　吉田奈緒子
発行所　株式会社 紀伊國屋書店
東京都新宿区新宿3-17-7
出版部（編集）電話03（6910）0508
ホールセール部（営業）電話03（6910）0519
〒153-8504　東京都目黒区下目黒3-7-10

ブックデザイン　櫻井久、中川あゆみ
装・挿画　ワタナベケンイチ
本文組版　明昌堂
印刷・製本　シナノ パブリッシング プレス

ISBN 978-4-314-01150-1 C0036 Printed in Japan
定価は外装に表示してあります